Lake Success

Gary Shteyngart

Lake Success

tradução
André Czarnobai

todavia

1.
Destino Estados Unidos

Barry Cohen, um homem com 2,4 bilhões de dólares em ativos sob gestão, entrou cambaleando no Terminal Rodoviário Port Authority. Estava visivelmente bêbado e sangrava. Havia um corte preciso no seu supercílio esquerdo, onde a unha da babá o havia atingido, e um arranhão no formato de uma lágrima, feito por sua esposa, embaixo do seu olho. Eram três e vinte da manhã.

A última vez que ele havia estado naquele terminal fora vinte e quatro anos antes. Ele tinha pegado um ônibus até Richmond, na Virgínia, para visitar sua namorada da faculdade. Aquela viagem de ônibus de sua juventude voltava à sua mente sempre que ele estava levando uma surra da bolsa de valores, ou quando descobria alguma coisa nova e terrível sobre a situação de seu filho. Quando Barry fechava os olhos, ele era capaz de enxergar a rodovia se estendendo e ouvir o chamado do campo vindo de ambos os lados da estrada. Ele conseguia imaginar-se sentado num banco de madeira em algum restaurante de beira de estrada. Uma mulher robusta que andava como um caranguejo e tinha muitas histórias para contar lhe traria um prato de carne de porco desfiada com feijão em conserva. Eles conversariam de igual para igual sobre o momento em que a vida deles deu errado, ela se recusaria a cobrar pela refeição, e mesmo assim ele pagaria. E então ela diria, *Obrigada, Barry*, porque apesar da enorme diferença entre os seus ativos sob gestão, àquela altura eles já estariam se tratando pelo primeiro nome.

Ele foi cambaleando até a fila de policiais, homens e mulheres que faziam a segurança das cancelas noturnas criadas para encaminhar os viajantes na direção dos portões. "Onde ficam os ônibus?", ele disse. "Eu quero ir embora daqui."

Para os policiais, ele parecia apenas mais um nova-iorquino. Um homem sangrando; com o cabelo desgrenhado e empapado de suor; um colete da Patagonia por cima de uma camisa da Vineyard Vines com uma única palavra: CITI. Ele era alto, com o tronco largo de um nadador, e seus braços musculosos iam afinando até terminar em dois pulsos femininos, uma desvantagem em qualquer ponto da história, porém mais do que nunca durante o ano de 2016, no começo do Primeiro Verão de Trump. Ele estava ofegante após ter arrastado uma mala de rodinhas do seu apartamento no Madison Square Park até ali, um total de vinte quarteirões. A noite estava morna e ventosa, uma noite perfeita em Manhattan, daquele tipo que não dá vontade de morrer, e a cada quarteirão que percorria ele ficava mais convicto do que estava prestes a fazer a respeito de seu casamento.

"Descendo as escadas", disse um dos policiais.

Barry fez o que ele disse, as rodinhas de sua mala girando atrás dele. O ar aqui era diferente. Ele podia afirmar, com certeza, que nunca, em sua memória recente, ou em qualquer outra memória, na verdade, havia respirado ar dessa qualidade. A maneira mais fácil de descrevê-lo seria dizer que tinha cheiro de um pé. Mas do pé de quem? O cara não tinha o hábito de cheirar pés, exceto, talvez, nos vestiários do Equinox, onde os seus próprios pés tinham cheiro de cloro, porque ele nadava. Os pés de sua esposa, ele tinha certeza, cheiravam a madressilva, bem como o resto do seu corpo, mas ele não queria pensar nela agora.

Havia um balcão da Greyhound, mas seu portão estava fechado e não havia nenhum aviso sobre quando reabriria.

"Socialismo", Barry disse em voz alta, muito embora ele soubesse que a Greyhound Lines era uma subsidiária da empresa escocesa FirstGroup, não um serviço prestado pelo nosso governo. Ele tinha bebido o equivalente a vinte mil dólares em uísque Karuizawa aquela noite. Talvez cometesse alguns erros.

Havia uma banca de jornais da Hudson, e Barry se dirigiu ao velho do sul da Ásia do outro lado do balcão. "Onde ficam os ônibus?", ele disse.

"Descendo as escadas", o velho respondeu.

"Mas eu *desci* as escadas."

O velho indiano deu de ombros. Ele ficou olhando com os olhos caídos para Barry e o seu rosto ensanguentado como se também quisesse fazer parte de sua ruína. Barry ficou com raiva dele. Ele podia ficar com raiva dele porque sua esposa era indiana.

"Você tem a revista *WatchTime*?"

"Não."

"E o *Watch Journal*?"

"Não."

"Alguma coisa sobre relógios?"

"Não."

Não havia mais nenhuma interação possível ali. Ele deu mais uma olhada ao redor. O balcão dos socialistas da Greyhound ainda estava fechado. *Puta que pariu*, inacreditável. Havia uma placa dizendo PORTÕES 1-78. Talvez os ônibus ficassem lá. A escada rolante que levava para o andar de baixo estava quebrada, e um outro indiano vestindo um colete da Hudson News estava sentado nos degraus, segurando a cabeça entre as mãos. Ele parecia estar chorando. Um dos principais *traders* de Barry era um cara chamado Akash Singh, mas ele *matava a pau* no que fazia.

Ele foi arrastando sua mala de rodinhas escada rolante abaixo, preocupado com os relógios dentro dela. Os automáticos estavam seguros dentro dos seus movimentadores da Swiss Kubik, mas os manuais não deveriam ser expostos àquele tipo de impacto, sobretudo o Universal Genève Tri-Compax, que era do começo da década de 1940 e estava com a saúde fragilizada. Normalmente Barry não conseguia viajar sem levar, pelo menos, três relógios para lhe fazerem companhia, como se cada um deles fosse um amigo raro e antigo. Mas ele precisaria de, no mínimo, meia dúzia de relógios para completar aquela jornada. Ergueu a mala, mas levantá-la lhe deu vontade de vomitar. Sentou num degrau da escada rolante e ficou observando o indiano sentado logo acima. Ele superaria aquilo. Superaria qualquer coisa depois do que havia passado aquele ano. Sua esposa não o amava. Não o desejava. E, embora a quisesse, ele também não tinha certeza de que a amava. Pensou naquela viagem tanto tempo atrás para Richmond, na Virgínia, para visitar sua namorada da faculdade, Layla, e do vento em seus cabelos quando o ônibus atravessou o Lincoln Tunnel e entrou em Nova Jersey. Será que o vento bateu mesmo em seus cabelos? Será que as janelas dos ônibus abriam naquela época? Sim, provavelmente. Será que abriam agora? Provavelmente não. Mas ele conseguia imaginar o vento em seus cabelos, o pouco que havia sobrado, porque ao contrário do que sua esposa dissera, *ele tinha imaginação*. Ele se levantou e, segurando com força a mala de rodinhas contra o peito, desceu os degraus restantes.

Não estava legal lá. Não estava nada legal. Havia um cheiro no ar como se alguém tivesse comido um sanduíche de peixe. Havia pessoas sentadas em bancos, sentadas em cima de suas malas, sentadas no piso de linóleo marrom. Havia portões com números e destinos, como num aeroporto, e do outro lado dos portões, os ônibus aguardavam, em meio ao fedor e à tristeza. Esse era o lance. Você podia ir para qualquer lugar dentro do nosso país. Cair na estrada! Uma vez, desafiado por Joey Goldblatt, da Icarus Capital Management, Barry tinha pegado um Acela para Boston. O trem era mais rápido e melhor, mas aquilo ali era cair na estrada, e uma vez que você caía na estrada, o país inteiro vinha correndo te cumprimentar e abastecer o seu refil de chá gelado. Você se tornaria um viajante, e ninguém poderia lhe dizer que você não tinha imaginação, ou não tinha alma, ou seja lá o que sua mulher dissera para insultá-lo na frente daquele escritor guatemalteco e de sua esposa médica de Hong Kong, de cujo apartamento ele havia saído extremamente ofendido fazia algumas horas, no calor da bebedeira do uísque aquela noite. Ser humilhado na frente de estranhos, ser ridicularizado na frente de *inferiores*, ele já tinha presenciado aquilo antes, entre as esposas de seus colegas multimercadistas, e aquilo sempre era o primeiro passo rumo ao divórcio. No seu meio, o orgulho era inegociável.

Barry ficou olhando os destinos. Expresso para Washington. Expresso para Cleveland. Expresso para os Cassinos. Tudo era expresso. Então ele encontrou o que estava procurando. Um portão que dizia RICHMOND, VA. Era o único ônibus que não era expresso. Beleza. Ele iria para Richmond. Nos últimos dois meses, desde o diagnóstico do seu filho, ele havia mergulhado em investigações no Facebook e descoberto que Layla, curiosamente, estava morando em El Paso, no Texas. Mas Richmond já era um começo. Richmond era um lugar de memórias. Talvez os pais dela ainda morassem lá. Não seria uma coisa incrível se ele aparecesse por lá, sem mais nem menos? Não em um jatinho da NetJets, mas num ônibus da Greyhound?

Tinha uma coisa que ele lembrava daquela sua viagem de ônibus tanto tempo atrás para visitar Layla. A maneira como o ônibus, quando partiu, havia manobrado várias e várias vezes por entre as misteriosas e sombrias passagens de Port Authority, para então finalmente emergir numa via elevada dourada, por baixo da qual a cidade brilhava em seu esplendor art déco metálico, atraente e convidativa. Barry vinha pensando naquela despedida, naquela rampa de saída que levava para o céu, com cada vez mais frequência nos últimos três anos, sempre que aqueles números vermelhos de destroçar a alma apareciam no seu monitor da Bloomberg, ao lado do qual ele mantinha uma grande foto emoldurada do filho, Shiva, exibindo toda a beleza de seus olhos negros; Shiva segurando taciturnamente a boneca de um bebê chamado Maurice, sem jamais olhar para ela. Abaixo da moldura, Barry havia mandado gravar em letras espalhafatosamente douradas as palavras EU TE AMO, COELHINHO, só como um lembrete de que ele o amava mais do que qualquer outra coisa.

Um rapaz negro usando um colete verde estava parado na frente do portão de Richmond. Era difícil dizer o que estava fazendo ali, mas ele usava um colete verde. "Eu queria comprar uma passagem", Barry disse a ele.

"Caralho", disse o homem. "O que aconteceu com a sua cara?"

Aquela foi a primeira vez naquela noite que alguém se referiu ao seu ferimento. "Minha esposa me bateu", disse Barry. "E a babá do meu filho também."

"A*ham*." O rapaz tinha uma constelação de espinhas espalhada pelo rosto.

"Eu quero ir para Richmond."

"A*ham*", disse o homem de colete verde.

"Eu não tenho passagem."

"Você tem que *subir* as escadas e ir até o balcão de vendas."

"Está fechado."

"Sim, mas daqui a pouco eles abrem."

"Onde é o banheiro?"

"Está detonado."

"Detonado?"

"Tem um no terceiro andar, mas eu preciso liberar o elevador pra você poder subir."

"É melhor eu comprar minha passagem antes."

"O ônibus não vai a lugar nenhum. É melhor eu liberar o elevador e deixar você subir. Tá com a cara toda detonada."

Estava na hora de fechar negócio, como se esse homem fosse um investidor em potencial. "Eu sou Barry Cohen. Muito prazer em conhecê-lo."

"Eu sou Wayne. Tem certeza de que não quer ir ao banheiro?"

"Eu vou comprar a passagem primeiro, Wayne. Você é um cara muito ponta firme. Quem me dera eu tivesse alguém como você na minha equipe."

"Você trabalha no Citibank?" Wayne tinha notado seu colete com a palavra CITI.

"Não."

"Então eu sou obrigado a achar que você tem um gosto duvidoso para roupas", disse Wayne. Ele sorriu, e Barry sorriu de volta. Seu primeiro sorriso aquela noite.

Barry voltou até a escada rolante com a sua mala de rodinhas. O homem usando um colete da Hudson News tinha parado de chorar e agora estava encarando os degraus da escada rolante quebrada com os olhos inchados. O ônibus para Richmond partia em vinte minutos, mas a grade na frente das bilheterias ainda estava fechada. Uma mulher usando orelhinhas de coelho de malha roxa e uma regata que tinha a palavra PARIS escrita com strass na parte da frente estava pendurada na grade olhando para as bilheterias vazias da mesma forma que a mulher de um marinheiro assistiria a um navio se lançando ao mar.

"Eu preciso ir embora daqui", Barry disse a ela.

A mulher examinou seu rosto. Tinha uns trinta ou cinquenta, era difícil dizer, e Barry ficou pensando que cada segundo da vida dela deve ter sido doloroso. "É mesmo?", ela disse.

"Por que eles não abrem?"

“Tem uma bilheteria no andar de baixo, mas o cara disse que ela estava fechada por causa de problemas técnicos.”

“Problemas *técnicos*?”

“Foi o que ele disse.”

“Isso não está certo. Meu ônibus sai em vinte minutos.”

“Eu que o diga.”

“Isso não está certo”, Barry repetiu.

“E o que você quer que *eu* faça?”, disse a mulher. Uma de suas orelhinhas de coelho de malha despencou sobre o seu rosto. Seus dentes de baixo pareciam ficar onde deviam estar os de cima, e ela não tinha os dentes de baixo. Ela era branca. Apenas uma hora após começar sua jornada, Barry estava começando a entender uma coisa sobre o fenômeno Trump. Como um idiota, ele havia enterrado um milhão e setecentos, quase dois paus, na campanha de Marco Rubio. Que escolha ele tinha? Ele havia sobrevivido a um jantar de cinco horas com Ted Cruz numa sala privada no Gramercy Tavern, depois do qual Joey Goldblatt havia se virado para ele e sussurrado: “*Ele é um psicopata*”. Então, todos eles apostaram seus milhões em Rubio. Eles deveriam ter conhecido antes essa mulher. Não havia nada que Rubio pudesse fazer por ela.

Ele não conseguiria embarcar no ônibus sem uma passagem. Mas a bilheteria não estava aberta. Ele começou a digitar no seu telefone.

Não.

Pare.

Todo o sentido daquela viagem envolvia ser apenas ele, sozinho no mundo, resolvendo seus próprios problemas, exatamente como aquela mulher com orelhinhas de coelho, exatamente como ele próprio, aos dezenove anos de idade, cursando o segundo ano em Princeton. Onde foi que ele se perdeu daquele seu eu de dezenove anos? Uma pessoa que estava tão aberta para o amor, e para sofrer, não daquele tipo de sofrimento que seu filho, Shiva, lhe havia provocado, mas daquele tipo que podia ser curado.

A mulher com as orelhinhas de malha estava conversando com uma mulher trans que comia um pacote de Lay's com muito entusiasmo. Barry estava a centímetros de distância delas, porém estava sendo completamente ignorado.

Ele ligou para Sandy no seu número de emergência. Eram três e meia da manhã, mas é claro que ela atenderia, e não seriam necessários mais do que dois segundos para que ela expulsasse o sono da voz. Sandy havia trabalhado para Pataki no mesmo nível de competência na época em que ele era governador, de tão boa que ela era. Ele a imaginou deitada ao lado de sua companheira dominicana grandalhona, com suas bundas encostadas uma na outra. Barry era republicano, mas vinha defendendo o casamento gay desde o terceiro trimestre de 2014. Ele não parava de falar sobre o casamento gay. Na verdade, uma vez ele havia feito um longo discurso a Sandy sobre como ela e a fulana de tal deviam se casar, porque o problema do nosso país era...

"O que aconteceu?", disse Sandy.

"Eu preciso que você compre uma passagem de ônibus para Richmond, Virgínia, na Greyhound, *agora*."

"Uma observação", ela disse. "Você não parece estar bem." Ela disse um monte de outras coisas em rápida sucessão. Queria saber se estava rolando *alguma coisa* do ponto de vista legal, algo sobre o qual eles não deveriam falar ao telefone, mas ela pegaria um Uber e logo estaria lá, aguente firme. O que quer que estivesse acontecendo, teria uma "solução" pela manhã. Ela mencionou algo como "percepção visual". *Ele fazia ideia de como era viajar num Greyhound?* Se ele realmente precisava viajar, havia NetJets saindo de Teterboro. Ele poderia pegar um jatinho e chegar lá em duas horas. Havia voos diretos da JetBlue, Delta e United para Richmond. Havia o Acela, além de uma linha de trem regional. Por que ele estava fazendo aquilo? Sua competência era algo lindo de se ver. Sandy era a única mulher em sua firma, exceto as gostosas do atendimento ao cliente. Eles chegaram a contratar uma ex-bióloga de Oxford de língua afiada para cuidar da gestão de riscos, uma outra lésbica que certa vez tinha chegado a chamá-lo de "retardado" bem na sua cara, mas, após três anos repletos de fracassos, com seus ativos reduzidos a menos da metade, além *daquele outro detalhe*, ela acabou saindo para trabalhar numa start-up no Vale do Silício.

Enquanto a competência de Sandy crescia em amplitude e grau do outro lado da linha, Barry ficou olhando para a mulher com as orelhinhas de coelho e para a mulher trans com as batatinhas, que continuavam a ignorá-lo. A raiva que talvez tenha lhe custado a sua família ainda corria em suas veias. Homens e mulheres, mulheres e homens. Sua raiva não podia ser contida. "Quando você me contratou para ser sua gerente, eu disse a você que precisava confiar no meu chefe", disse Sandy. "E é isso que eu preciso saber. Posso confiar em você agora?"

"*Faz a porra do seu trabalho, e pronto!*", ele gritou.

A mulher trans ao seu lado parou de comer suas batatinhas. Ela e sua amiga ficaram examinando seu rosto destruído. Instintivamente, olharam ao redor em busca de proteção, mas apesar do nome do terminal ser Port Authority, não havia *nenhuma* autoridade ali, naquelas profundezas, tão distante dos bairros organizados daquela cidade imperial. Então, agora, ele havia se tornado aquela pessoa — um homem que grita com mulheres. Que maltrata crianças deficientes. Ele viu os rostos apavorados de Seema e Shiva. Ele precisava fugir antes que causasse mais estragos. "Tá bem, tá bem", disse Sandy. "Só fica aí." A essa altura a companheira dela já devia estar muito bem acordada e com os lábios úmidos às suas costas, assustada com a comoção que ricocheteava nas paredes de vidro do seu apartamento de oitenta e cinco metros quadrados e 1,3 milhão de dólares em Downtown Brooklyn, pensando o que todo nova-iorquino sempre pensa quando a coisa aperta: *Será que vou ter que sair deste lugar?*

E assim, depois de destruir sua esposa e a babá filipina, ele agora havia arruinado a noite de outras duas mulheres.

A mulher transgênero da batatinha e a Orelhinhas tinham se afastado e se revezavam vigiando o que ele fazia. Elas cochichavam alguma coisa, provavelmente sobre ele ser louco, sobre conhecer caras que nem ele, quem sabe até mesmo sair com caras que nem ele, mas não se estivessem vestidos com aquele colete estúpido da Patagonia. Ele precisava se acalmar. A violência ainda estava ali, pulsando quente na ponta de seus dedos. Sempre que se sentia perdendo o controle daquele jeito, quando o mundo desmoronava ao seu redor e seu próprio corpo parecia uma imitação barata, ele lembrava de algo que seu psicólogo havia lhe dito: "Olhe para o seu relógio".

Ele olhou para o seu relógio. Era um Nomos Minimatik com um mostrador cor de champanhe. Os Nomos eram a sua nova obsessão. Não eram relógios caros, chegavam no máximo a uns vinte mil, mas eram produzidos na minúscula cidade alemã de Glashütte, bem longe da caríssima e superestimada Suíça, e se restringiam de forma rigorosa, porém bem-humorada, à estética da Bauhaus. O relógio fez o seu trabalho. Ele o acalmou. A suavidade do mostrador, os grandes respiros de espaço entre os numerais arábicos e, o mais importante, o finíssimo ponteiro laranja dos segundos, que era como se fosse, na verdade, a mão de uma criança deslizando elegantemente sobre o seu pequeno mostrador de segundos, como se a vida fosse bela e simples. O relógio absorveu a aura desumana que pairava à sua volta e a substituiu por beleza e esperança. Ele lembrou de Shiva, com três semanas, adormecido em seus braços, aquele lindo coelhinho pardo, e dele sussurrando mesmo assim toda aquela baboseira de judeu arrependido de ter virado agnóstico, "Deus, por favor, não faça nada com ele, tá bom? Deixa que eu pago os meus pecados".

Ele respirou. E sorriu. Isso é que era louco. Um bom relógio o fazia sorrir da mesma maneira que seu filho fazia no passado, quando era apenas aquela coisinha perfeita e indefesa. Do jeito que Seema o fazia sorrir antes de eles se casarem, quando ela rebatia tudo o que ele dizia sobre a vida, sobre política e estética. Ele achou que seria legal para alguém em sua posição se casar com uma pessoa que discordava dele em todos os aspectos. Sua oposição leal. "Ela é a mulher mais *bonita* e *inteligente* que eu já conheci", ele gostava de dizer aos amigos antes que eles deixassem de se amar.

Ele era capaz de determinar exatamente o momento em que isso aconteceu. Eles tinham ido a uma festa de aniversário no Eleven Madison, dez casais de investidores de fundos multimercado e capital privado, e ela estava conversando com Joey Goldblatt e sua nova esposa recém-saída da adolescência do momento. Desde o diagnóstico, Seema vinha passando todo o tempo em que estava acordada buscando tratamentos para Shiva, praticamente sem compartilhar nada com Barry. Ali ele já estava se sentindo só. Mas agora também estava ouvindo a voz dela pela primeira vez em semanas, e ela saiu alta demais e bêbada demais para os seus próprios padrões quando Seema disse à nova jovem esposa de Joey: "O único luxo *de verdade* que a gente tem é um chef particular". Aquele papinho típico de multimercadista, carregado de falsa modéstia. Aquilo soou tão falso. Seema não era assim. Era como se fosse uma confissão na frente de todos os seus amigos: *Tudo que restou entre nós é o nosso dinheiro*.

Mas *que* amigos? Haviam lhe restado tão poucos. Seema tinha sido sua melhor amiga um dia. Ela costumava ler Paul Krugman para ele no café da manhã, e ele lia os contos de Nick

Adams, de Hemingway, para ela debaixo das cobertas, sentindo-se viril e masculino enquanto o fazia. Ela fora sua melhor amiga, e duas horas atrás havia anunciado que ele não tinha imaginação (ou que não tinha alma?). Uma hora atrás ela havia agarrado seu rosto, cravado as unhas em sua pele logo abaixo do seu olho esquerdo e o arrancado de perto do seu filho, que gritava. Como é que você se recupera de uma coisa dessas?

"Você é Barry Cohen?", aproximou-se um homem latino de meia-idade. Ele estava usando um colete grosso lilás com algum tipo de distintivo que talvez denotasse a sua alta posição na hierarquia da Greyhound. Mesmo naquele calor nuclear que emanava das paredes de azulejos cor de laranja de Port Authority, ele conseguia manter seu topete impecável.

O homem começou a levantar as grades das bilheterias, fez um gesto para que Barry o seguisse, e depois as abaixou novamente.

"Peraí!", gritou Orelhinhas, enquanto a grade batia no chão na frente dela e da mulher das batatinhas. "Nós também precisamos de passagens! Isso não é justo!" O homem foi até algum tipo de monitor acoplado a uma impressora. O aparelho fez Barry lembrar do Commodore 64 que ele adorava programar em sua juventude.

"Você conhece o Wayne que fica lá embaixo?", Barry perguntou ao latino. "Um que está de colete verde."

Uma passagem para Richmond saiu da impressora. Barry olhou para o seu relógio. Sandy tinha levado três minutos para reorganizar todo o mundo para ele. Orelhinhas e Batatinha estavam sacudindo as grades, exigindo respeito, mas o bilheteiro de colete lilás não tinha a menor intenção de dar isso a elas.

Mais uma vez, Barry arrastou sua mala até a escada rolante quebrada que levava aos portões de embarque. O indiano sentado na escada tinha caído no sono, a cabeça acomodada entre as pernas, as tristezas daquele dia ficando para trás. Barry caminhou na direção de Wayne, do colete verde, que estava ao lado do portão de embarque para Richmond. "Comprei minha passagem!", disse Barry.

"Eu sabia que você ia conseguir", disse Wayne.

"Posso usar o banheiro?"

"Sim, mas está detonado. Então..."

"Eu sei que você precisa liberar o elevador pra eu ir até o terceiro andar."

"Você aprende rápido, Barry", disse Wayne.

Quando chegou ao terceiro andar, um outro ambiente de paredes laranja e cancelas amarelas, a raiva de Barry tinha dado lugar à tristeza. *Ele não deveria ter ligado para Sandy!* Não podia contar com ela para essa viagem. Precisava assumir a responsabilidade total. Nada de Sandy, nada de Seema, nada de babás filipinas, nada de cozinheiras estonianas, nada de motoristas bengaleses. Ninguém além de Barry Cohen seria o responsável pelo seu destino. Tirou o telefone do bolso e o desligou. Olhou à sua volta. O banheiro estava vazio. Abriu a lata de lixo e jogou o telefone ali dentro, e enfiou um monte de toalhas de papel por cima.

Pensou em jogar sua carteira ali também, mas como ele pagaria pelas coisas? Em vez disso, foi andando até uma privada quebrada e vomitou.

O ônibus de Barry estacionou do outro lado do portão, emitindo um silvo pneumático, um som feliz do qual ele lembrava claramente da viagem que fez para Richmond quando estava na faculdade. Perto do portão havia uma fotografia em preto e branco da empresa Greyhound em tempos melhores, de uma cerimônia de inauguração presidida por um galgo de verdade, com as palavras LADY GREYHOUND escritas numa fita. Na placa de destino do ônibus lia-se: ESTADOS UNIDOS.

Muitos passageiros ainda estavam dormindo em seus bancos imundos, com as bocas abertas e as toucas puxadas para baixo, protegendo os olhos da claridade de Port Authority. Por que eles estavam usando toucas em pleno verão? Será que são drogados? Será que as drogas os deixaram com frio? Tem algo de comovente na maneira como gente pobre dorme. A velha à sua frente, com sua respiração pesada e seus olhos doentes e avermelhados, tinha uma etiqueta em sua bagagem que dizia CLARKSDALE, MS. Aquela devia ser uma viagem de dias. Olhando à sua volta, Barry começou a visualizar os ônibus da Greyhound como o meio de transporte dos afro-americanos, uma forma de aproximar suas famílias em meio a um território hostil. Também havia alguns ex-militares latinos fardados e pessoas de todas as raças usando pulseiras que provavelmente indicavam que haviam fugido ou sido liberadas de algum tipo de prisão, com a parte da frente de suas camisetas encharcada de odores. Ainda dava tempo de desistir. Ele ainda podia sentir o calor das costas de granito liso da esposa encostadas em seu peito. Mas ele não podia fazer aquilo com Shiva, cujo rosto, atormentado pelo terror, tinha sido a última coisa que ele havia visto enquanto a mulher o dilacerava. Instintivamente, enfiou a mão no bolso, mas seu telefone não estava mais lá.

Ele estava livre.

Wayne estava ajudando a mulher que ia até Clarksdale, no Mississippi, com sua volumosa bagagem. Antes de Princeton, Barry tinha a impressão de que conseguia entender mais do que era dito nas ruas, mas agora ele precisava de legendas. Talvez Seema tivesse razão. Mais de vinte anos trabalhando no mercado financeiro haviam acabado com a sua imaginação. Ele precisava reaprender como as pessoas falavam no seu país. Wayne estava carregando as malas da velha até o ônibus. E se o resto do país fosse tão gentil quanto Wayne? "Eu só queria agradecer por tudo que você fez por mim", Barry disse a ele ao passar, e esticou a mão para apertar a dele.

"Que foi que eu fiz?"

"Você prestou atenção em mim."

"Pegue leve com você, Barry", disse Wayne.

Barry imaginou um bar urbano de iluminação difusa onde ele e Wayne poderiam encher brutalmente a cara e, tendo como pano de fundo um coqueiro de neon e uma garçonete gostosa usando uma camiseta da Coors, ele contaria tudo sobre Shiva. *Eu tinha um primo assim*, talvez Wayne dissesse, alisando a malha fina de seu colete verde entre os dedos. *Não dizia uma palavra. Ficava andando em círculos. Agora trabalha pro Departamento de Veteranos. Três filhos. Não acredita no que eles estão te dizendo. Ninguém sabe nada. Médico é foda.*

Ao atravessar o portão, eles tinham de entregar suas passagens para o motorista, um homem negro, baixinho, de óculos escuros e com uma jaqueta de couro em que se lia MARINES. Barry lhe mostrou a página impressa e ficou esperando que ele a escaneasse, mas o motorista queria ficar com o papel. "*Senhor!*", ele disse. "Eu preciso entregar a passagem para a Greyhound."

"Achei que eu poderia ficar com essa cópia pra mim", disse Barry. "De recordação."

"*Senhor!* Você precisa me entregar essa passagem ou não vai entrar neste ônibus."

Barry hesitou. Sua bebedeira estava baixando, mas sua raiva continuava ali. Que diabos tinha acontecido com pessoas atenciosas como Wayne? "Olha, eu não quero entrar numa discussão sobre um pedaço de papel..."

"*Senhor!* Você vai ficar parado aí fazendo todo mundo perder seu tempo ou vai me entregar a passagem? Você precisa se decidir."

Barry olhou para baixo, para o motorista. Ele podia fazer isso porque era pelo menos trinta centímetros mais alto que ele. Mas Barry não tinha mais o seu telefone, e não tinha mais Sandy, então não havia nada que pudesse ser feito. Ele teve de se render àquele veterano do Vietnã baixinho e enrugado com uma carteira de motorista do estado de Nova York para dirigir um ônibus de passageiros. Ele teve de lhe entregar sua passagem, a única prova que tinha de que poderia embarcar naquele ônibus, de que poderia completar sua jornada até Richmond. Ele precisava confiar que a outra parte envolvida na negociação, o motorista, não o expulsaria do ônibus em algum lugar, assim como os funcionários de Barry precisavam confiar que ele lhes pagaria uma gratificação ao final de um bom ano. O que não significa que ele estivesse realmente tendo anos bons.

Barry lhe entregou a passagem. "*Obrigado!*", disse o motorista, revirando visivelmente os olhos por trás dos óculos escuros, de forma que servisse como um lembrete às demais pessoas na fila para se comportarem caso não quisessem passar pela humilhação. Ele nem sequer notou que Barry estava *ferido*, que estava sangrando.

Por dentro, o ônibus estava mergulhado em penumbra e neon, como uma boate secreta. Ele também fedia a urina. Fedia a urina e também a desinfetante, que, à sua própria maneira enjoativa, fazia com que a urina fedesse ainda mais. Barry não quis perguntar se aquele era o procedimento-padrão ou se alguma coisa tinha dado errado, mas percebeu que a maioria dos passageiros estava se aglomerando longe do banheiro. Ele estava aprendendo mais uma regra da Greyhound. *Você deve sentar na frente.*

Ele também se deu conta de que os compartimentos de bagagem jamais conseguiriam acomodar sua mala de rodinhas e os seis preciosos relógios que estavam dentro dela. Ele poderia colocar sua mala no bagageiro do ônibus, como os outros estavam fazendo, mas a ideia de os relógios lá embaixo, se debatendo em meio às malas toscas dos outros, era demais para sua cabeça. Ele poderia se render, se submeter, e até mesmo abrir as narinas ao Império de Cheiros da Greyhound, mas não deixaria que nada acontecesse aos seus relógios. Ele encaixou a mala no assento ao seu lado.

O motorista embarcou no ônibus. "Meu nome é [algo indecifrável] e eu serei seu condutor de ônibus até Richmond. As tomadas estão funcionando? Respondam com sim ou não."

Ouviram-se alguns sim sonolentos à medida que as pessoas iam plugando seus aparelhos eletrônicos. O motorista voltou-se para uma mulher sentada na primeira fila.

"*Senhora*, esse assento é reservado para os deficientes."

Um tímido coaxar latino: "Sou deficiente".

"A senhora é deficiente? O que a senhora tem?"

"Eu *sempre* sento na frente."

"*Senhora*, se a senhora for mal-educada comigo, a senhora não vai viajar neste ônibus. Ponto-final. Agora, eu fiz uma pergunta e a senhora precisa me responder. Qual a sua deficiência? O que a senhora tem?"

"Meu joelho dói."

"Bom, o meu joelho também dói. Agora, qual é o seu problema *de verdade*? Qual a sua deficiência? Senhora. Não seja mal-educada comigo. *Senhora!* Responda a pergunta: qual a sua deficiência?"

Barry acompanhou a discussão até a sua conclusão lógica, com a mulher de joelhos fracos indo para trás e trocando seu lugar por uma parte mais urinária do ônibus, mas ainda resmungando sobre seus joelhos. Foi maravilhoso testemunhar aquilo. No mundo de Barry, você não era capaz de exercer controle completo sobre sua esposa ou seu filho, ou mesmo sobre muitos de seus funcionários sem algum tipo de repercussão. Havia um monte de salvo-condutos embutidos. Advogados. Assistentes sociais. A imprensa. Mas a autoridade do motorista do ônibus era total. Barry começou a suspeitar de uma coisa sobre o nosso país. O fato de que éramos, no fundo, intensamente regimentados e militaristas. Apesar de todo aquele éthos de caubói, na verdade todos nós estávamos seguindo ordens, e tudo que disséssemos ou fizéssemos em protesto poderia ser interpretado como "ser mal-educado", e poderíamos acabar expulsos do ônibus. Aquele Greyhound era como um braço das nossas Forças Armadas. E Barry era um soldado raso.

O motor começou a roncar. Barry olhou para o seu Nomos. Seu mostrador de cor creme da Bauhaus estava perdido em meio à escuridão, mas o formato feminino e suave dos encaixes da pulseira seguia inconfundível. De uma coisa ele sabia. Ao contrário do seu amigo Joey Goldblatt, que tivera vários divórcios espalhafatosos, ele encerraria seu casamento com surpreendente elegância. Mesmo na derrota, ele daria um exemplo e, um dia, muitos anos depois, Seema lhe diria: "Fiquei feliz por você ter tido a coragem de terminar. Fiquei feliz por você ter entendido que era a hora de ir embora".

E agora aconteceria aquela coisa maravilhosa, a coisa com a qual ele vinha sonhando todos esses anos enquanto ficava observando, pela janela do seu escritório na Astor Place, as animadas garotas da NYU, no fim da tarde, com seus moletons roxos, infestando as falaferias da St. Marks's Place. O ônibus manobraria por entre algumas passagens escuras e perigosas até sair, a toda velocidade, em direção às luzes brilhantes de um viaduto íngreme de Manhattan, deixando a cidade para trás, para que ela fosse se dissipando até desaparecer.

Mas não foi desse jeito que aconteceu. Eles passaram por uma cancela com uma placa que dizia SEGURANÇA EM PRIMEIRO LUGAR, e imediatamente estavam na rua 41, deserta, passando por um Yotel, o que quer que isso seja, e um outdoor que dizia SUNSPIRE. UM TRATAMENTO PARA O VÍCIO NO QUAL VOCÊ PODE CONFIAR. Em pouco tempo eles já atravessavam em alta velocidade o duto fluorescente vazio do Lincoln Tunnel.

Do outro lado do Hudson, às quatro da manhã, a maior parte de Manhattan estava às escuras, como uma versão de si mesma anterior à chegada dos holandeses. Pela primeira vez, ela parecia vulnerável. À espera de um destino desconhecido. Ele olhou por cima do ombro, tentando, em vão, ter um vislumbre do vidro escuro transparente do arranha-céu onde morava, de Shiva, que devia ter passado a noite inteira gritando, em meio à sua sequência torturante de engasgos, Seema e a paciente babá ao seu lado, revezando-se para apertar o pequeno corpo do filho, para lhe dar o estímulo sensorial de que ele precisava para saber que ainda estava flutuando neste mundo.

O jantar havia sido ideia de sua esposa. Dela e da médica de Hong Kong. Os elevadores de seu prédio estavam todos ligados diretamente aos apartamentos de cada residente, de modo que era raro você encontrar os vizinhos, mas Seema e a médica de Hong Kong tinham se encontrado no saguão e começado a bater papo, que é algo que as mulheres costumam fazer. Agora, isso não era exatamente uma alfinetada nas mulheres da parte de Barry. Bater papo era a *sua* atividade principal. O escritório estava lotado de analistas quantitativos e vários outros tipos de gênios da matemática. Ao que parece, metade da sua equipe agora vinha ou do MIT ou de alguma de suas universidades parceiras menos badaladas espalhadas pelo mundo, enquanto os princetonianos charmosos e de ombros largos como Barry tinham sido relegados a cuidar de coisas mais genéricas, como separar, todos os anos, as contas de caras chamados Ahmed, da Autoridade de Investimento do Qatar, dos dois por cento de ativos que Barry administrava.

Ele fazia isso conversando com eles da maneira mais simplificada possível, numa linguagem de ex-atleta, distribuindo tapinhas nas costas. Todas aquelas horas praticando seus "gestos amistosos" na frente do espelho quando estava na Escola de Ensino Médio Louis Pasteur finalmente estavam servindo para alguma coisa. "O cara mais gente boa de Wall Street", foi como um garotão o chamou certa vez. Nenhuma outra pessoa no mundo era capaz de perder dinheiro três anos seguidos e ainda assim ter os Ahmed do mundo ligando para ele. Ele tinha muito orgulho disso.

O jantar. Foi uma maneira que Seema encontrou para esquecer o diagnóstico de Shiva por algum tempo e voltar a fazer o que as esposas dos administradores de fundos multimercado faziam melhor, elaborar uma vida cuidadosamente planejada para sua família. No fim das contas, Seema ficou sabendo que a médica de Hong Kong era casada com um escritor que ela conhecia e admirava. Um *escritor*? No *seu* prédio? Onde até mesmo os apartamentos de um quarto com vista para os fundos de um restaurante mexicano não custavam menos de três milhões? Alguma coisa naquilo tudo soou estranha para Barry, mas ele deixou pra lá.

Seema era uma leitora, uma dessas coisas meio artísticas a seu respeito que sempre o atraíram. Ela lia o tipo de livro que a maioria das pessoas em pleno gozo de suas faculdades mentais havia abandonado fazia muito tempo. O escritor, um de seus favoritos, era um guatemalteco, que escrevia num estilo um tanto quanto fantasioso sobre a situação política de lá, que não era boa. Barry pesquisou a posição do autor no ranking da Amazon — 1 123 340 — e, após ler uma página do seu romance, entendeu o motivo da colocação. Sua prosa era impenetrável. Ela continha dezenas de acrônimos de partidos políticos e organizações criminosas locais, além de toneladas de termos e palavras em espanhol que não haviam sido traduzidas por nenhum outro motivo que não fosse insultar a brancura de Barry. Não que Barry fosse um ignorante. Ele havia cursado uma disciplina opcional de escrita criativa no excelente programa de literatura de Princeton. Seu fundo multimercado, Este Lado do Capital, tinha sido batizado em homenagem ao primeiro romance de Fitzgerald, ambientado em meio à arquitetura gótica dos prédios da universidade em que ele próprio se formara. Os escritórios que ele alugava ficavam numa torre recém-inaugurada na Astor Place com vista para uma rua com um histórico de boemia, a lendária St. Mark's Place, como um lembrete permanente de sua própria e efêmera fagulha criativa. Até mesmo seus sonhos de atravessar nosso país de ônibus eram alimentados pela possibilidade de um dia registrar suas viagens no papel. Seria como *Pé na estrada*, porém escrito numa prosa madura, de meia-idade.

"Você me falou que não seria uma coisa formal", ele disse, quando viu Seema pondo um vestido que ele sabia que era reservado para as ocasiões em que ela queria impressionar. Um dos muitos itens na sua lista de exigências para um casamento era se casar com uma mulher ambiciosa demais para jamais ficar gorda. Seema, que havia saído da faculdade de direito de Yale fazia menos de um ano quando ele a conheceu, e já trabalhava duro para atingir o pináculo do que quer que houvesse restado da profissão de advogado, certamente preenchia esse requisito. Ainda assim, aquele vestido destacava cada centímetro do seu corpo e trazia o foco, com grande ênfase, para os seus grandes e magníficos seios. Isso deixou Barry ainda mais incomodado. Por que ela estava se vestindo daquele jeito para aquele escritor e sua esposa?

Pela antessala privativa de seu quarto, pelo corredor de piso lustroso em estilo espinha de peixe, pelas três salas de estar independentes ligadas por lareiras dos dois lados, e pelo aconchegante quarto da babá, os gritinhos esganiçados de Shiva se espalhavam no ar, maculando aquela cena atemporal de um casal requintado, ele poderoso, ela bonita, preparando-se para uma noite de cultura e intelecto.

"Dá pra você vestir uma coisa melhor?", disse Seema. "Vineyard Vines só fica bem numa festa na piscina em Westport. Vestido desse jeito parece que você ainda vende títulos de capitalização para velhinhas no Morgan."

Desde o diagnóstico, Seema vinha dizendo coisas como essa. Uma pequena caneta-tinteiro com a ponta embebida em crueldade parecia estar sempre à sua disposição. Ela estava exausta, ele sabia. Exausta porque ele não havia contribuído em nada para cuidar de Shiva e, por mais que adorasse sua babá, para ela, ter um filho com aquele diagnóstico significava, essencialmente, tornar-se o CEO de sua própria pequena empresa. *Não é como se ela tivesse um trabalho de verdade*, ele pensou, com o seu toque pessoal de crueldade. Não que aquilo fosse inteiramente culpa dela. Casar-se com uma mulher talentosa e tirá-la do mercado de trabalho era uma maneira de passar a mensagem de sucesso entre os pares de Barry.

"Morgan é o caralho", disse Barry, "dá uma olhada *nisso*!" Ele saiu do seu closet usando um colete do Citibank escrito CITI que ele havia ganhado num evento de golfe.

Seema estava sentada em cima de sua vaidade, com os lábios vermelhos e um olhar penetrante. Ao contrário das esposas brancas, ela podia usar vários gramas de ouro no pescoço, pois o tom milagroso de sua pele refletiria o brilho. Ela era, e Barry mal podia acreditar quando se dava conta, uma beldade de vinte e nove anos de idade pela qual apenas uma pessoa em todo o universo não havia conseguido se apaixonar desesperadamente — e essa pessoa era ele. Será que Shiva a amava? Será que algum dia ele seria capaz de amar? Os relatórios que Seema enviara ao seu escritório pareciam sugerir que sim, que o seu diagnóstico era apenas uma outra forma de existir. "Não é uma tragédia", ela havia escrito em sua bela caligrafia, num bilhetinho grudado ao novíssimo estudo científico que Barry simplesmente não se esforçou para ler.

"Então esta noite é uma piada pra você?", disse Seema. A raiva em sua voz emergiu num registro muito peculiar, encharcado de uísque. "Você está sempre reclamando que nós não conhecemos os nossos vizinhos. Bom, aqui está a chance de conhecer uns que são bem interessantes. De minha parte, quero causar uma boa impressão."

Ele deu de ombros, tirou o colete escrito CITI e o jogou sobre a cama. "Vou escolher um relógio", disse, indo em direção ao seu cofre de relógios, onde os acessórios que ele de fato amava giravam suavemente dentro dos seus movimentadores.

Luis e Julianna Goodman moravam numa unidade muito menor no terceiro andar. Como num avião intercontinental, seu prédio era dividido entre as classes econômica, executiva e primeira. Os primeiros onze andares tinham diversos apartamentos, com não mais de três quartos cada, e acomodavam os milionários intermediários, que estavam do lado da "venda" do balcão no mercado financeiro, diretores executivos do Goldman e coisas assim, com suas esposas no primeiro ou segundo filho. Os onze andares seguintes tinham um único apartamento por andar e pertenciam aos figurões das firmas de fundos multimercado e capital privado e a uma modelo argentina e seu namorado jogador de futebol, que passavam menos de uma semana por ano em Nova York. Os últimos três andares pertenciam a Rupert Murdoch.

O elevador mergulhou do vigésimo primeiro até o terceiro andar, Seema, em seu esplendor, olhando fixamente para a frente, Barry admirando seu Nomos Minimatik, uma escolha inteligente, considerando que a propaganda sugeria que aquele era o relógio perfeito para os espíritos criativos, como arquitetos e escritores. O relógio repousava em seu braço como se fosse um objeto oriundo de um universo extraordinário meticulosamente concebido, e passava a imagem exata do tipo de homem que Barry Cohen era.

Os dois Goodman vieram recebê-los na porta do seu apartamento. Luis Goodman era alto e bonito como sugeria a orelha do seu livro, e falava inglês num sotaque transatlântico estranhamente bom, perfeito, para falar a verdade. Ele usava um relógio de piloto IWC moderno, porém com aparência retrô, o tipo de coisa que Barry jamais conseguiria fazer. Vestia uma camiseta branca da Brooks Brothers com o colarinho aberto. Sua mulher era tão linda, alta e concisa quanto ele. Tinha um Jarger-LeCoultre Reverso no pulso, um relógio que os colonizadores britânicos usavam enquanto jogavam polo. As mulheres se abraçaram com prazer. Vê-las fazendo aquilo fez Barry perceber o quanto sua esposa estava se sentindo sufocada no seu apartamento de trezentos e setenta metros quadrados por causa do diagnóstico de Shiva e do marido ausente emocionalmente. Talvez de propósito, no pulso de Seema não havia nenhum dos muitos relógios que ele havia comprado para ela, incluindo o Cartier Crash de setenta mil dólares, um relógio projetado para parecer que havia sido desfigurado em um acidente de carro. Ele percebeu que a médica de Hong Kong vestia jeans e uma blusa leve e despretensiosa, provavelmente da A.P.C. ou algo assim (era onde Seema comprava os tênis dele), e sua informalidade havia transformado em piada o vestido sinuoso de Seema e seu corpo perfumado e lascivo.

O apartamento era minimalista e estava estrategicamente mal iluminado, mas os elementos básicos estavam todos lá: todas aquelas coisas da Liebherr e da KitchenAid que comunicavam, em alguma medida, a solidez do seu status dentro da elite. Uma mesa de jantar de madeira gasta estava montada com comidas pan-asiáticas e pan-latinas às quais Seema acrescentou o estimado *sambar* de sua mãe, um cozido à base de lentilhas carregado no tamarindo ao qual nem mesmo um carnívoro convicto como Barry era capaz de resistir. Aquilo era um gesto de muita consideração de sua parte, já que levar lá pra baixo uma garrafa de vinho de dois mil dólares apenas acentuaria a distância entre o terceiro e o vigésimo primeiro andares. "Ai, meu Deus", disse a médica de Hong Kong (Barry não foi capaz de, nas cinco horas em que passaram juntos, decorar o nome dela; ele nunca conseguia lembrar o nome das mulheres), "eu fiz comida *hakka*, frango assado com crosta de sal. Seema, você não é vegetariana, né?"

"Quando eu como carne, Brama me castiga, mas vou comer esse bicho mesmo assim", disse Seema. A mulher e Luis riram de uma forma cúmplice, e Barry sentiu que era o único branco naquele lugar. Ele percebeu que Luis Goodman, o suposto guatemalteco, era muito mais branco do que ele, e levando seu sobrenome em conta, provavelmente tão judeu quanto.

"Então, eu comecei a ler o seu livro", disse Barry. "É muito interessante."

"Eu até poderia perguntar qual deles, mas meus livros são basicamente sempre a mesma coisa", disse Luis. "O período colonial dos Estados Unidos, crimes contra indígenas, blá-blá-blá."

"Barry está lendo *O açougueiro sensível*", disse Seema, "particularmente, um dos meus favoritos."

Eles estavam sentados ao redor da mesa abarrotada, cobrindo seus pratos com uma mistura de *sambar* e arroz e jogando por cima uns pedaços de mandioca e uns nacos cheirosos do frango com crosta de sal que, Barry percebeu instantaneamente, seria a grande estrela do show. Julianna trabalhava como médica em período integral, mas, mesmo assim, encontrava tempo para celebrar sua herança cultural na cozinha. Barry lançou um olhar melancólico para o pulso desnudo da esposa. A médica era, pelo menos, uma década mais velha, mas tinha envelhecido muito bem. Se algum dia ela se cansasse do escritor, provavelmente conseguiria se casar com um desses baixinhos atarracados daquela faixa intermediária do capital privado.

Eles comeram animadamente e falaram um pouco sobre Trump, os homens concentrando a conversa entre eles, às vezes cedendo pequenas parcelas para as mulheres, que acrescentavam suas próprias preocupações com o futuro do país, formulando a questão do ponto de vista dos filhos, e o mundo que eles herdarão. Os Goodman também tinham um filho, e ele tinha a mesma idade de Shiva. "O carinha tá dormindo?", perguntou Seema. (Era assim que Barry também chamava seu filho às vezes, "carinha".)

Barry lançou um olhar de censura. "Bom, não precisa acordá-lo", ele disse.

Como se estivesse esperando por sua deixa, a filipina dos Goodman, uma versão muito mais velha, e que claramente não ganhava tão bem quanto a sua, entrou na sala trazendo um moleque eurasiano fofinho que deleitou os convidados com seus olhos verde-claros por um segundo e depois se escondeu atrás do vestido da babá. Ele espiou, sorrindo com cada megawatt de fofura infantil ao seu dispor, e mostrou a língua. "O Arturo é um grande humorista", disse Julianna. "Hoje ele viu um pombo em cima do fio de um poste e disse: 'Pombo, não cai!'."

"Acho que eu devia trocar o meu gerente de gestão de riscos por Arturo", disse Barry. Todos riram, mas Barry sabia que a presença daquele menino normal, daquele menino *falante*, seria para Seema uma tortura terrível. Arturo correu até o aquecedor, escalou suas formas delgadas e compridas e, apontando para a lua, começou a cantar, "Eu te amo, lua!". A babá correu para fazê-lo descer de lá enquanto pedia desculpas, mas todo mundo sabia que não havia necessidade de pedir desculpas, que tudo aquilo estava dentro do roteiro, como sempre era o caso na vida das crianças perfeitas de Manhattan.

"Shiva também adora a lua", disse Barry. O que era verdade, Shiva também subia em cima do aquecedor quando a lua estava cheia e ficava olhando para ela boquiaberto, os olhos piscando numa sequência ritmada, como se ele fosse um alienígena do filme *Contatos imediatos de terceiro grau* tentando fazer contato com uma civilização inferior. Mas ele nunca tinha *declarado* seu amor pela lua da forma como o pequeno Arturo, de três anos, havia feito. Ele nunca tinha dito uma palavra em sua vida.

O pesadelo continuou. A babá sacou um boné de abelha e encaixou na cabecinha da criança, que tinha cabelos mais claros que os de seu pai, o suposto latino. Ele foi correndo até a mesa de jantar e estabeleceu contato visual com cada um dos presentes. Assim que soube que tinha conquistado a atenção dos adultos, respirou bem fundo, o tipo de gesto preparatório que carregaria consigo através da faculdade, por Yale e pela HBS, e o acompanharia conforme ele fosse galgando os degraus dentro de uma financeira como a firma em que Barry trabalhava, até que tivesse o cacife necessário para abrir seu próprio fundo e subir os dezessete andares até o apartamento de Barry, que ficava abaixo apenas da mansão que Rupert Murdoch tinha no céu.

"Tá, Arturo, acho melhor a gente não cantar a música hoje", disse Julianna. "Nós ainda estamos comendo, docinho."

Mas Arturo tinha aprendido que todo ar que ele respirava bem fundo era muito precioso, e precisava acabar em música.

Eeeeeeeeeeeeeeeeuuuuuuuuu… tô levando uma abelhinha pra casa, sim
A mamãe vai ter orgulho de mim

Eu tô levando uma abelhinha pra casa, sim
Ai! Ela deu uma ferroada bem em mim!

"Muito bom, Arturo, obrigada!", disse a médica enquanto seu filho, sem fôlego, estava prestes a emendar a segunda estrofe. Talvez ela tivesse percebido que alguma coisa não estava caindo muito bem entre os seus convidados.

"Não, não, deixa ele cantar", disse Seema, com o corpo todo retesado. "Deixa ele cantar. Ele é muito bom."

Arturo abriu um sorriso luminoso, cheio de covinhas, e deixando escapar uma tenra gotinha de baba infantil por um buraco que havia entre seus dentes da frente, se lançou à segunda estrofe. Barry olhou para a esposa. Para sua compostura gelada de advogada. Para o frango *hakka* que ela não havia comido, bem abaixo de seus dedos indianos. *Eu quero amar você*, ele pensou.

"*A mamãe vai ter orgulho de mim*", berrava Arturo. Por que aquele era o verso que mais machucava Barry? Eles queriam ter *orgulho* de Shiva da forma como seus próprios pais jamais tiveram deles. Da forma como a médica de Hong Kong e o escritor pseudocentro-americano seriam estupidamente orgulhosos de qualquer bobagem que Arturo fizesse algum dia. Shiva não teria tantas coisas para conquistar quanto Arturo. Ele era o filho de um homem rico. Podia estudar em Skidmore ou lançar uma marca de roupas feitas de cânhamo, mas seus pais precisavam de um sinal de que ele sabia que fazia parte de sua pequena e ilustre família. Esse reconhecimento poderia ser feito por meio de abraços, beijos e palavras, mas a lua parecia significar muito mais para ele do que sua mãe, que orbitava muito mais perto, e Barry, a estrela cadente que aparecia eventualmente no seu céu noturno a caminho de Teterboro, para pegar um jatinho e implorar para algum cliente em Baton Rouge para que não pedisse um saque antecipado de seus dividendos no Este Lado do Capital.

"Isso vai nos aproximar ainda mais", Seema disse quando receberam o diagnóstico. Eles se abraçaram com força no elevador abarrotado do hospital Weill Cornell, e ele disse, meio que brincando, "Somos nós contra o mundo!". Mas a internet dizia o contrário, que eles desmoronariam como a maioria dos casais naquelas circunstâncias. *Bom, foda-se a internet.* Agora eles tinham algo além do dinheiro dele, e da beleza e credenciais dela. Um filho normal não se transformaria em um projeto. As babás e os tutores e as escolas o criariam. Mas o fato de Shiva ter nascido fora do espectro demonstraria o quanto seu casamento era excepcional desde o começo. Aquilo acabaria com qualquer dúvida de que Seema e Barry Cohen tinham sido feitos um para o outro.

"Você é muito bom, Arturo", disse Seema, enquanto o menino encenava mais uma vez a abelha pousando na pele leitosa de seu braço e gritava, com histeria ensaiada, "*Ai! Ela deu uma ferroada bem em mim!*".

"Como é que a gente diz quando alguém nos faz um elogio?", perguntou Luis.

"Obrigaaaaaado", disse a criança, revirando os olhos para aquela imposição. Mas então ele tirou aquele boné idiota de abelha e se curvou em reverência, e a filipina começou a levá-lo de volta para o quarto debaixo de um coral de "Boa noite, Arturo", e Luis dizendo, "*Buenas noches, pequeño abejorro*".

"Uma pergunta nova-iorquina horrível", disse a médica, servindo mais uma garrafa de Priorat, uma enganação encorpada de duzentos dólares que denunciava o gosto mediano do seu marido. "Vocês já andaram pesquisando alguma escolinha?"

Seema e Barry se permitiram trocar um olhar de um milissegundo, como se estivessem fazendo o download simultâneo de uma mesma cena de um ano atrás, Shiva de pé, imóvel, soltando um grito estridente, no que era pra ser uma "aula de movimentação" numa creche local, uma das sete que o recusaram, enquanto crianças monstruosas de olhos brilhantes saltitavam ao redor para a alegria de seus pais.

"Ah, a gente ainda nem está pensando nisso!", disse Barry, sacudindo o braço e captando um vislumbre do brilho do seu Nomos. "Pra que essa pressa? Deixa a criança brincar."

"O Shiva tem uns atrasos", disse Seema. Ela ergueu a taça enquanto Luis lhe servia mais um pouco de Priorat, no qual ela mal havia tocado.

"Eu sou médica, e deixa eu te dizer uma coisa, *todos nós* temos atrasos", disse a honconguiana. Eles riram em estéreo da sua opinião médica. "E o Arturo *odeia* a Flatiron Montessori."

Aquela tinha sido a primeira escola a rejeitar Shiva, e era, possivelmente, a melhor do bairro. O ataque que ele deu lá tinha sido tão épico que Seema ficou surpresa por eles não terem chamado a polícia.

"Eu queria que ele estudasse na Ethical Heritage do jardim de infância até a sexta série", disse Seema. "É um lugar muito heterogêneo."

"É mesmo?", perguntou a médica.

"Alguns dos pais de lá nem trabalham com fundos multimercado. *São apenas médicos ou advogados*."

Luis e a esposa sorriram, e Barry deu uma risadinha forçada. Seema não permitiu, nem por um momento, que as coisas que disse deixassem transparecer sua dor; a forma como ela represou o sentimento foi perfeita. Aquela era a primeira vez em cinco anos de flerte e casamento que ele sentia pena da esposa. "Quer dizer...", disse Seema. "É bom ter alguma diversidade *econômica*." Ela fingiu tomar um longo gole do seu Priorat, mas apenas molhou os lábios. Ocorreu a Barry, do nada, que ela era a pessoa mais inteligente daquela mesa, e também a única que não trabalhava.

"Luis está escrevendo um romance sobre o mercado financeiro", disse a médica.

"Por quê?", perguntou Seema.

"Bem", disse Luis, girando o vinho dentro da taça com os mesmos floreios exagerados do seu filho performático, "se os alienígenas invadirem e conquistarem a Terra, eles não vão querer saber quem são seus novos patrões?"

"Luis!", disse a médica. "Isso não foi legal."

"Ah, foi só uma brincadeira", disse o escritor, enquanto Barry dava uma de suas gargalhadas de "cara mais gente boa de Wall Street" para mostrar que por ele tudo bem levar uma alfinetada por ser um plutocrata.

"Metade das pessoas que eu conheço trabalha com fundos", disse Luis. "Pelo amor de Deus, nós moramos em Nova York."

"Na minha humilde opinião", disse Seema, "você deveria ficar com os seus belíssimos retratos da América Central. Dê voz aos excluídos."

"Mas pra fazer isso", declarou o escritor, "você tem de começar na metrópole, e então ir expandindo até chegar às periferias. Onde o poder realmente se origina?" Ele ergueu uma das mãos para indicar que se originava nos apartamentos de andar inteiro e tríplex gigantes acima dele, igual àquele que pertencia aos Cohen.

"Bom, de minha parte, eu acho que o gerente de um fundo multimercado seria o protagonista perfeito", disse Barry. "E eu me ofereço para ser a sua musa inspiradora!"

"Eu discordo", disse Seema. "Pessoas que trabalham com finanças não têm imaginação. Elas não têm alma."

Pela terceira vez em três minutos, Barry sorriu estupidamente. *O que foi que ela disse?* Ele precisou corrigir aquelas duas frases. Esticou o braço para pegar a garrafa vazia de vinho, sacudiu-a e a pôs de volta na mesa.

"Excluindo-se os presentes, é claro", disse a médica, apontando para Barry. De repente ficou claro para ele que ela havia estudado numa escola internacional, e que Luis provavelmente havia frequentado uma escola preparatória nos Estados Unidos. Gente que vinha de famílias ricas. Rindo dos novos-ricos.

"É só botar quatro monitores na frente dele", disse Seema, "que ele só vai dar atenção a eles. Sem dar bola pra mais ninguém."

"Adoro o jeito como vocês ficam se alfinetando", disse a médica, olhando para o colo.

"Ah é, porque nós somos muito, mas *muito* formais mesmo", disse Luis. Então, num dos atos mais cruéis daquela noite, ele se inclinou por cima da mesa para dar um beijo na testa lustrosa da esposa, só para ser recompensado com um sorrisinho de adolescente tímida.

"O *sambar* estava excelente", disse Julianna, "melhor do que todos que eu comi na Índia", e alguém poderia interpretar a finalidade daquele elogio como uma tentativa de encaminhar o encerramento daquela noite, mas Barry não poderia ir embora àquela altura, com o seu índice pessoal de ganhos e perdas apontando claramente para baixo. "Eu tenho um exemplar do uísque Karuizawa *single barrel* de quarenta e oito anos", ele disse, "trinta e três mil dólares a garrafa, isso se você conseguir encontrar."

"Meio tosco mencionar o preço, Barry", disse Seema. Afinal de contas, foi ela quem insistiu para que eles levassem o *sambar* feito em casa em vez de uma garrafa de vinho que servisse como símbolo de status. Mas talvez ela também estivesse sentindo a necessidade de sair por cima em algum aspecto aquela noite. À sua própria maneira, ela era tão competitiva quanto ele.

"Não consigo dizer não para um Karuizawa", disse o escritor, com a pronúncia perfeita, o que significa que o filho da puta sabia exatamente do que estava falando.

A viagem solitária de elevador durou apenas um instante, mas foi o suficiente para que Barry pegasse seu celular e procurasse o apartamento dos Goodman no Zillow. "VENDIDO: US$ 3 800 000. Vendido no dia 23/11/15. Estimativa de valor: US$ 4 100 000." A planta baixa mostrava dois quartos, três banheiros e o mesmo closet do tamanho de um hangar que eles tinham no seu apartamento. Ele havia custado pouco menos de um quinto do preço do seu apartamento, mas, mesmo assim, como é que eles tinham conseguido bancar aquele lugar com o salário de professora assistente na faculdade de medicina da NYU dela e a posição 1 123 340 no ranking da Amazon dele? Só podia ser dinheiro de família. Só podia ser! Ele tinha que descobrir o que acontecia ali.

Barry atravessou sua sala de estar mergulhada na penumbra e foi direto à sua adega de uísques, que ficava nos fundos da cozinha, quando Novie surgiu por trás de alguma decoração viking. "Psiu", ela chiou. "Por favor, sr. Barry, não faça barulho. Ele acaba de adormecer. Foi muito difícil pôr Shiva para dormir esta noite."

Barry e Novie se davam bem no começo, com muitos sorrisos, até mesmo um certo flerte da parte dela, mas desde o diagnóstico ela claramente começou a vê-lo como irrelevante, na pior das hipóteses, e um obstáculo, na melhor delas. Era uma moça de voz rouca, eternamente vestida com moletons da GAP, camisetas apertadas e com as leggings da Lulu que Seema comprava pra ela aos montes. Ela passava todo seu tempo que não era dedicado a Shiva envolvida em três atividades: assistindo a novelas em tagalo no seu tablet, ligando via Skype para Davao, onde seus parentes pediam dinheiro para cobrir dívidas de jogo e, o que deixava Barry mais incomodado, rezando. Ela insistia em dizer que Shiva era totalmente normal, que aquele diagnóstico não fazia o menor sentido; era tudo uma questão de fazer com que Jesus olhasse por ele. Mas ela também sabia que Seema agora precisava dela muito mais que do marido, e que aquela casa, na verdade, pertencia a Shiva, o herdeiro de um trono vago.

Barry apanhou a garrafa de aparência enganosamente humilde do Karuizawa em sua prateleira na adega de uísques, batendo-a contra a prateleira central e quase a quebrando no caminho de volta à sala de estar. Que diabos ele estava fazendo? A Karuizawa era uma destilaria extinta, ou morta, como se diz, o que significava que apenas meia dúzia de garrafas como aquela existiam em todo o mundo, a maioria delas guardada como investimento. Barry tinha reservado aquela garrafa em particular para uma ocasião especial, como, por exemplo, quando Shiva tivesse de se submeter aos seus próximos exames em Cornell e os médicos de lá dissessem a eles que o diagnóstico não se aplicava mais.

Ele reverteu o quadro.

Nós nunca vimos nada parecido.

Cerca de dez por cento dos pacientes conseguem vencer essa coisa, e ele é um deles.

Mas, em vez disso, estava prestes a compartilhar o Karuizawa com um homem que ele desprezava.

Shiva estava de pé no meio de um trecho rebaixado na parte final da sala de estar, seu corpo magro e comprido gemendo suavemente de ansiedade ou empolgação; era sempre difícil dizer qual dos dois. "Viu", sussurrou Novie, "ele ouviu o senhor e ficou agitado porque o papai dele está em casa."

"O papai precisa ir", disse Barry, que era o que ele dizia quase todas as vezes que via Shiva. Os olhos do menino transbordavam o que parecia ser um misto de tristeza e inteligência, que seduzia todos que o conheciam. Shiva segurou o relógio no pulso de Barry com suas mãos pegajosas. Relógios claramente o deixavam empolgado.

"O que é isso?", perguntou Barry, da mesma maneira que teria falado com um cão, a única maneira que ele sabia falar com crianças. "Relógio. Diga, coelhinho! Re-re-re. Ló-ló-ló. Gio-gio-gio. Relógio. O relógio do papai." Mas Shiva ficou apenas puxando a pulseira. Barry bagunçou seu cabelo molhado, sentindo o cheiro de xampu para bebês da Johnson misturado àquele aroma extremamente adocicado do suor de uma criança, uma combinação que sempre o fazia pensar como é que poderia ter alguma coisa errada com uma criança com um perfume tão mágico. "Diga, Shiva, que eu deixo você segurar o relógio."

"Sr. Barry, ele precisa ir para a cama", disse Novie.

"Re-re-re", Barry dava o exemplo para o seu filho. "Relógio. Relógio do papai. Que relógio bonito. Meu relógio."

A babá o puxou gentilmente para longe do relógio do pai, e o menino começou a expelir uma série de guinchos que Barry achava que não deveriam ser produzidos por uma boca humana, os sons de um massacre num vilarejo ocorrido há vários séculos na sua história genética. Havia algo de muito injusto naquilo tudo. No quanto ele havia trabalhado duro pela sua família. No quanto havia esperado pacientemente pela mulher certa, pela *moça* certa, com os óvulos certos, *jovens* e perfeitos. Eles teriam três filhos. Alguns banqueiros tinham quatro de cada esposa, mas ele teria apenas três de uma mesma mulher. Já havia banheiros no seu apartamento da cidade e em sua casa de campo com três pias, uma ao lado da outra, para que, enquanto crescessem, as três crianças pudessem escovar os dentes ao mesmo tempo, às vezes brincando de jogar água uns nos outros. Barry era filho único e sua mãe havia morrido num acidente de carro quando ele tinha cinco anos. Ele nunca havia pensado seriamente em ter filhos, mas a imagem dos três juntos naquele banheiro milagroso com três pias Duravit, uma ao lado da outra, foi o que o fez chorar quando o médico disse a ele que só Deus sabe por que deu tanto problema, mas finalmente a fertilização in vitro tinha funcionado, e Seema estava grávida. Três filhos, cada um abraçado ao corpo morno do outro enquanto a água corria das três torneiras, o cheiro de cabelo novo e grama cortada em suas canelas, três vidas perfeitas.

Eles resolveram o quebra-cabeça em setembro passado, em Veneza. Os "atrasos" de Shiva estavam começando a se tornar um fardo, mas eles ainda não haviam pensado no que fazer, então decidiram deixá-lo com a babá e passar quatro dias na Lagoa de Veneza, o tipo de escapadela romântica que chegou a ser algo corriqueiro durante o namoro deles. A cidade estava um nojo, apinhada de turistas, garotas inglesas com camisetas escrito VODKA & DÖNER, idosos nas últimas em cadeiras de roda fazendo fila nos *vaporetti* como se estivessem participando de uma encenação em massa de *A morte em Veneza*. Eles ficaram numa suíte no Gritti Palace com vista para o domo bizantino prateado da Basílica da Salute. Seema preferia o muito mais caro hotel Aman, onde George Clooney tinha se casado com alguém, mas Barry gostava do Gritti porque ele podia se sentar no deque externo, o mesmo lugar onde Hemingway havia um dia se sentado, e tomar um Aperol Spritz exatamente como o homem cuja prosa ele tentava imitar quando estava em Princeton. Além disso, no salão do hotel havia muitos livros excelentes sobre relógios, incluindo um tomo de mais de vinte quilos sobre os primeiros clássicos da Omega.

Ele contratou um gondoleiro particular para levá-los pelos canais da cidade e, em questão de um dia, ambos já aparentavam estar adequadamente entorpecidos pelo sol e por sexo. Era a primeira vez em muito tempo que eles trepavam, evitando a maior parte do tempo o rosto um do outro, tratando seus orgasmos como "produtos de trabalho" separados. Graças ao jet lag, eles treparam por três horas seguidas no meio da noite, e quando Barry deu uma olhada no banheiro e viu Seema limpando-se sentada no vaso, e o tanto dele que ainda estava dentro dela, ele achou, pela primeira vez em muito tempo, que tudo ia ficar bem.

Como ele havia escolhido o hotel, Seema poderia visitar todos os museus de arte que quisesse. Antes de seus pais a obrigarem a cursar direito, Seema havia estudado história da arte na Universidade de Michigan. Ele insistia para que ela se tornasse uma colecionadora, mas além de um Miró e de um Calder obrigatório atirados e esquecidos num canto da biblioteca, eles não tinham muitas posses naquela classe de ativos. Veneza deveria, supostamente, reacender suas paixões e, assim, após uma trepada matinal, eles foram a um Passeio pela Veneza de Tintoretto que incluía uma rápida passada pela coleção de Peggy Guggenheim.

O que Barry mais temia era a possibilidade de uma visita à Galleria dell'Accademia, porque aquela não era uma igreja onde você podia, pelo menos, apreciar a grandiosidade e a impassividade do mármore e das pedras. Um amigo que gerenciava um fundo macro a partir de Miami havia saído de um divórcio diretamente para a aquisição de obras impressionistas na casa do bilhão de dólares para impressionar alguma futura e jovem esposa, mas depois de todo o sexo que havia feito na noite anterior, Barry sentia-se totalmente seguro em seu casamento, então andou duas ou três salas à frente de Seema só para depois voltar e encontrar sua figura deslumbrante embalada numa camiseta justa e num jeans ainda mais justo (ter um filho havia, de alguma forma, aperfeiçoado sua silhueta, deixando suas melhores partes ainda mais fornidas), parada diante de alguma Madonna com uma criança, com o ar sensual de profundidade que lhe era exigido. Mas conforme foi se aproximando, ele viu as lágrimas contornando seu rosto em direção ao queixo. Ele quase recuou — será que aquele era um momento só dela? Um dos poucos que se pode ter quando você é casado, mesmo que exista um espaço de novecentos e trinta metros quadrados entre vocês? Não, aquilo ali era alguma outra coisa.

"Seema?" Ele a pegou pelo cotovelo.

"Olha", ela disse. Era *Maria e Jesus*, de Ticiano.

Ele não conseguiu entender o que estava acontecendo exatamente. Ele olhou. Olhou mais de perto. "O quê?", ele disse, e então viu. A Virgem estava olhando dentro dos olhos de seu Filho, lançando aquele olhar italiano obscenamente pesaroso que as mulheres venezianas andando pelas ruas ainda pareciam lançar nos intervalos entre suas conversas pelo celular. Mas não tinha a ver com isso. Tinha a ver com a Criança olhando para sua Mãe. Eram seus olhos. Seus olhos estavam grudados nos olhos da Mãe. Ser criança era isso. Procurar pelo olhar da mãe e retribuí-lo. Aprender a se conectar agora e pelo resto de sua vida.

Barry sentiu um soluço se formando em suas profundezas, num lugar silencioso e nada viril. A princípio, a tristeza que ele sentiu era consigo mesmo, e com a mãe que nunca chegou a conhecer, os olhos dos quais ele jamais seria capaz de lembrar. Não havia como usar os dedos para aumentar as polaroides daquela época como ele podia fazer com uma imagem no iPhone, não dava pra ver seu rosto de perto para tentar entender que tipo de pessoa ela tinha sido. Mas, no fim das contas, foi Shiva quem fez com que ele tivesse vontade de chorar ao lado da esposa. Shiva, que aos dois anos de idade ainda não tinha olhado nos olhos de nenhum dos dois. Shiva, que não era simplesmente atrasado, mas sim horrivelmente avariado.

Ela brigou com ele aquela noite. Brigou por causa daquele hotel de merda, porque a única coisa, a *única coisa* que ela havia pedido era para que eles ficassem no Aman, com a sua entrada pelos fundos sem o número do quarto, a sala do café da manhã repleta de quadros retratando cenas ontológicas da mitologia, a porra da *privacidade*. Será que ela não merecia uma coisa especial de vez em quando? Será que não?

Barry se encolheu. Aquilo era exatamente como ele imaginava que deveriam ser os casamentos dos seus amigos banqueiros, mulheres ingratas gritando com homens estupefatos sobre coisa nenhuma. Certa vez, quando ainda estava no meio da sua escalada para a diretoria do Goldman, ele fora a uma festa numa mansão em Greenwich, e o arquiteto que havia projetado a casa estava lá, na varanda, completamente bêbado. Barry perguntou a ele qual era o segredo do seu sucesso, e o arquiteto apontou para o gramado cheio de casais radiantes espalhados por lá e disse: "Eu tenho o trabalho mais fácil do mundo. Banqueiros. São as mesmas quatro casas, os mesmos quatro carros, as mesmas quatro esposas". Usando mocassins e um blusão da Moncler, ele lançou outro olhar embriagado para Barry e disse: "Este é o meu cartão". Barry decidiu ali mesmo que: nada de Upper East Side, nada de Greenwich, nada de S500, nada de mulher de cinquenta quilos com os ombros ossudos e o nariz arrebitado. E lá estava ele, em Veneza, no hotel errado, olhando para o rosto pardo de sua mulher deformado pela dor como um daqueles pobres soldados florentinos, pisanos ou luqueses com uma lança enfiada na barriga numa daquelas intermináveis pinturas de batalha da Renascença.

Ainda lhes restavam dois dias daquele pesadelo, e na manhã seguinte, sem sexo, porém civilizada, ela o levou pelas ruas e canais chuvosos até a butique da Audemars Piguet na praça de são Marcos e comprou para ele um Royal Oak de vinte e oito mil euros, rosa e dourado, que não lhe serviria para absolutamente nada. A sua versão de um pedido de desculpas. A deslumbrante mocinha que tinha a função de atiçar a carteira de um certo tipo de homem interessado em colocar um relógio no formato de uma escotilha no pulso estava claramente felicíssima com a facilidade daquela venda, mas não conseguia entender por que nem o homem nem a mulher comemoraram sua mais nova aquisição. A vendedora tinha coletado o guarda-chuva com o brasão do seu hotel e o depositado em um porta-guarda-chuvas de muito bom gosto, oferecido café expresso, que eles aceitaram de forma protocolar, e também chocolates, que eles beliscaram, e quando o American Express Black de Seema aprovou a compra, ela exclamou: "Meus parabéns!".

Eles deixaram Veneza um dia antes do previsto e, graças ao excelente trabalho de sua gerente executiva, estavam no Weill Cornell menos de uma semana depois. Ele lembra da data, 23 de setembro. Seema, vestida como se fosse sair para trabalhar, de blazer e com um colar de pérolas, de pernas cruzadas, tinha escrito tudo que ela havia visto, tudo que tinha observado, como se ela mesma fosse médica, e não uma advogada defasada. Ela trouxe anotações diárias sobre o desenvolvimento de Shiva, tudo que ele comia e tudo que cagava desde o dia em que havia nascido; peso, altura e gráficos do pediatra sobre a circunferência de sua cabeça; uma página intitulada "Perguntas", e outra, escrita numa letra mais tremida, "Opções". Eram dois médicos e um fonoaudiólogo, e no momento em que eles viram Shiva, tudo estava acabado. Ele não falou, é claro. Mas ele fracassou em todo o resto também. Deram o boneco de um bebê para ele, mas em vez de abraçá-lo ou alimentá-lo com massinha de modelar, ele simplesmente ficou abrindo e fechando seus assustadores olhos azuis, abrindo e fechando, abrindo e fechando. "Eu teria feito a mesma coisa", disse Barry, "os olhos são a única parte interessante", mas Seema o encarou com seus olhos hindus pesadamente contornados pelo delineador, e ele não disse mais nada até o fim da consulta. Deram um carrinho de brinquedo a Shiva, mas em vez de usá-lo "funcionalmente", ele ficou girando as rodas sem parar e ensaiou um sorriso contido. Então ele largou o carrinho sem a menor cerimônia, foi até o interruptor, encontrou um parafuso logo abaixo dele e ficou com o dedo encostado nele enquanto respirava bem fundo e depois soltava todo o ar. Ele passou o resto da consulta acariciando o fascinante parafuso.

Se fosse um romancista como o neoguatemalteco e precisasse escrever um capítulo de um romance sobre como havia se sentido quando recebeu o diagnóstico, Barry diria que foi como se ele fosse jovem novamente e tivesse descoberto, pela primeira vez, que alguém que ele amava não correspondia ao sentimento. Ele não pensou em ninguém em particular. Quando estava no ensino médio, muitas meninas haviam repelido os avanços desengonçados do Filho do Cara das Piscinas, como ele era conhecido na época, e só depois que começou a se destacar na equipe de natação, seus ombros encorparam, e finalmente aperfeiçoou seus gestos amistosos, foi que ele começou a encontrar uma ou outra língua para enrolar na sua. Mas foi isso que ele sentiu quando ouviu o diagnóstico. A sensação de que o futuro que você havia imaginado com alguém jamais aconteceria de verdade.

Eles também não usam mais a palavra que começa com A. Agora é "espectro" pra lá e "espectro" pra cá. E "crianças com o mesmo perfil de Shiva". Sim, falou-se muito sobre "crianças com o mesmo perfil de Shiva" e sobre todos os tratamentos que poderiam trazer benefícios para aquela categoria de crianças, quase cinquenta horas de terapia comportamental, fonoaudiológica e ocupacional (seja lá o que isso signifique) por semana. Seema e Barry ficaram abalados demais para chorar, e por várias semanas, até que chegou um relatório impresso afirmando, sem rodeios, que Shiva não estava simplesmente "dentro do espectro", mas sim no seu final, na faixa mais "severa".

Mais tarde, em casa, Barry abraçou Seema por uma pequena eternidade, enquanto Shiva, em um canto do seu quarto, olhava, na mais perfeita calma, para o que estava atrás deles, na janela, o gigantesco relógio de ponteiro da Met Life Tower, e as engrenagens dentro de sua própria cabeça ou giravam rapidamente, ou não.

"Eu amo o que faço", Barry dizia. "Encaro como um exercício intelectual." Eles já tinham bebido vinte e três mil dólares do Karuizawa, que Luis havia considerado "meio esquisito" para o seu gosto, embora continuasse bebendo avidamente, além de muitas vezes esfregar o nariz, com prazer, toda vez que sentia o cheiro da bebida.

"Então, à sua própria maneira, você agrega valor", ele disse.

"Exatamente."

"O suficiente para justificar sua remuneração."

"As pessoas costumam implicar com essa parte da remuneração", disse Barry. "Tá, beleza, *em comparação* a gente ganha bem, mas o dinheiro funciona como se fosse uma espécie de tabela de pontuação. Nós não recebemos prêmios literários, ou um Pulitzer, nem nada do gênero, e não temos como acompanhar nossas *vendas*" — ele fez uma pausa intencional, como se fosse para relembrar ao escritor sua posição no ranking de vendas da Amazon —, "então é o dinheiro que nos diz quem está na frente."

"Mas toda essa riqueza não poderia ser mais bem distribuída? E se quando você completasse seus primeiros trinta milhões, nós déssemos uma medalha pra você e disséssemos, 'Você venceu!', e o resto vai para os pobres?"

"Suponho que a maioria dos pobres não saberia o que fazer com tanto dinheiro", disse Barry, com a voz um pouco alta demais, agitado pelo álcool. "Eles têm muito pouca informação, e ter dinheiro pode ser uma coisa bem confusa. De certa maneira, você precisa aprender a ser rico." Seema lançou um olhar para ele da outra ponta do sofá, onde ela conversava com a médica sobre a criação dos filhos. Ele sabia que Seema jamais revelaria o diagnóstico de Shiva, assim como não havia falado para seus pais ou amigas da faculdade, a maioria dos quais ainda trabalhava com vendas on-line enquanto saía com uns babacas do Brooklyn, e ele ficou pensando que ela deveria ter alguma outra pessoa além de Novie com quem pudesse se confidenciar. Para os pais de Seema, foi fácil fingir que estava tudo bem. Einstein só havia começado a falar aos três anos de idade, e Shiva com certeza daria algumas lições nesse cara. "Com genes indianos e judeus, quem é que segura esse moleque?", seu pai havia comentado mais de uma vez.

"Barry, pega leve", disse Seema.

"Minha esposa, a Democrata", disse Barry. "Mas, é claro, ela é muito mais inteligente do que eu. É a mulher mais bonita e inteligente que já conheci." Ele olhou para o outro lado da sala, buscando aprovação para sua declaração magnânima. As mulheres voltaram à sua conversa em voz baixa.

"Você estava dizendo", Luis lembrou, "que os pobres não saberiam o que fazer se tivessem mais dinheiro."

"Isso foi muito deselegante, e eu retiro o que eu disse."

"Mas será que *você* sabe o que fazer com o seu dinheiro? Nós bebemos dois Hyundai Sonata nesse uísque esta noite. Porém o único motivo para que esse uísque tenha esse preço é o fato de homens como você poderem pagar por ele."

"E quem sai prejudicado com isso?", disse Barry. "Quem sai perdendo nessa situação? A destilaria japonesa? A loja que vende o uísque? *Você?*"

"Minha única preocupação é que os novos barões distorçam as coisas para o resto de nós. Vocês criam um mundo no qual não possuir riqueza extrema é visto como um defeito moral."

"Mas e não é?", perguntou Barry, com a voz baixa, para que Seema não pudesse ouvi-lo. "Um defeito moral? Talvez não na sua Guatemala, onde, pelo que li no seu livro, não há a menor esperança para ninguém, mas aqui nos Estados Unidos. Metade dos gerentes de portfólio do meu fundo, a metade, ou são imigrantes ou são filhos de imigrantes. Minha esposa é imigrante. Sua esposa é imigrante. Porra, *você* é imigrante. Mais ou menos."

"Mas nós somos um outro tipo de imigrante. Não somos aquele tipo tradicional de imigrante que chegou num navio a vapor com três malas ou que teve que cruzar o rio Grande correndo para chegar aqui. Nossos pais vieram para cá com diplomas universitários."

Arrá! O valor estimado pelo Zillow estava prestes a ser explicado. "Então seus pais tinham dinheiro?"

"Pelo contrário. Eles eram professores de colégio."

"Os dois?" Luis fez que sim com a cabeça. Barry olhou para a médica de Hong Kong. "E..." Ele ainda não tinha gravado o seu nome.

"O pai dela era contador na Fulton Fish Market, e a mãe era enfermeira."

"E, mesmo assim, vocês conseguem bancar tudo isto aqui", disse Barry, gesticulando com o braço para a sala de estar, que tinha a metade do tamanho da sua, e não estava voltada para o majestoso relógio da Met Life Tower e todo o *skyline* luminoso de Midtwon atrás dela, e sim para um letreiro mal iluminado que dizia Schnippers, que ele não sabia o que era, apesar de passar todos os dias na sua frente, talvez uma delicatéssen ou algo do tipo. Mesmo assim... "VENDIDO: US$ 3 800 000. Vendido no dia 23/11/15. Estimativa de valor: US$ 4 100 000." "Seus livros devem vender muito bem", disse Barry.

Luis e a médica riram juntos. "Acho que Seema é a única pessoa que eu conheço que, por acaso, leu o Luis", disse a médica. "Eu mal pude acreditar!"

"É verdade", disse Luis. "Eu sou o que eles chamam de 'escritor para escritores'." Ele deu uma tragada bem funda no Karuizawa *esquisito*. "Essa garrafa custa mais ou menos metade do meu último adiantamento", ele disse, reflexivo.

Barry ficou confuso. "Então, como você monetiza sua arte?"

"Bom, aí é que tá", disse Luis. "Tenho admiradores em alguns departamentos universitários, estudos latinos, estudos judaicos, estudos multiculturais. Eu me encaixo em muitas coisas. E assim, eles me convidam com muita frequência para fazer palestras para os alunos e para a comunidade acadêmica."

"E eles te pagam por isso", disse Barry.

"Sim, e muito bem."

"Muito bem quanto?"

"*Barry!*", ele ouviu Seema dizendo. "Já chega de falar de dinheiro. Nós não estamos no meio do pregão."

"Obscenamente bem", disse Luis, seus olhos verdes brilhando em meio à luz urbana, reduzida. "Às vezes chega a vinte mil dólares por uma palestra de vinte minutos."

"Entendi", disse Barry. "Entendi." O uísque agora tinha um gosto ácido e sem sentido em sua boca. "Então, você deve ser muito popular para eles te pagarem tanto dinheiro. Vinte mil pessoas devem assistir às suas palestras."

"Ha! *Vinte* já seria um bom número. Eu fiz uma na Ohio State mês passado e não apareceu *ninguém* além da turma de estudos judaicos e um zelador guatemalteco."

"Bom, daí já é socialismo!", disse Barry.

A médica e o escritor riram. Seema encarou Barry, furiosa. "Acho que sim", disse Luis.

"E você nem sequer é latino!"

"Ai, meu Deus, eu acho que já é hora de a gente ir embora", disse Seema. "Mil desculpas. Quando Barry fica estressado no trabalho, ele bebe."

"Não, não", disse Luis. "Ele está certo em explorar essas questões de identidade. O que é um latino, exatamente? Quem se qualifica? São perguntas desse tipo que nós fazemos nas minhas palestras nas universidades."

"Que ninguém assiste", disse Barry. "E que custam vinte mil dólares, cada."

"Exatamente", disse Luis. Ele lançou um olhar malicioso e sarcástico para Barry. "Você faz umas cinquenta dessas por ano e, bom, um milhão até que não é grande coisa em Nova York hoje em dia, mas, pelo menos, você pode morar num desses *formigueiros* da elite." Então ele se virou para a esposa e ambos sorriram um para o outro.

E foi então que Barry entendeu o que havia acontecido. Ele tinha caído que nem um patinho. Aquela noite tinha sido uma armadilha preparada pelo escritor e pela médica. Ele precisava de material para o seu novo livro sobre o mercado financeiro. Ela topou com Seema no saguão, ficou sabendo com quem ela era casada e resolveu organizar esse jantar. Ele precisava de um personagem oriundo do mercado financeiro, e agora ele estava ali, falando alto sobre os pobres e sobre socialismo e exigindo saber o tamanho do salário dos seus anfitriões e das posses de suas famílias, enquanto esfregava na cara deles uma garrafa de uísque de trinta e três mil dólares. O escritor estava fazendo anotações mentais aquele tempo todo.

A mão de Seema o segurava pelo cotovelo, fazendo força para erguê-lo enquanto seguia pedindo desculpas pelo seu comportamento, ao qual o Tolstói guatemalteco respondia com a mesma risada do seu filho alto e bonito, dizendo, *Não, não, não*, que ele tinha achado Barry *um cara fascinante, simplesmente fascinante*, e que, com a aprovação da médica, *eles deveriam repetir a dose na semana que vem*. Pela primeira vez, Barry reparou nas obras de arte na sala de estar, que eram, basicamente, inexistentes, exceto um antigo pôster de James Bond em espanhol. James Bond, *el espía 007, el más extraordinario espía de la ficción*. O pôster não compartilhava do valor ou da exclusividade do Miró ou do Calder de Seema esquecidos em sua biblioteca, mas era um objeto de decoração que sugeria que o escritor possuía uma *identidade*. Pouco importava se tivesse sido inventada. Ele a havia inventado. Ele era a porra dum escritor! Era isso que ele fazia.

Ah, e também aquele IWC, aquela frigideira em forma de relógio para afirmar, displicentemente, seu bom gosto e masculinidade.

E aquela criança, dormindo em segurança em sua cama ao lado do seu boné de abelha, com sua louvada cabecinha, cheia de *palavras* e *pensamentos* e *sonhos* finamente ajustados.

Seema ainda o segurava pelo cotovelo enquanto atravessava a cozinha, levando-o para fora dali. Os armários e painéis de controle pareciam ter sido esculpidos a partir de uma mesma rocha, incrustada de LEDs. Na verdade, era uma cópia exata da sua cozinha. Será que todas as cozinhas daquele prédio eram iguais? Ele estava bêbado. Completa e perfeitamente bêbado. Será que o escritor nem *sequer* tinha alguma coisa para beber aquela noite, ou será que era como as strippers nos bares que ele costumava frequentar com seus colegas quando começou a trabalhar no Morgan, que faziam com que você pedisse as bebidas mais caras para elas e fingiam beber, ou talvez tivessem um cúmplice no bar que acrescentava água a elas. E então, quando você mal estivesse conseguindo se manter de pé, e elas estivessem perfeitamente sóbrias, elas avançavam sobre o seu cartão Black enquanto manipulavam seu pau impotente, encharcado de uísque.

Barry sentiu o suor se acumulando em suas têmporas, o suor da derrota que ele esperava na manhã seguinte a uma noite como aquela. Olhou desesperado para os encaixes femininos na pulseira do seu relógio. Eles saíram pela porta da frente e caíram numa espécie de corredor cinzento. O corredor era tão genérico que poderia muito bem fazer parte do apartamento dos Goodman. Os Goodman eram tão genéricos que poderiam muito bem fazer parte daquele corredor.

Ele sentiu a primeira fisgada ali. Saia daqui. Fuja de Seema. Fuja de Shiva. Fuja do SEC. Richmond. El Paso. Layla. O Greyhound. A estrada aberta.

Seema ainda estava se desculpando por ele. Quando é que ela ia parar de fazer aquilo? Tudo que ele tinha feito era questionar a ausência de latinidade do *pseudo*-guatemalteco. No seu escritório, você poderia soltar uma piada como aquela antes de dar bom-dia, antes mesmo de conferir os números do mercado, que ninguém se sentiria ofendido. Mas ela ainda estava pedindo desculpas como se fosse uma caipira, uma pessoa de humanas formada em Michigan, uma *advogada*, o tipo de gente que sempre estava em suas reuniões, sentadas às suas costas, atrás de quem realmente mandava.

O escritor continuava exibindo seu relógio a ele, e as mulheres seguiam falando e falando e falando. Ele voltou a si por um instante porque, mesmo em sua embriaguez, foi capaz de perceber que o nível de tristeza da esposa estava levemente acima do normal, uma vez que conhecia muito bem aquela medida. "Sabe o que a gente tem que fazer?", dizia a médica de Hong Kong, e agora ele estava conseguindo perceber como era pesado o sotaque de imigrante recém-chegado que ela tinha conseguido disfarçar bem até uma e meia da manhã, ou qualquer coisa que dissesse o Nomos Minimatik, os *eles* e os *erres* não exatamente trocando de lugar, mas flertando com a possibilidade. "Nós temos que pôr o Shiva e o Arturo para brincar juntos."

"Vai se foder", disse Barry, bem na sua cara de imigrante recém-chegada. "Sério, vai tomar no cu."
E dessa vez, ninguém riu.

Eles não sabiam brigar. Esta era a conclusão após vinte sessões de terapia de casal conduzidas por uma velha judia gorda que tinha a mesma cara da metade dos parentes de Barry no Bronx, de onde vinham originalmente os Cohen, antes do seu pai se mudar para Long Island com seu pujante acervo de piscinas que precisavam ser limpas.

Eles guardavam as coisas para si. Nunca eram honestos um com o outro. Nunca se comprometiam. Bom. Naquela noite eles desabafaram. Naquela noite eles foram honestos. Naquela noite eles se comprometeram.

"Ele é uma fraude!", Barry gritou.

"Você é uma fraude", Seema respondeu. Ela não gritou de volta. Ela era melhor que isso. Havia herdado da mãe uma voz de briga rouca e profunda que Barry não conseguiria igualar nem em seus sonhos com a voz aguda e repleta de histeria judaica herdada de seu pai.

"Ele ganha vinte mil pra dar uma palestra que não serve pra nada! Só porque sai por aí dizendo que é intelectual! É por isso que o nosso país detesta as elites."

"Ele ganha vinte paus pra dar uma palestra. Você perde seis por cento do dinheiro dos seus clientes enquanto fatura dois por cento pra você. E investindo em quê? Na *Valupro*? Até eu podia te dizer que isso era uma furada. Você perdeu mais de oitocentos milhões nos últimos três anos. O seu P&L está negativo. Então, qual de vocês dois é a maior fraude? E eu nem vou citar, você sabe. Aquela outra coisinha."

Barry ficou parado onde estava. Ficou olhando para os relógios, dentro dos seus movimentadores, no seu armário, como se fossem as incubadoras cheias de crianças na UTI neonatal do Lenox Hill, onde Shiva havia passado sua primeira semana no planeta. Os jornais e a CNBC tinham falado sem parar sobre as suas perdas com a Valupro, sobre como Barry tinha sido a última pessoa que seguiu acreditando piamente em algo que era, obviamente, um golpe, mas como diabos ela sabia como era o seu demonstrativo de lucros e perdas? Como diabos sabia sobre aquela outra coisinha? Quando ele falava sobre trabalho com ela, era sempre da forma mais superficial e abrangente possível, usando termos reservados para os seus investidores chamados Ahmed, do Qatar, sem sequer mencionar os planos de previdência e fundos universitários. Mas ela o estava *monitorando* esse tempo todo. Avaliando. Será que já havia advogados de divórcio na jogada? Ele tinha se deixado levar pela cegueira da paixão e nunca assinou um acordo pré-nupcial. Achou que tinha se casado com a sua melhor amiga.

Sua cama jazia elevada, como um trono, sobre o espaço negativo do seu quarto enorme. Aquele não parecia ser o lugar ideal para se ter esse tipo de discussão. Mas onde mais seria? Num quarto de hotel em Veneza? No Gritti Palace? Eles brigavam melhor em cidades com lagoas tuberculosas. Era a esse lugar que aquela briga pertencia, não a seis cômodos de distância de Shiva.

Tinha uma coisa que ele precisava dizer pra ela.

"Eu quero que você faça um aborto."

"Ah", ela disse. Ele meio que esperava que Seema pusesse a mão sobre a barriga insignificante, mas ela não fez isso. "Porque você não seria capaz de suportar ter mais um filho imperfeito."

"Você sabe que é um menino", disse Barry. "Você sabe quais são as chances de ser um outro menino com..." Ele também não conseguia dizer, nem mesmo no calor da bebedeira daquela noite. "O mesmo diagnóstico."

Seema chegou tão perto que ele conseguia sentir o cheiro de cada fibra de frango *hakka* se decompondo em seu hálito, e aquilo lhe causou asco. "Você nunca amou o Shiva", ela disparou, com aquele sorriso sarcástico de merda de imigrante de classe média que seus avós tinham trazido com eles na carroça que usaram pra fugir de Tâmil Nadu. "Antes mesmo da porra do diagnóstico. Antes de tudo isso. Ele era apenas mais um objeto de luxo pra você. Uma criança pra colocar na frente de uma das suas três pias mágicas dos irmãozinhos. Só mais um item pra você ir riscando da sua listinha. E agora, quem imaginaria, o esperma de um velho deu origem a uma criança com problemas."

"Foram os seus óvulos!", ele disse. "Os seus óvulos de vinte e nove anos não conseguiram nem se juntar à porra do meu esperma! Quanto dinheiro nós gastamos com a fertilização? Dois milhões? E sim, esse era o dinheiro dos meus clientes, o dinheiro que você considera tão fraudulento. E eu ia doar dinheiro pra campanha da Hillary por sua causa. Aquela vadia traiçoeira. Eu ia doar uma grana pra conseguir um trabalho pra você na procuradoria-geral quando ela vencesse. Para que você tivesse alguma outra coisa além do Shiva para dar sentido à sua vida. Fraudulento? É você que é fraudulenta, por dentro. É a sua genética."

Ela não chorou. Ela nunca chorava. Só chorou uma vez, quando eles receberam a carta com o diagnóstico impresso nela. Que porra é essa, que tipo de mulher nunca chora? Barry chorava algumas vezes por mês, por causa do filho, do fracasso nos negócios, por seus falecidos pais, por não saber quem ele era de verdade. Quando conseguia sentir que as lágrimas estavam vindo, ele colocava um velho Omega Speedy com o mostrador marrom envernizado e os numerais arábicos suprimidos nos submostradores. Mas ela ficou simplesmente ali, parada, pronta para receber o que quer que ele fosse jogar contra ela, que, ao que parece, não seria muita coisa.

"Eu vejo aquelas crianças perfeitas saindo da Flatiron Montessori", Seema disse numa voz tranquila. "Eu vejo meninos como Arturo cantando aquela música da abelhinha. Eu não queria que o Shiva fosse nenhum deles. E eu nunca o trocaria por nenhum deles. O amor que sinto por ele é muito claro. E o caminho que ele tem pela frente é tão complicado. Ah, Barry. Tão complicado. E a parte mais complicada de todas é que ele não tem um bom pai. Essa é a parte mais complicada, não é? Esquece o seu esperma, esquece meus óvulos. Ele não tem um bom pai. O pai dele não é um bom homem. O pai dele não é um bom nada."

Barry sentou ali mesmo e começou a chorar, as lágrimas escorriam pelo seu queixo. Mas aquilo não ia durar muito tempo. A raiva estava vindo. Ele podia sentir. Às vezes ela aparecia de supetão, no escritório, quando a porra do inútil do gerente de projeto cagava tudo mais uma vez, às vezes quando estava na Equinox, cruzando a piscina da forma mais furiosa que era capaz, ele e um monte de outros caras que trabalham no mercado financeiro nas raias adjacentes, batendo na água como se fosse a cara dos seus pais. O que foi que Seema disse ao guatemalteco? *Que ele não tinha imaginação. Que não tinha alma*. Ele levantou num pulo. Pela primeira vez no seu relacionamento, Seema recuou, como se, assumindo o papel de Filho do Cara das Piscinas, o proletário que ela sempre achou que ele era, fosse bater nela.

Ele saiu do quarto. Saiu do quarto, entrou no corredor, depois em outro corredor, e mais outro, como se as paredes do seu próprio apartamento estivessem formando um bazar otomano desconhecido à sua volta. Mas ele sabia aonde estava indo. O rosto de Novie estava iluminado por algum filme de ação em tagalo, a técnica que ela havia desenvolvido para adormecer na cidade fria e elegante em que trabalhava. Barry já a havia deixado para trás quando ela começou a girar o corpo, e estava entrando no mais sagrado dos santuários, o quarto de Shiva, com suas roupas da Loro Piana cuidadosamente empilhadas dentro dos armários, porque, "como muitas crianças com o seu perfil", a pele de Shiva era muito sensível e só aceitava as fibras mais macias. Barry passou por todas as girafas e os cachorros de pelúcia gigantes da FAO Schwarz que não significavam nada para Shiva, eram meros obstáculos para o seu amado interruptor, que ele podia ficar ligando e desligando ao longo de um dia inteiro.

Antes de entender o que estava fazendo, o menino já estava em seus braços, e Barry o estava esmagando, abraçando-o com força. "Fala alguma coisa", disse Barry. "Fala qualquer coisa, meu coelhinho. Eu te amo tanto. Por favor, fala. Eu sei que você consegue. Eu sou seu pai. Você não sabe disso? Não sabe que sou seu pai? O papai está aqui."

O grito da criança se propagou no formato de um funil, se expandindo para cima e atravessando o teto até chegar ao tríplex de Rupert Murdoch. Não havia mais nada naquele quarto além do som do seu grito e de seus braços, agitados como se fossem as asas de um pombo ensandecido. De repente elas estavam em cima dele. Sua esposa e Novie, essas duas mulheres pardas, de unhas compridas, arranhando seu rosto e lhe dando socos e tapas.

Ele voltou até o seu cofre de relógios, jogou seis de suas belezinhas dentro de uma mala de rodinhas junto com um punhado de cuecas e um frasco de limpador de relógios da Veraet. Ele não conseguiria fazer aquilo sem os seus relógios. Não seria capaz de viver sem o seu tique-taque insistente, sem os giros previsíveis de seus volantes reguladores, sem o glorioso zumbido de movimento e sem a luz que havia dentro de seus mostradores, que dava a impressão de que o relógio tinha uma alma. Cada relógio contava sua própria história de física e perfeição, e simbolizava as incontáveis horas dos esforços meticulosos de alguém. Os relógios ajudariam Barry a manter o controle. Mesmo que estivesse fugindo de todo mundo que conhecia, ele permaneceria no controle. Pegou o passaporte que havia conseguido com Joey Goldblatt, da Icarus Capital, um que tinha sido emitido em nome de Bernard Conte, um nome que Barry havia inventado como uma versão mais aristocrática de si mesmo. Tentou abrir o minicofre escondido atrás dos movimentadores dos relógios — o seu cofre dentro de um cofre — onde ele guardava maços de notas de cem presas pelas suas fitas-padrão cor de mostarda, mas estava muito bêbado para lembrar o código. Ele vestiu o odiado colete do CITI.

Os gritos de Shiva continuavam, misturados ao som de choro de, pelo menos, uma mulher, mas não da mulher certa, não da mulher que ele queria que estivesse às lágrimas, sua melhor amiga, a mulher mais bonita e inteligente em todo o mundo.

"Está tudo bem, senhor?", alguém parecia estar gritando com ele. Ele abriu os olhos e viu um outdoor flutuando do lado de fora.

EI, NOVA JERSEY, LLAMA A AMÉRICA
LATINA POR 5C A MINUTOS, SPRINT.

Os carros à sua volta buzinavam em meio à escuridão azulada.

"Está tudo bem, senhor?" Os gritos e as buzinas continuavam. Havia uma presença morna, com um cheiro bom, ao seu lado. A mulher que gritava não estava gritando com ele. Estava gritando com o motorista de ônibus com a jaqueta dos marines, que oscilava de uma pista para outra de forma errática. "Senhor, acorde, por favor!"

"Acorde! Acorde, senhor!" Alguns dos outros passageiros começaram a gritar também, produzindo um caleidoscópio de sotaques.

O motorista deve ter acordado, porque o Greyhound se endireitou, encontrou uma pista para chamar de sua, e seguiu mergulhando de uma escuridão para outra.

Um homem estava com a cabeça apoiada no ombro de Barry, e suas pernas entrelaçadas na sua mala, um mexicano baixinho. Barry deu um empurrãozinho nele. O homem se mexeu. "Foi mal, é que lá atrás tá fedendo pra caralho", ele disse. "Acho que o banheiro explodiu. Todo mundo começou a vir pra frente." Ele apontou para os assentos tomados nas fileiras da frente para justificar sua presença ao lado de Barry.

"Tudo bem", disse Barry, agora totalmente acordado. "Ei, como você fez pra reclinar seu banco?"

O homem se esticou por cima dele e acionou uma pequena alavanca. O assento recuou no máximo uns cinco graus. Barry estava se sentindo sozinho e queria conversar um pouco mais, trocar umas ideias, conhecê-lo melhor, mas o homem voltou a dormir e a roncar rapidinho, com seu braço quente encostado no de Barry. Seus cabelos negros cheiravam a gel, disfarçando o odor ofensivo da urina e do desinfetante, que fazia os olhos de Barry arder. Ele estava começando a entender que viajar num Greyhoud significava fazer parte da vida de alguma outra pessoa. Se aquilo fosse *Pé na estrada* e ele fosse Neal Cassady ou Allen Ginsberg, ou qualquer outra pessoa, ele e o mexicano provavelmente acabariam trepando. Aquilo jamais aconteceria, mas o fato de ele ser capaz de viajar naquele ônibus fedorento com aquele mexicano era interessante e enriquecedor. Exigia *imaginação*. Exigia *uma alma*.

Às dez para as cinco, a luz começou a se materializar. As pessoas roncavam como se houvesse planetas inteiros dentro de suas narinas. A luz ficava cada vez mais forte. Eles estavam em algum lugar perto de Trenton. Nos quatro anos que havia passado em Princeton, Barry jamais tinha pisado nas redondezas da violenta capital de Nova Jersey. Às cinco e treze, a luz do dia estava completa. Como o mundo tinha se iluminado rápido! Em sua nova vida, ele fez a promessa de nunca mais perder um nascer do sol. O sistema de som não funcionava, porém emitia um ruído fantasmagórico intermitente, um barulho que aumentava de volume conforme eles iam mais para o sul. Talvez aquele fosse o som das almas de antigos passageiros que ainda estivessem presas lá dentro. Era um ruído terrível, mas ninguém reclamava, e a maioria dos passageiros continuou dormindo, até que o ônibus começou a serpentear mais uma vez e eles tiveram de implorar para que o motorista ("Senhor! Senhor! Está tudo bem? Acorde, senhor!") não saísse da estrada.

Por volta de seis da manhã, eles deixaram a New Jersey Turnpike para trás e, com um vislumbre das indústrias às margens do rio, entraram em Delaware. Ele estava começando a ver como os estados se encaixavam uns nos outros. Navios-tanque adentravam a baía de Delaware, saudados por lufadas de fumaça saídas das refinarias. Seguiram adiante até Baltimore aparecer na sua frente. Ela parecia muito compacta, e surgiu do nada, como se fosse uma cidade murada na Toscana, defendida apenas por torres de celular. Por algum tempo, apresentou-se como uma bela cidade arborizada, cheia de cartazes exaltando seu time de beisebol e seus bolinhos de siri. Mas aí o ônibus entrou numa rua cheia de casas cobertas por tapumes. Aquilo era igualzinho a uma série da HBO que a Seema gostava, uma sobre traficantes, com aquele policial bêbado irlandês. Ele enfiou a mão no bolso da calça para pescar seu celular lá dentro, mas percebeu, com um calafrio, que estava sem telefone. Ele não podia ligar para Seema. Não podia mandar para ela uma foto dos tapumes de Baltimore.

Ele tinha que sair daquele ônibus. Precisava tomar um arzinho antes de seguir viagem até Richmond. Ele nunca havia pisado em Baltimore. O fundo de previdência estadual de Maryland era um dos investidores da sua firma, mas a sua equipe sempre insistia em viajar até Nova York para gritar com Barry pessoalmente.

Quando pôs o pé pra fora do ônibus, a umidade de verão o pegou de jeito. Ele ficou olhando para o seu companheiro mexicano tirando as malas de dentro do bagageiro do ônibus e percebeu que faltava um olho no cara, que ele tinha apenas um buraco oco no rosto com um pedacinho de pele solta balançando por cima.

Fugir tinha sido uma decisão muito inteligente. Ele não sabia quem eram sua esposa e seu filho. Uma o odiava e o outro parecia incapaz de sentir. O que não era culpa dele, pobre coelhinho. A culpa era do Diagnóstico. Do seu *Perfil.* Mas o que Barry podia oferecer a eles? Como poderia mitigar o ódio da esposa e ser um exemplo para o filho? E se ela fosse em frente e tivesse um segundo filho com os mesmos problemas? Será que não era melhor ele começar tudo do zero? Começar do zero, pelo jeito, era o que desejava desesperadamente metade do país. Havia um imenso tédio percorrendo as entranhas de Barry e, ele imaginava, de seus compatriotas também, ricos e pobres, e tudo que ele precisou fazer foi entrar num ônibus e cair fora da cidade. Não eram os Estados Unidos que precisavam se tornar grandes novamente, mas sim seus apáticos cidadãos.

Toda a ideia do casamento lhe parecia loucura, agora. Seu fundo tinha um período inicial durante o qual os investidores não podiam retirar o dinheiro não importava o quanto Barry estivesse perdendo, porém esse período era de módicos *dois anos*. Um casamento deveria durar uma vida inteira. A certa altura, Barry achou que conseguiria fazer aquilo, mas e se não conseguisse?

O céu sobre a sua cabeça ficou infinito. Houve uma clareza intensa sobre tudo, como se ele estivesse iluminado pela verdade sagrada.

A uma curta distância da rodoviária, um prédio grande, que poderia ser, talvez, a biblioteca de uma faculdade estadual, estava decorado com as palavras CASSINO FERRADURA e, grudado nele, um Holiday Inn Express. Barry poderia descansar a cabeça exausta ali e metabolizar o resto da ressaca que certamente viria.

Do lado de fora da rodoviária, homens negros maltrapilhos esperavam um ônibus numa parada local, com mochilas penduradas nos ombros e os bonés virados para trás. Pelo menos três deles estavam usando cadeiras elétricas motorizadas e andando pra lá e pra cá em cima do asfalto escaldante. Barry passou por eles arrastando sua mala de rodinhas e seguiu caminhando até encontrar a entrada do Holiday Inn Express no meio de alguns arbustos malcuidados.

Os dois homens negros atrás do balcão vestiam camisetas dos Orioles. "Queria fazer o check-in", disse Barry.

"Como é?", disse um dos homens.

Barry repetiu.

"Tem tipo um bate-boca rolando no terceiro andar, no quarto 315", disse o outro homem, com profunda indiferença.

Um homem negro baixinho, com a pele amarelada, entrou correndo no saguão. Seu nariz estava quebrado e rajadas de sangue cobriam seu rosto sardento. Um homem negro mais alto veio andando logo atrás, perseguindo-o languidamente. "Tu não me desrespeita!", o baixinho gritou com ele, o sangue do rosto respingando pela sua camisa de gola V dos Ravens e pela sua bermuda azul de ciclista. "Tu não me desrespeita! Chama a polícia!"

Os homens atrás do balcão com as camisetas dos Orioles não pareciam ter se empolgado nem um pouco com a ideia. Um deles fez menção de dar de ombros, mas desistiu na metade do movimento.

"Ele me desrespeitou!", gritou o primeiro homem.

Seu amigo o chamava de Sean. "Sean, te acalma", ele dizia. "Te acalma, Sean."

Barry apresentou seu cartão American Express Black fortíssimo, com poder de compra ilimitado, mas ele ficou com a impressão de que nada impressionaria os recepcionistas daquele hotel de Baltimore. Uma mulher branca de meia-idade ao seu lado estava fazendo o check-in, trazendo apenas um secador de cabelo nas mãos. Sean, o homem baixinho que sangrava, deixou o saguão do hotel ainda gritando que tinha sido desrespeitado, e seu amigo grandão o seguiu, pedindo, com enorme determinação, que ele permanecesse calmo.

O quarto de Barry no terceiro andar tinha uma vista sem obstáculos para a imensidão monolítica do Cassino Ferradura e para os arranha-céus prateados ao longe, no centro da cidade. Nas sombras do Ferradura, Sean perseguia seu agressor. Então, eles paravam por alguns instantes, ambos incrivelmente ofegantes, e depois o agressor voltava a persegui-lo.

Barry riu. Puta que pariu, aquilo tudo era muito ridículo. A primeira risada que dava sozinho nem lembrava em quanto tempo. Ninguém dava a mínima para o seu cartão Black e ninguém dava a mínima para o rosto ensanguentado de Sean e ninguém dava a mínima para o fato de que seu filho era um autista severo e ninguém dava a mínima para o fato de que seu casamento havia acabado e ninguém dava a mínima para o fiasco da Valupro e ninguém dava a mínima ao que sucederia à mulher dando entrada no hotel tendo apenas um secador de cabelo nas mãos quando a manhã desse lugar ao dia. A imensidão daquela terra era grande demais para todas essas preocupações.

Barry havia se libertado dos terríveis grilhões de sua própria vida.

Os Estados Unidos da América o haviam acolhido como refugiado.

2.
Uma mulher determinada

Quando elas conseguiram pôr Shiva para dormir, já eram cinco da manhã, e o seu primeiro terapeuta do dia — a terapeuta ocupacional, cujo trabalho era ajudar Shiva a "colocar seu próprio corpo no espaço" — chegava às oito, então isso dava quanto tempo a ela? Três horas? Sem o imprescindível coquetel de Xanax e Ativan, ela jamais dormiria. E também era melhor pegar leve com os ansiolíticos agora que havia um menino crescendo em seu útero.

Eram seis da manhã. O prédio tinha um respeitável saguão de mármore, mas ela não queria nem pensar na possibilidade de se encontrar com Julianna ou Luis, não depois do que havia acontecido na noite anterior. Ela saiu pela entrada de serviço e foi andando rapidamente até um café na Terceira Avenida, cujo nome ela não se lembrava. Da mesma forma que Barry não lembrava dos nomes das mulheres, ela não conseguia lembrar o nome dos lugares. Aquele era o lugar mais sem graça da cidade, as omeletes eram ruins, o café era ruim, mas fazia Seema lembrar de uma lanchonete suburbana que ficava perto da casa de sua infância em Cleveland Heights, onde seus pais haviam fixado residência nos anos 70, quase uma década depois de os Estados Unidos começarem a abrir as portas para os asiáticos, que vinham para cá lotando os aviões.

Ela comeu uma tigela de um mingau de aveia tenebroso em silêncio, sua cabeça pulsando encostada na mão que ela não lavou. Também queria um cigarro. E um ansiolítico, meu

Deus, qualquer um. Recebeu uma mensagem de sua chef particular, Mariana, perguntando que horas ela gostaria de comer suas claras de ovo. Nenhuma notícia de Barry. E se ele estava achando que *ela* ia mandar uma mensagem pra *ele*, bom, era melhor ele esperar sentado.

Três quarentonas vestindo roupas de academia entraram na lanchonete e se sentaram atrás de Seema para tomar aquele café de merda antes do seu exercício matinal, porque todos os lugares decentes, que tinham grãos da Intelligentsia, ainda estavam fechados. Seema tentou escutar a conversa delas, mas suas vozes se misturavam, produzindo um ruído único, urgente e cafeinado. "Um ano de dança moderna no Morris, mas não gostei muito... Sempre que as meninas vêm aqui elas conhecem todo mundo... O Stephen gostava de caçar... SoulCycle... Jackson Hole... A gente tinha que convidar a Barbara pra fazer alguma coisa divertida... Os filhos são iguais a ele, só mais baixinhos e atarracados... O Stephen anda muito estressado... Nós compramos ingressos para o *Quebra-nozes*... A Barbara fez salada de frutas e chantili do zero... O Stephen não fez de propósito... Nós saímos do *Quebra-nozes* direto pro LaGuardia... Ele achou que tivesse deixado a mochila no táxi, mas foi no colégio... *Completamente* esgotado... E com o Stephen gritando daquele jeito.... Parecia coisa de país socialista, todo mundo entrando no avião ao mesmo tempo... Que cagada monumental... Coitada da Barbara, um dos filhos é autista, e o outro faz faculdade em Boston."

Seema soltou uma gargalhada bem alta e, para sua própria surpresa, verdadeira. As mulheres nem perceberam. Seguiram conversando normalmente. Um pequeno ato de misericórdia concedido por Nova York. Ela ficou ali sentada pelo que lhe pareceram horas, ouvindo aquela canção de fúria e surpresa, que poderia ter como legenda "Nós Não Fazemos Ideia de Com Quem Nos Casamos", e que, apesar de todas as coisas em que havia se permitido acreditar em meio ao turbilhão que foram os últimos quatro anos, agora era também sua canção.

Ela voltou para o prédio pela entrada de serviço. Uma neblina matinal pairava sobre o Madison Park, o que lhe pareceu uma representação desagradável da sua própria mente. Apenas o relógio da Metropolitan Life idolatrado por Shiva aparecia em meio àquele miasma.

"Ele teve dificuldade para dormir a noite passada", ela disse a Bianca, a terapeuta ocupacional, uma linda menina do Bronx cujo carinho por Shiva rivalizava apenas com o seu. Novie revirou os olhos, mas Seema balançou a cabeça para silenciar a babá. "Pesadelos", ela disse, no fundo torcendo para que Shiva tivesse a vida interior que, agora, a literatura médica afirmava, de forma unânime, que ele possuía.

"Coitadinho", disse Bianca, acariciando suavemente a pele escura debaixo dos olhos de Shiva. Ela o sentou sobre uma bola coberta de nervuras e entalhes projetada para estimular a sensação de toque, fazendo-o pular sobre ela, aumentando a frequência ao longo do tempo. Shiva sorria e balançava os braços. Bianca sorria de volta. Novie sorria. E Seema sorria também. Eis uma criança de treze quilos, cercada por três mulheres sorrindo lindamente, saltando no ar.

Estimulada por essa imagem, Seema foi até o seu escritório no final do corredor e começou a planejar os próximos passos. Todo dia começava com uma nova série de próximos passos. Havia uma piscina especial na NYU para crianças "com o seu perfil", e uma academia sensorial nas redondezas. Barry tinha contratado uma assistente pessoal para ela, uma menina que tinha acabado de sair da Wesleyan, mas Seema queria tomar conta de Shiva sozinha, então a assistente acabou sendo dispensada. Ela vasculhou as pilhas de relatórios da última semana. Sua contínua ausência de fala era o destaque. A expressão "não conformidade" aparecia em cada uma das páginas. Shiva não fazia o que lhe diziam para fazer. Não era capaz de seguir instruções básicas, possivelmente nem sequer as compreendesse. Não conformidade. *Tal pai, tal filho*. Ela realmente estava precisando daquele cigarro.

Como seria ter o rosto de Luis entre suas mãos sedosas, o atrito quente, aquele queixo lindamente protuberante? Ela sabia que Barry não tinha percebido todos os olhares enviesados que Seema havia lançado em sua direção, o sorriso silencioso que eles trocaram durante o intervalo perfeito de tempo que Julianna levou para mostrar a Barry onde ficava o banheiro. A única situação em que Barry sentia ciúmes era quando um homem mais rico que ele entrava no salão e começava a analisar Seema libidinosamente, como o seu amigo bilionário de Miami com aquela coleção de arte impressionista, como se ela fosse sequer tocar naquele homem, que mais parecia um furúnculo ambulante.

Novie bateu à porta. "Desculpa incomodar", ela disse, "mas acho que eu preciso falar uma coisa."

Seema deu um suspiro. Ela apontou para a papelada sobre a mesa para mostrar que estava soterrada de trabalho.

"O sr. Barry, ele não está bem", disse Novie. "Acho que talvez você devesse conversar com alguém."

A ponta do Flatiron Building flutuava sobre a neblina dezenas de metros abaixo do escritório de Seema. Ela amava aquela vista, talvez a melhor em toda a cidade de Nova York, justamente o motivo pelo qual ela convenceu Barry a se mudar para lá e não para algum hangar em Tribeca.

"Isso é uma coisa que eu posso resolver sozinha", disse Seema.

Novie balançou a cabeça. "Não sei", ela disse. "Eu só me preocupo com o Shiva."

"E eu *não*?" Aquilo acabou saindo meio alto demais. Mas, pensando bem, ela estava ouvindo conselhos de uma mulher que havia declarado duas vezes que você podia pegar HIV de uma banana.

"Às vezes a esposa não vê certas coisas porque ainda ama demais."

Isso vindo de uma pessoa que achava que o seu porteiro alcoólatra seria um parceiro perfeito para toda a vida.

"Vamos dar um basta nisso", disse Seema, deixando que sua babá procurasse o significado daquela expressão no seu tablet. Ela entrou no lavabo, jogou água nas axilas, voltou para o escritório, enfiou toda a papelada sobre Shiva dentro da bolsa com um monograma bordado que sua mãe havia comprado para ela no seu primeiro semestre em Yale, trocou a camiseta que estava vestindo por alguma coisa que tinha ganhado num evento da Robin Hood Foundation, tirada de dentro de sua sacola de camisetas promocionais, desceu de elevador, saiu pela entrada de serviço e pegou a rua 23.

O odor dos hambúrgueres do Shake Shack transformava o canto sudeste do Madison Park num pesadelo brâmico para Seema. Nos últimos tempos ela havia reduzido seu consumo de carne vermelha, e até mesmo de frango. Recentemente andava vendo vários jovens casais indianos pelas ruas e, apesar da ideia de se casar com alguém da sua etnia sempre lhe ter causado aversão, naquela fase difícil, de repente, ela parecia fazer muito sentido. O judaísmo de Barry era inexistente. Ele demostrava seu apoio a Israel entoando uma série de sons incompreensíveis, da mesma forma que alguns de seus familiares ainda acendiam velas à causa perdida dos tâmeis no Sri Lanka. Ela havia aprendido mais sobre a religião dele com seus ex-namorados judeus — sim, e tinham sido vários — do que ele próprio em todos aqueles anos sendo judeu. Seema lembrou da surpresa genuína dele quando ela lhe explicou o conceito de *tikkun olam*, ou "reparação do mundo". "Bacana", ele disse, enquanto ela, quando seu primeiro namorado em Michigan lhe explicou aquilo durante um evento de distribuição de sopa aos necessitados no Hillel, tinha ficado tão mexida que não sabia mais se estava apaixonada por ele ou pela solidez de sua herança cultural. Deveria existir algum equivalente hinduísta ao *tikkun olam*, mas ela andava muito preocupada com a sua média de 4,13 e com seu trabalho voluntário e com os prazos para se inscrever nas faculdades de direito para se dar ao trabalho de ir atrás.

Ela evitou a parte do parque onde as babás filipinas se reuniam e ficavam falando tagalo entre si, em meio a gritos de "*Loco loco*", e competindo eternamente para ver quem estava criando o bebê mais gordinho. Um dia, Novie contou a ela, com orgulho, que todas as babás acompanhavam pela internet o patrimônio líquido das famílias em que trabalhavam, e que, durante pelo menos um mês, ela e Barry tinham ficado na frente de todo mundo. A segunda pior coisa naquilo era o quanto ela tinha ficado orgulhosa de Barry. Qual era a pior? O quanto ela tinha ficado orgulhosa de si mesma.

Ela se acomodou em meio a um grupo de babás caribenhas. Ler aquela papelada toda a estava acalmando. O contato da pasta de sua mãe com seus joelhos desnudos a tranquilizava. Quando contou à sua mãe sobre Barry, ela tratou o seu noivado como se fosse uma espécie de recompensa. Como se aquela fosse uma das suas duas únicas escolhas aceitáveis, sendo que a outra seria tornar-se sócia de um escritório de advocacia de renome. Ali, segurando aquela pasta de couro, que provavelmente tinha sido comprada na melancólica Dillard's que ficava no exagerado Tower City Center, em Cleveland, quase parecia que nada daquilo havia acontecido. Ela não tinha conhecido Barry, estava na Cravath depois de uma passagem pela Corte Federal, morava em Fort Greene com suas amigas, desperdiçava a primeira metade da noite com Netflix, roncava pesadamente na segunda, e trabalhava feito uma maluca durante o resto do dia. Ela não podia acreditar que Barry estava pensando em doar dinheiro para a campanha de Hillary a fim de conseguir um trabalho para ela na procuradoria-geral. "Para que você tivesse alguma outra coisa além do Shiva para dar sentido à sua vida", ele dissera. Será que todos os homens estavam separados de suas esposas e seus filhos por uma barreira invisível de falta de noção?

Seema revisou os itens da avaliação de Shiva. Ele havia sido analisado em todos os quesitos possíveis, desde relação com os outros, mobilidade, fala e coordenação motora fina até se era capaz de respirar e permanecer vivo, de modo geral. Ao lado de cada item, a terapeuta ocupacional, o fisio e o fono estimaram a sua idade de desenvolvimento. Ele tinha três anos e um mês, ou trinta e sete meses, mas a maioria dos seus resultados estavam na faixa dos catorze, dos dez, às vezes dos sete meses, basicamente no mesmo nível de um bebê de seis meses. O único resultado apropriado para a sua idade era o de coordenação motora grossa. Shiva corria pelo apartamento mais rápido do que Novie. Se você piscasse, ele já teria atravessado metade do apartamento que ocupava um andar inteiro, dando um de seus gritos atormentados.

Seema desviou os olhos do relatório. E se Barry tivesse razão? E se a imensidão daquela tarefa fosse o que lhe dava prazer? E se ela fosse como ele, mas em vez dos quatro monitores despejando os índices da Hang Seng e da Baltic Dry sem parar, ela precisasse daquele desafio para sentir que sua vida tinha sentido?

As proporções clássicas, quase venezianas, do parque se apequenavam diante do seu próprio prédio e de uma torre de vidro similar ao seu lado, mas aquilo ali era Nova York, não

Paris. Aquela era a força vital da sua classe e uma parte de Seema adorava aquilo. Jesus Cristo. *É tanto pensamento*. Como parar com isso? Será que apenas um cigarro, bem vagabundo e mentolado, mataria o seu segundo bebê?

E foi então que ela o viu. Bem assim. Sentado num banco de frente para ela, separados pelo fluxo constante dos carrinhos astronômicos da Bugaboo e dos Maclaren, mais baratinhos. Ele estava fingindo ler um livro com a capa coberta de cifrões, um gráfico apontando para baixo, um título cheio de palavrões, alguma coisa sobre Wall Street. Ele sorriu para ela. Ele vestia bermudas que exibiam uma penugem semelhante à de Barry em suas pernas, e uma camiseta com a letra minúscula *m* em cima de um trator. Mina Kim, que ainda era meio que sua melhor amiga em Williamsburg, provavelmente saberia o que aquilo significava. Seema deveria retribuir o sorriso, apontar para o seu relógio — um Timex de cinco dólares que ela usava, contrariando sua vaidade, quando de fato queria irritar Barry — e voltar correndo para Shiva e seus terapeutas, para o ambiente sofisticado e previsível do seu apartamento de andar inteiro, com o Flatiron Building aos seus pés, que era o seu lugar.

Num instante ele já estava sentado ao seu lado. Pelo jeito, sua coordenação motora grossa era tão boa quanto a de Shiva. E a coordenação motora fina *dela*? Seema estremeceu e imediatamente cobriu uma perna semidesnuda com a outra. *Respira!*

"E aí, tudo bem?", disse Luis. É claro que ele diria isso. Por que ele não estava morando lá do outro lado, no Brooklyn, com o resto da sua classe social, bem longe dela e da sua família arruinada? Ele tinha um aroma nauseabundo de cigarro.

"Oi", disse Seema.

"Caramba, como está quente", ele disse.

Ela escondeu rapidamente os documentos com o diagnóstico de Shiva e em seguida transformou em espetáculo o gesto de se abanar com um pedaço de papel em branco.

"Olha, obrigado por terem vindo jantar conosco ontem à noite. Eu sei que vocês são superocupados."

"Você está brincando?", disse Seema. "Eu mal estou acreditando que você ainda queira falar comigo depois do que aconteceu."

"Você está se referindo ao 'vai se foder'?", ele disse.

"Pra começar. Coitada da Julianna. Eu ia escrever um pedido de desculpas para ela."

"Ah, ela aguenta", disse Luis. "Ela fez a residência dela em St. Louis. Ela já viu de tudo."

"Bom, eu achei uma merda ele ter questionado a sua identidade", disse Seema.

"Não dá pra culpar o Barry", ele disse. "Ou você entende ou não entende. Ele não é um imigrante como nós."

"Eu nasci em Ohio", disse Seema. Pressupor que ela havia nascido no exterior porque era indiana era uma tremenda gafe, o tipo de coisa da qual os colegas brancos de Barry geralmente eram culpados.

Mas Luis apenas deu de ombros. "Você se importa se eu fumar?", ele perguntou. Ele puxou o que parecia ser um Nat Sherman com o filtro recendendo a mel e cravo — eles ainda estavam produzindo esse tipo? — e o acendeu com um gesto cinematográfico, como se fosse o James Bond espanhol do pôster que ficava em cima do sofá de sua sala de estar.

"Eu tenho que voltar pra casa", disse Seema. "Isso é meio constrangedor, mas eu preciso de um banho."

Luis aproximou seu corpo do dela. Havia mel e cravo em seu hálito junto com o nojento e assassino tabaco. Ela e sua irmã adoravam um certo tio Nag que tinham em Mumbai, que flertou brevemente com uma carreira no cinema e chegou a conseguir um papel pequeno num comercial de um clareador de pele. Ele era lindo, mas o seu verdadeiro poder era o fato de que Nag parecia ser capaz de fazer ou, mais importante, dizer qualquer coisa. Luis era igual. Ele sabia como usar as palavras.

"Eu acho que você tem um cheiro muito bom", ele disse. Seus olhos estavam nos dela, e os dela estavam perdidos em outro lugar. "Vamos almoçar", ele disse.

"Eu preciso mesmo ir embora", ela disse.

"Eu ainda não tomei banho também", ele disse, um tanto quanto orgulhoso. "Vamos lá, dois imigrantes fedorentos juntos, tomados pelo desejo de..."

"Eu não sou imigrante!"

"Claro." Sua mão grande sobre o cotovelo dela, os dois permanecendo juntos. Seus pulsos eram grossos e cheios de veias, e ela sabia o que era um relógio de piloto IWC, e como Barry queria ter a circunferência necessária para usar um daqueles.

"Vamos convidar a Julianna", disse Seema. Essa era uma estratégia que ela costumava usar com homens mais nojentos que ele.

"Você está brincando?", disse Luis. "Com a agenda dela? Eu a vejo tipo uma vez por mês. Eu sou basicamente um pobre dono de casa explorado. Você já assistiu *Mad Men*? Eu sou a Betty Draper."

Eles saíram do parque conversando sobre Trump. Seema gostava de ver Luis tendo que se encurvar pelo menos quinze centímetros para falar com ela. Ele não era apenas alto, como sua altura também o tornava um tanto quanto desengonçado, o que ela achou fofinho. Eles continuaram falando sobre Trump no piloto automático, como todo mundo estava fazendo naquele verão. De repente, Seema sentiu vontade de dizer alguma coisa verdadeira. "Quando as coisas estão difíceis na minha família", ela disse, "eu gosto de ficar assistindo ao Trump, porque aí tiro a cabeça dos meus problemas. Não importa o que estiver acontecendo comigo pessoalmente, porque tem esse outro desastre muito maior acontecendo ao mesmo tempo."

"Muito bem colocado", disse Luis. "Eu também alterno bastante entre o público e o privado na minha cabeça. Mas, me diz, como você lida com a vergonha?"

"Oi?"

"Tem algum tipo de mecanismo hinduísta para lidar com a vergonha ou é tudo internalizado, que nem no confucionismo da Julianna?"

Seema precisou pensar pra responder aquilo. E também ponderar se Luis estava ou não insultando a esposa. Eles estavam passando por diversos grupos pequenos de pessoas saindo para o almoço na Broadway, as ruas carregadas de Escalades sem passageiros. Estar com Luis a fazia lembrar de uma antiga versão de si própria, a garota solteira, ciente do seu porte físico e de suas outras aptidões, caminhando pela cidade com um rapaz, avaliando se ele faz o seu tipo, conversando sobre coisas que ela nunca conversava com Barry. Ela tentou imaginar a palavra "confucionismo" saindo da boca do seu marido.

"Eu acho", ela disse, olhando para os inescrutáveis olhos verdes de Luis, "que eu estou sempre envergonhada."

"Espera só um segundo", ele disse. "Sanduíche de porco cambojano ou o melhor cachorro-quente de Nova York?"

Se rejeitasse o *melhor* cachorro-quente de Nova York, ela ia parecer estúpida. Eles foram até um lugar chamado Old Town Bar, na rua 18, que, Luis explicou usando sua voz de palestras de vinte mil dólares, era um dos bares mais tradicionais de Nova York, com o teto forrado de lâminas decorativas de estanho e um balcão de mármore e mogno de quinze metros de comprimento e o elevador de pratos mais antigo, *o mais* antigo, em toda a cidade, e muito embora o lugar fosse conhecido pelo seu hambúrguer, que a *Times* havia eleito um dia o melhor de Manhattan, ele era reverenciado pelos aficionados de suas deliciosas e crocantes salsichas grelhadas, e, e, e...

Enquanto ele falava, gesticulando com as mãos de uma maneira que sua mãe teria descrito como 'judaica', o que talvez fosse errado de sua parte, Seema se deu conta de uma coisa:

Eu tenho vinte e nove anos de idade.

Ela era uma mulher de vinte e nove anos com um homem não muito mais velho em um bar no meio da tarde. Quando viu seu reflexo no espelho, com seus braços protegendo os seios numa pose meio tímida de jovem adulta (quando tinha sido a última vez que ela tinha se dado *ao luxo* de demonstrar timidez em meio aos amigos predadores de Barry e suas esposas?), e a luz do sol entrando pelos vitrais, ela pensou, *E se eu for essa pessoa?*

Ela estava se sentindo tão culpada por sua felicidade que rapidamente conferiu seu telefone e ficou aliviada ao constatar que Barry não havia ligado, o que significava que nove horas haviam se passado desde que ele resolvera fugir, só Deus sabe pra onde, com seus relógios. Seu telefone. Desde o que havia acontecido na Sardenha, *aquela outra coisinha*, como uma vez ela tinha entreouvido Barry e sua gerente executiva, Sandy, se referindo àquilo, seu telefone tinha se convertido num objeto de pavor. Ele continha o vídeo que poderia acabar com a vida de Barry. Talvez fosse capaz de destruir sua família inteira. Mas talvez já fosse tarde demais.

Ele pediu um Bushmills, que Seema lembrava, da sua curta carreira de encontros, que era o que homens com o perfil *dele* pediam. Ela pediu uma água com gás, mas Luis disse de forma rude e debochada que nem pensar, então ela perguntou à garçonete estratosfericamente velha o que eles tinham nas torneiras e acabou aceitando uma espécie de cerveja de verão. Sim, porque era verão. Ela havia esquecido disso também, de que o verão era a sua estação preferida, tinha esquecido do calor grudento de Nova York, a primeira coisa que havia feito com que ela amasse a cidade e o seu povo, o povo dela, porque

Manhattan não era apenas para os vencedores, mas para os *vencedores* entre os vencedores.

Ele falou sobre si próprio durante muito tempo. Ela conseguiu reter pequenas partes daquilo, um pai falecido que ele amava, uma passagem-relâmpago (breve porém instrutiva) pela parte errada de Cambridge quando adolescente, sentimentos não reprimidos de angústia por jamais ter ganhado nenhum prêmio literário, e várias demonstrações de comportamento passivo-agressivo em relação à sua esposa perfeita. Ela sorria, mas ele era sensível o bastante para perceber que a estava perdendo.

E foi então que ele disse: "Você é uma mulher determinada".

"Eu não sei o que isso quer dizer." Ele lhe disse que a havia observado cuidadosamente na noite anterior, e sabia que sua vida não era o que parecia ser, que ela estava sofrendo, mas que havia alguma coisa que a fazia seguir em frente, que ela tinha uma determinação que ninguém mais conhecia.

"Você está sendo presunçoso", ela disse, mas de uma forma delicada. Ela tinha dado um ou dois goles na cerveja, mas mesmo uma quantidade tão pequena já havia subido à sua cabeça. A salsicha, grelhada até ficar crocante, perfeitamente esguia e defumada, era a melhor coisa que ela comia em muito tempo, que se foda sua linhagem indiana. Ela estava muito *presente*. Mas de que diabos ele estava falando? Uma mulher determinada? Será que ele a havia visto com Shiva? Será que ele sabia sobre o diagnóstico? Ou será que aquilo era simplesmente uma alfinetada sobre o seu casamento infeliz? A desgraça *dela* fazia parte da estratégia de sedução *dele*?

"Eu me identifico com o sofrimento de outras pessoas", disse Luis, "é isso o que eu faço."

"Sim, no que diz respeito ao povo maia da Guatemala", ela disse. "Não ao da mulher de um homem rico."

"Porra, mas qual é a diferença, no fim das contas?", ele disse. O Bushmills tinha claramente subido à sua cabeça e ao tufo morno de pelo que escapava pela gola da sua camiseta com a letra-*m*-minúscula-em-cima-de-um-misterioso-trator. Eles estavam sentados num bar com dois pratos de cachorro-quente com fritas à sua frente, e estava muito claro para ela que estava sendo desejada.

Aquilo, na verdade, a fez ficar triste, porque sabia que quando o cachorro-quente acabasse, ela teria que dizer a ele: *Desculpa, mas eu preciso voltar pra casa*. E ela sumiria por entre o seu arranha-céu de vidro, dezessete andares acima dele, e eles teriam de rezar por um outro encontro fortuito, mas, principalmente, ela teria de se transformar de novo na mãe de Shiva.

E, quando ela comeu o último pedaço do cachorro-quente e lhe disse aquilo, ele pôs a mão no braço dela e disse: "Posso segurar sua mão só por uns minutos?".

Sim, ele era muito parecido com seu tio Nag de Mumbai. Ele podia dizer o que lhe desse na telha. E podia obter os resultados desejados. E como tudo mais naquela tarde, seu toque foi perfeito. Sua pele era seca como um pergaminho, mas estava exsudando o calor que ela sabia que se estendia pelo resto do seu corpo. Com os três goles de cerveja se espalhando pelo seu corpo cansado de grávida de dois meses, ela se pegou acariciando as juntas das mãos dele no sentido anti-horário e, enquanto fazia aquilo, ele se esticou para trás em cima do seu minúsculo banquinho com um enorme sorriso idiota no rosto. O que ela mais sentia falta em sair com homens era aquele pequeno e desconcertante momento em que você acreditava que, talvez, fosse capaz de mudá-los.

Ela também tinha uma voz sedutora, mas que havia se atrofiado pela falta de uso. Mas também tinha uma voz insolente, uma que ela meio que tinha desenvolvido a partir de uma comediante da TV indiana, e pensou em usá-la agora quando dizia: "Então, isso é o que você faz? Fica segurando as mãos de mulheres casadas em bares de quinta categoria?".

E, em vez de negar, ele disse: "Sim. É a única coisa que me dá prazer".

"Nem o seu filho?", ela disse. "Ou a sua mulher?"

"Agora vou pedir pra você me dar o seu telefone", ele disse. "E você pode me dizer que não, eu vou entender. Mas se você me disser que sim, e todas as tardes nós viermos aqui, ou formos a algum outro lugar, e só ficarmos de mãos dadas, eu serei o homem mais feliz que já viveu."

Mais tarde, ela entrou na ponta dos pés no quarto cheio de bichos de pelúcia de Shiva, muito embora aquilo fosse contra as regras. Quando uma criança "com o seu perfil" finalmente dormia, você juntava todos os seus deuses num altar e rezava pra cada um deles em agradecimento. Mas ela ficou ali, de pé, ao lado do seu berço, enquanto ele agitava os braços e contorcia o corpo no que ela supôs que fosse um pesadelo leve. Em momentos assim, ele parecia ter o mesmo rosto ossudo e curioso do pai dela. Seus pais. Eles vieram para os Estados Unidos em 1973 para estudar na faculdade aos dezoito e dezenove anos de idade. Imigrantes adolescentes. Eles se adaptaram, perderam oitenta e três por cento do sotaque, e se enraizaram no solo ressecado do Meio-Oeste. Mas Shiva seria um eterno imigrante. Seus encontros com o mundo teriam, para sempre, um elemento inesperado. Até mesmo o amor de sua jovem mãe precisaria de legendas.

Seu telefone apitou com uma mensagem de texto. Um número desconhecido. O número dele. TESTE, ela dizia.

3.
Omar tá vindo aí

Fazia apenas um dia que Barry havia soltado suas correntes para correr livre pelo país, mas ele já se sentia rejuvenescido, cheio de coragem e pronto para qualquer coisa. Finalmente ele estava indo fazer um intercâmbio da faculdade no exterior, a viagem que seu pai se recusou a pagar. Aquela era a sua versão particular de um mochilão pela Europa. A mítica mulher robusta que andava como um caranguejo e tinha muitas histórias para contar, aquela que lhe traria um prato de carne de porco desfiada com feijão em conserva, ela estava em algum lugar ali por perto, ao seu alcance. Ele a conheceria a qualquer momento, e ela lhe diria: *Calma, meu filho. Não seja tão duro consigo mesmo. Todo mundo tem o direito de começar de novo. Aqui são os Estados Unidos, querido. Se um sonho acaba, você corre atrás de outro.*

Ele havia deixado o Holiday Inn Express assim que acordou, passou andando pelo imenso Cassino Ferradura, que, mesmo àquela hora da manhã, estava tocando a todo volume "You're Only Human", do Billy Joel, nos seus alto-falantes externos, e também por um conjunto habitacional baixinho, no qual, ao contrário do seriado favorito de Seema sobre Baltimore, ninguém estava vendendo drogas. Que maravilha flanar pelo mundo sem ter um celular apitando com as últimas notícias sobre a queda vertiginosa no preço das ações da Valupro. Que fascinante ver um rapaz em idade de estar traficando sentado na escadaria de um prédio às sete da manhã acompanhado apenas por uma garrafa de Gatorade, com seu boné dos Ravens virado para trás. "Bom dia", Barry disse a ele, para ser recompensado com um discreto aceno de cabeça.

Ele estava se aproximando do centro. Os conjuntos habitacionais tinham acabado, e agora ele se encontrava num bairro marginalizado convencional. Numa fachada azul, lia-se REFÚGIO DOS LIVROS. Uma livraria? Aquilo poderia ser divertido. Quanto tempo fazia que Barry não entrava numa livraria? Ele precisou se esforçar para lembrar. Dez anos?

O Refúgio dos Livros estava cheio de livros. Isso não deveria ser nenhuma surpresa, mas a quantidade deles deixou Barry de queixo caído. Como ele adorava livros quando estava no ensino médio e na faculdade. Eles eram a sua passagem para longe da zona leste do Queens. No primeiro ano do ensino médio, com seu corpo transbordando de elementos químicos e desejos naturais, o Filho do Cara das Piscinas já enchia uma mochila de livros e saía para esticar as pernas, seguindo os trilhos da Long Island Rail Road entre Little Neck, o bairro do proletariado de Queens, onde ele morava com seu pai, e o elegante Great Neck, que, Barry ainda não sabia, era o West Egg de *O grande Gatsby*. Antes de se apaixonar por Fitzgerald em Princeton, Hemingway era o cara para ele. Sentado aos pés de um corniso que ele fingia ser algum tipo de arbusto exótico de Pamplona, ao lado dos trilhos que faziam a divisa entre Nova York e os seus subúrbios mais ricos (onde o céu parecia infinito e opulento), Barry ficava recitando as frases ditas por Jake Barnes, Lady Brett Ashley e Robert Cohn, que tinha um sobrenome muito parecido com o seu, e que também era detestável, na sua cabeça, enquanto O Sol Também se Deita sobre o Queens e sobre o restante do país que ficava a oeste. Nas entrelinhas da prosa econômica de Hemingway, ele conseguia detectar um romantismo desenfreado, uma maneira engenhosa que um homem tinha encontrado para expressar seu amor. Com Seema e Shiva, ele tinha o problema oposto. Ele não sabia como extrair amor de toda aquela tristeza.

Os livros no Refúgio dos Livros estavam organizados por categorias, mas havia uma certa liberdade nas classificações, como se eles tivessem saído andando por conta própria e encontrado novas casas e famílias para si. A Strand, em Nova York, vendia livros em grandes quantidades, e Barry tinha planejado utilizar esse serviço para equipar a casa de verão que estava quase terminando de levantar em Rhinebeck. Ele queria construir o que havia batizado de Biblioteca com Vista para o Rio Hudson; sua propriedade também tinha uma vista para um conjunto de trilhos ferroviários, que o faziam lembrar dos trens prateados da LIRR da sua infância zunindo em alta velocidade, uma maneira do seu eu bem-sucedido de agora acenar para o seu eu mais jovem do passado através dos túneis do tempo. Mas o Refúgio dos Livros oferecia uma experiência de compra mais personalizada. Ele ficou olhando os livros na seção de ficção. Havia muitos novos autores dos quais ele nunca tinha ouvido falar, em meio a alguns exemplares empoeirados dos seus favoritos, Hemingway e Fitzgerald.

Sofás e banquetas espalhados pelo lugar criavam uma atmosfera de conforto, e os livros tinham cheiro de velho. Ele lembrou da Chop Suey, uma livraria em Richmond, Virgínia, onde ele e Layla tinham se beijado num quartinho nos fundos. Ela havia feito algumas aulas de escrita criativa com ele em Princeton e, apesar de cursar sociologia, lia feito uma louca. A lembrança daqueles beijos fez com que Barry parasse para analisar o relógio que estava usando hoje, um Patek Philippe Calatrava 570. Ele o havia escolhido aquela manhã porque o seu corpo de ouro branco teria o peso adequado para uma nova aventura e refletiria intensamente o sol urbano do verão. Um blog especializado em relógios havia descrito esse modelo como "puro sexo em seu pulso", e ele achou aquilo apropriado.

O relógio tinha sido um presente de Akash Singh e sua equipe, seus colegas do fundo. Quando o fiasco da Valupro estava no auge, Barry costumava se esconder no banheiro e olhar a parte de trás do relógio para se consolar com a inscrição feita no seu verso: PARA BARRY COHEN, UM LÍDER DE HOMENS.

Barry conseguia sentir sua mão dentro da blusa de Layla, acariciando suas costas, o seu primeiro contato com o dorso de uma mulher de verdade, quente ao toque, perfumado e rijo. Ele também lembrou do quanto ela estava, como uma boa sulista, com medo de que alguém os flagrasse se agarrando nos fundos da Chop Suey, talvez algum amigo de sua família, muito embora sua família fosse bastante progressista para os padrões de Richmond naquela época. Na sua primeira noite juntos na Virgínia, os pais dela foram a um evento beneficente para a campanha Clinton-Gore, e ele se esforçou ao máximo para lhe dar prazer, mas Layla o segurou pela cabeça, que estava enterrada no meio de suas pernas, e disse: "Meu bem, eu estou totalmente sem suco". Aquilo virou uma piada interna entre os dois, que os acompanharia por toda a faculdade, e também depois, quando ela foi trabalhar na Teach for America e ele foi para o Morgan e depois para o Goldman. "Estou totalmente sem suco", ela escrevia para ele nas longas cartas de verão que viajavam de um lado para o outro, de Dakota do Sul, onde ela trabalhava como professora, até o Queens, enquanto eles tentavam se agarrar aos últimos suspiros do seu amor.

"Oi", Barry disse ao único proprietário, um sujeito tímido e alto, com pinta de artista liberal, que tinha um velho corgi de pelagem grisalha dormindo aos seus pés. "Eu estava aqui pensando, quantos livros de um autor chamado Luis Goodman vocês têm aí?"

O homem desapareceu em meio à aconchegante poeira de sua loja para procurar pelo babaca semiguatemalteco. Quando estava fazendo a diligência prévia de Seema no Facebook, cinco anos antes, para avaliar seu potencial de esposa, Barry encontrou diversos "amigos" parecidos com aquele panaca dono de livraria, e alguns dos perfis mostravam fotos com Seema que poderiam ser mal interpretadas como românticas, com profusão de braços dados, restaurantes mexicanos e uma viagem a Tanglewood. Ela tivera três namorados sérios antes dele, o que parecia bastante para uma mulher de vinte e quatro anos.

Ele conheceu Seema numa festa de Bloomberg que tinha alguma coisa a ver com arte e cultura, ainda na época em que aquele tampinha era o prefeito da cidade. Barry sempre ficava um pouco intimidado na presença de Bloomberg, e não do jeito que ficava na presença de outros bilionários, em geral, com seu patrimônio líquido pessoal em algum ponto entre os sessenta e os cento e trinta e cinco milhões, dependendo de como você o avaliava. Bloomberg era alguém que realmente *agregava valor*, alguém que tinha criado sua própria tecnologia personalizada, os terminais que faziam o mundo de Barry girar, que acompanhavam todos os indicadores econômicos, desde o valor do baht tailandês até o último calote argentino nos navios de carga abarrotados de filipinos apavorados que trabalhavam nas águas infestadas de piratas do Chifre da África.

O terraço, com seus jardins, estava dividido mais ou menos em dois grupos: o capital financeiro de um lado, e o capital cultural do outro. Não era um evento tão segregado quanto um casamento hassídico, por exemplo, com homens pra cá e mulheres pra lá, mas quase, e Barry tomou coragem para deixar alguns dos seus manos de Wall Street de lado e se aventurar pelo território mais perigoso e feminino das sumidades culturais. Seema estava vestindo um conjunto de calça e casaco quase clintoniano, que deixava claro que ela tinha acabado de sair do trabalho. Então ela trabalhava! E provavelmente numa área mais séria do que a cultural. Isso, por si só, já o deixou excitado. Ela também ria bastante, ao mesmo tempo que parecia superinteligente e credenciada. Raramente Barry via uma mulher que combinava humor com sucesso. E o conjuntinho creme de Seema abrigava um corpo jovem e macio no qual ele conseguia se imaginar se esbaldando para sempre. Sim, três segundos após conhecê-la ele já estava pensando naquela palavra que começa com F.

"Hãããããããã", disse Seema, ao flagrá-lo devorando sua barriga com os olhos enquanto uma outra gostosa lhes oferecia canapés de *tataki* de atum. A primeira palavra que ela disse a ele não era sequer uma palavra. "Oi?"

"Desculpe", disse Barry. "De vez em quando eu me distraio e meio que saio do ar."

"Olhando pro meu umbigo?"

"Na verdade eu não consigo ver o seu umbigo, porque você está vestida."

"Beleza então, doidão."

Doidão! Ela parecia tão jovem. Aquela roupa fazia com que parecesse ter mais do que os seus vinte e quatro anos. Seema tinha uma maneira de espichar as palavras que nem uma atriz.

Quando descobriu que ela era uma advogada que atuava na Corte Federal, ele já começou a imaginar os três bebês pardos que eles teriam logo após a sua pequena e agridoce festa de despedida no gabinete do juiz. Quando ela descobriu que ele tinha acabado de inaugurar um fundo multimercado, ela o alfinetou de uma forma que ele achou bem graciosinha, dizendo que os fundos multimercado amplificam os riscos e prejudicam a economia. Barry adorou aquele seu chilique erudito. A crise financeira do país já tinha sido superada havia três anos, e as pessoas ainda estavam falando *daquilo*. Ela parecia uma versão mais inteligente de uma comediante indiana que ele gostava de assistir na TV.

"Bom, foi isso que o Paul Krugman escreveu", ela disse.

"Quem é esse?", ele disse, inclinando-se na sua direção, deixando em evidência seus ombros musculosos de nadador.

"Sério?", ela disse. "O vencedor do Nobel? Colunista do *New York Times*?"

"Eu sou mais do tipo que lê o *Wall Street Journal*."

"Você não lê o *Times*?"

"Não engulo a posição deles em relação a Israel."

"Bom, nós vamos ter que dar um jeito nisso", ela disse. Foi isso mesmo o que ela disse? Ele achava que ela havia dito. Sendo que o ponto principal ali era o... *nós*.

Em questão de minutos eles estavam ao lado do prefeito Bloomberg e, se a memória de Barry não o traía, de uma velha vestindo algum troço. Ele não lembrava o nome dela, mas Seema lhe diria, mais tarde, que aquela era a editora da *Vogue*. Eles conversavam sobre o Este Lado do Capital. "É uma nova firma?", perguntou Bloomberg, olhando para ele com uma expressão de curiosidade.

"Começamos no ano passado. Temos quase um bilhão em ativos sob gestão. Mas tem muito espaço pra crescer ainda. Eu adoraria sentar pra bater um papinho com você um dia."

Bloomberg sorriu gentilmente, como se estivesse dizendo, *Isso jamais acontecerá, meu amigo*. Então, ele direcionou um olhar apreciativo de bilionário para Seema. Foi como se o seu relacionamento tivesse sido santificado pelo oitavo homem mais rico dos Estados Unidos.

"Uau", ela disse, depois que eles já haviam descido do terraço e se encontravam totalmente imersos no aroma de kebab e da comida halal de Midtown. "Você simplesmente aborda as pessoas e sai falando com elas. Eu gostaria de ser assim." A seriedade de sua expressão fez Barry acreditar que ela realmente estava interessada em alguma outra coisa nele além do seu dinheiro. Eles complementariam um ao outro. Seus filhos teriam a inteligência dela e a bravura dele. Princeton mais Yale seria igual a Harvard? Duas taças de Moët Chandon do Four Seasons mais tarde, ela aceitou dar seu telefone a ele, mas não quis ir para sua casa. Ele voltou para o seu loft em Tribeca e percebeu que estava excitado demais até para se masturbar pensando nela. Acabou com uma garrafa de um Balvenie de trinta anos, chorou por algumas horas por causa de uma imagem feminina indefinida que *não* era de sua falecida mãe, *não*, não era mesmo, e dormiu durante o resto do fim de semana, perdendo duas teleconferências com o pessoal do atendimento ao cliente. Quando acordou, ele sabia o que tinha de fazer.

"Desculpe", disse o dono da loja, quando retornou. "Você disse 'Luis' Goodman? L-u-i-s?"

"Isso mesmo."

"Não temos nada dele. Pra ser sincero, eu nunca ouvi falar dele."

"Puta merda", Barry disse a si mesmo depois de sair da livraria. "Puta que pariu!" Ele seguiu saltitando em meio ao asfalto quente em direção ao centro da cidade. Ele não tinha conseguido encontrar nenhum dos romances de Luis Goodman justamente no tipo de livraria alternativa fedorenta que deveria tê-los em estoque! Nem mesmo aquele monte de merda intragável que era *O açougueiro sensível*. Aquilo era um sinal, se é que ele ainda precisava de um, de que era a *sua* jornada que seria especial.

Barry resolveu começar a tomar notas, precisamente como um escritor de verdade faria. Baltimore tinha um cais bem movimentado. Ele contou várias dezenas de iates, nenhum deles na verdade impressionante. No topo dos prédios havia letreiros do Transamerica, do Bank of America, do PNC e os picaretas de sempre da SunTrust e da BB&T. Até aquela cidadezinha miserável estava totalmente entregue ao mercado financeiro. Barry queria passar bem longe daqueles funcionários da retaguarda de baixo escalão, os tradicionais sujeitos de calça bege que perambulavam por aquelas ruas incandescentes com seus cafés gelados do Starbucks em copos de papelão e suas bocas carregadas de Bluetooth.

Ele virou bruscamente para a esquerda e seguiu na direção oeste, surpreso pela velocidade com que o distrito financeiro da cidade deu lugar à miséria. Um rapaz branco com dreads loiros imundos estava mendigando uns trocados a poucos metros da Martin Luther King Jr. Boulevard. O cara branco tinha um cartaz de papelão ao seu lado dizendo apenas SEM-TETO. Era explicação mais que suficiente. Quando Barry soltou uma nota de vinte dólares, ele balbuciou um "obrigado", mas não ergueu os olhos para encarar seu benfeitor. Talvez ele também tivesse o diagnóstico, aquele moleque magro e branquelo de uns vinte e poucos anos. Barry só tinha começado a odiar Trump depois que ele tirou sarro de um repórter deficiente numa coletiva de imprensa, balançando os braços de forma errática para imitar seu problema. Shiva fazia a mesma coisa — era chamado de "*flapping*" — sempre que tentava expressar alguma grande satisfação sem palavras. Qualquer um que tirasse sarro de uma das poucas alegrias pessoais que seu filho tinha nem merecia estar vivo.

A vizinhança prosseguiu no seu declínio. A rua em que ele estava andando estava cheia de casas construídas no estilo federal, algumas com a saúde pujante, mas a maioria decadente, e outras cobertas com pedaços de papelão nos quais havia coisas escritas num baltimorense incompreensível. Quando Barry era pequeno, seu pai havia lhe dado um mapa do Queens com pedaços enormes riscados com pincel atômico vermelho — as zonas proibidas, onde "esse tipo de gente" vivia. O enorme bairro de Jamaica era o que mais deveria ser evitado, muito embora o de Jamaica Estates, onde o próprio Trump havia morado, não. Barry finalmente tinha ido até o Jamaica proibido. Alguma coisa grande estava prestes a acontecer.

Na calçada em frente a uma sequência de sobrados no nível de Park Slope decorados com grades de ferro em todas as janelas, ele encontrou uma mulher atraente nos seus quarenta e poucos anos administrando a sua microempresa, um monte de frascos do gel desinfetante Purell reutilizados como embalagem do que um cartaz escrito à mão chamava de SUCO DE CAFETÃO. Barry ficou intrigado. A mulher tinha tranças coloridas, um sorriso radiante porém cansado, e manchas rosadas de psoríase descendo por toda a extensão dos braços, ficando mais fortes nos cotovelos. Seus seios eram redondos e apontavam para a frente. "Tu é do grupo?", a mulher perguntou.

"Grupo?", ele disse.

"Deixa pra lá." Ela abriu um sorriso largo pra ele e se inclinou sobre os seus artigos.

"O que você está vendendo aí?" Ele sentiu um inchaço imprescindível entre as pernas.

"Suco de cafetão", disse a mulher.

"E o que tem dentro dele?"

"Acho que o que mais tem é essência de coco."

Ela pronunciou a palavra "mais" com muito cuidado.

"Eu vou querer um grande."

Um líquido esverdeado e gelado foi servido num copo de papel. Até a psoríase dela era bonita, fazia parte de quem ela era, tão imperfeita e real. "Vendendo bem hoje?", Barry perguntou, deleitando-se com o fato de que sua aparência não havia intrigado nem um pouco a mulher, bem como os dois arranhões enormes que ainda tinha no rosto.

"Tá fraco", disse a mulher. "Todo mundo em casa por causa do calor. Seis dólares."

O suco de cafetão era delicioso. Nacos de gelo perfeitamente cúbicos imprimiam em sua língua o gosto do coco. Ele enfiou a mão no bolso para pescar seu telefone e ligar para Seema e chocá-la com as notícias do mundo lá fora, mas, é claro, não havia telefone. Ele tinha que parar com aquele velho hábito de ficar entrando em contato o tempo todo com sua melhor amiga. Ele precisava se preparar para Layla. Ela também havia sido sua melhor amiga, por mais de três anos. Sua melhor amiga e também sua paixão mais intensa. Claro que eles eram mais jovens naquela época, mas faziam sexo duas vezes por dia.

Ele andou por mais alguns quarteirões decrépitos. Um jovem careca sentado na escadaria da frente de um prédio o estava acompanhando com os olhos. Ele estava usando o que talvez fosse um Audemars Piguet legítimo, uma versão maior e com mais ouro do que aquela que Seema havia comprado para ele em Veneza. "Boa tarde", disse Barry.

Pouco depois, ele ouviu o barulho dos mocassins atrás dele. Ele estava sendo seguido. Barry apressou o passo. E se aquele rapaz quisesse ter *dois* relógios? Ele olhava nervosamente para o seu Patek 570 balançando pra lá e pra cá, sobrevoando as ruas de asfalto da periferia. Ele era discreto demais para chamar a atenção da maioria das pessoas. Um bem de Veblen. Você precisaria ter certo patrimônio líquido para até mesmo entender o que era aquilo.

O homem agora estava bem atrás dele. "Ô, tiozão!", ele disse. "Qual é?"

Tiozão? Barry mal estava começando a ficar grisalho. Ele decidiu se virar para ver se poderia fazer amizade. Conseguia imaginar a sequência de eventos como se estivesse numa convenção de vendas. Contato visual. Aperto de mão. Conexão inesperada com algum elemento trivial. "E aí, meu camarada!", disse Barry. "Eu que *te* pergunto, qual é?"

"O que que tu quer?"

"Só tô aqui tomando meu suco de cafetão", disse Barry, erguendo o copo de papel e o segurando de uma forma meio esquisita na frente do rosto. "Recomendo com muito entusiasmo."

"Tu tá com o grupo?"

"Não. Sou só eu. Que grupo é esse?"

"Tá a fim?"

"A fim de quê?"

"Quer comprar?"

"Ah, não, obrigado."

"Porra, então por que que tu tá na minha área?"

"Como?"

"Se tu não quer comprar pedra, vaza da minha área, porra."

Ou, pelo menos, foi isso que Barry ouviu. Mas, mesmo assim, *pedra*? Crack? Na série da HBO eles estavam traficando uma coisa que eles chamavam de *pico*.

"Lamento ter que dizer isso a você", disse Barry, "mas este é um país livre."

O rapaz veio pra cima dele em três passos ligeiros. Seus rostos agora estavam a centímetros de distância, e Barry conseguia sentir o cheiro do calor do seu rosto, bem como de uma camada subjacente de talco para bebê. O homem estava bufando agressivamente em cima dele. Ele tinha orelhas salientes nos dois lados de sua careca, e uma veia grossa percorrendo a testa. Seu nariz descia pelo rosto até terminar no formato de uma âncora; uma pequena abertura havia se formado entre os seus dois dentes da frente. "Tu acha que tu tá podendo", disse o homem, "mas tu não tá."

"Não entendi."

"Tô te dizendo que é melhor tu dar no pé, ô, viado."

"Beleza", disse Barry, agora com sua voz experimentando, sem querer, um registro diferente. "Eu vou seguir em frente e ninguém se machuca."

"Nada", disse o homem, com os polegares pendurados na parte da frente do seu cinto. "Esta é a *minha* área. Tu não vai andar na minha área. Tu vai voltar pro mesmo lugar de onde tu veio."

"Espera aí", Barry começou a dizer, mas o rapaz esticou o braço e tirou o suco de cafetão de sua mão num tapa. O barulho parecia o de uma arma disparando. A rua maltratada ficou coberta de líquido verde e de gelo.

E agora eles estavam num espaço diferente. Agora era aquele moleque quem estava se afirmando *pra cima* de Barry. Humilhando-o. Ele podia senti-la crescendo em suas entranhas, a raiva, os 2,4 bilhões em ativos sob gestão, todo o trabalho que ele havia feito para se tornar Barry Cohen, a maneira como uma vez ele tinha batido de frente com seu pai moderadamente violento e dado um soco direto na sua boca mais ou menos uma semana depois do seu bar mitsvá. O que Hemingway faria? Ele sairia daquilo com algumas cicatrizes *de verdade*, não como aquelas cicatrizes ridículas feitas por uma babá filipina, que logo desapareceriam. Mas, e se Barry perdesse? E se o rapaz estivesse armado? Se tivesse um revólver pendurado na parte de trás do seu cinto? Será que as pessoas ainda se esfaqueavam? Ele estava sentindo o seu hálito, a doçura dele, um toque de cereja, como naqueles tijolinhos de chiclete Bazooka que seu pai costumava dar pra ele quando ele estava "bonzinho".

Barry olhou para baixo, para os seus pés, que agora o estavam levando rapidamente para longe daquele rapaz, de volta para o mesmo lugar de onde ele viera.

"É isso aí, melhor *meter o pé*", gritou o moleque, às suas costas.

O asfalto estava sendo mastigado pelos pés de Barry. Então, os Estados Unidos eram *isso*. Um lugar cruel onde um homem poderia ser expulso da rua por causa da cor da sua pele ou do estilo do seu relógio. Aquilo era uma desgraça.

Ele não queria fazer parte daquilo. Talvez não fosse tarde demais para voltar atrás. Ele conseguia imaginar tudo. Seu escritório, o lindo corpo de Seema, um fluxo interminável de *macchiatos* e sushis de *uni*. Uma vida de Manhattan para um homem de Manhattan. Ele poderia voltar a fazer parte do círculo dos vencedores.

Ele pensou nos olhos do rapaz. Eles tinham a mesma cor dos olhos de Shiva. Ele não sabia o que aquilo queria dizer, mas, de alguma forma, sentia medo do traficante da mesma forma que sentia das crises de Shiva. Ambos continham uma promessa de violência. Ambos evocavam um mundo ensandecido, caótico, sem leis, que não era adequado para alguém como Barry, que havia trabalhado tão duro para conquistar seu status e sofisticação.

Um micro-ônibus com um cartaz escrito THE WIRE/ DER ANFANG colado com durex na lateral tinha parado ao lado da barraquinha de suco de cafetão da mulher, e ela agora estava cercada por turistas altos, a maioria loiros, com grandes-angulares em suas câmeras, todos vestindo camisetas que diziam "SE VIER ATRÁS DO REI, MELHOR NÃO ERRAR O TIRO"— OMAR LITTLE.

Então esse era "o grupo" do qual todo mundo estava falando. Alguns olharam para a evidente expressão de raiva no semblante de Barry como se ele estivesse atrapalhando o seu safári pela favela. Um senhor negro mais velho, de óculos escuros, estava escorado no micro-ônibus, pensativo, limpando sua boca com um palito de dentes, enquanto escutava um jogo num velho radinho de pilha. LÍDER DO GRUPO, dizia sua camiseta.

A mulher do suco estava fabricando seu produto e dando um espetáculo ao mesmo tempo. "Suco de cafetão! Suco de cafetão! É só *vim* pegar. Aposto que é essa porra que o Omar bebe quando não tá roubando os trafica."

De repente, os alemães estavam todos perambulando pela região com suas bebidas verdes, tirando fotos artísticas das ruínas urbanas, de tufos ressecados de grama a maços de cigarro amassados sujando a rua. A mulher do suco deu uma baixada na bola.

"Ei", Barry disse a ela, "acabei de bater boca com um camarada. Ele me disse que, se eu não fosse comprar pedra, era melhor cair fora da área dele."

A mulher riu. "Ah, é só o Javon", ela disse, separando cuidadosamente as cédulas pelo seu valor. O fato de ela estar rindo fez Barry sentir-se pior. Será que aquele moleque não era perigoso?

"Javon?"

"Sim, ele mora aqui pela área. Ele vende pedra, mas o pessoal só quer saber da branca e da marrom."

"O que é a branca e a marrom?"

"*Pico* e pó. Ele tá vendendo pedra que nem se fosse os anos 90. Ninguém sabe onde esse fedelho pega o bagulho dele. É por isso que ele tá brabo."

"Então não tem nada a ver comigo, é uma coisa dele."

"Aham. Não dá bola pra ele. Ele é só um menino. Ei, você bebeu muito rápido o seu suco de cafetão! Quer mais um?"

Quando deu por si, Barry estava andando de volta na direção de Javon, tão absorto em seus pensamentos que quase derrubou uma alemã de bermuda jeans documentando um buraco no chão. Ele precisava resolver aquilo. Se levasse uma surra, ou algo pior, por ele, tudo bem. Se fosse morto nas ruas de West Baltimore, pelo menos seu obituário no *Journal* não acabaria em Valupro ou na GastroLux ou na porra do SEC. Ele era Barry Cohen, um líder de homens.

Quando Barry era um garoto, ele era superinteligente. Ele programou seu Commodore 64 para fazer com que uma representação gráfica da USS *Enterprise*, de *Jornada nas Estrelas*, deslizasse de um lado para outro numa tela. Mas ele sabia que se quisesse sair de Little Neck, do porão tropical do seu pai, precisava fazer amigos. Então, todos os dias, ele se postava na frente do espelho e treinava dez frases de introdução que poderia dizer para outros meninos na sua sala de aula, os meninos que não sabiam que ele existia ou que achavam graça do cheiro de cloro que pelo jeito havia se impregnado no Filho do Cara das Piscinas.

Uau, que chuva esta manhã!

Você foi ao shopping Lake Success no fim de semana?

Eu fui pescar no Kings Point com meu pai, mas a gente não pegou nada.

Depois, Barry tentava pensar em pelo menos dez respostas que os meninos poderiam dar a ele. E, depois, mais dez respostas para cada uma de suas respostas. Aquilo era um pouco como programar seu Commodore. Ele conseguia gravar cerca de dez mil combinações na cabeça.

Javon estava sentado na escadaria outra vez. Usava uma camisa polo da Ralph Lauren abotoada até o pescoço, exatamente como o escritor guatemalteco estava usando sua camisa da Brooks Brothers na outra noite, o que lhe dava um aspecto formal, quase eclesiástico. Ele estava vestindo aquilo de forma não irônica no meio do calor filho da puta daquela tarde. A mente de Barry estava lhe sugerindo milhares de frases de abertura. Ele esticou sua mão com uma nota de vinte dólares.

"Ah, não, *puta merda*", disse Javon.

"Eu quero comprar uma pedra", disse Barry. "Mas quero que você desconte o valor do suco de cafetão que você derrubou. Então me vê aí vinte e *seis* dólares de crack e estamos quites."

Javon riu. Sua risada foi, na verdade, sincera e inesperada. Infantil. *Ele é só um menino*, Barry pensou. Aquela constatação o feriu por dentro. A rua estava vazia, sem vida, as grades das janelas respingadas de tinta, e aquele moleque ali, sem nada pra fazer, sem clientes, sem amigos, sem um mísero computador em casa.

"Gostei do seu relógio", disse Barry. "Posso dar uma olhada nele?"

"Não, cê *não* pode, viadinho", disse o rapaz. Porém seus olhos ainda sorriam. Ele ficou tímido de repente e desviou seu olhar para a rua.

O clima estava esfriando entre eles. Barry enfiou sua nota de vinte no bolso. "É que eu entendo um monte de relógios", ele disse. "Chamam pessoas como eu de Idiota Prodígio do Relógio, ou 'IPR', pra abreviar."

Javon deu um suspiro. "Idiota tu é mesmo", ele disse. Deu uma bufada e ficou olhando fixamente para Barry. Barry sorriu e encolheu os ombros em resposta. Ele seguiu olhando os olhos do garoto até começar a doer.

O garoto tirou seu relógio e o entregou a Barry, o calor do metal em sua mão. "Meu mano subiu. O relógio era dele."

"Subiu?", disse Barry.

"Um maluco de Perkins Homes meteu uma bala na cara dele. Coisa do East Side."

Barry examinou o relógio. Ele era *banhado a* ouro, não de ouro, e os encaixes da pulseira estavam começando a descascar. Metade do fundo azulado do mostrador tinha se tornado laranja radiativo. O último *u* em "Audemars Piguet" estava faltando, apresentando o nome do fabricante do relógio como "Piget."

"Pra mim parece autêntico", disse Barry.

"Sério?" O olhar do rapaz estava repleto de esperança e dor.

"É um relógio de quarenta paus", disse Barry. "Meus parabéns."

"Tu é polícia?"

"Eu sou um fundo multimercado."

"Como é?"

"Eu faço apostas."

"Tipo General na Fayette?"

"Hã?"

"Jogo de dados."

"Tipo isso", disse Barry. Ele nunca conseguia explicar com sucesso o que era um fundo multimercado, exceto a parte da aposta. "Sinto muito pelo seu irmão. Posso te perguntar se foi relacionado a drogas?"

"*Relacionado a drogas*", Javon riu. "É, pode ser que sim."

De acordo com as táticas amigáveis de Barry, esse era o momento de estabelecer uma pausa, inserir alguns instantes de silêncio entre eles. Homens precisam da garantia uns dos outros de que podem parar de falar por algum tempo sem que isso se torne algo estranho. Barry tapou o sol sobre os olhos com uma das mãos e olhou para o leste, tentando entender a que distância eles estavam do centro da cidade e do seu cais cheio de iates. Pela sua estimativa, não muito longe.

"Ei", ele disse, "falando em drogas, ouvi dizer que as pessoas estão mais interessadas na branca e na marrom do que em pedra. Eu sou um homem de negócios. Posso te ajudar no tocante à estratégia. Eu administro uma firma de multiestratégia. Meu conselho: você é jovem, pode correr mais riscos, pense grande nos seus negócios. Venda crack, mas venda *também* um pouco da branca e da marrom. Assim você vai ter uma vantagem sobre os seus concorrentes."

"Sem ofensa, mas acho que tu não tá muito por dentro do esquema."

"Você que pensa", disse Barry. "O governo tá sempre tentando dar um jeito de me pegar."

"Tu tem alguma bronca?"

"Acho que dá pra dizer que sim."

"Onde que tu foi preso?"

Barry parou pra pensar. Ele se imaginou preso junto com Javon. Eles teriam de ficar, cada um, com a sua própria raça, como naquela série de prisão que Seema gostava de assistir, mas poderiam ser amigos em segredo. Barry poderia fazer sinais para ele do outro lado do pátio. "Por enquanto, em lugar nenhum", ele disse.

"Então cala a boca, porra." O moleque deu uma gargalhada, e Barry seguiu o seu exemplo. Uma nuvem havia passado, e o sol agora os queimava com força, fazendo as fachadas descascadas das casas enfileiradas reluzirem. Barry sentiu-se como se estivesse numa pintura. "Por que os canas tão no teu pé?", perguntou Javon.

"No meu negócio, eu estou sempre no limite, assim como você. É tipo: o que eu sei que os outros não sabem?" Barry deu um suspiro. "Às vezes você tem que chegar muito perto do fogo."

"Tô ligado."

"É por isso que eu quero te ajudar."

"Tu quer dizer a gente trabalhar junto?"

"Acho que sim, né?"

"Eu não preciso de sócio."

"Você trabalha sozinho?"

"Sim", disse Javon, "não quero ninguém me enchendo o saco o dia inteiro, dizendo tipo, 'Quanto tu já vendeu? Quanto tu já vendeu? Quanto tu já vendeu?'. Eu não tô numa gangue. Não tenho olheiro. As coisas tão meio devagar agora, mas um dia o meu nome vai bombar."

"Você é um profissional autônomo."

"Aham. Tudo que eu ganho fica no meu bolso. Sacou?"

"Saquei", disse Barry. Ele deixou aquela palavra ser assimilada pelo seu sistema. *Sacar*. Naquele contexto, ela significava "entender" e, apesar da barreira da linguagem, ele conseguia entender Javon. Ao contrário do impenetrável Shiva, Javon era uma ação subvalorizada. E estava num movimento de subida naquele instante, um rapaz empolgado, que queria entrar no mercado. E, diferentemente de Barry, ele não estava nem aí para os seus investidores. Estava tocando um negócio de família. "Você se importa se eu me sentar ao seu lado?", Barry perguntou.

Javon não disse nada. Barry quase conseguia ouvir as engrenagens da cabeça do menino girando, tentando encontrar um motivo para aceitá-lo, aquele homem branco que tinha surgido do nada, aquele Idiota Prodígio do Relógio. Barry estava fazendo uns cálculos diferentes em sua cabeça. O que ele poderia dizer para que Javon o compreendesse? O que poderia dizer para que Javon se sentisse compreendido? Aqueles anos todos na sua infância, postado na frente do espelho, treinando seus gestos amistosos, e aquele seria o seu gesto mais importante até então.

Barry sentou-se ao lado de Javon, o calor do degrau de pedra vindo de baixo. Uma brisa de verão se manifestou. Uma escada de incêndio solta começou a bater contra um prédio. Barry imaginou uma foto dos dois aparecendo numa revista estrangeira, talvez na *Der Spiegel*. "*Zwei Amerikaner*", ela diria. *Dois americanos*. E só isso. Nada sobre sua raça ou classe. Sentiu-se soterrado pelas emoções. Seu pai era racista, e Barry era o seu oposto.

"Quando eu era moleque", disse Barry, tentando adotar o sotaque local, "eu não tive mãe. Ela morreu num acidente de carro."

Uma janela se abriu, fazendo um grande barulho, do outro lado da rua. Uma mulher mais velha apareceu no meio de duas plantas, com bobes no cabelo. "Javon!", ela gritou. "Com quem tu tá falando?"

"Ninguém."

A mulher cruzou os braços. "Não é o que tá parecendo."

"Ele é de boa."

Barry sorriu pelo elogio. Ele vivia num prédio onde a maioria das pessoas nem sequer dividia o mesmo andar. Aqui, sua própria mãe podia abrir uma janela para gritar com você.

"Olá, sra. Javon!", ele gritou.

A mulher revirou os olhos. "Levanta dessa escada!", ela gritou para Javon. "Os alemão tão vindo! Eu tô ouvindo as câmeras daqui!"

"É melhor tu vazar", Javon disse para Barry.

"Quê?"

"Os alemão tão vindo", disse Javon. "Eles te pagam vinte contos se você deixar eles tirarem uma foto sua. Eu preciso trabalhar."

"Se eu voltar aqui amanhã de manhã, a gente pode conversar de novo?", Barry perguntou.

"Acho que não."

"Tá bom. Bem. Eu tenho um monte de relógios que eu posso mostrar pra você."

"Onde é a tua goma?"

"No Holiday Inn Express. Perto da rodoviária."

"Uma hora dessas te procuro por lá."

Barry viu um fragmento de pele perto do seu bolso, e um pacotinho foi depositado lá dentro. "Falou, Idiota Prodígio", disse Javon.

Ele ficou de pé e foi andando em direção aos turistas que avançavam pelo bairro, com as grandes-angulares de suas câmeras apontadas para eles. "Ô, e aí?", Javon gritou para eles, fingindo que estava engatilhando uma escopeta apontada na direção deles. "Omar tá vindo aí! *Ich bin ein Drogendealer!* Olha a polícia!"

A duas quadras dali, Barry tirou seu presente do bolso, uma pedra de bom tamanho enrolada em papel filme, polida como mármore de Carrara, com a tonalidade amarelada intensa de um parmesão recém-nascido. Enquanto seus pares do mercado financeiro gastavam centenas de milhares de dólares para acordar às quatro da manhã no fuso do Uzbequistão para assar pães com gergelim com o melhor padeiro de Samarkand ou ver de pertinho uma iguana marinha em Galápagos, Barry tinha sido agraciado com um fragmento autêntico dos Estados Unidos, a quinhentos quilômetros ao sul de Central Park West. E tudo que ele teve de fazer foi ser gentil.

Ele andava de um lado para outro dentro do seu pequeno quarto de hotel. Será que deveria ficar mais uma noite em Baltimore? Sua mente estava em chamas, da mesma maneira que ficava na Escola de Ensino Médio Louis Pasteur sempre que percebia que alguém estava prestes a se tornar seu amigo. Começou assim, primeiro com Joey Paramico, que tinha um bracelete de couro com tachinhas e, pelo menos, o equivalente a um frasco de spray fixador em seu cabelo, depois com seu primo, Ronnie, e depois com os gêmeos irlandeses do final do quarteirão. E agora ele poderia ter um rapaz negro como amigo. Mais do que um amigo, na verdade. Quase como um aluno. Não, um filho.

Ele queria fazer de Javon uma força a ser respeitada. Ele queria que seu nome "bombasse". Se Barry tivesse tido o apoio do seu pai, ele já seria um bilionário a essa altura. Ele ficou imaginando os dois trabalhando em algum tipo de start-up. E se eles criassem uma fundação? Uma que ajudasse os jovens da periferia a comprar seu primeiro relógio mecânico e os ensinasse a cuidar dele? Um instrumento que contava o tempo, além de demonstrar sua escassez, introduziria ordem e disciplina em suas vidas, como havia feito com a sua. Esse era o problema, né? Não havia disciplina na vida daqueles meninos. Sentados em escadarias, em ruas vazias, tentando vender drogas que saíram de moda há décadas, sem ninguém para supervisioná-los ou estabelecer metas de avaliação. No fundo, eles não queriam ser profundamente irresponsáveis, mas era exatamente isso o que eles eram.

Muitos dos seus pares do mercado financeiro eram obcecados pelo desempenho escolar das crianças negras, sempre tentando acabar com seus colégios públicos para transformá-los em escolas autônomas. Mas a Fundação de Relojoeiros Urbanos de Barry seria uma maneira mais eficaz de sabotar o sistema. Ele transformaria crianças em acionistas. Seja lá o que isso quer dizer. Fornecer centenas de Rolex Oyster Perpetual, seu modelo mais barato, para centenas de crianças custaria caro, mas como ele tinha visto um cara dizendo num outdoor em Baltimore, "Sem luta não há progresso". As crianças aprenderiam as histórias de Hans Wilsdorf e Alfred Davis, os elegantes cavalheiros que fundaram a Rolex em Londres. Haveria passeios para a Baselworld, a feira de negócios do setor, e visitas ao Museu Patek Philippe, em Genebra. Seria criado um brasão — as engrenagens de um relógio cercadas pelas palavras DISCIPLINA e RESPONSABILIDADE, ou sei lá como se diz isso em latim. DISCIPLINUS. RESPONSABILITUS. E então, quando a Fundação de Relojoeiros Urbanos de Barry já estivesse consolidada, ele apresentaria Javon no Salon International de la Haute Horlogerie, e diria: "Eu encontrei esse rapaz vendendo crack nas ruas de West Baltimore, e agora ele está vendendo Breitlings na Tourneau da Madison", e Seema teria que retirar tudo que ela disse sobre a sua ausência de alma e de imaginação.

Barry soltou o peso do corpo ao se sentar em sua cama. Ele precisava respirar. Às vezes, o excesso de empolgação o desorientava. Será que ele deveria pegar seus relógios e voltar até lá para se encontrar com Javon de manhã bem cedo? Não, primeiro tinha que encontrar Layla. Ele a encontraria em El Paso e apresentaria a história de Javon como seu cartão de visitas, uma maneira de mostrar para ela que ele havia mudado. Melhor ainda, que o Morgan e o Goldman e o Este Lado do Capital não o haviam mudado. Mas aquele capítulo ainda não estava concluído. Ele voltaria por causa de Javon. Agora tinha se dado conta de que havia esquecido de anotar o nome da rua em que

Javon e a mulher do suco de cafetão operavam. Sem problema. Ele tinha os seus meios. Ele os encontraria.

Com a pedra de crack acondicionada no bolso e seus relógios guardados em segurança na mala, ao lado do passaporte confeccionado em nome de Bernard Conte, Barry pegou o elevador e desceu até a recepção para fazer o seu check-out. O homem com a camiseta dos Orioles estava conversando com uma mulher que lhe pareceu familiar, com um penteado à la Pat Benatar e uma blusinha lustrosa que podia muito bem ter saído de uma daquelas lojas do centro que Seema adorava. Aquela mulher claramente não era dali nem das redondezas. Talvez *ela* ficasse impressionada com o seu cartão Black só pra variar um pouco. Enquanto Barry ia se aproximando, o Oriole baixava uma tela de computador. "Cohen", ele disse para a mulher. "Quarto 312."

A menção do seu próprio nome surpreendeu Barry, como se ele tivesse, de repente, ficado famoso. Ele olhou com atenção para os cachos no cabelo da mulher. Seu dedo apontando com insistência na direção do Oriole. A postura arrogante que era, de certa maneira, o oposto de Baltimore. O reconhecimento lhe atingiu com uma pontada de desejo que se transformou imediatamente em pânico. Ele virou as costas e começou a correr bem quando ela gritou: "Espera! Barry! Não!".

Era Sandy, sua gerente executiva.

Mas ele já tinha atravessado a porta e corria o mais rápido que sua idade permitia, com a mala de rodinhas debaixo do braço e uma pulsação dolorosa lhe percorrendo a espinha. Mas sua respiração estava forte e regular. Ele sobreviveria àquilo, ele era o Campeão de Natação do Condado de Queens de 1989, e ia acabar com aqueles riquinhos bundas-moles da Douglaston Manor e entrar em Princeton quantas vezes quisesse.

Ele atravessou correndo a estrada que separava o Holiday Inn de um posto de gasolina e loja de conveniência chamado

Royal Farms. Assim que passou pela porta automática, Barry deu uma olhada para trás, mas Sandy não estava à vista.

Sandy. Puta que pariu, como é que ela sabia onde ele estava hospedado? Bom, essa era fácil. Todos os seus cartões de crédito estavam ligados ao Este Lado do Capital. Toda vez que ele pegasse um ônibus ou se hospedasse num hotel, ela saberia onde ele estava. Ele precisava se livrar dos seus cartões. *Meu Deus!* Precisava se livrar do seu American Express Black. E precisava de dinheiro. Ele tinha três cartões, além do American, um Visa e uma bosta dum Mastercard ligados a algum programa de fidelidade de companhia aérea que ele nunca mais tinha usado. Ele enfiou, um por um, seus cartões num caixa eletrônico, mas recebia sempre a mesma mensagem dizendo que havia um limite diário de quatrocentos dólares para saques. *Porra*. Ele sacou os mil e duzentos dólares divididos entre os três cartões, as cédulas formando um leque mágico capitalista em sua outra mão, enfiou o dinheiro junto com a pedra de crack no bolso, e depois jogou os cartões dentro de uma lata de lixo. O American Black chegou a quicar na borda de metal.

Ele pagou em dinheiro por uma passagem de vinte dólares, mas não quis deixar que seus relógios viajassem no bagageiro do ônibus. Escondeu-se dentro de uma cabine num banheiro onde, para passar o tempo, borrifou e lustrou as caixas e os mostradores dos seus relógios com o spray da Veraet e um lencinho de pano extramacio que havia levado com ele. Dedicou uma atenção especial ao Universal Tri-Compax, um espécime da década de 1940 que nunca havia chegado a funcionar direito desde o momento em que ele o comprou numa loja da marca em Boston, no intervalo de dois voos da NetJet que custaram dez vezes o valor do relógio em si. Em algum momento de sua jornada ele teria de encontrar um bom hospital de relógios para aquele veterano. Ficou olhando para o seu complexo display, o mostrador de fases da lua indicando uma lua perfeitamente cheia em Baltimore aquela noite. Shiva, que era fascinado pela lua, com certeza não dormiria aquela noite. "Lamento que você tenha de passar por isso", ele disse ao relógio.

As cabines à sua volta agora estavam ocupadas por homens no auge de seus esforços, o que enchia seus olhos de lágrimas. Ele guardou os relógios e voltou para o saguão. O ônibus para Richmond anunciava o embarque.

Barry se esgueirou até o ônibus, olhando para todos os lados à procura de Sandy. Um funcionário da Greyhound de colete verde insistiu que ele colocasse os relógios no bagageiro do ônibus, e não havia tempo para discutir. Uma etiqueta enorme, com seu nome e destino, foi enrolada na alça de sua mala. Barry embarcou atabalhoadamente. Ao conferir os assentos, ele percebeu que o ônibus estava lotado. "Senhor", ele disse ao motorista. "Não tem nenhum lugar sobrando."

"Eu faço isso há trinta anos", disse o motorista, olhando para algum ponto à sua frente. "E nunca fica mais fácil. Não, senhor." Então, ele deu um suspiro e expulsou do ônibus alguns chineses que ainda estavam segurando seus passaportes vermelhos e cheios de estrelas nas mãos.

Foi então que Barry avistou Sandy pela janela, correndo em meio aos ônibus, mandando sua elegância nova-iorquina às favas enquanto um outro funcionário mal-humorado da Greyhound corria atrás dela segurando uma prancheta. *Caralho.* Mesmo naquelas circunstâncias absurdas, ele sentia uma atração filha da puta por aquela magrinha gostosa. Todas aquelas vezes que eles saíram para tomar uns drinques depois do trabalho e ele quase chegou a *sentir* os pelinhos nos braços dela à medida que ia ficando mais bêbado e enrolando a língua para falar sobre como a sua infância, a infância do Filho do Cara das Piscinas, tinha sido injusta, e ela simplesmente balançava a cabeça e colocava sua mão gelada sobre a dele, e aquilo tudo teoricamente não passava de uma relação de trabalho, aprovada por Seema, ainda por cima, porque Sandy não gostava de homens.

Barry atravessou rapidamente o corredor e se trancou dentro do banheiro. Era desse jeito que seria o resto de sua vida? Escondendo-se de Sandy em banheiros? O motor do ônibus foi ligado, e começou a zunir. O banheiro tinha cheiro de desinfetante, mas também de liberdade. Nem sequer havia uma pia, apenas um tubo gigante de Purell. Barry segurou-se no tubo enquanto o ônibus deixava a rodoviária, aos solavancos. Ele respirava pela boca, mas sua garganta estava ficando ressecada por causa do desinfetante. Então, fechou a boca e começou a respirar pelo nariz. Ele respirava como um homem, dentro de um ônibus, fugindo da sua morte.

4. Bate uma pra mim

Eles estavam de mãos dadas. Havia muitos lugares em Nova York para se ficar de mãos dadas. Paris era pra enfiar sua língua na boca de alguém, mas Nova York era boa para ficar de mãos dadas como um bom e antiquado protestante. De mãos dadas, como uma protestante. Ela queria mais alguma coisa além disso? Sim e não. Ele estava respeitando os quatro quilates em volta do seu dedo? Se sim, que bom. Ele ainda estava apaixonado por sua esposa? Se sim, que ruim.

Eles ficaram de mãos dadas no lugar dos cachorros-quentes. Ficaram de mãos dadas no seu bar favorito em Canal. Seu nome era Clandestino (que nome perfeito), e o barman era um sujeito bonitão e genial de colete que parecia saído de um filme, e que fazia manhattans como se fosse um alquimista produzindo ouro. Luis havia morado em cima daquele lugar e a noventa metros do melhor charque malaio da cidade, mas o casamento o havia "obrigado" a se mudar para o Flatiron District. Mais uma alfinetada na esposa? Por favor, tomara que sim. Eles ficaram de mãos dadas assistindo a um blockbuster de ação que ele fingia detestar. Ali, no escuro interrompido somente pelas explosões termonucleares exageradas, sua mão produzia um calor quase sólido contra a parte interna de sua coxa. Ela inclinou a cabeça em sua direção, para que ele pudesse sentir o perfume de seus cabelos. Ele respirou pesado, apertou sua mão. Ah, como eles eram extraordinariamente patéticos!

No dia seguinte ao desaparecimento de Barry, ela recebeu uma ligação vinda do interior, do seu empreiteiro. Eles estavam começando a instalar a piscina olímpica, mas seu tamanho, aparentemente, desrespeitava todas as regulamentações locais, e seus vizinhos tinham odiado a pérgola ao estilo de Kyoto que Barry tinha construído, pois ela havia acabado com sua vista. "Fale com o Barry", disse Seema. O empreiteiro disse que tinha tentado entrar em contato com ele, mas que as ligações caíam direto na secretária eletrônica. "Então, que se foda a piscina", disse Seema. "Deixa apodrecer." Ela desligou. Então, Barry estava ignorando suas ligações. Ou talvez ele estivesse sem o telefone. Será que tinha sido roubado? À mão armada? Ele não tinha atendido as ligações do empreiteiro. Aquilo era preocupante. Sendo o Filho do Cara das Piscinas, Barry sonhava havia muito tempo com a instalação da maior piscina não institucional do Mid-Hudson Valley. E se ele tivesse... não, Barry jamais faria algo tão drástico. O seu lance era a raiva. A autocomiseração. Não a depressão.

Poucos dias após o início do relacionamento de suas mãos, eles estavam olhando para Nova Jersey do outro lado do Hudson, encostados na proteção de metal que margeava a esplanada. Não estava nem perto da hora de a maré subir, mas a água parecia muito próxima deles, perigosa. Crianças neurotípicas davam gritinhos adoráveis às voltas de um chafariz que ficava ali por perto. Um hotel em Jersey, do outro lado, exibia uma enorme letra *W*. Durante um conturbado passeio de carrinho de bebê na beira do rio no ano passado, Shiva havia produzido um som coordenado, o mais articulado em sua vida, e apontado com grande ênfase para a letra *W* do outro lado do rio. Para uma criança com o seu perfil, *apontar* para um objeto era considerado um avanço importante.

Shiva parecia gostar de letras. Ele era um grande fã da música do Come-Come, "C é de Comer". Ela fazia parte do CD de alfabetização da *Vila Sésamo* que a terapeuta tocava, mas sempre que ela deixava passar para a próxima música, na qual Elmo cantava seu amor pela letra *D*, Shiva dava um berro e enfiava a cabeça na parede mais próxima. Alguém precisava sentar ao lado do CD player e ficar apertando o botão para repetir a música do Come-Come várias vezes. E Shiva sorria, com sua boca aberta, como se tivesse acabado de descobrir o universo. Mas quando Seema tocava a música da letra *W*, ele tapava os ouvidos, se jogava no chão e começava a tremer como se estivesse sendo atingido por uma série de abalos sísmicos. *Bom*, ela pensou, *já chega dessa merda dessa letra W. Melhor riscar essa da lista*. Mas ele parecia ter uma quedinha pela letra *H*, e ela ficou feliz de não ter cortado o *h* do seu nome e o batizado à maneira tâmil, de Siva. Barry tinha dito que ele se confundiria se houvesse uma Seema e um Siva em casa. Indianos do Sul do país costumavam dar aos filhos longas variações do nome Shiva, como Sivaraman, Sivamurthry ou Sivarajan, mas ela não queria testar os limites de Barry. "Eu não vou montar num elefante", ele dissera, antes do seu casamento em Cleveland.

Eles estavam falando sobre quando conheceram seus cônjuges. Julianna e Luis tinham se conhecido numa noite de autógrafos no PEN World Voices Festival. "O PEN Festival!", disse Seema. "É uma coisa importante."

Luis balançou a cabeça com veemência para indicar que, sim, era mesmo. "Acho que eu deixei uma boa impressão nela lá em cima do palco", ele disse, "e depois eu a seduzi com o meu intelecto." Ele bocejou lentamente para mostrar o quanto não estava se levando a sério.

"Ela estava vestindo alguma coisa muito deslumbrante?", Seema perguntou, para sua própria surpresa. Tinha achado Julianna muito estilosa, especialmente para alguém com o orçamento de uma médica.

"Não me lembro", disse Luis. "Só sei que a gente se beijou naquela mesma noite. No Russian Samovar. Eu pensei que ela fosse uma pinguça, de tanta vodca que tomou, mas ela estava apenas nervosa."

"Oqueeeeei." A voz da comediante indiana; uma voz feminina e engraçada de uma criança de doze anos de idade. Então ele beijava *mesmo* as mulheres.

"E como você conheceu o Barry?"

"Blé." Era um evento ridículo de comemoração dos cento e vinte anos da *Vogue*. Sua amiga Mina Kim lhe tinha feito o convite, mas acabou não aparecendo. Seema não conhecia ninguém ali, estava meio que abandonada à própria sorte, e acabou tendo que passar uma descompostura num tarado de Wall Street que estava olhando para os seus peitos. "Deixa eu adivinhar quem era", disse Luis, apertando sua mão com ainda mais força, seus olhos vasculhando o corpo dela assim que Seema mencionou seus "peitos".

Mas Seema conversou com Barry e se deixou seduzir enquanto ele flertava com ela se exibindo e contando vantagem. Talvez aquilo fossem apenas suas boas maneiras do Meio-Oeste. Talvez, e ela odiava ter que admitir, houvesse algo de excitante em ser cortejada por um cara rico e mais velho. Quando ela olhou para o céu daquele terraço, quase pôde ver um avião levando uma faixa com os dizeres ELITES COSMOPOLITAS passando por cima deles. Ela não tinha sido criada para isso? Ela lembrou de como sua mãe, ainda lindíssima, com seus cabelos sedosos, mas já na metade da primeira de suas várias gestações americanas, entrava no seu quarto e se jogava em sua cama a qualquer hora do dia e da noite (se você quiser encontrar o significado de "privacidade" em tâmil, boa sorte) para ficar despejando todas aquelas lições de vida ridículas e constrangedoras. No seu primeiro ano na faculdade, ela havia elaborado um gráfico para medir a razoabilidade de suas amizades. Judeus e brancos protestantes apareciam no topo, um com "dinheiro (aumentando)", o outro com "poder social (diminuindo)". Os asiáticos estavam separados em várias faixas, com os japoneses — que haviam comprado uma parte enorme do país somente na última década — liderando o bando. Os tâmeis estavam muitos espaços acima dos latinos, que, por sua vez, repousavam sobre os ombros dos negros. Sua mãe havia circundado a palavra "judeus" várias vezes, e escrito "acessíveis", "liberais", "sensíveis" e "sóbrios" ao lado. Seema chamou a mãe de louca bem na sua cara, o que quase lhe garantiu um raríssimo tapa no rosto, mas nenhuma lição de infância simplesmente desaparece desse jeito, sobretudo quando vem de alguém que atravessou um oceano.

Ela não contou aquele pequeno detalhe a Luis, nem o fato de que, após o evento da *Vogue*, ela voltou pra casa e pesquisou o patrimônio líquido de Barry no Google e achou o resultado muito reconfortante. Um homem rico daquele jeito não poderia ser burro. Ou será que, Seema se perguntava agora, seria essa a grande falácia do século XXI nos Estados Unidos? Em todo caso, ela fez uma promessa de jamais deixá-lo esquecer que a *Vogue* e a Anna Wintour tinham sido, de certa maneira, responsáveis pelo seu encontro. Mas ele esqueceu mesmo assim. "Nós nos conhecemos numa festa do Michael Bloomberg", ele dizia. "Bloomberg se *apaixonou* por Seema. Nós dois estávamos de olho nela."

Eles foram visitar a coleção permanente do novo Whitney perto do High Line. Luis tinha muitas opiniões sobre Edward Hopper, mas nem todas positivas. Para ele, todo realismo era reacionário. Sem exceções. Ela não havia contado a ele sobre o seu diploma de artes em Michigan e decidiu permanecer em silêncio. Quando procurou por Luis no Google, gostou de ver que ele tinha um selo de verificação do Twitter, apesar de não ter muitos seguidores, e que suas manifestações não eram concisas o suficiente para aquela mídia.

Em geral, Luis parecia mais um professor do que um escritor. Ele tinha sido professor adjunto em Columbia, mas nunca lhe ofereceram um contrato integral, e ele também não tinha nenhuma estratégia para consegui-lo. "Eu não sei nem o pau de quem eu preciso chupar por lá", ele disse, apontando na direção de Morningside Heights. "É tudo político." Mas ele tinha ideias sobre tudo. Como a Palestina. E a Monsanto. E sobre *Orange Is the New Black*. (Quem diria que essa série endossava tacitamente o neoliberalismo?) A *única* ideia que havia saído de Barry nos últimos quatro anos — fora suas ladainhas diárias sobre relojoaria — tinha sido o seu plano para lançar uma coleção de figurinhas de bilionários para crianças pobres, com todas as estatísticas financeiras dos magnatas, como seu patrimônio, sua posição no ranking da *Forbes*, seus ativos líquidos e de papel na parte de trás ("E todas as acusações retiradas pelo governo mediante o pagamento de multas ridículas", Seema acrescentou), para que "as crianças negras tivessem uma inspiração para irem melhor no colégio". Ele dizia sempre que "poderia ter uma figurinha da Oprah também". Seu amigo bilionário de Miami parecia disposto a financiar a ideia — ninguém é mais apaixonado por crianças negras do que um bilionário branco. Luis, pelo menos, não alimentava nenhuma ilusão sobre mudar o mundo. Ele queria apenas escrever sobre ele nos seus livros que vendiam muito pouco e criticá-lo para os seus novecentos seguidores no Twitter.

Ela aproveitou as três horas durante as quais Shiva deveria estar dormindo profundamente (boa sorte quanto a isso, Novie) e foi visitar sua amiga, Mina Kim, no seu apartamento que ficava perto da quarta parada da linha L do metrô, no Brooklyn. Fazia tanto tempo que não saía de Manhattan que tinha até vergonha. Afinal de contas, ela ainda tinha vinte e poucos anos. Precisava se reconectar com quem ela era antes de Shiva. Ela precisava rir.

Mina morava num dos tradicionais prédios de cinco andares com uma escadaria na porta, igual ao que Seema havia deixado pra morar com Barry, muito embora o dela ficasse na vizinhança muito mais humilde de Crown Heights. O fedor do saguão a deixou arrasada. O que era aquilo? Lixo, vestígios de fezes humanas, a cidade de Nova York. Puta merda, como é que ela havia se transformado naquela riquinha desprezível?

"E aí, esposinha?", disse Mina, apertando suas bochechas e depois dando um tapa em sua bunda. Seema sempre se sentia melhor por ser filha de imigrantes quando estava junto com Mina, com quem ela havia dividido um quarto no seu primeiro ano de faculdade. A menina não tinha planos pra antes, durante ou depois de Michigan. Ela trabalhava com webdesign, o que nos dias de hoje era simplesmente uma categoria que abrigava tudo que não tivesse a ver com o mercado financeiro ou de prostituição. Ao mesmo tempo, seus pais eram tão ricos que ela nem sequer tinha precisado ser criada como asiática.

Mina largou um six-pack de Lagunitas no tapete da West Elm que fazia as vezes de sofá na sua sala de estar. Elas sentaram com as pernas cruzadas. "Então, me mostra umas fotos do seu pestinha. Eu não conheço ele, mas é *culpa sua*!"

Seema tinha uma galeria de fotos em que Shiva não aparecia batendo a cabeça contra as coisas, que ela costumava mandar para a família e os amigos. Ele estava dormindo em pelo menos metade delas. "Óin, detesto admitir, mas ele é a cara do Barry", disse Mina. "Mas tudo bem, né? Ele tem as suas sobrancelhas. Fofinho." Seema odiava suas sobrancelhas. Ela dedicou um terço de sua vida a deixá-las sob controle. De qualquer forma, o assunto "filhos" agora estava superado. Elas passaram quatro cervejas falando sobre a vida sexual de Mina. Era intensa. A tendência do momento era a mulher receber sexo oral no primeiro encontro. "Os caras só querem saber de ingredientes locais", disse Mina. "Você não dizia que o Barry tava sempre enfiado na sua boceta?"

Ela mal podia acreditar nas coisas que havia contado para Mina. O que diriam suas mães se as ouvissem conversando daquele jeito? Mina estava pouco se lixando para suas origens coreanas, o que fazia Seema se sentir melhor a respeito da sua própria falta de conhecimento sobre a cultura tâmil. Uma vez ela tinha arrastado Barry até Mumbai, onde morava a maioria dos seus parentes indianos no país, incluindo o carismático tio Nag. Eles comeram praticamente só a comida estrangeira e sem graça do Taj, onde estavam hospedados, mas Barry conseguiu, mesmo assim, ter uma diarreia. E o jeito como ele se esquivava daquelas mãozinhas que se enfiavam dentro da carruagem do Ambassador implorando rupias, mãozinhas que poderiam, um dia, ser como as mãos dos seus próprios filhos? Bom, ela ficou constrangida pelos dois com aquilo. "Era meio como eu imaginava que seria um país de Terceiro Mundo de muito baixa renda", ele disse no lounge da Air India, enquanto esperavam para voltar para casa. "País *em desenvolvimento*", ela o corrigiu.

"Então, escuta", ela disse para Mina, "as coisas não andam muito boas entre mim e o Barry."

"Yes!", disse Mina. "Urru!" Mina, é claro, sempre tinha achado Barry um babaca, muito embora ela tivesse "pegado emprestado" quinhentos dólares aqui e ali de Seema para ajudar a pagar seu aluguel sempre que os pais a deserdavam temporariamente, o que significava, na prática, pegar emprestado de Barry.

"Tem esse cara", disse Seema.

"Aí sim!" Mina sentou em cima das pernas e deu um gritinho de alegria. Então, era assim que seria se ela fosse uma garota de vinte e nove anos sem um filho com necessidades especiais.

"Na real, você ia gostar dele", disse Seema. "Ele é escritor. Todo formal. Ele só segura a minha mão. Mais nada."

"Ele foi teletransportado direto do século XIX?", Mina perguntou. "O *steampunk* meio que já era, cê sabe."

Seema lembrou-se de um conto sobre adultério que havia lido numa aula de literatura russa em Michigan. Ela não conseguiu lembrar o nome dele. A história não acabava bem, obviamente.

A cerveja começou a falar por ela. Ela dizia: "Sei lá, Mina. Sei lá. Eu tô sentindo uma coisa forte, uma coisa real. Não, eu não usaria a palavra 'amor'. Não usaria. Mas eu tô tão perdida. Tem muita coisa que eu não posso contar pra ninguém."

"Você pode contar pra *mim*", Mina disse, ofendida.

"Eu *tô* contando pra você. Você não está me ouvindo?" Seema começou a chorar.

Os braços fininhos de Mina a envolveram. "Você fica tão bonita quando tá chorando", disse Mina.

"Talvez eu devesse chorar pro Luis", disse Seema. "Quem sabe assim ele me beija."

Aquilo estava começando a parecer uma conversa de colegiais. "Caralho, mulher", disse Mina. "Você ficou tempo demais casada com aquele idiota. *Ele* te beijar? Você é que tem que beijar *ele*." E pelas próximas três horas, sentadas naquele tapete de merda da West Elm, elas traçaram uma estratégia para fazer com que aquilo acontecesse. Seema chorou mais um pouco, mas ela também estava incrivelmente feliz. Ela havia revelado, pelo menos, um de seus segredos. Estava, pelo menos, sendo ouvida e abraçada por alguém.

Aconteceu num dia em que a cidade inteira ficou sem luz por causa dos efeitos de um trovão superalto, que deu um cagaço tanto em Shiva *quanto* em Novie, que achou que o Pai de Jesus finalmente tinha perdido a paciência com aquela cidade pecadora. Eles estavam num táxi, a caminho de uma apresentação de *Hamilton*, para a qual Luis havia conseguido, de alguma forma, dois ingressos para lugares de mil dólares na primeira fila. Ele estava se preparando para o quanto odiaria a peça. Ele tinha assistido a uma entrevista com seu criador e agora estava cheio de raiva dele. Seema concordava com ele, embora parte dela, ou melhor, a maior parte dela desejasse se comover com aquilo, para substituir os seus medos com a administração Trump pelo amor por seu país que Hamilton prometia de forma implícita.

Eles ficaram presos no trânsito na altura do elevado que envolvia a Grand Central e a Met Life Tower, quando o telefone dela tocou, mostrando um número desconhecido com código de área 917.

"Sra. Cohen, lamento muito incomodá-la." O tom de sua voz era adulador e também mordaz: Sandy, a gerente executiva de Barry. Claro que ele dava em cima daquela maluca, mas ela era uma lésbica convicta, um fato que sempre havia tranquilizado Seema. Ela só ouviu alguns fragmentos do monólogo de Sandy enquanto sua mão se encontrava com a de Luis. "Ele não apareceu... uma reunião importante... Autoridade de Investimento do Qatar... Baltimore... Greyhound... algum tipo de redenção... Richmond, Virgínia..."

Seema a interrompeu. "O que tem em Richmond?", ela perguntou.

"Eu não sei, sra. Cohen. Mas ele me pediu pra comprar uma passagem da Greyhound pra lá."

"Puta merda, não me chama de sra. Cohen." Fez-se uma pausa. A gerente executiva estava se recalibrando, como um computador reiniciando depois de um erro fatal. "Desculpa", disse Seema. "A primeira namorada do Barry na faculdade era de Richmond. Layla." Ela não conseguia lembrar o seu sobrenome, mas sabia que ela e Barry tinham achado graça um dia de como era bem sobrenome de branco protestante mesmo. "Hayes. Layla Hayes. Eles moravam numa parte ruim da cidade." Luis levantou uma sobrancelha. "Se bem que eu acho que essa é a maior parte de Richmond." Ela não era a pessoa que estava dizendo aquilo. Não, não era.

"Isso já é suficiente para eu começar", disse Sandy. "Eu te ligo assim que descobrir alguma coisa."

"Não precisa", Seema disse, desligando. Ela olhou pela janela. A chuva estava brutal, a luz estava fraca, um arranha-céu art déco chorando no ombro do outro. *Então*. Talvez Barry não tenha simplesmente fugido no meio da noite. Talvez ele estivesse... o quê? Atravessando o país atrás de Layla Hayes? *Num ônibus da Greyhound?* Que beleza. Provavelmente ela deve ser uma dona de casa sulista com três filhos criados à base de leitelho a tiracolo. Ela tentaria com todas as forças *não* procurar Layla no Facebook. Para que isso acontecesse, ela ainda precisaria amar Barry. Mas ela estava ali, naquele táxi, com outro homem.

Ela soltou a mão de Luis. Ele olhou para ela, surpreso. Ele tentou ler seu olhar. Fracassou. Ela pôs as mãos nas bochechas dele e se inclinou para a frente. Que sabor maravilhoso tinham seus lábios, que surpreendente sua língua tão seca, que tristeza sua expressão imediata, que alegria um segundo depois, quando ele entendeu o que tinha acontecido. Ele começou a gaguejar de um jeito bem bonitinho. Julianna estava em São Paulo por alguns dias para uma conferência médica, e Arturo e a babá passariam a noite com uns amigos nos Hamptons. Eles fizeram o táxi mudar de direção.

O quarto dele. Tá bom, *deles*. Felizmente não há fotografias de Luis e Julianna juntos, apenas vários retratos enquadrados de Arturo sendo Arturo, se apresentando no jardim de infância usando uma fantasia de pirata ou vestido de Abraham Lincoln. Que tipo de jardim de infância organiza peças sobre o Dia dos Presidentes para crianças de três anos de idade? O rosto dela estava dolorido de todos aqueles beijos esfolados de barba. A camisa dele estava molhada da chuva. "Seema", ele disse. "Por favor."

"Por favor o quê?", ela sussurrou.

Mina estava certa sobre aquilo. Ele queria chupá-la. Implorou para chupá-la. "Deixa eu tomar um banho primeiro, querido", ela sussurrou. Aquele "querido" surpreendeu os dois. Mas ele estava muito determinado a chupá-la naquele exato momento, e a sensação dos seus jeans e de sua calcinha escorregando pelas suas pernas foi o suficiente para turvar sua visão, e ela enxergou um espelho imaginário no teto, mostrando aquelas duas pessoas lindas, que se amavam.

Aquilo ou durou cinco minutos ou durou uma hora. Parecia nunca ter fim, suas pernas envolvendo a cabeça dele e depois fazendo uns movimentos estranhos de aeróbica que ela jamais havia feito, flexionando-as e girando-as no ar. A tempestade aumentava lá fora. O estrondo fresco de um trovão. Ela sabia que, dezessete andares acima dela, seu filho estava com medo. Mas ela não podia sair dali.

"Bate uma pra mim", ele disse, assim que ela havia acabado de murmurar seu nome. "Eu não quero que você me chupe. Não te chupei só pra você me chupar." Ela deu um suspiro. Os homens não sabem mais o que querem. Que ruim pra eles. Dez minutos depois ela o estava chupando. Ela ficou enjoada quando sentiu a acidez em sua garganta, o gosto não era bom (alguma vez tinha sido?), mas ela o manteve em sua boca até que os últimos espasmos cessassem. Quando correu até o banheiro para cuspir tudo na pia, ela se olhou no espelho, com seus lábios molhados e um triângulo de desejo no pescoço.

Ela sorriu para o reflexo. Estava perfeita. Nunca mais estaria tão perfeita assim. Ela trancou a porta do banheiro, sentou no vaso e pôs a mão entre as pernas. Ela ignorou os pedidos dele para que ela retornasse imediatamente.

Por fim de volta à cama, ela vestiu o sutiã e a calcinha. Ele se aproximou e envolveu com as mãos toda a extensão de sua bunda. "Querido", ela disse, "nós não podemos mais fazer isso." Ela só queria dizer aquilo. Só queria dizer a coisa mais dolorosa do mundo e ver se aquilo partiria seu coração. Ele soltou sua bunda, deitou-se nos lençóis e cobriu os olhos com as mãos. Ele estava chorando? Não. Ele ainda estava ereto.

"Meu filho", disse Seema. Ela estava prestes a dizer mais coisas. Mas não disse. "Me abraça", ela disse, em vez disso. Ele fez o que ela pediu. "Espera", ela disse. "Vista sua cueca."

Eles foram até a sala, ela de sutiã e calcinha, ele de cueca, sentaram no sofá, e ficaram olhando a chuva cobrir o Madison Square Park. Depois de algum tempo, ele ligou a TV na MSNBC. Trump estava choramingando que as pessoas eram injustas com ele. Ele parecia ofendido e satisfeito ao mesmo tempo. Ela enterrou a cabeça na segurança dos pelos levemente grisalhos do peito de Luis.

O mundo era magnífico.

5. O banqueiro e a pastora

Barry sentou-se na escadaria do prédio dos pais de Layla. Aquela tinha sido uma longa viagem. Eles passaram pela Agência de Segurança Nacional, em Maryland, e driblaram os carros no famoso trânsito socialista de DC até por fim alcançarem a Virgínia propriamente dita, uma série de terrenos confederados margeando a estrada nos dois lados. Eles passaram por um cangambá particularmente aromático e entraram na cidade do seu primeiro amor.

Raios iluminavam o céu. Será que estava chovendo e trovejando em Nova York também? Shiva ficaria assustado. Seema poderia deixar que ele segurasse um dos seus relógios para que se sentisse melhor. Mas não um dos realmente caros. O Max Bill, por exemplo, que era um Bauhaus acessível.

A última vez que ele tinha visto os pais de Layla foi logo depois do último ano da faculdade. A irmã de Layla, Celia, aos vinte anos, tinha se casado com um rapaz de Davidson. Como ele era de uma família rica local, ela abriria mão de uma bolsa parcial para estudar na William & Mary. As duas coisas tinham deixado os Hayes loucos da vida. Eles queriam que Barry e Layla tivessem se casado, em vez disso. Mas, apesar dos seus receios em relação ao riquinho e ao fato de Celia abrir mão de sua formação, o casamento da filha caçula foi glorioso. Os próprios Hayes eram muito *jovens*, ele com seu exuberante rabo de cavalo, ela com sua risada de cavalo, arrasando na pista de dança ao som de "You Can Call Me Al". A recepção foi no

Jefferson Hotel, que, num fim de semana, tinha uma atmosfera de baile de formatura de escola de ensino médio sulista. A família do noivo era puritana e temente a Jesus, mas para qualquer lado que você olhasse, via o pessoal dos Hayes, professores da VCU no seu nono bourbon berrando sobre Chaucer e Bill Clinton e sobre a política "Don't Ask, Don't Tell", uma mulher com uma tatuagem do Snoopy na parte interna do braço conversando com um roqueiro barbudo. Alguns negros de verdade.

Barry ficou bêbado e passou a maior parte da noite brigando com Layla sobre coisa nenhuma, até que o pai dela o levou até a tumba de mármore branco que era o banheiro e disse a ele: "Filho, é imprescindível que você se acalme. Essa não é a noite para isso". Barry lembrava daquela primeira frase com muita vergonha. O uso atípico de "filho" e "imprescindível", e aquele rabo de cavalo batendo no terno azul-escuro do seu quase sogro, os homens atrás deles preenchendo os urinóis com uma névoa de bourbon. Como ele tinha sido idiota de perdê-la. De perdê-los.

Um cão latia do lado de dentro da casa que, fora isso, parecia vazia. Recordando a preferência ancestral dos Hayes por dachshunds, Barry sabia o que era aquilo, aquele latido comprido e absurdo, o som de um salsicha tentando se afirmar no mundo. O dachshund que fazia a segurança da casa durante os seus tempos de faculdade tinha sido batizado de Jeff Dave, porque era tão selvagem quando Jefferson Davis. Mas Jeff Dave gostou imediatamente de Barry, que era apaixonado por cães desde criança. O pai de Barry, um nativo do Bronx transplantado para os limites quase suburbanos do Queens, sempre quis ter um canídeo de grande porte para ocupar o quintal de sua casa geminada na Little Neck Parkway. Ele teve uma pastora inglesa amigona e meio cega durante alguns anos, até que ela morreu da melancolia de ser o bichinho de estimação de um judeu proletário. Jeff Dave tratava Barry como o dono que ele nunca havia tido, enfiando sua cabeça de forma submissa por entre os seus dedos, revirando os olhos com o prazer de ser acariciado. "Viu só, papai? O Barry tem alma de caipira", Layla dizia, com aquele sotaque anasalado sulista que ela havia reprimido tão bem em Princeton e que voltava com força máxima.

Seu pai e sua mãe davam aulas de sociologia na Virginia Commonwealth. Por serem professores liberais que não costumavam caçar sua própria comida para o jantar, eles eram, na melhor das hipóteses, cinquenta por cento sulistas, mas, mesmo assim, o passado de trabalhador braçal de Barry era muito bem-visto. "Ela é da Virgínia, e o seu pai ainda precisa trabalhar pra sobreviver", dizia a mãe de Layla, "diferente dos outros fedelhos lá de Princeton. Então, vocês dois têm que se grudar um no outro." "Tem que se grudar um no outro lá na Terra dos Ianques", Layla falava, arrastando as palavras. A família toda ria. Às vezes, Princeton parecia ser culturalmente mais difícil para Layla do que para Barry.

Os dois estavam na mesma turma de escrita criativa do último ano, disciplina ministrada por um famoso escritor gay de cinquenta e poucos anos, sua honestidade brutal objeto tanto de adoração quanto de pavor entre seus colegas escritores de Princeton. O último conto que Barry entregou era, na sua opinião, o melhor que ele havia escrito. Na verdade, ele teve de se esconder debaixo de um cobertor enquanto o escrevia, para que Layla não o visse chorando — ele ficava comovido a esse ponto com a própria obra. O conto, que ele leu em voz alta em sua última aula, era sobre um sócio da Goldman Sachs de quarenta e poucos anos dirigindo seu S500 por Vermont. Ele era o típico banqueiro incompreendido pelos outros, porque era o único que não via contradição na ideia de perseguir tanto uma vocação quanto uma distração em sua vida. Sua vocação era ser banqueiro, o que talvez parecesse abstrato, mas, na verdade, usava muito de sua imaginação. A distração era escrever, que o ajudava a se conectar com quem ele era quando jovem. Era o trabalho no banco que o sustentava, mas escrever o lembrava de amar. E só havia um problema na vida do banqueiro: ele nunca mais havia se apaixonado por ninguém desde a faculdade, desde que terminara com sua namorada Sheila (pronunciava-se como "Layla").

Aquilo muda durante o passeio de carro em Vermont, quando o S500 superaquece e o banqueiro acaba se vendo numa espécie de "paraíso pré-lapsariano". Há uma colina repleta de ovelhas seguida por outra, seguida por mais uma, formando uma "cidade de ovelhas". O banqueiro se esgueira por entre uma cerca de arame farpado e, como se estivesse num transe, caminha em meio às fileiras de ovelhas, que se afastam amistosamente, abrindo passagem. Ele tem um confronto com uma pastora inglesa chamada Luna (o nome do animal de estimação falecido de Barry), que quase lhe arranca a perna fora, mas que, no fim, acaba sucumbindo aos talentos de adestrador de cão daquela gentil criatura bancária. Então, ele avista uma mulher perto de um rio. Ela parece ter sido pintada sobre aquela paisagem, como uma camponesa flamenga, mas quando o banqueiro e Luna se aproximam, descobre-se que ela é Sheila, sua ex da faculdade. Embora ele soubesse imediatamente quem ela era, ela não conseguia, por nada neste mundo, lembrar do seu nome ou reconhecer seu rosto. "Mas quem é você?", ela perguntava. "Por que você veio até aqui?" Sua vida era tão simples e bela que a mera intrusão daquele homem, que tinha tanto uma vocação *quanto* uma distração, que tinha uma Mercedes superaquecida no acostamento da estrada, a deixou totalmente desorientada. No fim das contas, ela pede para que ele sente e fique parado. Ela tira o seu casaco esporte da Kiton Carracci de caxemira e lã de vicunha e lava as mãos e os pés dele (Barry tinha acabado de participar do seu primeiro seminário religioso). "Eu queria que nada na minha vida tivesse acontecido", diz o banqueiro. "Mas agora é tarde demais."

"Sim", diz a pastora flamenga. "É tarde demais."

Não era permitido aplaudir os textos de outras pessoas, mas Barry, é claro, torcia secretamente para que aquela regra fosse quebrada só daquela vez, que os outros alunos, quatro deles homens e, portanto, seus rivais, e três mulheres, incluindo Layla, o ovacionassem pra caralho. *Você me tocou*, Layla diria mais tarde. *Eu não faço isso sempre?*, ele brincaria. *Foi diferente. Isso que você leu está num outro nível. Você se conhece tão bem. Você me conhece tão bem. Eu só não queria que você já tivesse mostrado esse texto pra todo mundo. Queria que tivesse mostrado primeiro só pra mim.* Até mesmo o professor deixaria o seu autoimposto comedimento de lado e lhe daria um caloroso abraço princetoniano depois da aula. "Vamos tomar um vinho do Porto lá em casa", ele diria. "Estamos diante de um novo *Memórias de Brideshead*."

Mas ninguém aplaudiu. Os outros três homens leram seus contos. Era uma noite masculina, como era costume do lado de dentro do FitzRandolph Gate. Os três rapazes, um deles frequentador do Tiger Inn e também um nadador estudioso como Barry, produziram e leram praticamente o mesmo texto como trabalho final da disciplina. Seus protagonistas eram todos banqueiros complexos sofrendo os primeiros espasmos da meia-idade, reencontrando por acaso uma ex-namorada, repensando suas vidas, desejando não terem abandonado suas paixões da faculdade. Claro que havia algumas diferenças. Pelo menos um deles havia caprichado na ostentação e colocado um Porsche 356B no lugar do S500 de Barry, o mesmo escriba que tinha dado uma de Fitzgerald total e enfiado um cais no final de sua história. (A ação se passava no

Japão, e seu banqueiro trabalhava na Nomura Securities. Sua pastora era uma pescadora de pérolas.)

"Então", disse o professor, depois que a última sílaba sensível se materializou na atmosfera sagrada da Ivy League. Ele vestia um colete de couro e seu rosto estava coberto por uma sombra de barba propositalmente desleixada. "O que nós achamos desses contos?" Ele olhou para as mulheres na sala, o que incluía Layla. As mulheres ficaram em silêncio. O professor era imprevisível. Sua metralhadora poderia disparar em qualquer direção. Mas o olhar normalmente atento de Layla estava vazio, direcionado para algum ponto acima da cabeça de Barry. "Então", o professor repetiu, "os narradores dos contos que eu ouvi hoje querem nos fazer acreditar no seguinte: que a vida deles não gravita em torno do dinheiro. Que seus erros se devem ao fato de terem negligenciado quem eles eram quando jovens. De terem ignorado os impulsos efêmeros de qualquer contracultura que tenham porventura experimentado entre as pernas imperfeitamente depiladas de suas amantes. Mas a verdade é a seguinte: é o dinheiro que define sua vida. É a única maneira que eles têm para se comparar com os outros fazedores de dinheiro. E a melancolia da qual desfrutam é um artigo precioso, algo que eles também podem comprar, junto com seus automóveis e casacos da Kiton, suas pastoras de Vermont e pescadoras de pérolas nipônicas. Até mesmo a volatilidade de suas emoções é um ativo financeirizado que pode ser negociado entre eles quando bem entenderem."

Uma das mulheres, que anotava tudo que o professor dizia, precisava saber: "Então, isso quer dizer que eles são *bons*?". Ela posicionou sua caneta para a resposta.

"De certa forma", disse o professor. "A melhor ficção é a ficção da autoilusão. Ela contrapõe a banalidade das nossas ficções pessoais com a falta de esperança do mundo como ele realmente é. A pior coisa que alguém pode te dizer num lugar como Princeton é que você pode ter tudo." Ele olhou para o pequeno grupo à sua volta e alisou os botões que prendiam seu colete de couro bem justo ao seu tronco volumoso. "Bom", ele disse. "Vocês não podem."

Barry não aguentou. "Mas qual foi o melhor conto?"

O professor deu de ombros. "Não sei, Barry", ele disse. "Digamos que foi o seu." Então ele ficou de pé, de uma forma bastante atlética para um homem do seu tamanho, e saiu porta afora. O semestre tinha chegado ao fim. Barry sorriu para Layla, mas ela não retribuiu.

Eles brigaram no que havia restado daquele dia, e durante a maior parte da noite. Brigaram essencialmente pelas próximas vinte e seis semanas após o término da faculdade. "Você só não quer que eu vá pra um BI", ele disse. "BI. Você não consegue nem dizer essas palavras", ela disse. "Ban-co de in-ves-ti-men-to." "Mas, se não for isso, o que mais eu vou fazer?", ele disse. "Todo mundo que eu conheço está fazendo isso. Você quer que a gente passe fome juntos? A minha família não tem grana." "E a minha tem?" "Nós não podemos terminar. Eu te contei coisas que nunca contei pra ninguém."

Layla fora a primeira pessoa para quem havia falado sobre a morte da mãe. O pequeno Barry de cinco anos de idade estava no banco de trás do Corolla voltando do shopping de Douglaston, onde sua mãe tinha comprado para ele um raro brinquedo na Toys"R"Us, um bonequinho do Han Solo com uma pistolinha cinza (*Guerra nas estrelas* tinha estreado naquele ano), quando o carro colidiu a toda velocidade com uma BMW cujo motorista bêbado havia atravessado o canteiro da autoestrada para entrar na cidade. Às vezes ele lembrava da testa da mãe, o volante coberto de sangue, o sangue negro escorrendo pelo seu rosto. Quem imaginaria que sangue poderia ser negro daquele jeito? Às vezes ele achava que lembrava de si próprio gritando por socorro, tentando se soltar da cadeirinha enquanto o carro jazia amassado no acostamento, seu motor vagabundo ainda funcionando, a luz dos faróis se derramando na fronteira entre o Queens e Nassau. Ao longo de toda sua infância, seu pai jamais mencionou o acidente e, se alguma outra pessoa o fazia, ele erguia sua mão recendendo a cloro e dizia, com o Bronx bem presente em sua voz: "Chega".

Mamãe, me ajude.

Mamãe, me ajude.

Mas era ela quem precisava da ajuda dele.

Na mesma noite em que contou a Layla sobre a morte da mãe, ele perguntou se ela queria tentar fazer sexo anal. Ela não queria. Isso foi antes da internet. Porém ambos tinham lido os livros do professor na expectativa de cursarem sua disciplina no último ano, e havia alguma coisa na combinação inteligente entre dor e intimidade que excitava Barry. Ele não conseguia evitar suas ereções enquanto lia o primeiro romance de formação do professor, especialmente os trechos sobre as famosas saunas, onde homens sem rosto simplesmente deixavam que você os arregaçasse. Ele queria fazer o mesmo com Layla. Depois de lhe contar sobre a morte de sua mãe, ele queria ficar mais próximo dela, e machucá-la. "Sinto muito", ele disse, quando terminou, enquanto ela se contorcia de dor, deitada ao seu lado. "No livro..." "Psiu", ela disse. "Estamos nisso juntos." Ele foi se lavar e, quando voltou, ela ainda estava olhando para o teto, com os braços ao lado do corpo.

Um Volvo estacionou. Eram eles? Ele estava contemplando a igreja amarelada do outro lado da rua, bem em frente à casa dos Hayes, ocre e salmão, construída em 1899, em estilo italianizante, a semelhança entre seus pórticos nas colunas enfileiradas e nos gradis de ferro. Um enorme ônibus estava estacionado à sua frente. IGREJA BATISTA DE SHARON, REV.

PAUL A. COLES, PASTOR, lia-se numa das laterais. Jackson Ward, um dia, já fora considerada a Wall Street Negra. Os Hayes haviam se mudado para lá nos anos 80, quando provavelmente deviam ser a única família branca naquele bairro. Barry despertou de seus devaneios. Quando os Hayes abriram as portas do seu sedã de vinte anos, ele tirou a aliança do dedo e, por segurança, guardou-a no saquinho junto com a pedra de crack de Javon.

Os Hayes olharam para o homem de meia-idade sentado em sua escadaria, vestindo um colete do CITI, encurvado e com uma aparência cansada. Seria um caixa de banco que tinha acabado de sair do trabalho? "Tem algo que nós podemos fazer por você?", perguntou a sra. Hayes. A parte do "nós". E do "podemos". Eles estavam sempre juntos. Os Hayes sorriam para o intruso.

Ele ficou de pé e ajeitou a camisa suada da Vineyard Vines. "Sr. Hayes, sra. Hayes", ele disse. Ele nunca havia se referido a eles pelos seus nomes de batismo. Ele tinha se esquecido quais eram.

O marido o reconheceu primeiro. Eles se aproximaram cuidadosamente, talvez confusos pelo fato de que agora todos tinham ficado mais velhos, e agora eram adultos.

"Barry", disse a esposa, num tom triste, como se estivessem esperando por todo esse tempo que ele aparecesse. Ela o abraçou e depois ficou na ponta dos pés para beijá-lo no rosto, como era seu costume. Ambos estavam de jeans e camiseta. Na camiseta dele estava estampada a capa do disco *B.B. King Live in Cook County Jail*, um de seus favoritos já nos tempos de Barry. Na dela lia-se THE NOTORIOUS RBG. Barry não sabia o que aquilo significava, mas abaixo da frase havia o rosto de uma senhorinha familiar usando um par de óculos de lentes grossas. Ele apertou a mão do homem um dia destinado a ser seu sogro. Ao contrário de sua filha de quase um metro e oitenta, os Hayes eram baixinhos, mas, assim como sua coleção de dachshunds, eles mesmos não tinham a menor ideia disso. Nossa, e como a mãe se parecia com Layla. A covinha no queixo, o nariz arrebitado e as ruguinhas nos olhos. "Oi", Barry soltou, o presente desmoronando perante o passado.

Eles o alertaram sobre Randy, o nome do novo salsicha, mas assim que entrou na casa, Barry imediatamente pegou o cão peludo e o pôs sobre o ombro. "Você deve ter conhecido o Jeff Dave na sua época", disse a sra. Hayes. "O Randy é muito mais dócil, porque ele tem o pelo comprido. Tem alguma coisa de spaniel nele." Randy enfiou seu focinho de chocolate na bochecha de Barry quando ele olhou em seus olhos, como se estivesse com medo de que ele fosse desaparecer tão rápido quanto havia aparecido. Barry encontrou um ponto fraco em meio à pelagem branca e acinzentada perto da coleira de Randy e começou a massageá-lo. Mesmo sem possuir um rosto humano, o dachshund abriu um sorriso.

"Bom", disse o sr. Hayes, "você ainda tem jeito com os salsichas."

O espaço da casa estava organizado de forma brilhante. Havia uma modesta, porém ampla, sala de estar que se transformava numa outra sala quase do mesmo tamanho, ladeadas por uma cozinha antiga que não tinha sequer uma mesa de centro. Cada sala tinha a sua própria lareira de granito, todavia sem a ostentação típica das novas construções. As estantes estavam preenchidas por Joan Didion e Flannery O'Connor, uma pequena e inesperada coleção de livros sobre música, ensaios sobre Leonard Cohen e Neil Young. Havia um cartaz de divulgação de uma exposição de pinturas de paisagens românticas em Dresden emoldurado. Intelectuais tinham mesmo uma personalidade muito própria. Quem dera que a casa que Barry estava construindo em Rhinebeck fosse naturalmente exuberante daquele jeito, sobretudo sua Biblioteca com Vista para o Rio

Hudson. Com uma expressão neutra e adornado por uma papada, o rosto da avó de Layla observava a todos de cima do lintel. Em seu primeiro ano num internato perto de Roanoke, ela teve que mentir sobre ter nascido no dia 12 de fevereiro, pois era também a data de aniversário do odiado Abraham Lincoln.

"Eu vim até aqui num ônibus da Greyhound!", Barry anunciou. "Senti que precisava ver o país como ele é de verdade."

"Enquanto ele ainda existe", disse o sr. Hayes. Barry supôs que aquela era uma referência à eleição. Além disso, dois motoristas negros haviam sido mortos por policiais em Minnesota e Louisiana, e cinco policiais tinham sido assassinados em Dallas. Barry detestava a violência das armas de fogo, mas sentia que aquilo era parte do preço a se pagar para viver nos Estados Unidos. Havia uma chance — uma chance pequena, porém não insignificante, um "evento três sigma", como diriam os analistas quantitativos do seu escritório — de que, se você morasse no nosso país, alguém poderia atirar em você ou na sua família. O Japão tinha terremotos, a Austrália, os incêndios florestais. Os Estados Unidos tinham armas de fogo e pessoas dispostas a usá-las umas nas outras.

Randy agora estava se aninhando no pescoço de Barry. "Bom, se você viajou de ônibus até aqui, tadinho, deve estar louco pra tomar um banho", disse a sra. Hayes. "Você se incomodaria de ficar no quarto antigo da Layla?"

Ele não se incomodaria nem um pouco. Ele tinha dezenove anos novamente e estava sendo amado por pais de um tipo que ele nunca mais havia tido depois dos cinco. Uma família completa. Sem bicho-papão. Até o gosto deles para dachshunds tinha melhorado ao longo dos anos. A única coisa que estava faltando era sua adorável filha.

Eles tinham conservado o quarto de Layla do jeito que ela o havia deixado, quase como um memorial, como se ela não tivesse sobrevivido à faculdade. Todos aqueles pôsteres das coisas que eles costumavam ouvir, Aphex Twin, Lead Belly, Sonic Youth, Pavement. Todos aqueles CDs que eles compravam com o dinheiro dos seus trabalhos de verão na Plan 9 Records em Carytown ainda empilhados ao lado da mesinha de cabeceira. Pôsteres do festival de bluegrass ao qual eles tinham ido em Boone, na Carolina do Norte, da Anistia Internacional, do Smash Racism, do Mandela. Ela havia usado sua roupa de cama da Rainbow Brite durante toda a faculdade, porque não gostava de desperdício, e Barry não conseguiu se conter: ele se ajoelhou e cheirou os lençóis, mas não havia nada dela ali, apenas a umidade de uma cama sem uso numa casa antiga. Ele deu uma espiada no quarto de Celia, sua irmã mais nova. Ele fora transformado num escritório abarrotado de material sobre sociologia, a disciplina que os dois Hayes ensinavam, várias canecas da VCU espalhadas e diversos desenhos feitos por Layla quando ela estava no ensino médio. Layla era a filha idolatrada, e Celia a que era apenas amada. Se os pais delas tinham algum defeito evidente, era o do favoritismo.

Ele tomou uma ducha num banheiro que também parecia ter ficado em 1992, com um pedaço de sabonete Ivory colado na pia de tanto tempo que estava lá. Riachos de Greyhound despencavam dele. Ele precisava comprar uma gilete, mas também estava gostando daquela sombra de barba. Ele queria ficar apresentável para os pais de Layla, mas o melhor que pôde vestir foi aquele colete tenebroso do CITI.

"Espero que isso não os ofenda", disse Barry, descendo as escadas e apontando para o logotipo do banco.

"Você trabalha no Citibank agora?", perguntou a sra. Hayes. "Eu lembro da Layla dizendo que você tinha arranjado um emprego no J.P. Morgan." Sua memória era impecável.

"Eu trabalho com atendimento ao cliente", disse Barry. Ele ficou chateado por eles não terem entendido a piada.

Eles foram caminhando até um restaurante em meio à umidade perfeita do ambiente, os Hayes à frente, Barry logo atrás, como um filho com o dobro de sua altura. O sr. Hayes vestiu um blazer barato para a ocasião, e a camiseta da sra. Hayes agora estava adornada por um colar de pérolas comprado em uma loja. Tudo aquilo era novidade para Barry. Os professores universitários radicais tinham sossegado um pouco. Estavam se arrumando para sair para jantar.

Jackson Ward também parecia um pouco mais chique, como uma daquelas partes anteriormente "urbanas" do Brooklyn sobre as quais ouvira falar, mas nunca tinha ido até lá para ver de perto. Muitos dos prédios que no passado estavam cobertos de tábuas tinham sido reformados. Agora havia restaurantes servindo churrasco coreano, e cafés franceses, e casais de idosos negros vestidos como se estivessem indo à missa de domingo (que dia era hoje, aliás?) andando de braços dados. Uma igreja havia sido transformada num condomínio chamado de Santuário, enquanto outra prometia aos seus paroquianos "O ANO DA ORDEM" ISAÍAS 38,1. Morar em Jackson Ward tinha sido um ato de rebeldia no passado, mas agora aquilo havia se transformado numa decisão de investimento muito inteligente. Algumas pessoas tinham pendurado, nas grades de ferro de suas varandas, bandeiras estranhas, com a imagem de abacaxis e a palavra BEM-VINDO. O Sul era assim, festivo porém impenetrável. Ainda assim, podia ter mais gente nas ruas, e ele conseguia perceber uma angústia silenciosa emanando dos conjuntos habitacionais de Gilpin Court, ao norte da avenida, uma sensação de que as novas partes daquele bairro haviam sido enxertadas em cima da violência do passado.

Barry ficou lembrando do medo que sentia quando andava com Layla por aquela rua nos anos 90, quando o lugar estava a anos de distância dos restaurantes coreanos e cafés gourmet. Eles passavam horas bebendo *whisky sours* no Babes, o bar de lésbicas em Carytown, que já era um lugar e tanto para Richmond naquela época. Quando voltavam, eles estacionavam num beco nos fundos da casa dos Hayes e se esgueiravam casa adentro, Barry se assegurando de que a barra estava limpa, a luz do alarme da ADT piscando suas promessas de segurança, os dois subindo as escadas na ponta dos pés para darem um último beijo e uns amassos sem acordar os pais, antes de Barry se autoexilar no quarto vazio de Celia. Celia era sem dúvida considerada a filha mais bonita, mas Barry se orgulhava de não achá-la atraente. “Eu estou apaixonado pelo seu intelecto”, ele dizia a Layla, só para ser encarado de volta pelo seu característico olhar fuzilante. As tábuas compridas do assoalho rangiam exatamente como deveriam numa casa centenária, tornando cada pequeno movimento um pouco mais ilícito. Os Hayes sabiam que a filha não era pudica, mas, apesar do seu liberalismo, havia determinadas leis entranhadas no solo daquela parte do país, algumas delas de fato terríveis, mas outras que faziam Barry sentir vontade de ter vivido algo melhor do que a sua própria vida na zona leste do Queens. Quando ele pensava no seu patrimônio, tudo que conseguia ouvir era o burburinho incessante da casa de seu pai, uma reclamação qualquer aqui, um insulto em iídiche ali, e tudo isso misturado ao luto solipsista pela esposa morta e às demandas de que, assim que se formasse na faculdade, Barry pegasse um emprego numa “firma tradicional”.

O restaurante barulhento que os Hayes escolheram parecia ter sido transportado diretamente da parte do Brooklyn onde Seema e aquela sua amiga asiática engraçada (Tina?) moravam. Havia espelhos vitorianos dourados, ilustrações de cavalos e um mapa gigante e sem sentido da América Latina. Garçons barbudos faziam drinques ao estilo *tiki*, e a jovem clientela ostentava a plenitude dos seus looks. Todos eram — e era difícil não notar aquilo após passar oito horas dentro de um Greyhound — brancos. Cada um deles. Os preços eram brancos também. Um pedacinho de broa de milho com manteiga de foie gras custava cinco dólares, um bife do açougueiro custava vinte e sete, e um *gin fizz* saía por doze.

"Deve ser interessante trabalhar no atendimento ao cliente no Citibank", disse a sra. Hayes. "Deve aparecer gente de tudo que é jeito." Eles pediram uma garrafa de Chardonnay e três bifes do açougueiro, muito embora Barry tenha achado que merecia dois martínis para começar. Ele acabou com os dois rapidamente, e sua voz foi ficando cada vez mais alta e amistosa.

"Eu estava brincando quando disse isso", ele falou. "Eu administro um fundo multimercado. Ele tem dois ponto quatro bilhões em ativos sob gestão. Já teve três ponto nove, mas, mesmo assim."

"Isso parece extraordinário, Barry", disse a sra. Hayes. O sotaque dela era tão charmoso. Barry pagaria um bom dinheiro para ouvi-la dizendo a palavra "tempo" ("*teimpo*") ou alguma coisa bem regional. *Parece que o diabo tá batendo na mulher dele de frigideira.* Isso queria dizer que estava chovendo e fazendo sol ao mesmo tempo. Ou *Não chove se tiver azul suficiente no céu pra fazer um terno de marinheiro.*

"Extraordinário", seu marido fez eco. "Então você é um bilionário."

"Quem me dera!", disse Barry. "Isso apenas quer dizer que eu tenho dois ponto quatro bilhões em ativos sob gestão."

"Bom, *mesmo assim* isso é muito bom", disse a sra. Hayes. "Se bem me lembro, você estava muito decidido a trabalhar no mercado."

"No mercado financeiro", seu marido a corrigiu. O fato de a escolha de sua carreira ter sido, mais ou menos, a responsável pelo rompimento com a filha deles não foi mencionado.

"Ouvi dizer que Layla está em El Paso", disse Barry.

"Ah, nós não sabíamos que vocês ainda se falavam", disse a sra. Hayes. Barry detectou um toque de esperança em sua voz.

Ele não podia simplesmente confessar que tinha procurado por ela no Facebook. "Uns amigos em comum me disseram", ele disse. "Como ela está? Eu estava mesmo pensando em dar um pulo em El Paso."

Os Hayes se entreolharam. "Ela está bem", disse o sr. Hayes. "Adora o trabalho. E, é claro, nosso neto é simplesmente maravilhoso. Queria que ela o trouxesse pra cá mais vezes."

Barry parou de respirar. Sua cabeça encolheu entre os ombros, como a de uma tartaruga. Layla tinha um filho. Toda aquela viagem. Tudo o que ele tinha passado. O Greyhound. Layla tinha um marido. Algum palerma de classe média. Uma vida texana. O bife de açougueiro foi posto à sua frente, mas ele não conseguia nem olhar para ele. Ele se serviu de uma tremenda taça de vinho, ficou assistindo-a transbordar. O universo queria que ele ficasse só. "Calma, filho", disse o sr. Hayes. "Filho." Aquela tinha sido a palavra que ele lhe dissera na noite do casamento de Celia. Quanto mais os Hayes bebiam, mais convenientes eles pareciam e, por comparação, mais Barry parecia estar fora de controle. O que tinha acontecido com aquele sr. Hayes com quem ele havia se chapado uma vez, no último ano da faculdade? Só os dois ali, no porão, as mulheres cuidando dos afazeres domésticos enquanto o sr. Hayes botava pra tocar alguns de seus discos favoritos de caubói e de música *creole* dos anos 30, da Works Progress Administration.

"Eu fico feliz que ela esteja feliz", disse Barry.

"Bom, o divórcio não foi nenhum piquenique", disse a sra. Hayes.

Barry voltou a respirar. Divórcio. Que palavra gloriosa. Então ela era uma mãe solteira agora. Será que isso funcionaria para ele? Provavelmente sim. Ele aprenderia a amar o filho dela e a salvaria de uma vida de tristeza feminina. Mas por que as postagens esparsas no seu Facebook não mostravam seu filho abraçando lhamas ou correndo atrás de carros alegóricos em festivais étnicos? Não era esse o principal motivo para se usar o Facebook? Mostrar para os seus ex-colegas que você estava se dando muito bem na vida?

"E quanto a você, Barry", disse o sr. Hayes, dando um minúsculo gole em seu vinho. "Tem uma família?"

"Estou me divorciando", disse Barry. Pronto. Ele disse. Muito embora estivesse bêbado. Então, talvez aquilo fosse verdade. Tinha acabado. Haveria alguma forma mais enfática de dizer "*eu quero o divórcio*" do que pegar um Greyhound em direção a El Paso? "Não temos filhos", ele acrescentou.

As fotos atuais de Layla no Facebook revelavam algo impressionante, uma mulher de quarenta e três anos que mal parecia ter chegado à sua terceira década, assistindo a um pôr do sol de jeans e camiseta, com um discreto colar de turquesa local em volta do seu pescoço jovial. A sra. Hayes também parecia ser décadas mais nova do que a sua idade cronológica. A família inteira tinha uma excelente nota de crédito.

Os Hayes produziram uma série de ruídos reconfortantes a respeito do divórcio de Barry e do fato de ele não ter filhos, a mão da mãe de Layla acariciando a sua, o cheiro do sabonete Ivory se misturando ao das três peças de carne assada na brasa sobre a mesa. "Mais uma garrafa", Barry disse a uma hipster da Virgínia que passava. A sra. Hayes pôs a mão automaticamente sobre a sua taça. O sr. Hayes fez um gesto que significava "só um golinho". "Posso dizer uma coisa para vocês?", disse Barry. "No tempo da faculdade, Layla e eu tínhamos chegado a pensar em nos casar!" Os Hayes desviaram seus olhares para a mesa. Será que ele estava falando muito alto? "Bem como vocês queriam que a gente fizesse."

"Isso já faz muito tempo", disse a sra. Hayes. "Acho que é melhor..."

"Eu lembro, sr. Hayes, quando o senhor me contou a história de uma vez que você faltou a alguma conferência acadêmica importante pra passar o dia com a Layla, que tinha uns sete anos. E você perguntou a ela o que ela queria fazer aquele dia. E ela disse: 'Eu quero ler com você, papai!'. O senhor se lembra disso? Daí o senhor passou o dia inteiro lendo com ela. Bom, eu nunca tive um pai assim!". Barry parou para tomar um gole enorme de vinho.

"Quanta gentileza da sua parte dizer isso, Barry", disse o sr. Hayes. "Quanta gentileza você se lembrar."

"Layla me disse que eu tinha que pedir a mão dela em casamento para o senhor", Barry disse a ele. "Ela disse que esse era o costume. Ela dizia que achava isso retrógrado, ou reacionário, ou algo assim, mas queria que eu fizesse mesmo assim. Então sugeri que eu a pedisse em casamento para vocês dois. Bom, ela simplesmente *amou* essa ideia. Era meio que a junção da tradição com o feminismo. Ela ficou muito feliz porque eu ia pedir a mão dela para vocês dois."

Os Hayes não disseram nada. O barulho do restaurante estava ficando ensurdecedor, mas Barry começou a falar ainda mais alto. Com seu chaveiro balançando, o garçom hipster veio na direção deles e perguntou se eles queriam sobremesa. "Eu não quero, muitíssimo obrigada", disse a sra. Hayes, e lançou um olhar suplicante ao marido. Ele também recusou.

"Eu vou querer o suflê", disse Barry. "Quanto tempo demora? Vinte e cinco a trinta minutos? Ótimo!" Ele se aninhou na sua cadeira desconfortável. "Agora, sobre a Layla..."

"Então, conta pra gente um pouco mais sobre como você teve a ideia de fazer essa viagem de ônibus", disse a sra. Hayes. "Você simplesmente entrou num ônibus?"

"Eu simplesmente entrei num ônibus!"

"Que coragem, tenho que admitir", disse o sr. Hayes. Sua voz saiu desprovida de qualquer resquício de musicalidade.

Uma discreta camada de suor reluzia em sua testa. Todos eles estavam envelhecendo.

"Sra. Hayes, a senhora não fez uma vez um estudo longitudinal sobre a utilização de passageiros nas rotas de ônibus de longa distância?"

"Foi publicado pela editora da Universidade da Carolina do Sul", disse a sra. Hayes. Ela viu uma mensagem de texto chegando no seu celular. Seria de Layla?

Barry terminou outra taça de vinho e se serviu de mais uma. Muitas coisas boas estavam acontecendo dentro dele. O casamento com Seema, ter o coração partido por Shiva, tudo aquilo tinha sido apenas o Primeiro Ato, e não importava o que Fitzgerald dissera sobre segundos atos, aquilo não se aplicava a ele. Não é como se ele fosse abandonar Shiva completamente. Eles ainda seriam... como é que se diz? "Vinculados". "Bom, eu estou fazendo algo similar, porém, talvez, um pouco mais informal", disse Barry. "O americano médio é tão receptivo! Um mexicano que só tinha um olho dormiu no meu ombro. Eu bebi suco de cafetão em Baltimore e conheci um jovem traficante cheio de potencial. Acho que eu o vi da mesma forma como vocês viram a Jackson Ward quando ela era um lixo. Ah, e ele me deu isso!"

Ele pegou a pedra de crack e a pôs em cima da mesa. Ele estava prestes a oferecer uma explicação, mas os Hayes sabiam exatamente o que era aquilo. "Barry!", disse a sra. Hayes. "Guarde isso, *agora*!"

"Filho, isso não é apropriado", disse o sr. Hayes. De novo isso de "filho". O que o sr. Hayes estava tentando lhe dizer?

"Você sabe o que isso *fez* com este bairro", disse a sra. Hayes. "Você estava aqui nos anos 90. Você *viu*."

Barry estava levando uma reprimenda das pessoas que ele amava. Ainda ia levar uns bons vinte minutos para o suflê ficar pronto. Ele pegou a pedra e a enfiou de volta no bolso, junto de sua aliança. "Olha, vamos pedir a conta", disse a sra. Hayes. "O Barry precisa descansar."

"Desculpe", disse Barry. "Eu só estou... Muito emocionado por encontrar vocês."

"Está tudo bem, Barry", disse o sr. Hayes.

"Toda essa viagem é uma tentativa de me reencontrar com o homem que eu era quando estava com a Layla. Por favor, não digam a ela que eu disse isso. Ou... Eu sei lá."

"Isso faz tanto tempo, Barry", disse a sra. Hayes. "Todos nós somos pessoas muito diferentes agora."

"A senhora é exatamente a mesma! Bom, talvez as pérolas. Sabe, quando você é bom por dentro, você não precisa se esforçar para mudar muita coisa. É só seguir em frente pelo resto da vida. Layla também é assim."

"Layla teve uns anos bem difíceis", disse a sra. Hayes. Seus olhos ficaram marejados. Barry esticou o braço para lhe segurar a mão, mas derrubou um copo d'água. O sr. Hayes exerceu todo seu cavalheirismo usando um guardanapo.

"O filho dela é normal?", Barry balbuciou. Mais uma vez, os Hayes se entreolharam. Eles ainda estavam tão apaixonados. Como eles conseguiam? A conta chegou, e Barry fez menção de pegá-la.

"Barry, você é nosso convidado", disse o sr. Hayes. Mas Barry rejeitou. Ele queria exibir seu cartão American Express Black, porém ele agora estava morando numa lata de lixo em Baltimore, ou talvez navegando numa barca em direção a um estado bem mais pobre do que Maryland. Ele olhou para a conta mais uma vez. Era de mais de trezentos dólares. Sério? Em Nova York, com o seu cartão Black, aquilo não seria nada, mas tudo aquilo por uma refeição nas profundezas da Virgínia? Que diabos estava acontecendo com este país?

Então, Barry fez as contas. Ele tinha menos de mil dólares no seu nome. Estava se aproximando da insolvência. De repente, cada dólar importava. Pôs dezesseis notas de vinte sobre a mesa e, apesar dos protestos dos seus não sogros, acabou com toda a acidez e as notas de baunilha do Chardonnay. Eles saíram do restaurante branco e ingressaram no bairro negro. No caminho de volta, ele tropeçou num galho de uma árvore e precisou ser ajudado pelos Hayes.

Barry acordou na escuridão do meio da noite percebendo que não estava só. Uma silhueta esguia, vestindo uma camisola, com a lua iluminando seus cabelos, estava parada ao lado de sua bagagem. "Layla", sussurrou Barry.

"Psiu", disse a silhueta. "Feche os olhos." Ele fez o que lhe mandaram. Um edredom foi colocado sobre ele. Ele se deleitou com o seu peso. Uma porta foi fechada. O silêncio de cidade pequena retornou.

Barry acordou novamente. Ele estava pensando numa palavra, e essa palavra era "trombone". Randy estava roncando no pé da cama. Uma mulher havia mexido em sua bagagem no meio da noite. Ele foi até sua mala e descobriu um maço de dinheiro enfiado entre duas cuecas, ao lado do passaporte feito em nome de Bernard Conte. Barry contou as notas. Trezentos e vinte dólares. De onde tinha vindo aquele dinheiro? Ele reconstituiu seus passos naquela noite, deparando-se com um grande número de lacunas na narrativa e, no final das contas, lembrou-se de que havia pagado a conta do jantar com seu próprio dinheiro. Trezentos e vinte dólares. A sra. Hayes tinha devolvido seu dinheiro! Será que eles achavam que ele estava mentindo sobre o seu fundo multimercado? Será que achavam que ele estava falido? Que ele era um bêbado falido e destroçado atravessando o país de ônibus atrás de sua filha?

Barry se jogou de volta na cama enquanto o sol se erguia sobre Jackson Ward. Aquelas pessoas gostavam dele o suficiente para devolverem seu dinheiro, para ele, que tinha 2,4 bilhões de ativos sob gestão. Que gentil e também ofensivo da parte deles. Os lençóis da Rainbow Brite não tinham mais a fragrância selvagem de Layla, porém eles tinham feito amor sobre eles quando estavam em Princeton. Ele nunca tinha entendido direito quem era Rainbow Brite, só que ela montava um cavalo sarcástico que, por sua vez, trotava sobre uma série de arco-íris. Layla tinha explicado isso a ele um dia, quando ambos estavam chapados, e aquilo fora muito impactante. A respiração de Barry estava curta, e ele sentiu sua mão direita escorregando pela coxa. Ele voltou a dormir assim que terminou, a respiração cadenciada do dachshund no pé da cama fazendo-o se lembrar de como ele era abençoado por estar ali.

Ninguém falou nada sobre a noite passada, mas deram a ele um potente suco verde feito num Vitamix. Os Hayes estavam corrigindo trabalhos em casa. Ele pegou o Volvo deles emprestado e entrou na I-95 até Carytown, o bairro mais ou menos hipster que ele e Layla frequentavam. Ele parou na frente de um bazar de nome Mongrel, que sempre teve uma clientela fiel. Numa prateleira próxima ao caixa, ele viu um brinquedo chamado Caixinha de Surpresa do Pedro Coelho. Era uma caixinha de surpresa, mas em vez de sair de dentro dela um palhaço assustador, saía um coelho de pelúcia cinza segurando uma cenoura muito laranja. E em vez de tocar "Pop Goes the Weasel", ela tocava "Here Comes Peter Cottontail" quando a manivela era girada. Coelho. *Coelhinho*. Shiva. Aquele era o brinquedo perfeito. Custava trinta e dois dólares, muito acima do seu novo orçamento, mas ele não se conteve. Aquele coelho saltando pra fora de uma caixa provavelmente assustaria Shiva, mas se ele fizesse tudo com cuidado, se segurasse a tampa com uma das mãos, para que o coelho não pulasse, e sim emergisse com sua cenoura lentamente, talvez Shiva não tivesse um troço. Era a isso que ele se referia quando disse que era *vinculado* a Shiva. Ele não moraria mais com ele, mas o visitaria a cada trimestre, além de enviar presentes perfeitos constantemente. *O papai chegou!*, talvez dissesse a babá filipina numa de suas visitas. *E olha só o brinquedo que ele trouxe pra você!*

Barry entrou novamente no Volvo. Ele chegou ao elegante West End, dirigindo por entre o que lhe pareceram quilômetros de casas góticas princetonianas. Layla costumava ir a festas naquele bairro quando estava no ensino médio. Na faculdade, ela não queria ser escritora, como Barry, embora tivesse certa inclinação memorialista, lembrando de cada detalhe de sua infância e cidade, e contando sua própria mitologia a ele com muito prazer. Ele nunca tinha dito isso, mas também havia ficado com inveja da conexão de Seema com as suas origens quando eles estiveram em Mumbai. Ela tinha ido para lá não mais do que três vezes, durante as férias de verão, quando era uma adolescente, mas cada esquina evocava uma lembrança. "Eles vendiam o melhor *chaat* do mundo ali!" "Meu tio Nag morava atrás da clínica oftalmológica Shroff." "Ai, meu Deus, eu vinha estudar ali quando a casa da minha tia ficava muito barulhenta." É assim que você vira um escritor, tendo um passado.

Barry ficou parado no topo da Libby Hill, com os sobrados antigos às suas costas, e as velhas fábricas e o rio James aos seus pés. Do seu ponto de vista, grande parte da cidade estava coberta de verde. Parecia um daqueles filmes apocalípticos dos anos 70 em que a Terra volta ao seu estado natural e é dominada por macacos e homens peludos. Ele deu uma olhada no seu relógio. Hoje ele estava usando o seu Omega Railmaster, um exemplar bonito e robusto, com FAP, ou Força Aérea Paquistanesa, gravado na parte de trás. O relógio tinha lhe custado quase o mesmo valor de um ano em Princeton quando ele e Layla estudavam lá.

Libby Hill era o lugar onde eles haviam tido sua derradeira briga na última vez em que ele visitou Richmond, os tubinhos de crack se quebrando como balas pisoteadas pelos seus tênis, seus olhos voltando à segurança do carro dos pais dela a cada poucos segundos. Eles estavam conversando sobre a aula de escrita criativa. "Você acha que aquele seu conto me retratou como uma heroína?", ela disse. "Eu pareci uma idiota. Como se eu tivesse jogado fora toda a minha formação." "Qual o problema de ser uma pastora?", ele perguntou. "É assim que você me vê? Como uma boa selvagem? Refresque a minha memória, eu estava usando roupas naquela história? Nem que fosse uma tanga? Um sutiã? Só porque eu não me criei no Upper East Side, como a Myra Brennan." Essa era uma garota que estava a fim de Barry. Na verdade, Barry estava a fim de uma garota negra de porte atlético de sua turma de Teoria dos Jogos Aplicada, uma colega do curso de economia, mas, naquela época, ele não achava que seria capaz de romper a barreira racial. Toda vez que via uma pessoa negra, ele lembrava daquelas zonas proibidas que seu pai havia marcado num mapa do Queens. "Não", disse Barry, "o que eu estava dizendo é que o banqueiro não havia esquecido seu primeiro amor mesmo depois de todo aquele tempo." "Tá, mas, mesmo assim, ele terminou com ela." "Você é quem está terminando comigo." "Tá, vai lá. Vai pra Nova York. Faz o que você quiser, Barry. Você já tem tudo planejado mesmo." "E isso é tão errado assim? Ter planos? Meu pai nunca teve nenhum plano. E olha só como ele é bem resolvido como ser humano." "Não tem nada mais chato do que ser uma reação aos seus pais, Barry." Ele olhou para ela, fazendo força para parecer magoado. "Eu sei, Barry", ela disse. "*Pai*, não pais. Sim, eu entendo. Sinto todos os dias pela morte da sua mãe, eu juro, às vezes acho que sinto até mais do que você. Mas pra onde a gente vai a partir daqui? Quem eu deveria ser? Uma mãe? Uma pastora? Uma amante selvagem?"

Ele odiava que ela fosse tão boa argumentando com ele. No começo, ele adorava ter uma sparring tão brilhante, mas naquele momento estava detestando a agilidade de sua mente. Provavelmente eles pegaram o carro e voltaram para casa depois daquilo, mas a última lembrança que ele tinha de Layla Hayes era do seu rosto desfigurado pelo desgosto e pela superioridade no Libby Hill. Layla tinha pegado toda a doçura de sua pastora ficcional e usado como combustível para o seu rancor. E agora era tarde demais para tentar alguma coisa com a garota negra de porte atlético na aula de Teoria dos Jogos. A faculdade tinha terminado de uma vez por todas.

Ele estacionou o carro em frente à casa dos pais dela. O que ele faria agora? Pegaria o Greyhound para El Paso. Ele faria uma defesa apaixonada da ideia de se mudar de volta para Richmond. Contaria a Layla sobre o seu encontro com Javon para fechar o negócio (*O moleque me deixou segurar o relógio do primo dele que foi assassinado.*) Ele pegou sua carteira. Tinha cerca de oitocentos dólares após os gastos do dia de hoje. Tentou pensar em todas as pessoas que talvez conhecesse entre Richmond e El Paso. Um de seus pupilos havia trocado, de forma memorável, Wall Street por Atlanta para ficar perto dos pais. Um asiático chamado Jeff Park. Ele fora demitido do Este Lado do Capital depois que uma de suas negociações fracassou de forma retumbante. Barry não conseguia lembrar se ele o havia demitido pessoalmente. Talvez tivesse sido aquele mercenário do Akash Singh. Ele teria de pedir a Jeff Park um pequeno empréstimo, "coisa pouca", como as pessoas da idade de Jeff costumam dizer. Seria tudo muito engraçado. E depois, ele iria atrás de Layla.

Barry desligou o motor do Volvo. Olhou para o pacote da Mongrel ao seu lado, as meias hipster e o coelhinho surpresa de Shiva. Qualquer coisa que tivesse a palavra "coelho" o fazia sorrir. Uma das coisas legais de se ter um filho, mesmo um defeituoso, como Shiva, é que você está constantemente cercado por bichinhos de pelúcia e pela sua própria inocência perdida. Ele sonhava que aquela inocência pudesse ser transmitida para Shiva. Que ele pudesse perguntar ao seu pai, *Papai, por que você me chama de coelhinho?* E Barry diria, *Porque você é bonitinho e bom de abraçar e sai pulando pela casa quando está feliz*. É claro que Barry sabia que nenhuma dessas coisas era verdade.

Assim que tocou a campainha dos Hayes, ele pôde ouvir Randy transportando seu corpinho de salsicha até a porta, afoito por um carinho na barriga do seu mais novo amigo. O sr. Hayes apareceu vestindo uma camisa jeans e uma jaqueta de um time esportivo universitário, vestido como um perfeito anfitrião. "Nós temos uma visita", ele anunciou. "É uma amiga sua."

Os Hayes os deixaram cordialmente a sós. Barry ficou sentado com Randy no colo e, num sofá à sua frente, estava a sua gerente executiva, totalmente paramentada para a guerra. Odores nova-iorquinos permeavam a sala, o asfalto fresco em suas sandálias de franjinha, o cio ianque em seu vestido colado de gola V. Era estranho ver Sandy sem os terminais da Bloomberg atrás dela e uma garrafinha de café prensado a frio La Colombe na mão. O que ela estava fazendo ali, em meio a Neil Young e Joan Didion e às pinturas de paisagens românticas de Dresden?

"Você falou com Seema", disse Barry. "De que outra forma saberia onde eu estou?"

"Desculpe", disse Sandy.

"Que direito você tem de me perseguir até aqui?"

"Nenhum. Eu só quero fazer uma observação." Sandy e as suas observações. "Ninguém o culpa pela Valupro."

"Por que não? Que tipo de fundo nós somos se as pessoas não me culpam por perder um bilhão de dólares?"

As engrenagens na cabeça dela trabalharam com tanta força que ele achou que talvez pudesse ouvi-las. "Diante da realidade dos fatos, o que é um bilhão?", ela disse. "Você nos fez ser quem nós somos. Você faz chover. Eu abandonei a política por sua causa."

"Isso foi você quem quis", disse Barry.

"O ar-condicionado está ligado?", Sandy perguntou. "Está tão quente aqui." Ela pegou um exemplar de uma revista local dedicada às melhores escolas de ensino médio de Richmond que estava ali por perto e começou a se abanar com ela. "Você não quer saber sobre os resgates?"

"Eu não dou a mínima", disse Barry. O que não era totalmente verdade. Havia um investidor do qual o fundo dependia. "Você veio até aqui por causa do Ahmed", ele disse.

"Ele está vindo de Doha na quinta", disse Sandy. "Ele adiantou a visita anual por sua causa. Nós não vamos conseguir segurar o pessoal de Qatar por muito mais tempo. Pense em todas as pessoas que contam com você. Pense na sua família."

"O que você sabe sobre família?", disse Barry. "Você nem é *casada*." Ele queria muito trazer à tona sua admiração pela instituição do casamento gay. Ele queria machucá-la com aquilo. Depois de todo o dinheiro que ele tinha doado em apoio à Lei da Igualdade Matrimonial do Estado de Nova York.

"Na verdade, ver você e Seema juntos é uma inspiração", disse sua gerente executiva. "Maria e eu temos conversado. Vocês são um exemplo para nós." Barry riu. Sandy tinha se encontrado com Seema apenas uma vez, num evento da Robin Hood e, de tão nervosa que estava, perguntou à sua esposa: "Então, você *trabalha*?". Seema não parou de falar naquilo por semanas. Ela até chegou a ameaçar pegar um emprego de meio período na Planned Parenthood.

"O que Akash anda dizendo sobre mim? Da última vez que o vi, ele disse, abre aspas, 'Você não é muito inteligente, você não faz nenhuma diligência prévia e você gosta de *todo mundo*'."

"Isso passou de todos os limites. Você foi o mentor dele. Quase um pai."

"Mas e se ele estiver certo? Quem é que ainda precisa de caras como eu? O mercado não tem mais nada a ver com relacionamentos. Agora tudo gravita em torno dos analistas quantitativos e suas caixas-pretas. E como é que alguém como eu vai sequer oferecer fundos que são tão quantitativos que nem *eu* consigo entender que porra é essa que estou tentando vender? Nenhuma das coisas pelas quais trabalhei faz mais sentido. Devia ter ficado com o meu Commodore. Devia ter estudado na CalTech. Qual é o meu *sentido*?"

"O Akash está preocupado", disse Sandy. "Todos nós estamos. O seu pessoal está sentindo muito a sua falta. O Armen Kassabian comprou um Patek Minute Repeater num leilão da Christie's. Eles estão pensando em pegar um avião e ir para a Baselworld no ano que vem. Estão sendo sondados pela Icarus Capital. Eu sei que você não quer isso. Você é uma equipe. Eu tenho um jato da NetJets a postos no Aeroporto de Richmond. Nós chegamos lá em vinte minutos e, em outros vinte, estamos em casa."

"Desculpe", disse Barry. "Não estou interessado."

"E tem também..."

"O quê?"

"Você sabe."

"Eu não sei", ele mentiu.

"*Aquela outra coisinha.*"

Barry fez um gesto com a mão para demovê-la, mas ela não parou de falar. "O Herb Rankin acha que não vai demorar. Uma intimação. Como acha que vão interpretar se eles o intimarem e você estiver foragido, ou sei lá o quê?"

Randy decidiu que aquele era o melhor momento para ficar de pé em suas patas traseiras e dar uma grande lambida de devoção no nariz de Barry. Barry e o dachshund olharam um para o outro. Ao contrário de Shiva, a vida do cão era toda baseada em contato visual. Antes do diagnóstico, Barry deitava-se ao lado do filho quando ele ficava assustado com os raios e os trovões e dizia: "Está tudo bem, Shiva. Porque o trovão está acontecendo *lá fora*. E *aqui dentro*, junto com o papai e a mamãe, está tudo bem. Você consegue perceber a diferença? Lá fora e aqui dentro". Quando Shiva nasceu, Barry achou que ele poderia simplesmente se refugiar na sua esposa e em seu filho. Muitos caras no mercado financeiro diziam coisas como "Eu trabalho duro pra poder comprar tempo pra estar com os meus filhos". Mas Barry achou que ele realmente conseguiria fazer aquilo, pôr sua família no centro de sua vida. Até aquela reunião fatídica no Weill Cornell em setembro passado, uma família parecia ser uma forma razoável de compensar seu fracasso como titã das finanças.

Uma intimação.

Barry pôs o dachshund no chão. Quanto sêmen ele tinha derramado pensando em Sandy e em sua namorada latina bunduda nos primeiros meses após tê-la contratado. Seema raramente havia recebido tanta atenção sexual, pelo menos desde o diagnóstico, sobretudo por trás. Ele se aproximou de sua gerente executiva, ajoelhou-se, pôs uma de suas mãos no seu rosto e beijou seus lábios, sua língua se esticando brevemente para fora para sentir o gosto do café e das lâminas de Listerine. Ele se inclinou para trás para admirar sua obra. Os olhos claros e irlandeses dela estavam voltados para um ponto acima de sua cabeça, e sua boca permanecia aberta. Ela respirava demais, como um peixe fora d'água. "Viu?", ele disse. "Agora você não precisa mais se preocupar. Agora você pode simplesmente me processar. Você vai ganhar uma bela grana."

Quando ele estava se levantando, ela o envolveu em seus braços e o puxou em sua direção, esfregando suas costas de maneira selvagem. Ele a empurrou. "Puta que pariu", ele disse. "Dinheiro! Dinheiro! Dinheiro! Dinheiro! Isso nunca vai ter fim, né?"

Ele subiu correndo as escadas. Sandy gritou seu nome, e Randy começou a latir ferozmente.

O sr. Hayes estava em seu escritório, lendo o *Dicionário Oxford de Inglês* com uma lupa. "Pelo jeito aconteceu alguma coisa lá embaixo", ele disse.

"Preciso que você me dê uma carona até a rodoviária", disse Barry. "Tem como a gente sair de fininho pela porta dos fundos?"

"O que aconteceu? Foi aquela nova-iorquina? Nós podemos chamar a polícia."

Barry se desculpou pelo incômodo e perguntou se poderia usar rapidamente o computador para procurar uma coisa. Jeff Park morava na Peachtree Street, como quase todo mundo em Atlanta. Barry anotou seu endereço e foi até o antigo quarto de Layla para enfiar seus relógios dentro da sua mala de rodinhas. Ele colocou os trezentos e vinte dólares que a sra. Hayes tinha lhe devolvido debaixo de um travesseiro da Rainbow Brite. Ele imaginou Sandy e Seema juntas, circundando o dinheiro dele, vivendo dos seus talentos, da sua simpatia, do seu carisma. Como elas eram parecidas. Que mercenárias. Talvez fosse melhor no passado, quando você simplesmente se casava com a sua secretária e bola pra frente. Ele tirou a aliança de dentro do saquinho que ela compartilhava com a pedra de crack e a jogou na lata de lixo debaixo da escrivaninha de Layla. Ele não sentiu nada.

O carro estava parado, com o motor ligado, diante da estação de inspiração brutalista da Greyhound. O sr. Hayes e Barry estavam olhando para a frente, em silêncio, enquanto os passageiros iam sendo despejados à sua volta. "Bom, essa foi uma visita e tanto", disse o sr. Hayes.

Barry olhava para o seu dedo anelar despido. "Eu vou voltar", ele disse. "E vou trazer Layla comigo. Você pode dizer isso a ela. E também que ela pode começar a procurar por casas no West End."

O sr. Hayes pôs sua mão sobre o ombro de Barry. "Eu gosto de você, filho", ele disse. "Sempre gostei. Você é inteligente. Você é um cara bem decente. E é gentil quando quer ser. Mas isso não é o bastante para uma vida. Isso é praticamente só o básico."

"Eu vou trazê-la de volta", Barry repetiu. "E aí vocês vão poder passar o dia inteiro com o seu neto." Ele tinha essa imagem na cabeça, do filho de Layla basicamente sendo criado pelos Hayes, deixando ele e Layla a sós com o seu romance.

"Eu tenho um trabalho, você sabe", disse o sr. Hayes. "E nós não estamos totalmente sozinhos. Celia mora aqui pertinho, em Lexington." O tempo todo ele ficou com a mão no ombro de Barry. Ah, se aquele momento pudesse se estender por mais tempo.

"Você vai ver", disse Barry. "Você vai ver do que eu sou capaz."

A passagem do Greyhound para Atlanta custava cinquenta dólares, com uma conexão em Raleigh, na Carolina do Norte. Ainda lhe restavam cerca de setecentos e cinquenta dólares.

Ele tinha de pensar muito bem em como usar aquela quantia. Talvez tivesse de ir a alguns jantares muito caros com Jeff Park antes de trazer à tona o assunto do empréstimo. No café da Greyhound, decorado como um saloon antigo, uma mulher que parecia caribenha pelo sotaque e seu filho gordo estavam bebendo Pepsi sofregamente enquanto Barry tomava, em pequenos goles, uma garrafinha de café aguado da Gold Peak que tinha custado pouco mais de um dólar. Não havia nenhuma televisão ali, mas o som da CNN era transmitido por alto-falantes suspensos. A convenção do Partido Republicano estava acontecendo e, aparentemente, Melania, a esposa eslava de Trump, tinha roubado um discurso de Michelle Obama. Trump estava reclamando da imprensa. Sem as imagens, ele parecia um autêntico velho triste da periferia nova-iorquina. Parecia o pai de Barry, que tinha sido contaminado pela febre de Trump desde o início. "Você tinha que casar com a indiana mais preta do mundo", seu pai lhe havia dito após a discretíssima cerimônia realizada no cartório. "Não que eu discorde que ela tenha o direito de existir", ele continuou, depois que Barry começou, inesperadamente, a chorar, o peso de ter sido o filho de seu pai por quatro décadas despencando todo em cima dele ao mesmo tempo. Barry era um republicano moderado, e seu pai era um nazista moderado. Eles eram uma família moderada. Era assim que tinha sido. E agora um deles estava numa estação da Greyhound na Virgínia e o outro num túmulo perto da costa do Pacífico.

Eles atravessaram o rio James e Barry notou a velha chaminé da Lucky Strike no topo da Libby Hill. Richmond não era nem linda nem horrível, e aquilo lhe dava um ar mais real, não era uma bolha como Charleston ou Savannah, nem uma hecatombe hipster como Detroit. Aqui em Richmond não existiria aquele desfile interminável de esposas de investidores de fundos multimercado e capital privado ludibriadas para abandonar suas carreiras promissoras. Aqui, ele não se importaria se ela tivesse um emprego. Ela seria a professora Hayes-Cohen, e ele administraria sua fundação de relojoaria para crianças negras dentro de um espaço industrial reformado. O Facebook dizia que Layla tinha algum tipo de emprego universitário na faculdade que ficava em El Paso. Agora, ela poderia dar aulas na VCU, ao lado dos seus pais.

O Greyhound passou por riachos bucólicos, com suas pedras cobertas de musgo. Placas prometendo HOMENS TRABALHANDO NA PISTA não conseguiram mostrar resultados. Eles abandonaram a icônica I-95 para pegar uma estrada toda estropiada chamada 85. Na cidade de South Hill ele viu um Walmart e ficou pensando se aquele era o primeiro que ele tinha visto de perto. Seria divertido ir até lá dar uma olhada e, quem sabe, comprar umas cuecas baratas, mas o ônibus simplesmente passou por ele e se dirigiu até uma loja de conveniência que anunciava orgulhosamente o Famoso Frango Frito do Hermie's. Os passageiros desembarcaram em silêncio do ônibus, com os filhos correndo à sua frente, ansiosos. Barry olhou para uma placa que dizia "Clube dos Caminhoneiros" e constatou que o lugar continha o artigo genuíno: homens brancos com os tornozelos tatuados assistindo à Fox. A oferta de salgadinhos da loja era extraordinária. Além de um pacote tamanho família de batatinhas Lay's sabor picles de endro, ele também poderia adquirir no Hermie's um de seus famosos combos de coxa e sobrecoxa, um de seus famosos pudins de banana e um de seus famosos chás gelados por cerca de doze dólares. Mas não. Seu dinheiro tinha de durar. Ele precisava canalizar a parcimônia de seu pai, e do pai de seu pai, todos aqueles centavos e copeques acumulados desde a Bielorrússia até o Bronx.

O ônibus inteiro ressoava com o barulho do frango frito sendo mastigado. Ele ficou imaginando que aquele deveria ser o mesmo cheiro de uma igreja sulista num domingo, talvez exatamente aquela onde ele e Layla se casariam. Ele queria que seu pai estivesse vivo para vê-lo se casando com uma mulher branca, mas, ao mesmo tempo, ficou feliz por ele não estar. Ah, como ele queria aquele frango crocante e o pudim cremoso que uma mãe solteira e seus três meninos estavam comendo na fileira do outro lado do corredor. Ele nunca havia experimentado a fome. Era parecido com os últimos estágios exaustivos de um ataque de pânico, poucos instantes antes da sua consciência se desprender.

Eles estavam atravessando a Carolina do Norte, O ESTADO MAIS AMIGO DOS MILITARES, de acordo com sua placa de boas-vindas. Barry ficou olhando para o Omega Railmaster em seu pulso para tentar distrair sua mente da fome. Aquele era o relógio que ele tinha usado na sua visita, no ano passado, à Cardozo High School, onde havia estudado, quando o Clube de Jovens Investidores o convidou para falar sobre a sua carreira nos fundos multimercado.

O Clube de Investidores pegou uma mesa numa pizzaria na Springfield Boulevard, um lugar do qual Barry não lembrava dos seus tempos de colégio, mas que tinha o mesmo ar familiar e característico de uma pocilga dos subúrbios de Nova York, as fatias pingando molho e cobertas de orégano, o balcão lotado de recipientes de plástico contendo algum tipo de suco vermelho misterioso e ancestral (Hi-C? Hawaiian Punch?). O antigo colégio de Barry estava agora totalmente dominado pelos asiáticos, negros e latinos, mas o Clube de Jovens Investidores não tinha nenhuma das últimas duas categorias. Era formado por oito garotos, um era indiano e um provavelmente metade judeu, metade chinês, ambos um pouco bobocas, um pouco extrovertidos, que seriam os oradores em potencial daquela turma; uma dupla de lutadores alimentados a shakes de proteína que certamente entrariam para o Exército em algum lugar para concluir seus estudos e acabariam no balcão de negócios de alguma financeira assim que se formassem; e uns caras um pouco mais lapidados, que entrariam para o time de lacrosse em Colgate ou Duke e, mais tarde, entrariam no seu escritório segunda-feira de manhã cheios de alegria fraternal, contando histórias sobre Lamborghinis batidos e Bayliners naufragados. Mesmo ali, na extrema periferia do Queens, aqueles alunos do ensino médio já pareciam uma espécie de simulacro do Este Lado do Capital.

Os garotos, fervendo com a discreta perspicácia da classe operária e transpirando ambição regada a testosterona, sugaram refrigerantes e comeram uma pizza siciliana pelos quais Barry pagou polidamente. O que mais queriam saber era quanto dinheiro eles poderiam ganhar. Um dos garotos bobocas quis saber por que os primeiros três anos do seu fundo tinham retornos prefixados de seis, nove e doze por cento respectivamente, quando aquele ano tinha registrado uma queda de quase vinte por cento, com cerca de um terço dos investidores já pensando em sair. E por que a Valupro era uma compra tão inteligente.

"Acho que a forma como você encara o mercado é contraprodutiva", disse Barry, manipulando com os dedos os restos de uma grossa crosta siciliana. "Quer saber qual é a primeira regra para administrar um fundo multimercado de um bilhão de dólares ou mais? Não esquente a cabeça com as métricas. Nosso lance não são os números. Sabe qual é o nosso lance? Nós vendemos uma *história*. Os fundos multimercado são uma história sobre como nós vamos ganhar dinheiro. Uma história sobre ser inteligente, conseguir acesso, se associar a alguém incrível. A você. Você é alguém inteligente o suficiente para fazer com que os outros se sintam inteligentes também. Você vai oferecer aos seus investidores algo muito mais difícil do que uma métrica. Você vai oferecer para eles a história de como vocês podem ser incríveis juntos."

Dois dos futuros jogadores de lacrosse estavam balançando a cabeça, mas os futuros analistas quantitativos pareciam confusos. "Veja este relógio, por exemplo", disse Barry. "É um Omega Railmaster. Você pode encontrar um desses no eBay por dois mil. Mas este que eu estou usando? Vinte paus. Por quê?" Ele o tirou do pulso e o esfregou na cara do garoto metade chinês. "Porque este é da série limitada produzido para a Força Aérea Paquistanesa. Tá vendo aqui atrás? FAP. E a palavra '*Railmaster*' foi trocada por '*Seamaster*' porque, no subcontinente indiano, '*railmaster*' é o cara que confere as passagens de trem e, como os britânicos comandavam todos os trens, '*seamaster*' soava melhor para os pilotos da Força Aérea. Minha esposa é indiana. Viu? Eu já te contei três histórias baseadas apenas neste relógio. E o seu preço acaba de subir dois mil por cento enquanto a sua utilidade não se alterou em nenhum centavo. Se você quer ser o gerente de um fundo multimercado, você precisa ser um contador de histórias acima de tudo. É por isso que o meu fundo se chama Este Lado do Capital. Por causa do romance do Fitzgerald. Foi por isso que eu também cursei escrita criativa em" — ele fez uma pausa — "*Princeton*."

"Mas e quanto a essa onda recente de resgates?", o moleque perguntou. "O pessoal saindo dos fundos de pensão."

"O que foi que acabei de falar sobre métricas?", disse Barry.

"Beleza, e quanto aos rumores de que o SEC está te investigando por usar IMNP no negócio da GastroLux? De que uma notificação de Wells é iminente?"

Barry destilou seu rancor. IMNP. Informação material não pública. Aquelas palavras pareciam piscar no ar, como numa *bad trip* de ácido da faculdade. Puta que pariu, quem era esse moleque? Aquele *olhar*. Ele era um nerd, mas não um pária. Como diabos ele sabia sobre as notificações de Wells? Será que os pais dele trabalhavam no mercado financeiro? Por que eles não estavam morando em Manhattan, ou no Brooklyn?

Será que achavam que o seu filho teria mais chance de entrar na Ivy League se ele se matriculasse em uma escola pública medíocre?

"Certamente você está bem por dentro do que está acontecendo", disse Barry. Um sorrisão.

"Meu tio trabalha na Procuradoria-Geral dos Estados Unidos", disse o moleque. Provavelmente ele tinha estudado na Ethical Heritage ou em alguma daquelas escolas de ricos liberais antes de seus pais o matricularem num colégio no Queens para que ele tivesse mais chance de entrar em Dartmouth.

"Bom, então você sabe que rumores são apenas rumores. Nossas medidas de conformidade são super-robustas."

"Ouvi dizer que o seu gerente-geral de conformidade nem sequer tem experiência no mercado financeiro. Ele se formou em literatura comparada na Middlebury."

"Uma faculdade excelente. Você teria sorte de estudar lá."

"Você está preocupado?"

"Eu *pareço* preocupado?" Mas os dois garotos não ficaram satisfeitos e queriam saber quais os planos de Barry para reverter a situação. Barry inventou que tinha uma reunião urgente com um fundo de pensão na cidade e caiu fora dali.

Ele não tinha feito nada de errado. Mesmo se aquilo fosse além do SEC, mesmo se o Departamento de Justiça e o FBI viessem atrás dele, eles não tinham provas. Ele não ia para a cadeia.

Barry precisou fazer uma conexão em Raleigh. Mais uma vez, ele era o único homem branco esperando pelo ônibus. Nos monitores suspensos, a CNN estava mostrando a convenção do Partido Republicano em Cleveland. Na fila do ônibus, uns caras de bermuda camuflada e moletom com capuz e uma mulher usando um complexo adorno vermelho na cabeça estavam falando sobre Trump.

"Esse cara não vai ganhar. Ele só tá curtindo um barato concorrendo."

"Mas, se ele ganhar, a gente vai tacar fogo nessa merda toda."

"A esposa dele roubou o discurso da Michelle Obama. Deve ter escrito tudo com giz de cera."

"Eu não votei no Barack na segunda vez. Ele me decepcionou. Ele não fez nada por nós."

"Sim, ele foi uma enganação de presidente."

Barry quis se meter naquele assunto. "Mas ele vai deixar um legado complexo, isso com certeza", ele disse. A mulher com o adorno vermelho na cabeça o encarou, mas não por muito tempo.

Era um daqueles ônibus fedendo a urina dessa vez, mas, por Barry, tudo bem. Alguém abriu uma embalagem de papel contendo uma papa com molho apimentado, e o seu cheiro delicioso invadiu o ônibus. Barry sentiu-se devastado pela fome. Estava ficando tonto. Seus dentes rangiam, seu estômago se retorcia, seus pés estavam formigando. E se ele pedisse uma colherada daquele mingau? Não, ele era orgulhoso demais para pedir alguma coisa para uma pessoa pobre.

Eles passaram por Charlotte, com o seu panorama anguloso e os condomínios com nomes previsíveis. O Vue. Barry ficou observando uma mulher asiática fazendo sua caminhada matinal com seu neto no condomínio. Ele ficaria amigo de Jeff Park em Atlanta. E não iria para a cadeia. Seu corpo inteiro coçava por estar dentro daquele ônibus. Se ele tivesse que descrever a pobreza usando uma palavra, seria "coceira". Informação material não pública. Mas o que aquilo significava, afinal? Ele não tinha feito nada de errado. Tudo bem, seu fundo tinha vendido as ações da GastroLux, uma farmacêutica com um novo medicamento contra o refluxo na segunda fase de testes que deveria curar os problemas esofágicos de yuppies estressados regurgitando seus cafés e enroladinhos de salsicha do

Acela. E, sim, ele era um acionista majoritário da Valupro, que quase tinha comprado a GastroLux, e cuja diretoria sabia que o medicamento não funcionava. E, sim, eles tinham ganhado duzentos paus naquela transação, a sua última jogada de sucesso. Seus ativos sob gestão tinham acabado de cair para menos de três bilhões, de modo que aqueles duzentos milhões foram muito bem-vindos. Mas tudo havia sido apenas uma enorme coincidência. Todo mundo tinha se juntado a ele naquela transação de qualquer forma. Que prova eles tinham de que ele havia usado a sua ligação com a Valupro para ganhar dinheiro com o colapso da GastroLux? Era como se toda a sociedade estivesse conspirando para que Barry não ganhasse dinheiro com *nada*. Aquilo era socialismo. Ele não queria que Trump vencesse, mas estava feliz que os anos Obama estivessem dando seus últimos suspiros. Nem mesmo os negros do ônibus gostavam dele. E não importava o que ela havia dito, Hillary parecia bastante simpática ao mercado financeiro. Sua filha tinha se casado com um multimercadista. Barry se coçava violentamente, abrindo as costuras de sua camisa da Vineyard Vines.

Eles adentraram a Carolina do Sul, com suas lojas de fogos de artifício e seus empórios de vídeos pornográficos. Seu território era, ao mesmo tempo, rural e industrial, gasto e queimado de sol. Ao contrário dos córregos verdejantes da Carolina do Norte, os rios aqui eram marrons e turvos, e os arbustos que ladeavam a estrada pareciam torrados pelo sol. Quando Barry fechava os olhos, ele sonhava com frango frito e pudim de banana. Ele via uma corrente de água Dasani — aparentemente não havia nem Fiji nem Evian no Mundo de Greyhound — se derramando em sua boca.

Eles passaram pelas placas que indicavam as cidades de Fair Play, Seneca e Walhalla, deixaram para trás as Cherokee Foothills e chegaram na Geórgia. Os modelos antigos de BMW, tanto brilhando em estacionamentos quanto reluzindo na estrada, lhes informavam que eles estavam se aproximando de Atlanta. Eles cruzaram a Jimmy Carter Boulevard. Como o pai de Barry detestava esse homem, por causa de Israel ou do Irã, ou algo assim. Um outdoor anunciava TRANSPLANTES DE CABELO — $2 POR ENXERTO, e outro ATORES, MODELOS E TALENTOS POR CRISTO, junto à foto de duas beldades virgens, um menino e uma menina, louvando o Senhor. Os demais outdoors eram todos da Delta.

Um taxista africano o pegou na estação e o levou do centro até Peachtree, a coluna vertebral de Atlanta, passando por Midtown. Depois de pagá-lo, ele tinha setecentos e quarenta dólares no bolso. Barry mal conseguiu sair do carro. Seu corpo inteiro estava tremendo.

A recepcionista no prédio de Jeff era uma mulher etíope que poderia muito bem ser a criatura mais atraente de algum planeta de primeira linha em Alfa Centauri. Cada pedaço do seu corpo pertencia a algum lugar melhor. Ela olhou para Barry com alguma preocupação, seus olhos imensos como luas sobre um deserto. Ele olhou para si mesmo. Seu rosto coçava por causa da barba por fazer. Seu corpo coçava por causa do ônibus. Sua camisa da Vineyard Vines estava destroçada de tal maneira que parte do colarinho estava caída de lado. Dentro de um Greyhound você podia parecer um branco viciado em metanfetamina, mas aquilo era um prédio de luxo chamado Vantage on Peachtree.

Barry tentou esboçar um sorriso, mas saiu qualquer outra coisa. Ele tentou erguer os braços, percebendo o amarrotado de sua camisa da Vineyard Vines que, outrora, estava lisinha. A deusa etíope lhe fez uma série de perguntas, mas ele não estava conseguindo responder de improviso. Ele não sabia quem estava indo visitar. Não tinha certeza de estar trazendo uma encomenda. E não sabia seu próprio nome.

Ele se inclinou por cima do balcão e sentiu os músculos do ombro se contrair. "Água", ele disse. Ela não o escutou. Barry tentou falar mais alto, mas o esforço foi demais para ele. Alguém ou alguma coisa o acertou na parte de trás da cabeça, e agora ele estava olhando para um átrio elevado, muito bem iluminado, que parecia uma tremenda igreja construída no céu.

6.
Amor insuficiente

Shiva arremessou um grampeador na cara de sua babá. Para alguém com tão pouca consciência da jornada de seu próprio corpo no espaço, sua mira tinha sido impecável. Novie levou seis pontos no supercílio esquerdo, e muito embora a babá se orgulhasse de sua aparência, ela se deu por satisfeita ao saber que seu bônus de Natal seria triplicado, e com a consultoria de uma hora de duração que Seema lhe deu sobre como ela deveria ficar com aquele dinheiro e investi-lo em fundos indexados de baixo custo em vez de mandá-lo para as Filipinas.

"Por favor, não nos abandone", Seema implorou para ela na manhã seguinte. "Você é tudo o que me restou." Aquelas palavras deveriam ser tão melodramáticas quanto as coisas que Novie assistia em seu tablet, mas até a própria Seema não esperava que fossem soar tão patéticas. Ela começou a soluçar.

A babá não sabia o que fazer. Sua patroa nunca havia chorado. "Vai ficar tudo bem", ela disse. "Ele vai voltar." O que era o contrário do que ela sempre dizia, "Você deveria ligar pra alguém", querendo dizer um advogado, mas quem se importava àquela altura? Talvez fosse melhor que Barry voltasse para casa. E o que aconteceria depois disso? Toda vez que o telefone tocava, ela suspirava de alívio quando uma sequência de números aparecia na tela. Da última vez que o agente havia ligado, tinha sido de um número bloqueado. Ela desligou assim que percebeu que era do FBI. Sabia o que ele diria quando ela atendesse. O vídeo no seu iPhone. Sardenha.

"Peça desculpas para Novie", Seema disse ao filho, sem saber exatamente se aquilo funcionaria, mas pela primeira vez em muito tempo, o menino deu um lindo sorriso para as duas, ou, pelo menos, na *direção* delas. Será que aquilo era uma provocação? Ela não tinha como odiá-lo. Não, ela não poderia odiá-lo. Aquilo não era culpa dele. Nada daquilo era.

Nas últimas semanas, todos os terapeutas de Shiva tinham começado a verbalizar suas preocupações de que ele estava se tornando cada vez mais "desregulado". Todos os progressos que haviam sido conquistados estavam sendo anulados. A única vez, no inverno passado, em que ele tinha pegado a sua mamadeira e *bebido dela sozinho* agora fora relegada à categoria de "milagres". Ele tinha parado até mesmo de apontar. Será que isso era porque Seema estava se encontrando com Luis? Será que Shiva conseguia perceber aquilo? O que ele sabia? A crescente literatura médica sobre o assunto, parte dela escrita por adultos que estavam, eles próprios, dentro do espectro, dizia a Seema que Shiva sabia e sentia bastante coisa.

Seema sabia que ela precisava abandonar a ideia de uma criança "normal" e perfeita. Para reunir forças. Para desenvolver, como um livro a instigou a fazer, um senso de aventura e surpresa. Mas e se ela não estivesse qualificada para ser mãe de uma criança autista? E se o fato de que sua babá quase havia perdido um olho não inspirasse nela aventura e surpresa, mas sim raiva, desamparo e vergonha? E se ela fosse, de alguma forma terrível e egoísta, simplesmente uma *pessoa* não tão boa assim? Talvez, se tivesse ido trabalhar na Cravath depois do seu estágio no tribunal, como havia planejado, e não tivesse conhecido Barry, ela pudesse ter se tornado uma grande *advogada*, mas não necessariamente a porra de um buda no fim de sua jornada.

Mas aquilo era tudo uma grande bobagem autocentrada. A verdadeira novidade é que ela estava grávida de dois meses, e que estava se esforçando ao máximo para encontrar um pouquinho mais de amor para o menino que crescia dentro dela. E se não houvesse o suficiente? Além disso, seu corpo estava mudando. Depois que Barry parou de amá-la e os problemas de Shiva se tornaram evidentes, na verdade ela *perdeu* mais peso, e toda uma gama de butiques do centro abriu as portas para o seu cartão Black. Mas agora sua barriga parecia uma pochete enchida pela metade.

Luis percebeu. Eles tinham começado a pegar um quarto no Gramercy Park Hotel, um quarto superfaturado e nada espetacular no qual eles chupavam um ao outro e depois usavam sua chave para acessar o Gramercy Park, uma área privada onde completavam suas carícias em meio aos arbustos de ligustro. O Gramercy tinha sido ideia dele, muito embora fosse ela quem pagasse a conta polpuda. Aquele era um hotel butique lendário, levemente embolorado, e parecia antigo e quase europeu.

A ausência de uma relação sexual propriamente dita era muito cruel, de certa forma boa e ruim ao mesmo tempo. Havia sempre alguma coisa a se almejar, alguma coisa para aquela mulher de vinte e nove anos desejar, e quando o assunto era o sexo oral, ele lhe dava um banho com a língua. Um dia ele mencionou "cunete", e ela precisou pesquisar no seu telefone. "Que tipo de millennial é você?", ele perguntou, antes de começar. Aquilo fez cócegas e não foi muito divertido. Na verdade, foi meio constrangedor. Mas depois que terminou, sem nem se incomodar de usar o enxaguatório bucal no banheiro do velho Gramercy, ele pôs sua mão em concha sobre a barriga dela. "Você está cultivando uma barriguinha de quinoa", ele disse.

Ela tirou a mão dele de cima dela e se virou, com o calor subindo até sua testa. "Que foi?", disse Luis. "É bonitinha! Que é isso, você é a última pessoa que eu imaginei que fosse ter algum problema com o corpo."

"Que porra isso quer dizer?"

Eles discutiram um pouquinho, mas a briga morreu rapidamente. Ele lhe contou que sempre ficou triste pela ausência de peitos e bunda de sua esposa, e deixando de lado toda a solidariedade feminina que Michigan e Yale haviam conferido a ela, Seema permitiu que aquelas palavras a tirassem de sua própria tristeza.

"Eu quero celebrar sua barriguinha", disse Luis, e ele se abaixou e beijou a pequena forma convexa que abrigava o segundo filho de Barry, e aquilo foi demais para ela. Ela foi correndo até o banheiro.

Na cama, nos dias seguintes, ela tentou lhe contar quem ela era. Às vezes ele a ouvia. Mas somente quando parecia que precisava de mais algum detalhe para acrescentar a um enorme arquivo classificado como "Mulher, Norte-Americana, Asiática e Ilhéu do Pacífico, rica". De forma bastante perversa, ele sempre se animava quando ela falava sobre Barry, sobre a relação dela com o dinheiro dele, sobre a relação dos dois com o dinheiro. Era como se ele ficasse imaginando uma enorme massa de dinheiro flutuando no horizonte, e duas formas mal definidas estivessem saindo de dentro dessa massa, e elas se chamassem Seema e Barry. E se, na ausência de Barry, ela não fosse interessante o suficiente para que ele se interessasse por ela? Mesmo assim, ela continuava tentando, torcendo para que as raízes de imigrante de sua família a deixassem mais fascinante para ele.

Ela lhe disse que a melhor coisa da sua infância era ficar assistindo às vovozinhas indianas dançando em casamentos ao som do remix que o Jay-Z fez do Panjabi MC, uma cultura colidindo perfeitamente com outra. E a pior coisa era a caricatura de um lojista guzerate, Apu, no desenho *Os Simpsons* ("Imita o Apu!", seus amigos imploravam para ela reproduzir seu sotaque), que a obrigou a triplicar seus esforços para parecer cool, fazendo-a suplicar que sua mãe comprasse um bustiê no Great Northern Mall e ouvindo "*I don't want no scrub*" no volume máximo no Dodge do seu pai, com as janelas abertas, quando ele a largava no colégio. Ela lhe contou que seu pai sempre dizia "*Hut!*", que talvez fosse uma coisa britânica e que servia tanto como um gesto de carinho como uma reprimenda. Ah, e "manda ver", no sentido de "faça o seu melhor". Ela amava a mãe apenas o suficiente; mas amava o pai nove vezes mais. Ela falou sobre todas aquelas aulas de dança *bharata natya* para mulheres que ela havia feito no templo em Parma, e como, apesar de ir muito mal naquilo, a camaradagem entre as outras meninas imigrantes, com seus cabelos selvagens enfeitados com flores, porque o pai de uma delas era um florista no Great Northern, era tão legal. "Todas nós estávamos nos esforçando tanto para assimilar nossa cultura naquela época; eu só queria que o Shiva tivesse mais contato com sua origem tâmil", ela disse, antes de resolver parar de falar.

"Você pode me mostrar essa dança agora?", disse Luis, ofegante, com a testa ainda lustrosa dos esforços daquela tarde.

"Hum, eu estou nua", disse Seema. "Acho que não seria correto. Ela é como um ritual. Muito espiritualizada." Ele pareceu tão decepcionado que ela acrescentou, "Talvez se eu vestir alguma coisa eu possa tentar". Ele não demonstrou interesse.

Ela lhe perguntou sobre suas próprias "origens", mas ele disse que vir de Cambridge, no Massachusetts, não caracterizava exatamente uma origem. E quanto à sua parte guatemalteca? "Sobre isso você pode ler nos meus livros." Ela lhe deu as costas. "Sinto saudades do meu pai." Ele dizia aquilo sempre que sabia que estava sendo um babaca, porque ela o envolvia em seus braços e beijava seu pescoço.

Seema decidiu tentar uma coisa ousada, reunir Mina e Luis. Aquilo não fazia parte de ser jovem? Apresentar seu amante secreto para as amigas? Nenhuma outra coisa daria um sinal mais forte tanto para Mina como para Luis do quanto ela queria uma vida nova para si.

Luis não foi muito receptivo à ideia, especialmente porque envolvia ir até o Brooklyn, que ele disse que estava cheio de operadores do mercado financeiro (como se Manhattan fosse diferente) e restaurantes superestimados. Beleza, ela deixaria que ele escolhesse o lugar onde eles fariam a "reunião". Ele escolheu um lugar perto do Tompkins Square Park, um bar que servia exclusivamente frutos do mar bascos em conserva. "Oqueeeei", disse Mina, quando foi informada sobre a escolha de Luis.

Luis chegou quarenta minutos atrasado. *Quarenta minutos*. Não que ele estivesse tentando dizer alguma coisa com aquilo, nem nada do tipo. Seema sentiu sua testa superaquecendo e cada músculo de seu rosto lutando por alguma compostura, como se estivesse prestes a fazer o exame da Ordem dos Advogados de Nova York mais uma vez. Ela já estava devendo a Novie algumas noites de descanso pelas suas tentativas de pôr Shiva para dormir sozinha e, mesmo assim, aqui estava ela, tentando impressionar sua melhor amiga com seu amante, ou talvez fosse o contrário.

Claro que ele não se desculpou pelo atraso. "Ei", ele disse a Seema e deu um beijo comportado em sua testa.

"Nós íamos pedir por você, mas não sabíamos o que você queria", disse Seema, controlando sua irritação como uma advogada. "Frutos do mar em conserva. Nham. Tudo parece tão bom."

"Touché", disse Luis.

"Já dá pra ver que vocês dois juntos são hilários", disse Mina.

Luis pediu berbigões, mexilhões e bonito, tudo em conserva. "Acho que são da Galícia, não do País Basco", ele disse, após as primeiras garfadas no peixe. Ele parecia realmente preocupado.

A conversa foi terrível. Falaram sobre a eleição, e Luis disse que, não importava quem vencesse, nosso país seguiria fazendo as vezes de "rosbife num sanduíche global de merda".

As bochechas de Mina tinham adquirido uma cor vermelha intensa após apenas uma cerveja basca. "Você pode se dar ao luxo de não perder o sono por causa do Trump porque você é um homem branco", ela disse.

"Como você sabe o que eu sou?", disse Luis.

"Ah, tá, né, *Luis*? Vai me dizer agora que você não é um branquelo?"

Luis riu. Eles estavam empoleirados em cima daqueles banquinhos de bar sem encosto. Seema sentia dois grandes sulcos se formando nas curvas de sua bunda. Toda hora conferia seu telefone para ver se Novie havia mandado alguma mensagem, mas ou Shiva estava numa ótima noite, ou o bônus de Natal chegaria à casa dos seis dígitos. Mina e Luis seguiram conversando sobre políticas identitárias, se revezando para chamar um ao outro de racista, suas vozes subindo e descendo, descendo e subindo, e Seema se sentiu excluída, até mesmo solitária. Mas quando saíram do restaurante, Mina sussurrou para Seema: "Agora sim".

"O quê?"

"Dele eu *gosti*", disse Mina. Provavelmente alguma gíria de Williamsburg para "gostei".

"Tá brincando? Eu já estava escrevendo no banheiro o rascunho da mensagem que eu ia te mandar pedindo desculpas."

"Ele é brilhante."

Seema beijou a bochecha escarlate da amiga. Mais tarde, ela mandou uma mensagem para Luis perguntando sobre Mina e ele respondeu ELA É O.K., o que, vindo dele, era o maior dos elogios.

Naquela noite, Seema se deitou na cama que ela dividia com o marido com um copo do uísque japonês de quarenta mil dólares a garrafa que ela havia surrupiado da sua adega. Ela merecia. Desde que conhecera Luis, ela havia tomado muito cuidado com os limites de sua imaginação, mas esta era a noite para deixá-la correr *livre*. Ele deixaria a esposa, aquilo era óbvio. Ele veria Shiva simplesmente como parte da condição humana, "diferente, mas não inferior", como Temple Grandin, o autista mais famoso do mundo, havia dito, e Arturo, aquele menino de três anos extremamente extrovertido, se esforçaria ao máximo para ser legal com seu novo e desafiador irmãozinho. Ela teria um filho com Luis, seu esperma relativamente jovem de trinta e poucos anos se combinaria com os seus óvulos sem nenhum problema. Os dois teriam, cada um, um filho de um casamento anterior, e um filho juntos. Seema passou a língua nos dentes. Ela precisava admitir que até mesmo o berbigão, ou seja lá que merda fosse aquilo, estava uma delícia, como fazer sexo num hotel em San Sebastian. Talvez ela voltasse a trabalhar, mas certamente precisaria do melhor advogado de divórcio que já tivesse se formado numa das faculdades de direito do Top 14. O dinheiro que Luis ganhava não seria o suficiente, e ela não conseguia imaginar o tamanho do sofrimento e do estresse que seriam necessários só para *continuar fazendo* parte da alta classe média de Nova York. Meu Deus, qual era o seu problema? Sua mão encontrou o caminho até o aglomerado de células logo acima do púbis. Ah, sim, era isso.

Seema sempre quis ter um marido e um filho que pudesse abraçar. Família significava proximidade física. Quando eram pequenas, sua irmã mais nova, Shilpa, adorava sentir os braços da irmã a envolvendo. Seema adorava se pendurar no pescoço almiscarado do pai enquanto eles brincavam de cavalinho no seu pequeno quintal em University Heights. Tinha passado seus verões durante o ensino médio em Mumbai, onde a proximidade com os outros evocava uma irmandade instantânea.

Barry sempre parecia estar morrendo de claustrofobia quando ela tentava abraçá-lo. A terapeuta de casais para a qual Seema os havia arrastado uma vez, uma judia graúda num porão em Central Park West, tinha sugerido que aquilo poderia ser indício de que o próprio Barry tinha um problema. Ele mantinha um registro de cada segundo que cada um de seus relógios havia atrasado ou avançado todos os dias. Como é que *isso* não se encaixava no espectro? Quanto a Shiva, a única coisa com a qual você podia tocá-lo era uma escova macia de pelo de crina de cavalo para controlá-lo quando ele acordava e adormecia, e toda vez que ele tinha um surto. Seema queria demais experimentar o simples prazer de ter o filho em seus braços. Se ela pudesse fazer isso, será que precisaria de Luis? Ela rejeitou aquela pergunta e terminou seu uísque. *Desculpe*, sussurrou para a azarada criatura dentro dela.

No dia seguinte, ela topou com Julianna no saguão. Arturo estava saltitando à sua volta com um boneco de peru feito à mão. "Oi, tia Seema!", ele gritou. Como é que ele lembrava o nome dela de apenas um encontro? Quando a babá dos Goodman desceu para pegar Arturo, ele envolveu os braços nela, como fazem no cinema. Ele fazia contato visual de uma maneira que beirava o perturbador.

"Você quer almoçar?", Julianna lhe perguntou. Ela parecia estressada, talvez por conta do trabalho, como as roupas sem graça da Theory pareciam sugerir. Uma médica não deveria estar vestindo alguma coisa mais apropriada?

Contrariando o bom senso, elas decidiram comer na parte externa de um restaurante de wraps libaneses que ficava na esquina da Broadway com a Quinta Avenida, bem na frente de toda a agitação do Eataly do Mario Batali. Julianna tirou seu casaco e jogou por cima da cadeira vagabunda de metal. Seu corpo era minimalista. Era isso que Luis preferia? Ele tinha dito outra coisa quando estavam na cama.

"Estou preocupada com o Arturo", disse Julianna.

"Você está brincando? Ele é um sonho! Ele sabe cantar a música da abelhinha inteira." Ela disse aquilo de forma passiva-agressiva. Elas pediram saladas de grão-de-bico beirutense e água. Turistas paravam a um metro de distância delas e torciam o pescoço a fim de olhar para o topo do Flatiron Building, que parecia ter sido transportado diretamente de uma época melhor e diferente. Táxis amarelos e ônibus turísticos de dois andares buzinavam uns para os outros, e o ar tinha o cheiro de carne grelhada no verão. "Ele é sociável. E isso é importante. Mas está com uns problemas cognitivos. Bom, não com problemas, mas ele está apenas entre os dez por cento do topo." Seema se esforçou ao máximo para não odiá-la, mas aquilo era impossível. O grão-de-bico beirutense não parecia legítimo.

"Você sabe como é difícil", disse Julianna. "Se ele não se sair bem, esquece Hunter, esquece Ethical Heritage. Estamos falando *talvez*, quem sabe, de Bright e Happy Schoolhouse. Isso sem falar no HYPMS."

"Sem falar no quê?", Seema perguntou inocentemente.

"HYPMS. Harvard, Yale, Princeton, MIT, Stanford. As melhores escolas já conseguem dizer que porcentagem de suas turmas do jardim de infância vai conseguir entrar numa dessas cinco. Na Brearley é de trinta e sete por cento. Claro, ela é uma escola só para meninas. Mas, enfim, eu não quero parecer uma dessas mães loucas de Manhattan. Só quero que ele tenha opções."

Opções. Era dessa parcela da sociedade, os significativamente prósperos, mas não ricos, que ela havia se afastado quando casou com Barry? Se sim, aleluia! "Eu estudei em Michigan", disse Seema. "E pra mim foi bom." Julianna ficou olhando para ela, obviamente sem saber o que dizer. *Michigan*, seus olhos insinuavam.

"E de lá fui pra faculdade de direito de Yale. Viu? Deu tudo certo."

Julianna sorriu. "Eu sei", ela disse. "Tem muitos", ela procurou a palavra, "caminhos. Obrigada por tirar um tempinho pra conversar comigo. Você me acalma. Nós, imigrantes..." Ao contrário de Luis, ela resolveu pensar duas vezes antes de declarar Seema uma imigrante. "Nós que temos certas origens, bom, você sabe que isso não tem fim, né? Nossos pais." Um caminhão enorme da Poland Spring parou no cruzamento, e os taxistas começaram a se esticar para fora dos seus carros para gritar com ele.

"Você e o Luis planejam ter mais filhos?", Seema perguntou, muito embora a resposta errada pudesse matá-la.

"Ah", disse Julianna. "Como se um já não fosse o suficiente em Nova York." Seema fez que sim com a cabeça, concordando. Ela agora conseguia entender mais ou menos por que Luis gostava dela, ou, no mínimo, a sua versão estressada, que dava a mínima para coisas como a criação de um filho. Seema precisava fazer mais amigas mulheres, porém talvez não a mulher do seu amante. Tinha uma sensação esquisita de que poderia confidenciar o diagnóstico de Shiva para Julianna, e que, talvez, essa fosse uma maneira de fazer com que a informação chegasse até Luis. Não, ela precisava contar para ele pessoalmente. Ela precisava ver o seu rosto. "De qualquer modo", disse Julianna, "eu ando trabalhando muito com epidemiologia no Brasil, então acho que agora não é a melhor hora para engravidar."

Seema mastigou o último bocado dos seus grãos-de-bico levantinos fritos. Sua amiga agora estava trabalhando com o vírus da Zika. Ela integrava a linha de frente no combate a uma crise global, exatamente como a irmã caçula de Seema, que era uma Médica Sem Fronteiras, muito embora Shilpa estivesse apenas atuando como clínica geral no Nepal. ("Legal, Nepal, você praticamente retornou ao lugar de onde os seus avós saíram", disse sua mãe quando ficou sabendo onde Shilpa estava trabalhando.) E Julianna estava ali, preocupada com o desempenho cognitivo de noventa por cento do seu filho enquanto trabalhava vinte e quatro horas por dia para evitar o apocalipse.

Seema pegou seu telefone. EU QUERO VOCÊ DENTRO DE MIM AMANHÃ, ela mandou para Luis.

O.K. foi a resposta instantânea.

E depois: OITO HORAS? GRAMERCY?

"Escuta", disse Julianna, pegando seu próprio telefone. "Antes de a gente pedir a conta, vamos combinar um dia para os nossos filhos brincarem juntos." Ela começou a olhar sua agenda. "Só tem meninas na turma do Arturo, o que é bem bonitinho, mas ele precisa fazer essas brincadeiras de meninos também. Como é que eles falam? Brincar de lutinha?"

Julianna ficou mexendo no seu aparelho. Seema não sabia o que dizer, mas sabia que tinha que dizer alguma coisa.

"Claro", ela disse.

Quando chegou em casa, Seema tirou a blusa e simplesmente largou na sala para que Jamilla ou a nova menina a recolhesse. Vestindo apenas seu sutiã e uma calça jeans, ela foi até a cozinha e encontrou Shiva sentado na frente da máquina de lavar louças. Ele estava mexendo num botão e trocando as programações, SECAGEM, SECAGEM ECOLÓGICA, SECAGEM RÁPIDA, e ajustando o timer, 30, 60, 90, 120. Cada vez que a máquina emitia um bipe, toda vez que o mostrador mudava, ele vibrava. O contato visual entre ele o mostrador de cristal líquido era inabalável, a conexão entre ele e a máquina de lavar louças era tão perfeita que o resto do mundo nem sequer precisava existir.

Novie também estava imersa em seu próprio mundo, lavando as mamadeiras de Shiva à mão porque tinha suas próprias questões com a máquina de lavar louça. Ela as enchia com leite e água enquanto cantava o que Seema achou que talvez fosse algum hino cristão, aquela melodia tão familiar e, ao mesmo tempo, tão estranha. Seema a adorava. Novie poderia muito bem ter arrumado um outro trabalho, com uma família menos desajustada, ganhando mais ou menos a mesma coisa, mas, mesmo assim, ela continuava lá.

Seema ficou matando algum tempo ali, com seu filho e sua babá totalmente alheios à sua presença. Ela pôs as mãos sobre sua barriga desnuda, sobre aquela massa de células alienígenas, e ficou imaginando os quatro juntos: ela, Novie, Shiva e, quem sabe, outro menino dentro do espectro, outro Shiva. Por um momento, ela se locupletou com aquele novo amor. Em seguida, exalou toda aquela melancolia morna e encerrou seu dia.

7.
A sorte de Kokura

Barry estava tentando focar seus olhos, mas no quê? Formas começaram a se materializar. Círculos. Triângulos. Três painéis em cores escandalosamente brilhantes. Era aquele pintor aidético magrinho dos anos 80. Um número estalou em sua cabeça. Era algo que ele havia discutido um dia com Seema numa galeria. Um ponto oito milhão. O.k. Ele estava numa cama. Estava faminto, mas, ao mesmo tempo, já estava além dela. Ele virou a cabeça. Havia revistas sobre a mesa de cabeceira: uma revista da Bentley, uma da Patek Philippe e uma *Nat Geo*. Ele vasculhou rapidamente o quarto com os olhos. A mala de rodinhas com seus relógios, o coelhinho de brinquedo de Shiva e o seu passaporte estavam bem-arrumadinhos ao pé da cama. Também havia uma mesinha de vidro com uma garrafa de água Fiji, um pote de amêndoas salgadas e barras familiares de chocolate setenta por cento de cacau da Chocolat Madagascar. Barry se arrastou da cama até a mesinha. Começou a enfiar a comida na boca, sentindo o doce e o amargo do chocolate e das amêndoas mastigados em sua língua, e jogou a água por cima. Ele arrotou ferozmente, sentindo todo o seu corpo voltando à vida.

As luzes e cortinas eram da Lutron, e um pequeno armário escondia uma prateleira recheada com os obrigatórios aparelhos audiovisuais da Crestron, em meio a caixas de tênis da Lanvin. Ele deu uma tremenda mijada num vaso da Porcelanosa. O sabonete era da Molton Brown. Sem a menor dúvida, ele havia saído do Mundo de Greyhound e voltado à Terra do Multimercado. Aquele quarto de hóspedes, se era de fato isso, tinha sido decorado com muito mais sofisticação do que o quarto de hóspedes que Seema havia montado. Jeff Park deve ter se casado bem.

Barry estava usando uma camiseta com as palavras AQUÁRIO DA GEÓRGIA no peito e a fotografia de um tubarão-baleia. Alguém a havia trocado pela sua camisa da Vineyard Vines. Será que tinha sido a esposa de Park também? Barry apertou o botão da Lutron para abrir as cortinas, e Atlanta se revelou à sua frente, os já esperados Wells Fargo e o edifício da BB&T, mas também algumas antenas de rádio antigas, ao estilo da RKO, e um edifício banal, da década de 70, que parecia ser a sede da Coca-Cola. Ele notou que a cidade tinha uma abundância de espaços vazios, hectares e mais hectares de terrenos que imploravam por prédios de condomínio e hotéis. Barry procurou por seus tênis, mas eles não estavam lá. Ele já tinha estado em residências asiáticas e conhecia bem a guerra que eles travavam contra os sapatos.

Um corredor gelado de mármore terminava numa enorme sala de estar, e ali Barry experimentou um pico da boa e velha inveja multimercadista pré-Greyhound. A sala de estar parecia um palácio, como se fosse a entrada de um museu modesto de Nova York. Enormes lustres dourados pendiam do teto, que tinha, pelo menos, uns seis metros de altura — ele conhecia a empresa que os produzia, Seema gostava do seu trabalho, mas o pé-direito do seu apartamento não era alto o bastante. A julgar apenas pelas medidas daquela sala enorme, ele estimou que o apartamento deveria ter, no mínimo, uns quatrocentos metros quadrados. Isso tudo era de um cara que o Akash Singh tinha demitido do Este Lado do Capital, um cara que teve uma hora para limpar sua mesa, com um segurança o vigiando no canto, observando cada movimento. Ele tentou se consolar com o fato de que um apartamento em Atlanta, mesmo naquele lugar privilegiado, custaria um terço do preço de Nova York. Beleza, vamos dizer que sejam quatrocentos metros quadrados a seiscentos paus o metro, isso daria o quê, uns dois paus e meio? Em Nova York, qualquer coisa que custasse menos de cinco milhões nem seria considerado de luxo.

Perdido como estava em seus devaneios imobiliários, ele não percebeu a respiração esportiva do proprietário em pessoa executando uma impressionante sequência de flexões de braço bem no meio da peça muito bem iluminada. Jeff Park ainda tinha sua bela cabeleira asiática, isso se não tivesse ainda mais, e estava vestindo algum tipo de roupa esportiva preta que talvez permitisse que ele fosse mergulhar ou viajar para Marte. Lá pelas tantas, Jeff Park notou seu antigo patrão fazendo sombra em cima dele. Ele ficou de pé num pulo ágil, jovem, de trinta e poucos anos. "Barry", ele disse, "você está vivo!"

Barry apertou a mão do seu anfitrião avidamente. Cabeça cheia de cabelos, gengivas que não retraíam, série de flexões no meio do dia. Jeff Park tinha estudado em Cornell, se ele não estava enganado, mas não tinha feito parte da equipe de lacrosse. Um cara que trabalhava duro, estava em forma e tinha muito bom gosto, sem ostentação. Ele precisava ser abordado exatamente como um investidor em potencial. Barry estava pronto para chamá-lo para dançar, bem ao estilo de Princeton, com um gesto amistoso perfeitamente calibrado.

"Jeff, em primeiro lugar, muito obrigado", ele disse. "Você não precisava ter me recebido na sua casa."

"Estou feliz que nós não precisamos chamar uma ambulância", disse Jeff Park. "Muito embora eu tenha ligado para o médico da família e pedido para ele fazer uma visita."

"Cancela", disse Barry. "Estou me sentindo melhor do que nunca. Eu só estava com os níveis de açúcar muito baixos no sangue, era só isso. Você é demais. Cadê a sua cara-metade?"

"Ainda estou procurando pela mulher perfeita, infelizmente."

"E você decorou todo esse lugar *sozinho*?"

"Culpado. Vem cá, me deixa preparar um ressuscitador pra você."

Eles foram até uma área ladeada por uma prateleira cheia de garrafas de Ciroc que passavam uma mensagem de diversão. Jeff Park serviu um copo de água mineral com gás de uma marca alemã. "Você tem que se hidratar", ele ordenou. "Eu quero ver você acabar com essa H_2O antes de passar pra algo mais forte."

O ressuscitador de Jeff era, como o nome prometia, uma mistura incrivelmente potente de conhaque, Calvados e vermute servida numa taça de martíni. "Jesus", Barry disse quando terminou o drinque. Teve uma vaga lembrança dos tempos de bares no centro da cidade: Jeff Park era bastante resistente ao álcool.

"Então, como vão as coisas, Barry?", disse Jeff Park. "Só de passagem? Resolveu ver como eu estava?" Ele tinha pegado uma garrafa de Yamazaki vinte anos e estava servindo puro, algo um tanto decadente para 1h27 da tarde. Em que diabos Jeff Park trabalhava? Ele tinha saído do Este Lado do Capital com as mãos abanando.

"Vai parecer maluquice", disse Barry.

"Aham."

"Eu estou numa viagem. Uma viagem de ônibus." Barry sabia que finalmente teria de explicar sua fuga do Este Lado do Capital para as pessoas à sua volta. Ele sabia que as notícias sobre o seu "surto" seriam o assunto do momento no mundo incestuoso e sedento de sangue onde ele havia prosperado. Mas ele duvidava que aquilo fosse de fato surpreender alguém. As pessoas do seu mundo podiam ser bem loucas. Um fundo era, em essência, um culto com a sua própria bíblia, rituais para controlar a mente e demonstrações de força. Um colega de um outro fundo, um analista quantitativo bilionário em treinamento, tocava piano num bar de quinta categoria enquanto passava uma jarra de gorjetas. Assim como a sua primeira tornozeleira eletrônica ou seu quarto divórcio, um eventual rompimento com a realidade era parte importante da biografia de qualquer titã dos fundos multimercado.

"As coisas que eu vi", disse Barry, e ele contou a Jeff algumas das suas aventuras até ali.

Jeff Park parecia interessado. Ele serviu mais bebida, embora insistisse que Barry seguisse intercalando com água. "Pra mim parece um pouco que você está fazendo uma versão de *Pé na estrada*", disse Park. "O mexicano sem um olho que dormiu no seu ombro."

"É exatamente isso!", gritou Barry. "Foi exatamente o que pensei quando isso aconteceu." Não era à toa que ele havia escolhido Jeff Park para hospedá-lo, o cara tinha uma sensibilidade literária muito superior à maioria de seus colegas. Eles de fato faziam um bom trabalho educando o pessoal lá em Cornell.

"Eu pegava o Greyhound para visitar a família do meu tio em Savannah", disse Park. "Todo mundo nos olhava como se a gente fosse uns malucos."

"Todo mundo olha pra *mim* como se *eu* fosse um maluco."

"Você é meio maluco, Barry."

Barry tomou aquilo como o maior dos elogios. Ele estava se dando muito bem com seu antigo funcionário. Eles iam se tornar amigos. "Você é originalmente daqui?"

"Sim. Eu voltei pra cuidar dos meus pais."

"Seus pais são, deixa eu chutar, da China?"

"Quase isso."

"Minha esposa é indiana."

"Massa."

"Você precisa se casar!", Barry disse, esquecendo completamente que o seu próprio casamento estava resumido a uma equipe de sete advogados, praticamente *kaput*, para usar a expressão preferida do seu pai. Talvez Jeff Park fosse bonzinho demais para encontrar uma mulher para se casar fora dos limites da cidade de Nova York. Ele havia aberto mão de procurar uma parceira só para cuidar dos pais. Imigrantes. Barry quis lhe contar que sua mãe havia morrido quando ele tinha cinco anos, mas eles ainda não haviam chegado àquele ponto. Ele olhou para o seu copo de Yamazaki enquanto Atlanta ardia cruelmente do outro lado do vidro fumê das janelas, que iam do chão ao teto. Era impossível resistir ao seu instinto para ajudar Jeff Park. Ele lembrou da amiga de Seema, aquela asiática do Brooklyn. Tina? Lena? "Eu joguei meu celular fora", disse Barry.

"Uau, *isso sim* é incrível", disse Jeff Park.

"Posso dar uma olhada numa coisa no seu computador?"

Um laptop foi providenciado. O mundo da internet parecia tão distante de quem ele era àquela altura. Mesmo assim, ele acessou o perfil de Seema. Nenhuma nova postagem em bastante tempo. Seema não era muito ativa nas redes sociais, um fato que ele amava a seu respeito. "Esses são sua esposa e seu filho?", perguntou Jeff Park.

A foto de perfil no canto da tela era de Seema, com seus braços *quase* envolvendo Shiva e, atrás deles, o esqueleto da casa neogeorgiana de quinhentos e sessenta metros quadrados sendo construída em Rhinebeck. Shiva estava olhando para o nada, mas de uma maneira superinteligente, o que dava a impressão de que aquela imagem retratava a normalidade, quem sabe até mesmo alguma genialidade, e, de todo modo, Seema, com seu melhor sorriso de Bollywood, iluminava o cenário de maneira mais eficiente do que qualquer sol possível. Seu decote estava aberto e dourado e disposto.

"Que família linda você tem", disse Jeff Park. "Acho que você estava prestes a se casar quando trabalhei pra você. Esse seu filho. Que olhos."

"Sim", disse Barry, com a mão imóvel sobre o teclado. Uma música da *Vila Sésamo* começou a tocar em sua cabeça. *C é de comer, pra mim é suficiente.* "Mas está aqui o que eu queria mostrar pra você", ele disse. Ele foi descendo a lista de amigos de Seema, procurando por uma asiática. Ele achou que tinha encontrado quando deparou com uma delas, mas no fim das contas era aquela médica horrorosa de Hong Kong, a mulher do Luis, Julianna Yang-Goodman, uma foto dela na frente da estátua do Cristo Redentor, no Rio de Janeiro, por algum motivo. Ele desceu um pouco mais a lista e finalmente encontrou a pessoa certa.

"Agora, essa garota *tem colhões*", disse Barry. "Ela me chamou de otário na minha cara! E eu acho que ela é bem intelectual, como você. Ah, e uma noite, no Brooklyn, ela preparou uns bolinhos chineses excelentes para nós. Aposto que seus pais iriam adorá-la."

"Mina Kim", Jeff Park leu na tela. "Não faz muito o meu tipo."

Barry ficou desolado. "Mas ela é chinesa!"

Jeff Park o encarou. "Eu curto mais o estilo de beleza sulista", ele disse, por fim.

"Ah." Barry deu um suspiro.

"Mas obrigado por fazer isso por mim. Você parece aquela mulher de *Um violinista no telhado*."

Barry sabia mais ou menos do que ele estava falando. *Casamenteira, casamenteira, me arrume um casamento.* Jeff Park tinha uma cultura muito ampla. "Bom, eu vou assumir a missão de arrumar um casamento para você", ele disse. "Um cara legal que nem você."

"Não tenho nada contra as mulheres", disse Jeff Park. "Eu projetei este lugar pensando nelas."

"Como assim?"

Jeff Park começou a lhe mostrar sua casa, começando por uma enorme mesa de jantar com um tampo de vidro. "Está vendo estas luminárias?", ele disse, apontando para um trio de globos que lembravam o *Sputnik* suspensos por cima da superfície espelhada. "Em média, as garotas com quem eu saio têm um metro e sessenta e sete, ou dois centímetros e meio acima da média nacional. Eu tenho uma planilha que lista os atributos de cada menina com quem saí até hoje. É incrivelmente detalhada. Então, se eu a convidei para jantar, e ela está sentada aqui, esperando por mim, conversando comigo, talvez tomando um drinque enquanto cozinho, a luz dessas lâmpadas fica nivelada com os seus olhos. Ela consegue me ver melhor, e eu consigo apreciar melhor sua beleza."

Barry ficou impressionado com a consideração de Park. Uma planilha. As críticas que as pessoas faziam ao pessoal do mercado financeiro estavam totalmente equivocadas. Eles se importavam até *demais*. Ele, pelo menos, sabia que era assim. Era possível interpretar que ele havia abandonado sua família por não possuir capacidade emocional suficiente para lidar com suas necessidades especiais, por exemplo. Barry ficou olhando para um sofá do tamanho de uma fragata. "Este sofá tem a altura perfeita para uma mulher de um metro e sessenta e sete", disse Jeff. "Quando ela senta, o sofá se encaixa perfeitamente na parte de trás dos seus joelhos." Ele convidou Barry a se sentar. "Viu só? Tem um espaço de, pelo menos, sete centímetros entre a parte de trás dos seus joelhos e o sofá, porque você é alto. Mas se você fosse uma mulher de um metro e sessenta e sete, você estaria muito confortável agora."

"Então você só sai com mulheres dessa altura?", Barry perguntou.

"Bom, com pequenas variações", disse Jeff Park. "Talvez meio sigma. Também não quero forçar a barra aqui, mas, sim, a maioria delas."

"Você é um romântico", disse Barry. Jeff Park deu de ombros e ficou corado. Ele não era um cara feio; seu rosto era bem delineado e bronzeado à perfeição. A roupa preta esportiva o deixava parecido com uma foca lustrosa em formato humano. A única coisa que não fechava com o gosto de Barry era o Rolex Sky-Dweller em seu pulso.

No andar de cima, Park tinha um escritório arejado com vista para o prédio horroroso da Coca-Cola. Barry sentiu uma pontada de emoção ao avistar um monitor da Bloomberg em pleno funcionamento. Jeff Park tinha apenas uma tela operando, que bonitinho. Numa lousa de vidro, ele havia rabiscado algumas transações que lhe pareceram excepcionalmente cautelosas e de longo prazo, envolvendo ações da Alcoa e da Dow. Só de olhar para os números na lousa, Barry estimou trinta e cinco milhões em ativos sob gestão, que, na melhor das hipóteses, deveriam render, o quê, uns dois milhões por ano? Provavelmente ele tinha um patrimônio líquido de dez a quinze. E poderia viver daquilo. E ser feliz. E comprar sofás que se encaixavam à perfeição nas pernas de mulheres medianas.

"Eu opero umas duas horas pela manhã e depois passo o resto do dia cuidando das minhas coisas", disse Jeff Park, enquanto eles passavam por uma formidável parede cheia de livros, a maioria deles novos e certamente não comprados em lotes. "Leio, no mínimo, cem livros por ano, e se eu estiver, digamos, em setenta lá pra novembro, tiro o resto do ano para atingir a minha meta. Eu gosto de ler livros para as garotas com quem eu saio, peças do Beckett, contos do Tchékhov, sonetos de Shakespeare. Vai por mim, elas precisam muito disso aqui por essas bandas."

"Maravilhoso, simplesmente maravilhoso", disse Barry. "É disso que eu estou falando. Desenvolvimento pra valer. Uma vocação e uma distração."

"Muitos caras dizem: 'Eu quero morrer no auge da minha riqueza', mas eu não."

"Obviamente não."

Jeff o levou até um banheiro. Eles ficaram olhando para os espelhos dupla-face que funcionavam como TVs dentro do boxe equipado com uma banheira e uma ducha. A convenção do Partido Republicano em Cleveland estava a todo vapor. Ted Cruz estava dizendo que não votaria em Hillary, mas que também não apoiaria Trump. "Eu ficava no Trump Hotel em Columbus Circle sempre que ia a Nova York", disse Jeff Park. "Nunca mais."

"Eu sou um republicano moderado", disse Barry. "Socialmente liberal."

Eles desceram as escadas para uma nova rodada de drinques. Jeff Park os estava fazendo agora com Absolut Ruby Red e a *club soda* da Seagram's. Sentaram-se a uma mesa feita a partir de um corte longitudinal de uma árvore gigantesca. Sua altura também tinha sido projetada para seduzir uma mulher média. Barry tateou os contornos serrilhados da casca. Ele gostava de seus móveis levemente rústicos, com toques do movimento Arts & Crafts; supostamente, esse deveria ser o tema da sua casa em Rhinebeck, se ele a terminasse algum dia. "Quem fez essa mesa?", perguntou Barry. A combinação da vodca com a soda estava deliciosa.

"É de eucalipto japonês", disse Jeff Park. "Eu comprei em Kokura. Ela me ajuda a lembrar de como sou sortudo."

"Kokura?"

"Você nunca ouviu falar da 'sorte de Kokura'? Nove de agosto de 1945. Um bombardeiro americano estava se dirigindo a Kokura, no sul do Japão. Mas a cobertura de nuvens sobre a cidade estava muito pesada aquele dia. Então, o avião desviou sua rota. Para Nagasaki."

"Uau. Que sorte mesmo."

"Exatamente. Sorte. Se eu tivesse nascido em Bangladesh, numa família de catadores de lixo, alguma coisa disso teria acontecido?" Ele gesticulou para mostrar sua propriedade de quatrocentos metros quadrados. "Minha mãe trabalhou de empregada doméstica em Buckhead quando eles chegaram aqui. Eu ainda lembro dos cupons de alimentação com o desenho daqueles velhos brancos declamando a Declaração da Independência. Eu decorei as palavras que estavam escritas nele. 'Cupom de Alimentação do Departamento de Agricultura dos Estados Unidos'. Em que outro lugar do mundo o filho de uma empregada acabaria assim? É por isso que sempre cuidei dos meus pais. Por isso que sempre vivi na mesma cidade deles. Tenho que honrar toda essa sorte que eu tive."

Barry ficou pensando na sua própria relação com os pais. Ele não tinha tido a oportunidade de cuidar de sua mãe, é claro, mas achava que tinha sido bem legal com seu pai, que tinha feito o máximo por ele. Depois de garantir seu primeiro bilhão sob gestão, ele havia comprado a Malibu Pools por quatro milhões de dólares, cerca de dez vezes o que a empresa valia, para que seu pai pudesse, finalmente, se aposentar. Mas depois desse gesto, e depois do comportamento abertamente racista do pai no seu casamento com Seema, ele passou a evitar o velho a maior parte do tempo. Ele tinha ido visitá-lo apenas uma vez em La Jolla, na Califórnia, onde seu pai morava com a namorada, Neta, que ele havia conhecido num fórum sionista on-line.

Neta era uma ex-assistente social que tinha dois filhos adultos em Los Angeles. Assim que foram apresentados, ela apertou Barry contra o seu decote sardento e deu início a um passeio extremamente detalhado pelo seu belíssimo jardim, onde ela e o pai de Barry passavam a maior parte do tempo, tomando café e olhando para os seus laptops. Sua casa era um rancho dos anos 40 em forma de U, um rancho californiano clássico, com suas lareiras dupla-face, colmeias de abelhas selvagens nas pimenteiras-bastardas, pequenos canteiros com shissô e minirrosas plantadas, dois cágados e um coelho chamado

Sylvester cuja simples presença quase levou Barry às lágrimas, porque o fez lembrar o coelhinho difícil de olhos castanhos que ele próprio tinha em casa. Havia ameixas-de-natal que os filhos de Neta jogavam na rua para vê-las serem atropeladas pelos carros, e arbustos vermelho-alaranjados no jardim da frente, e mandarinas e tangerinas e rosas verdes, e pimenta rosa, e árvores de magnólia, e espinheiros indianos em sua linda floração cor-de-rosa e, bem no meio do que talvez a própria Bíblia Sagrada fosse reconhecer como o *verdadeiro* Jardim do Éden, dois idosos sentados, usando seus bonés com os dizeres Make America Great Again, informando-se silenciosamente a respeito do último escândalo vivido pelas pessoas que compartilhavam seu pool gênico nas colinas e nos vales empoeirados de outro país.

"Lamento muito que o seu filho seja autista", Neta havia dito. "Vocês o vacinaram? Tenho certeza de que foi isso o que causou." "Eu disse pra ele não dar vacina!", seu pai berrou do seu poleiro montado embaixo de uma ameixeira. "Eu mandei pra ele o link que falava sobre como os muçulmanos somalis estavam espalhando essa coisa, usando seus médicos em Minnesota." Barry estava longe dali em menos de trinta e seis horas. Cinco meses depois, seu pai morreu de câncer pancreático.

Talvez Jeff Park fosse um filho melhor. E talvez filhos melhores se tornassem pessoas melhores, e era por isso que suas mães não morriam em acidentes de carro, com o rosto coberto de sangue.

"Mas isso não é sorte", disse Barry, retornando ao tema da conversa. "Claro que ajuda não nascer em meio a catadores de lixo, mas o seu sucesso, em grande parte, é resultado do seu próprio trabalho duro. E da iniciativa dos seus pais de se mudarem para cá."

"Você não se considera sortudo?"

"Nem por um minuto", disse Barry.

"Você está trabalhando no mercado certo no momento certo. Sem regulamentações. Com todas as vantagens que pode ter em relação aos bancos. E eu nem vou mencionar as informações privilegiadas que vêm junto no pacote quando você entra nesse clube."

"Eu *acho* que nós não estamos sendo investigados", disse Barry, querendo dizer que o FBI ainda não tinha vindo derrubar a sua porta. Jeff Park ficou olhando para ele. O que ele poderia saber?

"Olha, eu não estou desconsiderando o que a gente faz", disse Jeff. "Tem que ser inteligente. Mas grande parte é sorte. Você faz uma transação boa e as pessoas vão escutar tudo o que você disser durante os próximos cinco anos."

"Tudo o que eu sei é que nunca tive nenhuma vantagem", disse Barry. "Eu não fui sortudo o bastante nem pra ter nascido filho de imigrantes."

Jeff Park riu. "*Essa* foi engraçada." Eles brindaram com seus copos.

Barry estava estirado em sua cama de hóspede, o quarto girando ao seu redor. Ele tinha encontrado alguém com quem podia conversar. Os dias sem a tagarelice de Seema haviam cobrado seu preço, mas agora ele tinha novamente um amigo, e um amigo que não falava o tempo todo, sem parar, sobre o diagnóstico de Shiva. Ele tirou sua camiseta do Aquário da Geórgia com o tubarão-baleia e ficou imaginando se tinha sido o próprio Jeff Park quem a havia trocado pela sua camisa da Vineyard Vines. Aquele nível de intimidade parecia um pouco estranho, mas, mesmo assim, aquilo agradava Barry. Ele não se envergonhava do seu corpo.

Mas todo aquele papo sobre sorte tinha feito Barry pensar. Ele se considerava uma pessoa inteiramente feita do nada.

Seu pai não tinha recebido cupons de alimentação como a família de Jeff Park, mas comprava suas toalhas bem barato de um fornecedor numa penitenciária no norte do estado. Todas as toalhas surradas que Barry tinha visto quando adolescente vinham estampadas com a frase INSTITUTO CORRECIONAL DE HUDSON. Eram necessárias três delas para se secar depois de um banho. Frugalidade era o lema dos dois homens Cohen e da pastora inglesa que moravam no sobrado de tijolo aparente na Little Neck Parkway, com suas cadeiras de plástico na pequena ilha verde do pátio da frente e suas pesadas grades de segurança para se proteger dos ladrões que jamais apareceram. O trabalho de manutenção que seu pai fazia nas piscinas do condado de Nassau era sazonal, e ele nunca conseguia acumular dinheiro o suficiente para passar o inverno. A primeira paixão de Barry provavelmente foi a sereia loira estampada nas latas de atum da Chicken of the Sea que seu pai comprava, quatro por um dólar, na Waldbaum's.

Não que Jeff Park tivesse tido uma tremenda sorte em sua vida. Apenas seis meses após assumir seu cargo no Este Lado do Capital, provavelmente faltando um ano para completar trinta, ele omitiu um sinal de menos numa planilha de Excel, transformando margens negativas em positivas e uma compra óbvia numa venda ululante. Aquela transação os estava fazendo perderem trinta milhões por dia, e quando ele descobriu o erro, eles já haviam perdido cento e cinquenta milhões. Um erro simples havia custado ao fundo perto de dez por cento dos seus ativos sob gestão. Barry não estava lá no momento em que isso ocorreu, mas ficou sabendo que, quando Jeff Park percebeu o que estava acontecendo, ele desmaiou e desabou de cabeça em cima de um copo de café do Starbucks que estava em sua mesa. Ele teve de ser conduzido ao hospital, com queimaduras leves e uma concussão moderada. O impacto em sua reputação foi muito pior, e logo se espalharam rumores de que ele estaria trabalhando como corretor imobiliário na Flórida. Por trás da perda real do dinheiro havia uma história triste, apesar de algumas pessoas terem achado que era muito engraçada. Akash Singh não foi uma delas. Ele disse que jamais esperaria aquele tipo de negligência de um asiático. E agora, Barry estava deitado no quarto de hóspedes de Jeff Park, usando uma de suas cuecas.

Ouviu-se uma batida na porta. "Sim", gritou Barry. "E aí?" Jeff Park queria informá-lo de que eles jantariam às sete. "Mal posso esperar!", Barry gritou de volta, e ele estava sendo sincero.

Barry adorava Richmond, mas "Hotlanta", como a cidade era chamada ironicamente, também era bem incrível. Eles ficaram desfilando pra lá e pra cá na Ferrari California de Jeff Park, enquanto os reles trabalhadores nas esquinas expressavam sua admiração por aquele carro com gritos e assobios, da mesma forma que os pedreiros de Manhattan faziam com as mulheres gostosas. "*Arram*", eles diziam, balançando seus quadris para a frente e para trás. Aquela Ferrari era um pouco demais, como se Jeff Park não tivesse recebido o "Memorando para os 0,1 por cento" que dizia que o foda mesmo eram as *experiências*, não os objetos, mas, por outro lado, Barry colecionava relógios, então quem era ele pra falar qualquer coisa? Ao longo do tempo, os freios de cerâmica da Ferrari de Jeff Park começaram a falhar por conta da ausência de excesso de velocidade, e a única solução, de acordo com o cara que havia vendido o carro para ele, era acelerar pelo menos a uns cento e trinta por hora numa via expressa e depois frear com tudo. A pressão da velocidade e depois sua interrupção abrupta fizeram Barry vibrar. "Isso parece treino de astronauta", ele disse.

Eles dirigiram por entre os bairros hipsters, passando por hectares e mais hectares de casas construídas no estilo American Craftsmen, algumas empoleiradas no topo de pequenos montes, outras no nível da rua, todas ostentando algum elemento que comunicava de forma exuberante os gostos de seu proprietário, como uma borboleta decorativa pendurada na varanda ou algum magnífico veículo robusto dos anos 70 encostado no meio-fio, com o motor ainda funcionando, em situação de elegante abandono. Jeff Park explicou que aquele bairro se chamava Old Fourth Ward, e que o hip-hop que eles estavam ouvindo se chamava OutKast, um grupo ou banda afro-americana local, ou algo assim.

O restaurante no qual eles foram jantar tinha as paredes decoradas por um monte de troféus de caça, em sua maioria, cabeças de veados, mas também as de uma vaca e, talvez, de um impala. "Eu gosto de Hemingway", disse Barry. "Uma das metas que tenho na vida é aprender a caçar como ele." Também havia potes de algum tipo de picles — quiabo e vagem, aparentemente. Ele nunca tinha visto tantos negros lindos reunidos num mesmo restaurante. Em Richmond, um lugar como aquele seria totalmente branco. Ele já conseguia se imaginar contando aquela experiência para Layla.

"Então, eu criei uma planilha dos melhores restaurantes de Atlanta, e este lugar é o número 17", disse Jeff Park. Para alguém cuja carreira quase acabou por causa de uma planilha, Jeff Park parecia insistir bastante nelas. Talvez aquilo fosse a sua maneira de buscar uma redenção pelo que havia acontecido. "A comida é ótima, mas eu tive que tirar alguns pontos por causa do atendimento", ele disse.

"Eu passei vários dias dentro de Greyhounds", disse Barry. "Sobrevivendo à base de torresmo e café de qualidade duvidosa."

"É como se você estivesse pagando pelos nossos pecados", disse Jeff Park. Barry ficou se perguntando se muitos chineses seriam cristãos.

A comida — salada temperada com leitelho, bacon e batata, e salsicha de bagre com limão fermentado — parecia reluzir sobre os pratos e tinha um sabor ao mesmo tempo sulista e progressista, mais ou menos como Barry imaginava que Layla seria agora. Ele não poderia estar mais feliz. Eles tinham pedido o vinho mais caro do cardápio, um blend de cento e trinta e seis dólares de grenache e Syrah sabe-se lá de onde, que ambos acharam aceitável, embora um pouco agressivo. Barry queria pedir uma segunda garrafa, mas ele sabia que teria que pagar pelo jantar e que tinha apenas cerca de setecentos dólares. Ele estava feliz por ter passado fome no Greyhound. Cada centavo importava agora. Ele queria ainda ter contas das quais pudesse sacar algum dinheiro num banco como o Wells Fargo, como uma pessoa normal, mas toda a sua vida estava baseada no seu American Express Black, e o resto canalizado pelo Este Lado do Capital e alguma resseguradora nas ilhas Cayman. A conta atingiu os trezentos dólares, ou metade do novo patrimônio líquido de Barry.

"Este lugar acaba de subir duas posições na minha planilha", disse Jeff. "Se bem que pode ser só por causa da companhia." Ele sorriu para Barry.

Barry sentiu seu rosto ficar vermelho. Nos países árabes, você pode andar de mãos dadas com um amigo. Ele tinha aprendido aquilo com o catari Ahmed durante uma noite de bebedeira muito longa e confusa no St. Regis. "Põe mais um pouco de OutKast pra gente ouvir", ele disse, quando eles voltaram para a Ferrari. "Achei muito inteligente."

Eles foram até um shopping construído num antigo prédio industrial chamado Ponce City Market, que era como o Chelsea Market em Nova York, só que em Atlanta. Eles subiram pelas rampas até um novo parque chamado BeltLine, que era exatamente como o High Line, em Nova York, só que também em Atlanta. Quando olharam para baixo, duas mulheres com um pesado sotaque sulista pediram para que Jeff Park lhes tirasse uma foto com o celular delas. Ele disse que seria um "prazerzão", seu próprio sotaque revertendo para como devia ser antes de ter suas arestas lapidadas por Cornell. As mulheres estavam vestindo muito pouca roupa, e eram quase bonitas. Uma delas, uma loira alta, estava com uma tala na perna, que Barry achou atraente por motivos que não foi capaz de precisar, mas a outra era mais jovem e tinha um sorriso bobo no rosto.

"Agora, aquela com a tala, ela é um exemplar clássico de uma branquinha sulista", disse Jeff Park, depois que as mulheres os deixaram.

"Então ela é o seu tipo!", disse Barry. "Vamos atrás delas? Você podia oferecer uma carona no seu carro. Elas vão adorar."

Jeff Park deu de ombros. "Sei lá", ele disse. "Melhor não." O sol estava se pondo e a umidade era desagradável, mas Barry queria mergulhar de cabeça na noite. Havia árvores e grama por todos os lados e, às vezes, um aglomerado de prédios aparecia no horizonte. Barry tinha contado pelo menos três horizontes diferentes na cidade até ali.

"Então", disse Jeff Park, "tem uma parte de mim que quer te perguntar. E eu sei que talvez esse não seja o seu assunto preferido." Barry achou que, de alguma forma, Jeff Park havia descoberto sobre Shiva e o seu diagnóstico. Ele não queria ter de mentir para o seu novo amigo.

"Pode mandar", disse Barry.

"Que diabos aconteceu com a Valupro?"

"Ah", disse Barry. "*Aquilo.*"

A Valupro, que descanse em paz, era a companhia farmacêutica pela qual Barry havia se apaixonado fazia muitos anos; na verdade, logo depois que Jeff Park foi demitido. Ele não fora o único, é claro, metade dos multimercadistas que ele conhecia também tinha ficado louca por ela, mas a ereção de Barry era mais vigorosa que a dos outros, e ela chegou a corresponder, a certa altura, a quase metade dos seus investimentos. A Valupro tinha grande valor em potencial, mas não para os seus consumidores, que veriam suas contas da farmácia explodindo se acabassem desenvolvendo alguma doença exótica e mortal no cóccix ou na genitália. Não, a empresa prometia altos *ganhos* aos seus acionistas, e a expressão "valor acionário" era a favorita de Barry.

"Nós somos uma nação de acionistas", ele tinha dito mais de uma vez a Seema, enquanto tentava articular sua própria versão do capitalismo, mais direto e compassivo. Uma vez, antes do diagnóstico, andando pela rua enquanto Novie empurrava o carrinho de Shiva, ele fez os dois pararem, apontou para algumas criaturas suarentas que emergiam de um braço local da Charles Schwab, e repetiu a expressão para Shiva, que estava sugando sua chupeta e não parecia nem um pouco preocupado com a questão de a nossa nação ser ou não de acionistas. Diversas vezes durante a sua viagem nos Greyhounds, Barry parou para pensar que, muito embora ele amasse profundamente seus colegas passageiros, ele não tinha plena confiança neles dentro de uma cabine de votação porque eles não eram acionistas. Eles não compreendiam a emoção, as dores e as *obrigações* envolvidas no ato de possuir uma parte do seu país.

De todo modo, a Valupro era comandada por um *nebbish* alcoólatra muito carismático chamado Sammy Yontif. "Espera aí, o que é um *nebbish*?", Jeff Park perguntou. Barry explicou que aquele era um termo em iídiche para designar um homem tímido e submisso. Seu pai odiava os *nebbishes* mais do que os *schnooks* ou *schnorrers*.

Yontif usava óculos de aro grosso, calças e *camisas* cargo, que escondiam melhor seus bolsões de gordura. Ele tinha muitos tiques e lembrava um pouco aquele professor de química de mau hálito que você não tinha como não amar quando estava no colégio se tivesse um pingo de generosidade no seu coração adolescente. "Você é um cara inteligente", Sammy Yontif tinha verbalizado, com seu bafo, na primeira vez em que se encontrou com Barry. "Você sabe muito bem o que é valor." Barry não era chamado de inteligente desde o ensino médio. Ele ficou intrigado e quis saber mais sobre o modelo de negócios da Valupro. "Este é o nosso modelo de negócios", disse Yontif. "Que se fodam os fatores de risco. Que se fodam. Nós não vamos curar o câncer, não vamos salvar o mundo. Nós vamos entregar valor para investidores como você."

Entregar valor significava comprar medicamentos de laboratórios estrangeiros por preços baixos e usá-los para fins de inversões fiscais. Barry adorou essa parte. Seu ódio pelo regime fiscal do nosso país era absoluto. Por que não pagar impostos na Irlanda, então? Ou por que pagar qualquer imposto, no fim das contas? Barry adorava o modo como Yontif não estava nem aí para as aparências, um *nebbish* gordinho e atrevido formado pela Rutgers que vestia uma camisa cargo e que provavelmente teria sido obrigado a se enforcar se tivesse estudado em Princeton. Ele, Seema, Yontif e sua suntuosa namorada croata tão gata quanto Seema passaram três dias juntos num iate na costa da Sardenha. O *nebbish* e a croata passaram o tempo todo consumindo engradados de prosecco e vomitando educadamente a estibordo. Seema, grávida de Shiva, não estava gostando nem um pouco daquilo e, em determinado momento, exigiu um helicóptero para escapar daquele massacre. "A base do meu negócio é o relacionamento", Barry sussurrava para ela o tempo todo.

O valor das ações da Valupro subiu vertiginosamente ao longo de todo aquele verão. O catari Ahmed parecia disposto até mesmo a chupar o pau de Barry. E então, tudo foi pro caralho. Alguém deu um berro. A maior parte dos lucros era uma ilusão baseada na compra de outras empresas aliadas ao uso de todas as manobras contábeis conhecidas pelo ser humano. Um *roll-up* nos moldes do que aconteceu com a Enron. A mídia e os políticos caíram em cima com a mesma velocidade que a Valupro subiu os preços de algum diurético milagroso, ou algo assim, e quando Barry se deu conta do que estava acontecendo, seu impetuoso amigo *nebbish* tinha se internado numa clínica de reabilitação com uma indenização compensatória de quinze milhões de dólares. Sandy, a gerente executiva de Barry, tinha conseguido o impossível e entrado em contato com ele por telefone dentro da clínica, mas o único som que ele emitiu foi a palavra "valor". Barry queria muito ficar do lado do seu amigo, um cara que tinha conquistado tanta coisa mesmo tendo tão pouco do ponto de vista social. Ele permaneceu firme em sua posição e, um mês depois, o preço das ações despencou de quinhentos para cinquenta. Um mês depois, a ação não existia mais.

"Eu nunca compraria ações da Valupro", disse Jeff Park. "Tinha muita coisa estranha com aquela empresa. Na verdade, pra ser sincero, eu operei vendido com ela."

"É mesmo?", disse Barry. "Pensei que todos os seus investimentos eram de longo prazo."

"Eu não pude evitar. Essa estava caindo de madura. Era o oposto de investimento em valor."

"Não vem dar uma de Warren Buffett pra cima de mim", disse Barry.

Os homens continuaram sua caminhada em silêncio. Estavam numa parte intensamente arborizada do BeltLine, onde os ruídos e as circunstâncias da vida urbana eram escassos, e por um segundo Barry se sentiu como se tivesse abandonado a humanidade por completo. "Posso te dar um conselho?", disse Barry. "Vindo de alguém mais velho?" Ele sabia que os chineses reverenciavam os mais velhos. Não foi por isso que Jeff Park havia se mudado para aquela cidade semissuburbana para ficar junto dos pais? "Você pode comprar um relógio melhor do que um Rolex Sky-Dweller. Parece que você tem um oligarca russo morto pendurado aí no seu pulso. Essa não é a imagem que alguém tão inteligente como você quer projetar."

Park deu uma gargalhada. "Ai", ele disse. "Parece que eu pisei num calo com essa história da Valupro. Desculpa, cara."

"Você sabe o que é um bem de Veblen?", perguntou Barry.

"Claro."

Aquilo era uma pena, já que Barry estava louco para explicar a ele. Por que estava sendo tão difícil ser o mentor daquele jovem esbelto? O mundo estava cheio de jovens Javons e Jeff Parks, imunes à sabedoria dos mais velhos. "Eu só estou dizendo que você deveria estar exibindo os seus gostos para aqueles que estão no seu nível. Não para uma branquinha sulista com a perna engessada."

"O que você tem no *seu* pulso?", Jeff perguntou.

"Este é um F.P. Journe Octa Automatique. Eles produzem novecentos relógios por ano. A Rolex produz cerca de um milhão."

Park segurou a mão de Barry pelo pulso e examinou o relógio. Suas mãos eram quentes e secas, exatamente como as de Seema. "Gostei do modo como os mostradores dourados de hora e de minuto ficam flutuando no espaço negativo à sua volta", ele disse. "Isso é muito legal."

"Valeu", disse Barry. Ele sorriu. "Você tem um gosto estético muito promissor."

"Acontece que aquelas branquinhas sulistas que a gente acabou de ver, elas sabem exatamente o que é um Rolex. Mas não teriam a menor ideia do que é esse seu relógio. Talvez elas até pensassem que você o comprou no aeroporto. Um Rolex desse tamanho, com esse peso, mal e mal sugere o tamanho das minhas ambições. Eu quero mostrar o quanto eu valho."

"Mas você deve ter, pelo menos, um Patek. Você recebe a revista deles."

"Eu tenho um 1518 perpetual em ouro rosé."

"Uau", Barry deu um suspiro. Um relógio raro como aquele provavelmente devia valer o mesmo que o apartamento de Jeff em Hotlanta. Ele queria muito estar feliz por aquele rapaz que o estava ajudando tanto no momento em que ele mais precisava. Mas, em vez disso, ele ficou com inveja. Sem esposa furiosa, sem filho autista, sem possível intimação, sem uma notificação de Wells no horizonte, apenas dois bons carros, um relógio na casa dos sete dígitos e tempo para ler quantos livros ele quisesse.

"Eu tenho uma interpretação diferente de toda essa história da Valupro", disse Jeff Park. Eles tinham dado a volta no parque e estavam retornando na direção do prédio industrial que agora funcionava como shopping. "Você ficou amigo de alguém que, no fim das contas, acabou se revelando uma má pessoa. E quando ele se deu mal, você ficou do lado dele."

"Sim, mas esse é o tipo de lição de vida que eu deveria ter aprendido quando estava no colégio", disse Barry.

"Vai por mim, perto de algumas pessoas que conheci ao longo dos anos, você não é nada ingênuo."

"Obrigado", disse Barry. "Obrigado pelo elogio." A Ferrari havia sido estacionada numa área VIP especial, e agora um rapaz estava indo buscá-la correndo. "Você não quer usar aquele 1518 pra eu ver amanhã?", perguntou Barry. "Eu adoraria vê-lo de perto."

Seguiram-se vários dias felizes. Barry estava gostando de compartilhar seus relógios com Jeff Park, e seu Patek 1518 de ouro rosé era realmente suntuoso. O mês e o dia da semana eram em francês, e o mostrador de fases da lua era tão bonito que parecia o primeiro desenho executado por um filho perfeito. Jeff Park também fazia o acompanhamento de seus relógios na forma de uma planilha do Excel, e ele e Barry passaram uma manhã comparando resultados. Os números de Barry não estavam bons. O Omega Seamaster/Railmaster da Força Aérea Paquistanesa tinha adiantado quatro segundos em vez dos tradicionais dois. O Patek 570 de ouro branco havia ganhado vinte segundos por dia, quase o dobro do habitual. Mas a nota realmente triste era o velho Tri-Compax. Ele tinha atrasado quase três minutos por dia. Talvez precisasse de uma troca de óleo, ou talvez só estivesse deslizando lentamente na direção de um coma. Ele podia usar o terminal da Bloomberg para procurar um bom relojoeiro em Atlanta, mas não sabia quanto tempo mais ficaria.

A verdade era que ele queria ficar ali para sempre. Mas tudo se resumia a dinheiro. Uma outra refeição como aquela de trezentos dólares que eles fizeram seria a sua ruína. Ele pesquisou algumas das posições do Este Lado do Capital no terminal da Bloomberg. Era um massacre. Qual seria o tamanho do rombo que aquela merda faria no seu patrimônio líquido pessoal? Caras prestes a falir costumam passar tudo para o nome da esposa, mas ele não podia fazer isso se pretendia se divorciar da sua.

Jeff Park havia emprestado a ele o seu outro carro, que era um Bentley qualquer coisa, informando-o de que o seu belíssimo interior em couro havia custado a vida de seis vacas. O troço todo tinha um tremendo cheiro de curral, e o pior de tudo é que o carro fazia cerca de quatro quilômetros por litro, de modo que Barry teve que desembolsar quarenta paus num Sunoco. Graças a Deus que existe gasolina barata. Por outro lado, sempre que ele estacionava em Atlanta, um jovem negro aparecia e fazia algum tipo de elogio ao carro antes de acondicioná-lo na seção VIP mais próxima. Ele também gostava de ficar ouvindo aquela música do OutKast na qual o vocalista (rapper?) pedia desculpas para a sra. Jackson por ser real demais. Esse era o tipo de informação que ele poderia usar num Greyhound para começar uma conversa.

Ele ficou tentando imaginar o que teria de fazer para se tornar mentor de Jeff Park novamente. Sandy havia dito que Akash Singh ainda o considerava um mentor, "quase um pai". Às vezes ele tirava seu Patek 570 e ficava percorrendo a gravação LÍDER DE HOMENS com a ponta do dedo. Talvez alguns daqueles caras realmente ainda acreditassem nele, apesar do fiasco com a Valupro. Ele tinha participado do crescimento deles no Goldman, depois os escolhera a dedo para montar uma equipe na Icarus Capital, de Joey Goldblatt, muitos anos antes de sair de lá para criar o seu Este Lado do Capital. Eles comiam juntos, iam à academia juntos, viajavam juntos e até mesmo satisfaziam seus desejos carnais juntos.

Na Icarus, Joey Goldblatt tinha um mapa de Manhattan com todas as casas de massagem claramente indicadas. O pessoal fazia muitos negócios no FlashDancers, e o próprio Barry não era imune aos encantos de uma stripper bem sórdida. Ele estava solteiro, afinal de contas. Mas ele detestava as casas de massagem. Houve uma noite em particular, quando ele estava com a sua equipe no Oriental Touch, ou no Seoul Cycle. O aspecto do local o devastou. Sua decoração consistia em uma imagem malfeita de algum tipo de ave asiática, talvez uma garça, estampada por cima de um corpo d'água, e um calendário da Korean Air. O calendário da companhia aérea era especialmente deprimente, porque o fez imaginar que aquelas garotas queriam muito voltar para suas casas e suas famílias. Ele não conseguia se lembrar do rosto da menina que lhe foi atribuída porque a maior parte dele estava coberto de maquiagem, mas não conseguiu ter um encontro físico com ela. Em vez disso, eles se deitaram, usando roupas íntimas, sobre um monte de toalhas em cima de um colchão, e ficaram olhando para um duto de ventilação. Conversaram sobre história da arte, que a mulher havia cursado numa das universidades menos renomadas de Seul. Ela deixou bem claro que, se você não faz parte do "primeiro time" na Coreia, você acaba daquele jeito. Ela lhe perguntou em que setor do mercado financeiro ele trabalhava. Ela recebia um monte de caras dos bancos europeus. Ela o aconselhou a colecionar as obras de Yayoi Kusama, curiosamente uma artista japonesa pela qual Joey Goldblatt era maluco. Ele devia vir muito aqui.

Os sessenta minutos combinados expiraram comportadamente, os dois deitados sobre as toalhas, em suas roupas de baixo. Era dolorosamente evidente o quanto aquela mulher não queria fazer sexo com ele. Não era assim, de jeito nenhum, que ele imaginava o livre mercado. Ele tentou não escutar seus colegas gozando nos quartos ao lado, sobretudo Akash Singh, que fazia muito, mas muito barulho. No dia seguinte ele reuniu sua equipe e disse que achava que ir a esse tipo de lugar não era bom para eles. Eles estavam prestes a conquistar o mundo! Um dia, cada um deles teria mais de dez bilhões em ativos sob gestão. Eles não precisavam de puteiros imundos. Sua equipe era composta por uma maioria de jogadores de lacrosse de Duke e Cornell, um pequeno grupo de aprendizes de tiranos muito simpáticos de Princeton e dois indianos da CalTech. Barry era, no máximo, cinco anos mais velho que eles, mas isso fazia muita diferença quando se lidava com pessoas tão jovens. Os rapazes ouviram seu conselho, e vários deles começaram a explorar o mundo das prostitutas de luxo e o novo universo do sexo pago burguês dos "*sugar daddies*".

Ao longo dos anos, Barry foi levando cada vez mais a sério suas habilidades de moralizador, afastando seus rapazes das namoradas de aluguel e os aproximando do mundo do colecionismo de relógios e das políticas republicanas moderadas. Ele os incentivava a sair com meninas oriundas das melhores faculdades para mulheres, atuando como uma espécie de casamenteiro, enquanto a sua própria cama permanecia gelada. Quando ele abriu o Este Lado do Capital, todos os rapazes já estavam casados, exceto o incorrigível Akash Singh. No primeiro aniversário do seu fundo multimercado, uma semana após a Autoridade de Investimento do Qatar assinar com eles, fazendo com que seus ativos sob gestão superassem os dois bilhões, os rapazes se juntaram para lhe dar de presente o Patek Calatrava com a gravação para a qual ele estava olhando naquele instante. Antes de Shiva nascer, aquele tinha sido o dia do qual ele mais se orgulhava em sua vida.

Barry não fazia sexo com Seema havia três meses. À noite, ele sonhava frequentemente com Layla. Num de seus sonhos, eles estavam numa agência da Wells Fargo, e ela estava completamente nua. O banco tinha um café nos fundos, onde ele e Layla estavam sentados, tomando drinques. As pessoas que passavam por eles com seus canhotos de depósito nem percebiam o corpo comprido e desnudo de Layla, o espaço imberbe acima de seu púbis, a penugem irretocável logo abaixo, seus seios pequenos, delicados, em forma de lágrimas. Sua nudez era exclusiva para Barry. Ela estava se entregando a ele. Ele beijou seus lábios secos e envolveu um seio quente com uma das mãos, e as pessoas simplesmente seguiam passando por eles a caminho dos caixas. Barry acordou num estado de excitação que ele não experimentava desde as suas primeiras noites com Seema. Sua boca estava lambuzada de desejo, e suas mãos tremiam.

Na noite em que Trump estava escalado para discursar na convenção, ele e Jeff Park pensaram em ir a algum lugar para assistir. "Seria divertido ir para Buckhead", disse Jeff. "Ficar olhando os branquelos ricos. Curtir uma com os republicanos."

Eles dirigiram por Buckhead na Ferrari California, ouvindo a música que pedia desculpas à sra. Jackson. Numa avenida movimentada, eles estacionaram em frente ao Beer Curve, onde uma placa proibia o uso de capuz, roupas largas e CALÇAS ABAIXO DA

CINTURA. "Parece bem racista", disse Jeff Park. Barry riu, curtindo muito aquela cumplicidade. Será que ele conseguia sequer se imaginar fazendo algo assim poucos dias atrás, quando ainda era o principal piloto de escrivaninha do seu escritório?

O bar era meio que uma espelunca e, graças às proibições do lado de fora, inteiramente branco. Havia homens brancos de todas as idades ali, alguns usando camisas cor-de-rosa que nem os caras do capital privado, outros, bonés de beisebol e calças amassadas ou de jeans ou da Dickies. Alguns haviam trazido suas mulheres, que pareciam, todas, a mesma mulher, tanto naquilo que as destacava quanto no que as fazia parecerem iguais. "Um brinde à diversidade", disse Jeff Park, e eles encostaram suas garrafas de Miller Lite. Barry entornou a sua goela abaixo. *Eu estou tomando uma Miller Lite!*

A garçonete tinha uns vinte e poucos anos e era linda de uma maneira que sugeria que talvez não tivesse plena consciência do quanto era linda. Seus olhos eram mais escuros do que os deliciosos chocolates da Maker's Mark que Barry havia encontrado na geladeira de Jeff Park, e sua pele era tão dourada quanto a de Barry. "Então, em quem você vai votar?", Jeff Park perguntou a ela, com seu Rolex Sky-Dweller de ouro rosé iluminando todo um pedaço do bar à sua volta.

A garçonete abriu sua linda boca. Barry achou que sabia qual seria a resposta. Mas ele estava enganado. "Eu *odeio* a Hillary Clinton", ela disse. "Simplesmente não confio nela."

"Pô, mas pera aí!", disse Jeff Park. "Trump."

"Do ponto de vista social, eu sou um pouquinho mais liberal", ela disse. "Mas o Trump vai devolver a economia ao lugar onde ela deveria estar. Os condomínios aqui estão sendo construídos muito devagar por causa do Obama."

Barry achou que aquilo era uma coisa muito estranha para se dizer. Não era como se ela estudasse em Emory ou algo assim. Ela era garçonete na porra de um bar racista. Como todo mundo, Barry também era fã da teoria do gotejamento, mas o que a construção de condomínios em Buckhead poderia ter qualquer coisa a ver com a vida daquela garota?

Um mendigo velho e imundo entrou no bar e disse alguma coisa em espanhol para a garçonete. Ele deu a ela um par de óculos escuros que, pelo jeito, tinha encontrado no estacionamento. "Você quer uma água ou uma Coca?", ela perguntou.

"Coca", ele resmungou, e depois imitou o gesto de fumar com a mão. Ela lhe deu um punhado de cigarros. Ele ficou lá por uns bons cinco minutos, saboreando sua Coca grátis, pontuando cada gole com um arroto que fazia seus olhos tremerem, e depois acendeu um cigarro com uma caixinha de fósforos molhada que levou outros cinco minutos para produzir uma faísca.

"Isso foi muito legal da sua parte", Jeff Park disse à garçonete.

"O Eduardo vem aqui o tempo todo", ela disse. "Ele costumava passar em todos os bares de Buckhead, e todo mundo o ajudava. Agora só eu ajudo."

"Viu só", Barry disse ao seu amigo, "esse é o problema dos Estados Unidos. Você nunca tem como saber quem é uma pessoa decente."

Os caras quiseram saber se tinha alguma coisa para comer naquele bar, e a garçonete entregou a eles um cardápio da Domino's Pizza. "Vocês têm que experimentar essa pizza de Philly Cheesesteak", ela disse. "Eu comeria isso todas as noites." Jeff Park disse alguma coisa sugerindo que ele gostaria de comer aquela pizza com ela todas as noites. Eles estavam flertando lindamente.

A maioria dos jovens no bar conversava sobre esportes e sobre os seus próprios feitos esportivos do passado, mas então um trio de camisas cor-de-rosa se destacou da multidão e se instalou perto da televisão, junto a Barry e Jeff Park. "Dá pra acreditar nesta eleição?", Park perguntou a eles. Ele não tinha nenhuma vergonha de falar com as pessoas. Será que aquilo era uma coisa natural ou ele havia passado sua infância praticando os seus *próprios* gestos amistosos? Um chinês na região Sul. Não deve ter sido nada fácil.

"Trump vai vencer de lavada", disse o líder dos camisas cor-de-rosa. Era o mesmo tipo de cara que tinha sido colega de faculdade de Barry, só que esse tinha nascido na Geórgia. "Todo mundo sabe que a Hillary é uma mentirosa. O pessoal lá em Ohio e na Pensilvânia, eles, com certeza, sabem."

"Estou de pleno acordo", disse Barry. "Redução de impostos e desburocratização, esse é o meu lance. Eu sempre votei nos republicanos, desde os meus dezoito anos. Acho que o Obama foi um pesadelo para este país. Mas eu sou de Nova York e, sinceramente, o Trump me assusta."

Assim que Barry concluiu a última frase, os camisas cor-de-rosa viraram as costas ao mesmo tempo e saíram do bar. Eles simplesmente saíram do lugar sem dizer uma única palavra. "Parabéns", disse Jeff Park. "Você assustou a Juventude Trumpista."

"Nunca ninguém tinha virado as costas e me deixado falando sozinho", disse Barry. "As pessoas dizem que eu sou o cara mais gente boa de Wall Street."

"Talvez seja melhor não anunciar que você é de Nova York e que o Trump te assusta de uma só vez." Jeff Park lançou um olhar sedutor para a garçonete, que trouxe outras duas Miller Lites para eles. A pizza de Philly Cheesesteak da Domino's chegou trazida por um cavalheiro negro grisalho que tinha dificuldades para respirar. Barry avançou nela com a mesma fome insaciável que agora conduziria o resto de sua vida. Nesses últimos dias, ele vinha preferindo comida salgada.

Trump apareceu. "Eu aceito humildemente", ele disse. Um bando de universitários republicanos hipsters se reuniu em volta de Barry e Jeff Park para celebrar sua indicação. Todos tinham barbas grossas e estavam ficando carecas. Barry ficou com medo de dizer qualquer coisa e ter de vê-los virando as costas para ele também. “Eu não vou votar na Hillary”, um deles disse para Jeff Park, que estava extraindo sutilmente suas opiniões. “Não tem nada a ver com ela ser uma mulher, é que ela provou que não é capaz de governar o país.”

“Do jeito que você falou, parece que tem *muito* a ver com ela ser uma mulher”, disse Jeff Park.

Quando Trump mencionou seu apoio “à grande nação de Israel”, o mais barbudo dos fãs de Trump disse, de forma sarcástica, “Bom, *isso* aí acaba de te garantir alguns votos”, e o resto do seu bando riu. Quem eram essas pessoas ao seu redor?, Barry se perguntou. Garçonetes que dão Coca-Colas de graça a mexicanos itinerantes, mas que pretendem votar num cara que faria piadas com seu filho indiano deficiente?

A convenção acabou, e os apoiadores hipsters de Trump saíram para “dar um *up* na noite” em algum outro lugar. Barry bebia melancolicamente. O bar agora estava cheio de um monte de caras de bermudas cargo segurando suas cervejas em ângulos estranhos e garotas vestindo shortinhos jeans. Uma barata gigante passou rastejando. Aquela parte de Buckhead era, ao mesmo tempo, rica e pé de chinelo. A banda parecia aqueles dois brancos cabeludos do ZZ Top. Eles estavam cantando uma versão rock ‘n’ roll de uma canção que Barry tinha acabado de ouvir. Era “Ms. Jackson”, do OutKast. “Primeiro, Melania passa a mão no discurso da Michelle Obama”, disse Jeff Park, “e agora isso.”

Mais uma vez, Barry se sentiu imerso num tédio generalizado, o tédio de um país marcial sem uma guerra de verdade. Não era isso que Trump estava prometendo aos seus seguidores? Um conflito aberto de sua escolha?

“Estou deprimido”, Barry admitiu.

“Vamos voltar pra minha casa e beber alguma coisa”, disse Jeff Park.

Eles saíram do bar para entrar na noite, que recendia a pizza ruim e gasolina. Quando chegaram à Ferrari, um universitário bêbado com o boné virado para trás os abordou. "Eu te dou quarenta dólares se você me deixar dar uma volta na quadra", ele disse a Jeff Park. Sua namorada branquinha sulista produzia sons parecidos com os de uma pomba ao seu lado.

O cara tinha chegado a puxar as duas notas de vinte. Jeff Park deu um sorriso triste e balançou a cabeça. "Não preciso", ele disse.

"Isso eu tô *vendo*", disse o universitário bêbado, gesticulando na direção da Ferrari. Eles foram embora sem maiores problemas.

Barry e Jeff Park dirigiam na direção de Midtown. Jeff Park estava em silêncio. "Tudo bem?", Barry perguntou.

"Aquele cara simplesmente ficou comendo meu carro com os olhos na frente da namorada. Eu não era uma ameaça para ele, porque eu sou um asiático."

Barry levou um tempinho para processar aquela declaração.

"Nesta cidade, ou você é branco ou você é preto", disse Jeff Park.

Barry disse algumas coisas positivas sobre a masculinidade inerente de Jeff Park e sobre o seu carro. Durante um bom tempo, ele não teve nenhuma resposta. "Esse troço costumava atingir sua velocidade máxima em catorze segundos", finalmente Jeff Park disse, "mas agora leva dezoito. Nada funciona direito."

Barry arrotou mais um pouco de pizza e cerveja e depois esticou o braço e pôs a mão no ombro de Jeff Park. Ele quase acrescentou: *Vai dar tudo certo*, mas achou melhor deixar que o gesto falasse por si só. O ombro de Jeff Park se moveu de forma nada sutil sob a sua mão, fazendo o tecido de sua camisa escorregar para longe do seu alcance. Barry deveria ter tentado fazer uma de suas massagens atléticas amistosas, igual àquela que os caras do escritório costumavam fazer em parte pra tirar um sarro e, em parte, porque aquilo era *bom*, mas agora era tarde. Eles dirigiram em silêncio pelo resto do caminho.

De volta ao apartamento, Barry pegou copos e uísque na estação de bebidas para preparar algo para que ambos "tirassem o gosto daquela Miller Lite da boca".

"Pode ir em frente", disse Jeff Park. "Acho que vou encerrar por hoje."

"Sério?"

"A Gentex anunciou sua pré-comercialização. É a minha maior posição. Estou com ela o mês todo."

Em sua cama, Barry respirava pesado, sentindo o cheiro doce do Yamazaki à sua frente. Caralho, caralho, *caralho*. O que ele tinha feito? Mas talvez não tivesse sido o gesto de colocar a mão no ombro dele. Talvez tivesse sido aquele lance que aconteceu antes, o cara de boné de beisebol querendo dar uma volta em sua Ferrari por quarenta paus. Barry ficou repassando várias vezes na cabeça tudo que tinha acontecido. Ahmed tinha posto a mão dele no seu ombro muitas vezes. Aquele mexicano havia colocado sua *cabeça* caolha no seu ombro, e ele não tinha se afastado. Aquilo não significava nada, na verdade. Não mesmo. Absolutamente nada. Ele só gostava de ficar perto do seu amigo.

Era de manhã cedo. Chovia. Os pináculos e parapeitos dos prédios de Midtown pareciam ter adquirido ares góticos em meio àquele clima sombrio. Barry veio arrastando sua tristeza junto com ele. "Acho que é hora de ir embora", ele disse.

Jeff Park estava comendo nozes e tomando um *macchiato* de café da manhã. "Beleza", ele disse.

"Tenho que ir para El Paso. Visitar uma velha amiga. Uma ex-*namorada*."

Jeff Park sorriu. "Boa sorte na sua jornada."

Barry sentou-se no balcão. "Isso vai ser meio constrangedor", ele disse. Jeff Park engoliu uma noz fazendo muito barulho. "Eu vou precisar de um pequeno empréstimo para chegar até El Paso e passar os primeiros dias lá. Não tenho acesso aos meus fundos no momento. Uns dois mil, eu acho."

"Não posso fazer isso, Barry", disse Jeff Park.

Aquilo magoou Barry instantaneamente. "Por que não? Você me hospedou aqui todo esse tempo. É só um empréstimo."

"Você é bem-vindo na minha casa. Sempre será. Mas eu não posso te financiar."

"Quem está falando em financiar? São dois mil dólares. Quatro por cento do valor do seu Sky-Dweller. Acho que você está me dando sinais contraditórios."

Jeff Park olhou para o seu colo. "Você me demitiu, Barry", ele disse.

Ah, pronto, então era isso. Até que enfim.

"Não fui eu", disse Barry. "Foi o Akash Singh. Tudo naquele lugar só acontece por causa da porra do Akash Singh."

"Você estava lá. Você me convidou pra tomar um café da manhã no Casa Lever. E quando eu cheguei lá, eram só você e o advogado. E o que advogado disse? *Lamento, mas vamos ter de percorrer caminhos separados daqui por diante.*"

"Mas é assim que essas coisas são feitas. Essa é a... maneira legal."

"Você não disse uma palavra."

"Eu não podia dizer uma palavra."

"E eu via você quase como um mentor."

Barry suspirou. "Desculpa", ele disse. "Não foi nada pessoal. Eu queria ser seu mentor."

"Eu sei", disse Jeff Park. "E eu fodi com tudo. Eu ainda sonho com aquela planilha de Excel. Não estou querendo inventar desculpas. E isso também não é nada pessoal. Gosto de você, Barry." Os dois ficaram se olhando nos olhos, até que Barry os desviou.

"Eu sofri de verdade", disse Barry. "A maior parte do tempo. Isso não vale de nada?"

"'É preciso prestar atenção'", disse Jeff Park.

"O quê?"

"*A morte do caixeiro-viajante.*"

"Agora não", disse Barry.

"Eu só queria que você tivesse sido direto comigo", disse Jeff Park.

"Como assim?"

"Você está sem nenhum cartão de crédito. Está sem celular. Viajou num ônibus pra poder pagar pela sua passagem em dinheiro. Isso é por causa daquele negócio da GastroLux? Digo, você foi intimado? Você já recebeu sua notificação de Wells?"

"Não foi por causa disso." Barry queria chorar. "Eu não fiz nada de errado." Ele pensou, por um instante, com raiva, naquele iate na costa da Sardenha. No *nebbish*. Na porra daquele *nebbish*. O que foi que ele disse? Que tudo apontava para ele. Agora, mesmo se o *nebbish* tivesse dito alguma coisa, e mesmo que o fundo de Barry tivesse negociado com base naquelas "informações materiais não públicas", onde estavam as provas? Vários fundos tinham operado vendidos na GastroLux. Era simplesmente a ação mais perfeita da história para isso.

"Falando sério, eu não dou a mínima para a GastroLux", disse Jeff Park. "Muito embora o seu departamento de conformidade sempre tenha sido uma piada."

"É uma caça às bruxas", disse Barry. "Eles estão indo atrás de todo mundo que ganha dinheiro. De todo mundo que tem amigos."

"Meu pai estava tomando hidroandetona. O diurético. Na verdade, ele não pode ficar sem."

"Não entendi."

"Valupro."

"Hã?"

"Um mês de remédio passou de trinta paus para setecentos assim que a Valupro comprou a empresa que produzia o medicamento." Jeff Park fez uma pausa, como se quisesse que ele gravasse bem aqueles números, mas Barry já os conhecia. Os preços subiram. Os acionistas lucraram. Que parte do "capitalismo" Jeff Park não entendia?

"Eu tenho dinheiro", disse Jeff. "Então meu pai não precisava se preocupar. Mas é assim que eu vejo pessoas como você. Sempre visualizo a mesma coisa. Começo com uma fileira de casas de classe média, que nem a casa em que o meu pai mora. E aí eu vejo você. Você vai de casa em casa, de família em família, e pega o dinheiro de suas carteiras, de suas bolsas, debaixo das almofadas dos seus sofás, e enfia tudo nos seus bolsos, e quando seus bolsos estão cheios, você enfia dentro de uma sacola com o logotipo do seu fundo. Você não entra sorrateiramente. Não invade a casa. Você simplesmente entra na casa dessas pessoas como se elas fossem invisíveis e pega o dinheiro que elas ganharam. E aí volta pra sua casa e compra um relógio ou sei lá o quê."

"Diz o dono de um Patek 1518."

"Não estou dizendo que não tenho culpa também, mas tenho os meus limites. E sei quem eu sou."

"Olha", disse Barry, "isso é justamente o que estou tentando descobrir nesta jornada."

"Claro", disse Jeff Park. "E quando ela chegar ao fim, você vai poder contar essa história para as pessoas."

"Como assim?"

"Você vai poder contar a história de como, uma vez, você pegou um ônibus e atravessou o país. Vai poder contar essa sua 'jornada' para elas."

* * *

O Bentley entrou no mundo excitante do centro de Atlanta. Eles passaram pela Red Eye Bail Bonds e pela Atlanta DUI Academy. Um grupo de homens do lado de fora da rodoviária se encarava com o máximo de malícia. Para Barry, vários deles se pareciam com o rapper Snoop Doggy Dogg. "Tome cuidado", disse Jeff Park. "Essa rodoviária tem uma fama meio ruim."

Os homens do lado de dentro estavam falando sobre o carro. "Bentley!", eles gritavam.

"Espero que você encontre a sua branquinha sulista", disse Barry.

Jeff Park lhe ofereceu a mão, e Barry a apertou. "Você vai acabar melhor do que eu", disse Barry. Ele pegou sua mala de rodinhas e saiu do carro antes que Jeff pudesse dizer adeus.

8.
Pula, coelhinho

Seema estava pronta para a guerra. Toda a equipe estava reunida à sua volta, na mesa de jantar, suas anotações à mostra, seus telefones desligados, seus pés descalços sobre o piso ornamental. Duas terapeutas ocupacionais, uma fisioterapeuta e duas terapeutas comportamentais, além da superassistente social que as supervisionava. Tudo isso era pago pela prefeitura, por meio do seu programa de intervenção na primeira infância, um fato que ela mencionara a Barry inúmeras vezes, só para incitá-lo a chamar aquilo de socialismo. "Puta merda, pelo que *eu* pago de imposto, isso é o mínimo que nós merecemos", ele sempre dizia, mas o argumento dela era outro. O governo, a prefeitura, para ser mais exata, estava fornecendo os melhores cuidados possíveis para o seu filho.

Metade das cuidadoras de Shiva estavam elas mesmas grávidas, muito embora tivessem mais ou menos vinte e poucos anos. A maioria vinha de Uptown, Inwood, e de outros lugares mais distantes. Elas eram, todas, a simpatia em pessoa, a primeira de suas famílias a ingressar em faculdades e universidades, e elas davam muito duro no trabalho. Seema as havia reunido para que elas respondessem uma pergunta: como conduzir um encontro de Shiva com outra criança que *não* fazia parte do espectro? Elas debateram suas ideias. Um lugar silencioso. Uma grande oferta de biscoitos Goldfish, seus favoritos, aqueles sem o cheddar. Muitas pausas. Deixar "C é de comer" tocando no *repeat*.

Sentada na cabeceira da mesa, cercada por sua equipe, Seema ficou imaginando como poderia ter sido. Sócia de um escritório de advocacia de Midtown, flanqueada pelos outros sócios dos dois lados, uma nuvem pesada de café torrado pairando sobre uma mesa coberta de documentos.

"Será que faria sentido contar à outra mãe que Shiva está dentro do espectro? Estabelecer algumas regras básicas?" Isso quem disse foi Bianca, a terapeuta ocupacional, que era a preferida de Shiva.

Seema permaneceu em silêncio, apenas balançando a cabeça.

"Obviamente, a decisão é sua", disse Bianca. "É só que talvez isso facilitasse para o Shiva. E para você." A nova menina trouxe a *babka* de chocolate de uma padaria da Union Square que era o prazer secreto semanal de Seema e ofereceu para as terapeutas. A barriga de grávida de Bianca estava quase tão grande quanto a de Seema. Ela segurou Seema pelo cotovelo. "Vai dar tudo certo", ela disse. "O que quer que aconteça, vai ser uma experiência de aprendizado."

Seema sentiu um impulso que era mais comum em Barry, de lhe dar algum dinheiro pela sua gentileza. A primeira coisa que ele fez logo após sua primeira visita a Cornell ano passado tinha sido ligar para um respeitado pesquisador de Yale e convidá-lo a fazer uma visita a Shiva em casa, em troca de uma doação de duzentos mil dólares para sua fundação. O homem de Yale passou vinte minutos com Shiva e disse, basicamente, a mesma coisa que a mulher de Cornell, com ênfase na parte da *mulher*, havia dito. Shiva era muito autista. Na época, Seema achou que aquilo tinha sido um gesto de cuidado muito impressionante da parte de Barry, mas, lá pelas tantas, ela parou de pensar assim. Se ao menos ele pudesse amar o filho tanto quanto queria controlar sua própria dor. Ela se inclinou e abraçou Bianca, que estava lambendo os dedos cobertos de *babka* de chocolate. As duas riram de si mesmas, grávidas e famintas.

* * *

O encontro era no sábado. Luis, graças a Deus, havia se ausentado. Shiva foi vestido com a sua roupa favorita de caxemira macia, que não atiçava suas questões sensoriais. Ele ficou parado bem no meio da sala iluminada enquanto Novie e sua mãe exageravam muito na produção, deixando-o parecido com o almofadinha riquinho choramingão num filme dos anos 80. "Tão lindinho", disse Novie. "Um rapaz tão *bonito*. Diga, 'Muito obrigado, mamãe, por me dar roupas tão bonitas assim'." Que maneira estranha de Novie retroceder aos costumes do seu próprio país, onde realmente espera-se que as crianças agradeçam aos seus pais pelas coisas que elas têm.

Shiva recuava e gemia de leve toda vez que seu cabelo era delicadamente penteado para trás pela mãe, a palma de sua mão tocando de leve sua testa quente e dura. Ela sabia que não devia usar perfume quando estava perto do filho. O clima no quarto estava tenso. O olhar de Shiva estava fixo no ponteiro maior do relógio do edifício da Met Life, que logo esconderia o ponteiro menor. Quando isso aconteceu, e os dois ponteiros se tornaram um só, a criança soltou o ar.

Julianna trouxe a sua própria babá, que parecia uma velha comparada à vibrante Novie e àquele espírito serelepe que era Arturo. Enquanto as mulheres falavam timidamente sobre o calor do dia e Shiva seguia hipnotizado pelos ponteiros agora separados do relógio gigante, Arturo realizou uma breve exploração da sala, como se estivesse avaliando os tesouros contidos nela. "Mamãe, olha só!", ele gritou. "Eles têm *todos* os livros do Elefante e da Porquinha." Sua voz claríssima emanava ao redor de seu filho mudo. Uma frase completa. Com sujeito, predicado, a coisa toda.

"Não saia pegando as coisas dos outros, Turo", disse Julianna. "Pergunte para a sra. Cohen se você pode pegá-los."

"Por favor, me chame de Seema. E fique à vontade para pegar o que quiser."

"Eles têm *Será que eu divido o meu sorvete?*", Arturo berrou. Shiva se contorceu e liberou um rugido de alerta das suas profundezas.

"Ele dormiu muito mal hoje", Seema disse a Julianna. "Está meio sonolento. Não é, sr. Mau Humor?"

As babás filipinas ficaram no canto da sala, observando a ação se desenrolar, uma avaliando cuidadosamente a outra.

"Por que você não lê o Elefante e a Porquinha com o Shiva?", disse Julianna. Sua voz tinha um tom autoritário, embora gentil. Será que essa era a sua voz de médica, muito embora ela provavelmente fosse aquele tipo de médico que não tem pacientes? "O Shiva é o seu novo amiguinho", disse Julianna.

"Bom", disse Seema. "Acho que nessa idade eles ainda estão mais na fase da brincadeira paralela."

Arturo fez um círculo andando em volta de Shiva e por fim parou a mais ou menos trinta centímetros dele. Ficou olhando para Shiva de uma maneira que fez a palavra "inspeção" brotar na cabeça de Seema. Aquilo a lembrou da maneira como Luis olhava para ela. Três anos de idade e ele já estava cheio de traços negativos herdados do pai. "Oi, Shiva", disse Arturo. Ele acenou a mão de forma profissional. E então, usando uma voz toda bonitinha e exageradamente açucarada, "Você quer ler *Será que eu divido o meu sorvete?* comigo?".

Shiva emitiu outro grunhido de suas profundezas. Novie, alarmada, precisou conter o impulso de correr em sua direção. "Que fofinho", disse Julianna. Ela puxou o celular e começou a tirar uma série de fotos do seu filho gesticulando na frente do imóvel Shiva. A música "C é de comer", da *Vila Sésamo*, terminou e recomeçou mais uma vez.

"Bota na próxima música!", Arturo gritou. "D é de delicioso!"

"Psiu, fala um pouquinho mais baixo", Seema aconselhou a criança simpática, mas era tarde demais. O ruído interno de Shiva havia aumentado. E então, com a velocidade de um tigre acuado, ele se jogou sobre o filho de Luis e conseguiu derrubá-lo de costas no chão, antes que Novie pudesse saltar para impedi-lo. Shiva se livrou dos braços da babá, saiu correndo e bateu a cabeça numa parede que já havia sido maltratada muitas vezes por sua dor. Seema sentiu aquele impacto dentro do peito. Seu filho estava estendido no chão, e depois estava de pé novamente, e então ele foi com tudo na direção da parede mais uma vez.

Arturo chorava. Shiva olhava para o mundo com seus olhos escuros, aparentemente alheio ao sofrimento da outra criança, enquanto Novie aplicava uma compressa de gelo no seu novo galo. "Eu sinto muito", Seema dizia para Julianna e Arturo. "Ele não fez de propósito. Não fez mesmo."

"É verdade, Turo", disse Julianna. "Ele é um bom menino. Foi só um mal-entendido." Para Seema, ela disse, "Aquilo ali na prateleira é uma escova de pelo de crina de cavalo? Eu tenho um sobrinho em Hong Kong que usa uma dessas".

Seema fez que sim. Então pronto. Julianna *sabia* para que servia uma escova de pelo de crina de cavalo. E a sua primeira preocupação foi: Será que ela contaria para Luis? E a segunda: Será que era isso que ela queria esse tempo todo? Que alguém *soubesse*?

Julianna, agora com a escova em punho, ajoelhou-se ao lado de Shiva. A criança olhou para ela com um terror abjeto ou com um ódio profundo; era difícil dizer o quê. Ela começou a acariciar a parte de dentro de seus braços e, depois, a parte de trás de suas pernas com a escova, fazendo movimentos longos e aveludados. Seema estava lendo o livro do Elefante e da Porquinha para Arturo, usando sua voz mais agradável enquanto as babás orbitavam pela cena, confusas.

A postura profissional de Julianna como médica era impecável. Ela sabia que não devia segurar Shiva com força e, ao mesmo tempo, deixar bem claro para ele que ela estava ali. "O que você quer?", ela lhe perguntou, seguindo seu olhar até o relógio da Met Life. "Meio-dia e vinte", disse Julianna. Shiva fez um movimento com a cabeça. Ele estava concordando? Caralho, ele estava concordando com a cabeça? Aquilo era um gesto? Não, não pode ter sido. Seema nunca tinha conseguido extrair algo assim dele. As escovadas continuaram por vários minutos, e tanto Julianna quanto Seema começaram a emitir uma espécie de zumbido budista, *Ummmmmmmmmmmmmm*. Seema ficou lendo roboticamente um livro do Elefante e da Porquinha atrás do outro para Arturo. O Elefante neurótico, de óculos, comprava um sorvete, mas ele derretia antes que pudesse dividi-lo com a incontrolável Porquinha. O Elefante ficava preocupado porque a Porquinha agora tinha um novo amigo, e não seria mais a razão de sua existência. A Porquinha comprava um brinquedo, e o Elefante achava que o havia quebrado, e os dois ficavam bravos um com o outro e depois percebiam que a amizade era mais importante do que um brinquedo. Os dois animais expressavam toda uma gama de emoções, que Shiva deveria imitar, e que Arturo, de forma natural, às vezes até um pouco exagerada, reproduzia quando bem entendia. Apesar de ele e Shiva estarem em pontos opostos de uma sala muito grande, a paz e a tranquilidade logo foram estabelecidas.

"Aquilo é uma bola de pular?", Julianna perguntou para Shiva. A velocidade do seu *ummmmmmm* aumentou. "Você quer brincar um pouquinho?" Novie, querendo ser útil, trouxe rapidamente a bola para perto. Julianna pegou a criança nos braços. E ele deixou! Com a mesma docilidade amorosa que dispensava a Bianca, sua terapeuta ocupacional favorita, Shiva se deixou ser carregado pelo ar e, em seguida, depositado em cima da bola vermelha mágica. Devagar, Julianna começou a fazê-lo pular e, então, com uma voz surpreendentemente afinada, começou a cantar:

Pula, coelhinho, pula, pula, pula.
Pula coelhinho, pula, pula, pula.
Tão paradinho, ele está doentinho?
Não! Acorde, coelhinho!

Arturo, ao ouvir a canção, começou a fingir que também era um coelho, usando seus dedos para imitar os grandes dentes do bicho. Ele foi correndo na direção da mãe e de Shiva. "Eu quero pular na bola também!", ele gritou.

"Psiu", disse Julianna. "Vamos falar baixinho hoje. Pegue o coelhinho pelo braço e juntos vamos fazer ele pular." Shiva se contorceu um pouquinho quando a mão suada de Arturo tocou seu braço, mas o movimento do pulo era prazeroso demais para ser rejeitado. Sem querer fazer muito alarde, Seema chegou por trás e tocou o ombro do filho. *Pula, coelhinho, pula, pula, pula*, eles cantavam enquanto faziam o menino pular, as babás acompanhando com seus sotaques em staccato, Arturo sorrindo o mesmo sorriso que tinha trazido até a sua porta. Ele era um amorzinho. Ele não merecia a inveja de Seema. "Pula, coelhinho", ele sussurrava para Shiva. *Coelhinho.* Barry sempre chamou Shiva de seu coelhinho. Ela queria que ele estivesse aqui para poder ver aquilo. Era a primeira vez que ela estava odiando a sua ausência desde que ele tinha ido embora.

"Eu quero dar um abraço no Shiva!", disse Arturo, falando bem baixinho.

"Acho que ele vai gostar mais se você passar essa escova no braço e no pé dele", disse Julianna. Ela era, o quê, oito anos mais velha que Seema? Uma profissional. Uma mulher que curava a Zika. Quais eram os seus defeitos? Ela tinha expectativas muito altas para o filho. Se preocupava demais com ele. Queria muito que ele entrasse nas HYPMS, Harvard, Yale, sei lá.

Arturo estava dando risadinhas e passando a escova em Shiva. "Você é um coelhinho tão macio", ele disse. Seema mal podia acreditar que seu filho estava tão próximo de outra criança. Ela pegou seu celular e tirou algumas fotos para a equipe de intervenção.

Quando chegou a hora de ir embora, Novie ficou atrás para fazer Shiva pular um pouco mais sobre a bola, a fim de evitar que ele tivesse um surto. "Eu também quero uma bola que nem aquela", disse Arturo. "E os livros do Elefante e da Porquinha. E aquela escova!"

A parte sobre querer a escova terapêutica de Shiva deixou Seema triste. Mas tudo o que ela disse foi: "Você é bem-vindo para vir até aqui e brincar com Shiva sempre que quiser".

"Você tem um apartamento incrível", disse Julianna. "E um filho incrível também."

Seema não soube como responder. Ela encolheu os ombros. "Você me faz um favor?", ela disse. "Não conte para outras pessoas. Nem mesmo para o Luis."

"É claro", disse Julianna, muito embora Seema tenha duvidado dela imediatamente. Qual era o sentido de se casar se não fosse para fofocar antes de dormir? "Mas deixa eu te perguntar", disse Julianna, "você está recebendo todo o apoio necessário?"

"Ele faz quarenta horas de terapia por semana."

"Não quis dizer isso. Eu quis dizer da família, dos amigos." Seema quis dizer que aquilo não era da sua conta, mas seria infantil. "Porque, se você precisar de ajuda", disse a médica, "eu estou a uma viagem de elevador de distância."

Seema estava deitada em sua cama, todas as luzes apagadas, uma mão sobre os olhos. Ela deveria estar feliz. Shiva não tinha exatamente feito um "amigo", mesmo no significado da palavra para uma criança de três anos, mas um menino havia segurado seu braço e o ajudado a pular e, ainda por cima, quis pegar emprestado todas aquelas coisas tristes que ele tinha, como a escova e a bola.

Três dias antes, Luis tinha escorregado para dentro dela. Foi no Gramercy, um dia depois do almoço com Julianna naquele restaurante libanês. Ela mal pôde acreditar como ele era forte, provavelmente o homem mais forte com quem ela havia estado, a forma como ele segurou seus ombros contra a cama e disse, repetidas vezes, que a amava. "Posso gozar dentro?", ele sussurrou.

A resposta foi sim, mas ela implorou que ele continuasse por mais um ou dois minutos. Ela não estava prestes a ter um orgasmo, ela raramente gozava, a menos que estivesse só, mas aquela pressão sobre os seus ombros, seus braços, sua barriga, podia continuar para sempre. Quando saiu de dentro dela, ele se inclinou para assistir o seu sêmen escorrer para fora, o que era esquisito, mas Luis fazia um monte de coisas esquisitas. Ele a tocava suavemente, admirando seu trabalho. "Eu quero ter um filho com você", ele disse.

Havia um charme inesperado naquela declaração. Seema passou suavemente a mão no seu rosto com a barba por fazer. "Escuta", ela disse. "Eu estou grávida."

Ele não pareceu incomodado. "Barry, eu imagino", ele disse. "Óbvio, né?"

"Tudo bem", disse Luis. "Eu espero pela próxima chance dentro de nove meses. Ou quando der."

Ela riu. "Sério?"

"Eu não brinco em serviço. Meu esperma é latino e judeu. É gravidez instantânea."

Ele a escalou e começou a beijá-la de forma desesperada e dolorosa. "Mas pra você tudo bem eu já ter dois outros filhos?", ela perguntou.

"Eu gosto de crianças", ele disse. "Alguém sempre acaba tomando conta delas. Além do mais, você é uma mulher de recursos."

"Achei que você tinha dito que eu era uma 'mulher determinada'."

"Jesus, você não esquece de nada. Parece uma escritora."

"Eu escuto tudo que você diz. Porque, você sabe, eu te amo."

Seu período refratário era de menos de vinte minutos.

Seema abriu o cofre de relógios de Barry. Uma boa dúzia de movimentadores, cubos escuros feitos de *wengué*, uma madeira tropical, vibravam como se pertencessem a uma civilização avançada, rodopiando lentamente os relógios numa série de rotações e contrarrotações que os prendia numa cambalhota eterna. Uma vez, Barry havia comparado aquilo a uma unidade pré-natal. O seu maior tesouro era um Patek de platina com um calendário perpétuo, um relógio que Barry nunca usava, mas que reverenciava todo dia. Ele deveria, supostamente, indicar com precisão o dia da semana e a data do mês até o ano 2166. A única maneira de o relógio falhar seria se não recebesse corda com regularidade, fosse preso a um pulso em movimento ou sepultado dentro de um movimentador. Seema pegou o relógio e o colocou, com o mostrador virado para baixo, em cima da mesa de cabeceira de Barry. Dentro de aproximadamente setenta horas, o relógio perderia sua energia potencial elástica, sua marcha milagrosa rumo a 2166 se encerraria, e aquela quase eternidade deixaria de existir para Barry.

Seema inspirava e expirava, e inspirava e expirava com muita força, da maneira como fora instruída por um aplicativo de meditação que havia abandonado fazia alguns meses, porque a estava deixando mais ansiosa. Tá, e agora? Seema tinha feito uma nova amiga e estava dormindo com o marido dessa amiga. Seu filho deficiente tinha feito amizade com o filho da mulher, que também era filho do seu amante. Seu amante, que queria ter um filho com ela. Puta merda. Onde é que isso ia parar? E *caralho*, onde é que estava o Barry? Sua vida inteira tinha se baseado em planos concretos e agora ela estava no limbo. Ela fez um negócio muito doentio, e foi procurar por Layla Hayes no Facebook. Ela estava bem para uma velha branca, mas El Paso? E sem filhos? Era difícil acreditar que aquele espantalho maltrapilho era a alma gêmea intelectual de Barry.

Ela pegou seu celular e começou a pesquisar seus vídeos. Tinha um de Barry pegando Shiva no colo na chamada Suíte Beyoncé no Lenox Hill. Ele tinha no rosto um daqueles sorrisos de eu-não-acredito-que-a-vida-pode-ser-tão-boa que alguns dos seus ex-namorados judeus exibiam quando alguma coisa incrível acontecia com eles, tipo gabaritar a prova de admissão no mestrado ou receber o primeiro boquete de Seema. Tinha mais vídeos de Barry com Shiva no colo, amor e espanto iluminando seus olhos, e de Shiva arrotando deitado em cima da almofada em forma de *bagel* dos seus tempos de berçário. Mães de primeira viagem *meio que* já sabem o que vai acontecer, elas sentem aquilo em seus genes, mas os pais sempre parecem maravilhados e apavorados como o primeiro ser humano a contemplar uma aurora boreal ou a imensidão de um oceano. Quanto mais mergulhava no passado em seu celular, mais ela sabia o que encontraria. Sardenha. Pelo menos meia dúzia de vídeos daquela miserável viagem de iate, mas somente um fatídico. Bom, não há nada a se fazer quanto a isso agora. Estava além do seu alcance. Ela precisava aceitar a ideia do que aquele vídeo havia prenunciado: o fim de Barry. O fim de tudo. Raiva e medo rasgaram seu peito, mas também certa empolgação. Ela entrou nos seus Contatos e ligou para o número de sua mãe.

"Mamãe!", ela disse.

"Estou dirigindo, Seema." A voz de sua mãe foi captada por alguma torre triste de telefonia celular perdida no meio de uma floresta artificial às margens de uma autoestrada praticamente vazia em Ohio.

"Mamãe, o Shiva está muito doente!", disse Seema.

"O quê? O que foi que você disse?"

"Ele está muito doente, mamãe."

"Vou parar no acostamento." Ela percebeu que o sotaque de sua mãe foi ficando mais pesado à medida que a angústia da filha foi se tornando também a sua.

"Parei no acostamento, Seema. O que aconteceu com o Shiva?"

"Ele foi parar no hospital." Foi estranho contar aquela mentira, mas ela havia contado. "Alguma coisa nos pulmões."

"Estamos indo para aí", disse sua mãe. "Imediatamente!"

"Eu sinto saudades do papai dizendo '*Hut!*'", disse Seema.

"Quê? Do que você está falando? O que ele tem nos pulmões?"

Seema procurou se acalmar. Ela sentou na beirada da cama e permitiu que seu corpo se enrugasse até ficar parecido com o corpo velho e triste que Layla Hayes certamente tinha. "Foi alguma coisa com uma bactéria", ela disse, "mas agora ele já saiu do hospital."

"Ele estava no hospital e agora ele *saiu* do hospital? O que você está me dizendo? Não estou te entendendo. Está tudo bem com você?"

"Ele está bem. Vão fazer que ele fique bem. Vocês não precisam vir pra cá. Ele fez seu primeiro amigo." Talvez fosse isso que ela queria dizer para a mãe desde o início. Ela queria mandar todas aquelas fotos de Shiva e Arturo brincando para os seus pais.

E daí que Shiva estava pulando numa bola na maioria delas? Ele é uma criança de três anos, porra. Talvez ela pudesse apagar a escova de pelo de crina de cavalo no computador.

Os gritos de sua mãe estavam tão incompreensíveis àquela altura que Seema mal conseguia dizer se parte deles era em tâmil. "Eu quero ficar mais perto de você e do papai", Seema se pegou dizendo.

"Ora, mas é claro que você quer", gritou a mãe de Seema, do acostamento de uma estrada. "Isso não é normal, você morar tão longe. Nós só temos um neto. E a sua irmã..." Aquela linha de raciocínio poderia consumir outros três minutos, dando a Seema tempo suficiente para se recompor. "Então você agora quer que a gente se mude para Nova York?", sua mãe dizia. "Eu tenho uma vida *aqui*." Sua mãe era a imperatriz oficial da Índia no nordeste de Ohio. Não havia um casamento ou *puja* ao qual ela tivesse faltado nos últimos quarenta anos. Até os bengaleses e os guzerates a reverenciavam. "Ou você está querendo voltar pra casa? Você e o Barry terminaram?"

"O quê?", disse Seema. "De onde você tirou isso?"

"Ele não é tão inteligente quanto você. Beleza, você tentou um casamento, mas agora pode se divorciar. Você vai encontrar outra pessoa. Você é boa nisso."

"Mamãe, por favor."

"Você tem que nos mandar *todas* as anotações do hospital e dos médicos sobre essa coisa no pulmão do Shiva. E copia a Shilpa também. Não que ela tenha uma porcaria de uma internet lá no Nepal. Que filhas esquisitas eu tenho. O tempo todo é uma confusão. Mas o Shiva está bem, né?"

"Ah, mamãe", disse Seema. "Eu só queria que você dissesse alguma coisa legal agora."

"Tente ser uma filha melhor", disse sua mãe.

"Isso não foi uma coisa legal."

“Ser legal não é a minha especialidade. Ligue para o seu pai se você quer ouvir alguma coisa legal.”

“Você pode me dizer que me ama?”

“Isso você já deveria saber.”

“E se eu não sei? E se levei uma pancada na cabeça e estou com amnésia ou algo assim? Que nem naquele filme tâmil. Sei lá. Enfim.”

Seema ouviu sua mãe ligando o carro novamente. “Foi isso que aconteceu com você, Seema-*konde*? Porque isso explicaria muita coisa.”

“Foi isso que aconteceu comigo.”

“Então, beleza”, ela disse. “Então eu te amo.”

9. O mentor tarado

Eles passaram por uma placa que dizia BEM-VINDO AO LAR DOCE LAR ALABAMA escrito em letra cursiva dos anos 70 e, pouco tempo depois, se embrenharam pelas ruas do centro de uma cidade embelezada pela arquitetura art déco e desprovida da presença nociva de um mísero ser humano. Era Birmingham. Eles fizeram uma parada de meia hora, e Barry comprou um sanduíche de sorvete sabor Reese's Pieces. Suas reservas estavam baixas, mas ele não queria desmaiar de fome mais uma vez.

Ele estava em estado de turbulência. Sua esposa disse que ele não tinha imaginação. Seu governo queria colocá-lo na cadeia. E agora Jeff Park, um homem que ele pensou que era seu amigo, o acusava de roubar o dinheiro dos colchões das pessoas. Ninguém sabia quem ele era. *Ninguém*. Incompreendido, acusado, humilhado. Aos trinta anos, ele trabalhava dezoito horas por dia, cento e vinte horas por semana, para construir o seu negócio. E agora ele estava ali, num Greyhound, vestindo uma camiseta estampada com um tubarão-baleia de uma outra pessoa, com duzentos dólares na carteira. Mas tudo bem. Ele ia passar por isso. Seu segundo ato havia começado.

Novos passageiros embarcaram no ônibus. Um deles era diferente dos demais. Se a Greyhound um dia quisesse fazer propaganda de seus serviços, eles podiam usar um vídeo de quinze segundos dessa garota entrando naquele ônibus e se esticando para acomodar uma sacola da Puma no compartimento de bagagens. Ela era negra e seu cabelo era loiro. Estava vestindo uma calça jeans e uma regata preta, nada demais, mas tudo nela *vibrava* dentro daquele ambiente abafado, como se ela estivesse levando a própria juventude para dentro daquele ônibus. Ela era o ideal feminino de alegria e liberdade que os Estados Unidos tanto celebravam, só que na versão negra. Barry ficou lembrando dos estranhos que precisavam olhar duas, até três vezes para Seema, tentando entender o que ela era até se permitirem aceitar que ela era simplesmente linda.

Assim que ela embarcou, as pessoas pararam de resmungar umas com as outras ou ficaram com seus olhares perdidos a média distância. Agora todo mundo estava prestando atenção. Todo mundo estava se perguntando a mesma coisa: Onde ela ia sentar? Havia quatro ou cinco assentos vagos, dois ocupados por cavalheiros corpulentos e mais velhos e outros dois ao lado de homens em idade reprodutiva. O último era ao lado de Barry.

A jovem acomodou-se no assento ao seu lado, seu jeans azul-claro roçando suavemente o tecido áspero do banco do ônibus. Não apenas ela sorriu para Barry, como parecia que seu sorriso não tinha fim. Quem é que sorria num Greyhound?

Ele ficou tentando encontrar uma palavra para descrevê-la. Uma frestinha minúscula de pele entre o final do jeans e o começo da regata permitiu que ele visse a marca que as tiras de uma calcinha haviam deixado no contorno de seu quadril. Seus dentes eram profissionalmente brancos, e cada dedo era uma escultura. "Formosa", essa era a palavra. Quase atlética. Barry tentou se lembrar da garota negra na aula de Teoria dos Jogos em Princeton, aquela com quem ele sonhara quando sua relação com Layla desmoronou. Tinha nome de branca, algo como Brenda ou Wendy. Quando ela levantava a mão nas aulas durante os meses mais quentes, Barry tentava dar uma espiada em sua axila. Ele estava louco para escrever um conto sobre um banqueiro que se apaixonava por uma garota negra da periferia como seu trabalho final da aula de escrita criativa, mas Layla também estava naquela turma, então acabou sendo uma pastora branca.

Barry sabia que ele precisava mostrar seu valor imediatamente, tal como Jeff Park dissera. "Você quer usar a minha tomada?", ele perguntou.

"Obrigada", ela disse, e conectou seu telefone, que era um elegante iPhone, dos modelos mais recentes. "Eu sempre fico sem bateria." Sua voz era rouca e grave, um timbre sulista ancestral modulado pelo YouTube. Sim, ele a havia encontrado. Esta era a fantasia por trás de toda aquela jornada. Esqueça a mulher robusta que andava como um caranguejo. Esqueça o prato de carne de porco desfiada com feijão em conserva. *Esta* era a sua beira de estrada. *Esta* era a mulher que o entenderia. Ele precisava conversar com ela. Como ele faria amizade com ela?

Os homens começaram a castigar seus telefones. "Mano, cê não vai acreditar", um cara usando um moletom de capuz sentado do outro lado do corredor falou para o seu Galaxy, "mas a mina mais gostosa do mundo tá sentada bem do meu lado."

A garota fingiu não ter ouvido o elogio. Barry ficou pensando que ela deveria passar a maior parte de sua vida fingindo não ouvir elogios de homens como aquele. Quando ela se inclinou para plugar seu telefone na tomada de Barry, uma parte pequena e morna dela roçou o seu joelho. O cérebro de Barry tentou desesperadamente processar aquela informação. Nada daquilo estava acontecendo. "Vou cuidar pra não sair da tomada", ele sussurrou.

"Valeu", ela disse. Ela tinha o quê, uns vinte e poucos? "Você se importa se eu comer isso?" Ela tinha puxado uma caixa de Lunchables da Oscar Mayer.

"Claro que não", ele disse. Os Lunchables consistiam em pequenas rodelas pálidas de peito de peru ou presunto que você podia enrolar e colocar em cima de um biscoito, que também estava incluso na caixa. "Acho que eu comia isso quando era pequeno", Barry mentiu.

"Você quer?"

"Não, obrigado", ele disse. "Mas parece bom!"

A garota estava muito compenetrada em comer sua comida processada. "Mano, cê tinha que ver essa mina", o homem do outro lado do corredor estava dizendo para o seu telefone. "Ela é tipo puta merda. Ela tá comendo Lunchables agora."

Barry passou o dedo sobre o carregador do iPhone para se certificar de que ele ainda estava plugado. O que ele devia dizer a ela? De repente parecia que toda aquela viagem de Greyhound dependia de ele fazer aquilo direito. "Então, você estuda na universidade em Birmingham?", ele perguntou. Ele odiou o fato de ter parecido um velho perguntando aquilo.

"Eu tenho parentes lá", ela disse, mastigando. Ela cobriu a boca com uma das mãos, seu esmalte roxo e purpurinado. "Eu acabei de me formar."

"E qual a sua área de estudo?" Cada vez pior.

"Estudos do Lazer. Eu tenho um diploma da Grambling State."

"Que maravilha. E você está trabalhando na sua área?"

"Estou?", a garota disse aquilo como se fosse uma pergunta. "Eu trabalho no Marriott, em Jackson. No escritório, na real. Tipo, na contabilidade."

Ele estava suando e precisava muito fazer xixi. "E o que você acha de trabalhar nessa área?"

Barry finalmente entendeu o problema. Ele não falava com nenhuma pessoa negra desde a faculdade, e a sua indústria não empregava muitos afro-americanos. Suas conversas com a garota negra da aula de Teoria dos Jogos tinham se passado inteiramente em sua cabeça ou na tela do seu Macintosh Color Classic II. Por isso ele não conseguira estabelecer uma conexão real com Javon. Ele precisava relaxar. Precisava ser o cara mais gente boa daquele ônibus.

A garota parecia estar reagindo bem ao interesse dele pela sua prosperidade. "O problema de Jackson", ela disse, "é que é muito pequena."

"Arram", disse Barry. Ele nem sabia direito o que Jackson *era*, mas que sorte extrema que sua passagem tinha como destino justamente aquele lugar. Ele ficou pensando na melhor maneira de mencionar seu amor pela banda de rap OutKast.

"Eu preciso morar numa cidade maior", ela disse. "Dallas seria sensacional."

"Eu já estive em Dallas", disse Barry, o que queria dizer que esteve no Grand Hyatt DFW. "Eu também acho sensacional."

"Total", disse a garota. "Tem tanta gente e tanta coisa pra fazer."

"O aeroporto é enorme. Tem muitos voos, é conexão pra muito lugar."

"Nunca viajei de avião", disse a mulher, "mas quero muito um dia."

O coração de Barry se partiu. Vinte e poucos e ela nunca tinha viajado de avião. Ele ficou imaginando aquela gracinha sentada num NetJets rumo a Antígua ou a algum outro lugar bem especial. "Eu sou muito aventureira", ela disse. "Quero viajar pelo mundo. É, eu vou acabar viajando de avião algum dia."

"A gatinha quer viajar de avião, mano", o cara do outro lado do corredor estava narrando ao seu amigo.

Agora, tudo se encaixava. Ele podia ser o mentor dela. Ele quase havia sido o mentor de Jeff Park, e tinha tentado fazer o mesmo com Javon. Agora, vamos admitir, Javon era um traficante. Mas esta jovem tinha tudo. Era encantadora e inteligente e falava um inglês quase padrão. Ela só precisava ser resgatada do escritório do Marriott em Jackson e ser posta para trabalhar de verdade, em alguma coisa como marketing ou atendimento ao cliente. Ele conseguia imaginar aquela voz adocicada conversando com os idiotas do Sistema de Aposentadoria dos Funcionários do Estado de Louisiana. Ele nunca mais teria de se preocupar com ninguém do Sul resgatando mais nada.

"Viajar de avião é divertido", Barry concordou. "Mas também é divertido viajar de ônibus. Eu acho muito legal."

"Sim, mas o ônibus te coloca num outro estado de espírito", ela disse. "É muito relaxante. Você pode ficar olhando pela janela. Da última vez, conversei com uma mexicana que tinha um filho no Afeganistão. E uma vez conversei com um professor."

"Você quer trocar de lugar comigo?", Barry perguntou. "Pra ficar perto da janela?" Ele queria emparedá-la. Ficar com ela todinha para si. "Você também vai ficar mais perto da tomada."

"Você é muito legal", ela disse. "Mas eu consigo ver tudo daqui." Eles estavam passando por uma Waffle House.

"Eu sou Barry", disse Barry. Ele esticou a mão.

A mulher sorriu. "Minha mão tá toda engordurada." Ela abriu a bolsa e tirou um lencinho umedecido, enquanto comia mais um Lunchable. Limpou seus dedos meticulosamente e depois apertou a mão de Barry. Ele ficou com a impressão de que ela havia apertado por, pelo menos, uns três segundos a mais que o necessário. Cada centímetro quadrado dela estava mais quente do que o ar gelado do Greyhound à sua volta. "Eu sou a Brooklyn", ela disse.

"O nome dela é Brooklyn", disse o Mano, do outro lado do corredor.

"Que nome legal", disse Barry. "Seus pais se conheceram no Brooklyn?"

"Pra falar a verdade, nenhum de nós nunca foi pra lá", disse Brooklyn. "Mas está, tipo, no topo da minha lista. E você?"

"Bom", disse Barry. "Eu moro em Manhattan. Do outro lado do rio."

"Uau!", disse Brooklyn. Seus olhos eram de uma cor que ele nunca tinha visto, um pôr do sol acobreado sobre um enorme campo verde. "Eu nunca imaginei que ia conhecer alguém de Nova York um dia."

O negócio agora era todo na respiração. Era só respirar. Ele apertou a mão dela de uma forma afirmativa. O ar ao seu redor tinha cheiro de lenços umedecidos. "Trabalhando na indústria do turismo, claro que você conheceria", ele conseguiu dizer.

"Eu trabalho com contabilidade", ela relembrou. "Então, como é o Brooklyn? É uma loucura mesmo?"

Barry pensou na amiga de Seema, Tina ou Kina. "É *muito* louco lá", disse Barry. "As pessoas andam numas bicicletas antigas. E lá eu nunca sei direito o que as coisas são. Eles têm rosquinhas feitas de espaguete."

Brooklyn suspirou. "Eu tenho que admitir que nunca aprendi a andar de bicicleta", ela disse.

"É muito fácil", disse Barry. "Eu posso te ensinar em menos de dez minutos."

Brooklyn sorriu. "O Brooklyn é que nem aquele programa da HBO?"

"É exatamente como esse programa", ele disse.

"Ah", disse Brooklyn. "Acho que eu não saberia o que falar no meio daquelas garotas."

"Aquele pessoal é muito fraco", disse Barry. "Eles não são autênticos. Isso quer dizer que eles não são reais. *Você* é autêntica."

"Eu sei o que isso quer dizer", disse Brooklyn.

"Mas, enfim, você ia reinar no Brooklyn", disse Barry. "Vamos lá uma hora dessas. Tem muita coisa que eu posso te ensinar. Muita coisa sobre esse mundo que você acha muito interessante, que talvez possa até mesmo vir a ser útil. Você me lembra uma pessoa que eu conheci nessa viagem, lá em Baltimore. Você me lembra de mim mesmo quando eu era mais jovem. Você quer evoluir. Eu já fiz muita coisa na minha vida, gerei centenas de milhões, mas isso não foi o suficiente. Eu tenho esse amigo, o Joey Goldblatt, e eu disse a ele que se, quando a gente morrer, os nossos epitáfios disserem que a gente administrou fundos de altíssimo sucesso, então nós fracassamos. Tem muitas outras coisas no mundo além do dinheiro. Mas primeiro você precisa ter muito, muito dinheiro. Aí você pode começar a fazer todas as coisas que são realmente boas. Como ser mentor das pessoas."

Brooklyn ficou pensando naquilo. "Bom", ela disse. "Eu quero mesmo fazer sucesso. Não quero parecer que eu não sou cristã, mas quero mesmo ganhar uma grana. Tipo, ser bem-sucedida nos negócios."

O sistema de som despertou com um ruído. "Tuscaloosa", suspirou o motorista, como se tivesse tido seu coração partido por lá. "Parada de quinze minutos, Tuscaloosa." Ótimo, bem quando a conversa deles estava começando a fluir. Bem quando ela estava basicamente dizendo a ele que não se importaria de trabalhar no mercado financeiro. *Vai se foder, Greyhound.*

Brooklyn saiu na frente dele, sua bunda de brim mostrando o caminho, e Barry teve de se enfiar na frente do Mano para sair antes dele. "Pega leve", disse o Mano.

Eles tinham parado numa loja de conveniência da RaceWay que ficava exatamente na frente de um EasyMoney, um desses lugares para sacar dinheiro. Brooklyn se postou na frente da gôndola da Frito-Lay, parando em cada sabor e colocando um dedo inquisitivo em seu queixo. Ele escaneou rapidamente as gôndolas até encontrar alguma coisa especial para dar pra ela e por fim encontrou uma fileira de barras de cereal da Kind. Estranho eles terem todos os sabores aqui nesse fim de mundo.

Ela ia adorar aquilo. Ele procurou por ela dentro da loja, mas ela já tinha saído. Ele sentiu uma leve queimação nas narinas, um toque de desespero romântico e adolescente. Ele pegou a barra de chocolate meio amargo com sal marinho, pagou rapidamente por ela e voltou correndo à umidade da noite. Como era de esperar, Brooklyn estava conversando com o Mano, que comia um prato de frango ao mesmo tempo que, de alguma forma, fumava um cigarro. Assim como Brooklyn, o Mano também tinha cabelo loiro, mas ele estava trançado no formato de pequenos tocos, e o trabalho que tinham feito em seu cabelo parecia meio tosco e forçado. *Caipira*, pensou Barry, maldosamente. Ele poderia tentar se meter naquela conversa, porém, e se mais palavras idiotas saíssem de sua boca? Puxa, aquilo não era justo. Enquanto isso, a barra da Kind de três dólares e sessenta e nove, um pedaço significativo do seu patrimônio, estava derretendo de maneira uniforme por causa do calor. Ele decidiu entrar no ônibus e torcer para que Brooklyn tomasse a decisão correta e continuasse sentada ao seu lado.

Da janela, ele ficou observando Brooklyn e o Mano. De tempos em tempos ela gargalhava de forma espalhafatosa. Barry ficou desejando muito ser capaz de fazê-la gargalhar daquela maneira, em vez de ficar falando tão sério sobre o seu trabalho e a sua formação e suas perspectivas para a evolução pessoal. Mas era isso que um mentor fazia. O Mano estava fazendo umas coisas engraçadas, tipo dando uns ossos de galinha para um cachorro que veio andando lentamente do lugar dos caixas eletrônicos. Ele gostava mais da sua risada que da maneira como ela preenchia aqueles jeans.

O motorista do ônibus começou a gritar para todo mundo entrar no ônibus. Começou a rolar um monte de "sim, senhor" pra lá e pra cá. Brooklyn subiu as escadas com o Mano no seu encalço. Ele a pegou por um dos ombros e tentou desviá-la para o seu lado do corredor. Se Barry a perdesse para o seu rival, ele estava pensando em simplesmente sair desesperado daquele ônibus e se hospedar no motel mais barato que encontrasse em Tuscaloosa. Mas Brooklyn veio correndo para o seu lado. "Muito legal conversar com você", ela disse para o Mano.

Barry ficou com pena dele. O Mano se enterrou em seu assento e abriu seu telefone vagabundo. "Não, mano, ela ainda tá sentada com aquele maluco", ele disse. "A família dela é de Jefferson County. Homewood. Sim, eu falei do meu 4Runner pra ela."

"Ei, eu comprei uma coisa pra você!", ele disse. Ele mostrou a barrinha da Kind. "É isso que *todo mundo* come no Brooklyn."

"Quer dividir?", ela perguntou. "Chocolate e sal marinho."

"Parece que é muito saudável e emagrece", disse Barry.

Brooklyn abriu um pacote de batatinhas sabor cachorro-quente da Nathan's que ela havia acabado de comprar. "Isso também é do Brooklyn?", ela perguntou.

"Não", Barry disse, de forma muito severa. "Isso não é nada..."

"Autêntico", ela disse. Eles sorriram. Ela deu uma mordida na barrinha da Kind. "Hum", ela disse. "Supersalgada."

"Mas esse tipo de sal é bom", Barry garantiu. "Provavelmente é do Havaí ou algo assim."

"Você já foi para o Havaí?"

Barry assentiu modestamente com a cabeça. "Só para Molokai e para a Ilha Grande", ele disse. "E para Maui, claro. Kauai. Oahu. Deixa eu te perguntar uma coisa, onde você se imagina daqui a dez, ou vinte anos?"

"Acho que como gerente de hotel. Talvez no Dallas Marriott City Center. Meu primo trabalha lá. É lindo."

"Só isso?", disse Barry. Ele soube naquele momento que ela estava subestimando suas ambições. "Quer dizer, para alguém como você, o potencial é infinito."

Brooklyn olhou para os restos de sua barrinha. "Quem sabe, talvez, alguma coisa no mercado imobiliário", ela disse, timidamente.

Barry não estava abordando aquele tema com a estratégia correta. Ele queria associar a ela a imagem de que ela era uma pessoa extraordinária, mas provavelmente todo mundo fazia isso. Vindo de um cara dentro de um Greyhound, mesmo sendo alguém que alegava ter ganhado centenas de milhões de dólares, aquilo não era grande coisa. Seu iPhone tocou. Ela o atendeu com um sorriso no rosto. Barry ficou preocupado. "Oi, Treinador", ela disse. "Sim, estou no ônibus para Jackson. Sim, eu te ligo quando chegar. A Nicole está passando muito tempo confinada em casa com a mãe. Ela tem que ir pra escola ou arrumar um trabalho. Tem um site que te ensina como fazer um currículo. É muito simples. Ou eu posso ajudá-la no domingo depois da igreja. Não foi isso que eu quis dizer. Você sabe que me orgulho muito dela. Sim, Treinador, pode me escalar!" Ela riu durante um tempo. "Sim, também te amo", ela disse. Ela desligou e se virou para Barry. "Desculpe por todo esse barulho."

"Eu gosto de ver você falando", disse Barry. "Quem é o Treinador?"

"É o meu pai." Ela riu. "Acho que é meio bobo eu chamar ele assim." Barry não achava nem um pouco. Ele daria tudo para que Shiva o chamasse de Treinador algum dia. Que ele o chamasse de qualquer coisa, na verdade.

Ele havia se resignado pacificamente à ideia de apenas admirá-la. Ela era uma pessoa de verdade. Não tinha nada daquela "sofisticação" de Nova York. Não era de estranhar que Barry estivesse fugindo da cidade. Não era de estranhar que a maioria das mulheres que ele havia conhecido em bares da rua 57 para baixo olhasse para ele como se ele fosse o inimigo. Uma garota para quem ele havia olhado uma vez num bar em Bowery tinha chegado a lhe dizer: "Desculpe, mas eu estou me sentindo como se você estivesse ejaculando em mim com seus olhos". Brooklyn não tinha preconceitos. Queria ser gerente de hotel.

Queria morar em Dallas. Tinha um diploma em estudos do lazer. Ela chamava seu pai de Treinador, e eles riam juntos, sugerindo como eram boas suas relações familiares. Aqueles eram os sonhos e as ações de uma pessoa coerente. Ele estava ficando cada vez mais apaixonado.

Ela bocejou e encostou a cabeça no ombro dele. Brooklyn tinha um cheiro de damasco com uma nota almiscarada de fundo. Talvez fosse porque ela havia mencionado a igreja, mas ele se lembrou de um panfleto que alguns Adventistas do Sétimo Dia haviam deixado em sua casa na Little Neck Parkway antes que seu pai e Luna, a pastora inglesa, os expulsassem da propriedade de uma forma extremamente preconceituosa. Um leão e um cordeiro, deitados lado a lado, suas faces repletas de ternura.

Um relâmpago o despertou de seus devaneios. Embora eles continuassem aninhados no escuro, uma intensa tempestade havia começado. A estrada se iluminava com o farol alto dos carros que vinham pela outra pista. Ele esfregou o rosto em sua bochecha. Ela deu uma risadinha. Seus lábios tinham gosto de sal e da poeira da estrada. Ela recolheu a língua e falou no seu ouvido: "Minha boca está nojenta".

"Não está, não", ele disse, mas ela só o deixou beijar suas bochechas e seus lábios fechados, enquanto seu nariz explorava o resto do rosto dela. Ele torceu para a tempestade continuar, e para que a escuridão ao seu redor se intensificasse. Ele não conseguia ver o rosto dela, mas sabia que ela estava sorrindo. Uma fileira de motéis começou a surgir no horizonte, e a densidade de Waffle Houses aumentou, o que talvez significasse que eles estavam se aproximando de Jackson. "Seu nariz meio que parece com o do Jon Stewart", disse Brooklyn. "Seus olhos também. Muito embora o cabelo dele seja bem mais grisalho."

"Ah", disse Barry. "Uau. Obrigado."

"Legal você perguntar sobre meu trabalho e essas coisas", ela disse. "Meu pai sempre me fala pra eu procurar por rapazes que curtam meu intelecto."

"Eu sou *totalmente* fissurado nisso", disse Barry. "Toda mulher com quem eu já saí era superinteligente."

Brooklyn o olhou nos olhos. Ela passou o dedo indicador no contorno dos lábios dele. "E sabe o que mais?", ele disse depois que ela tirou o dedo de seus lábios. "Eu também venho de um lugar onde as pessoas não dão valor à ambição. Mas eu fui embora."

"Você abandonou sua família?"

"Só o meu pai. E a nossa relação não era saudável."

"Acho que só estou esperando por um bom motivo para ir embora também", ela disse. "Mas tem minha irmã e tudo o mais. Ela precisa de alguém pra cuidar dela."

Quando eles chegaram à estação, o Mano saiu rápido do ônibus, sem sequer olhar para eles. Eram quase dez horas. O motorista tinha acendido as luzes. Barry e Brooklyn se olharam um pouco constrangidos. Ela usou seu iPhone para arrumar um pouco o rosto. Ele desconectou seu iPhone da tomada e a ajudou a pegar sua sacola no compartimento de bagagens. Eles ficaram esperando que sua bagagem emergisse do porão do ônibus, a mala de rodinhas dele, cheia de relógios e contendo o coelhinho de brinquedo de Shiva, e as outras duas sacolas enormes dela, uma da Puma, a outra com uma estampa de leopardo. "Então, onde você recomenda que eu me hospede esta noite?", Barry perguntou.

"Ah, isso é facil! No Marriott! Fica a cinco minutos a pé daqui."

Ele vinha preparando o que ia dizer a ela, torcendo para que aquilo não acabasse com tudo. "Roubaram minha carteira em Atlanta", ele disse. "Então eu só tenho um pouco de dinheiro. E eu acho que você precisa de um cartão de crédito para se hospedar num lugar como o Marriott." Ele queria mostrar para ela que valorizava o seu trabalho. "Mas eu posso pagar, eu juro."

Brooklyn se inclinou em sua direção e lhe deu um beijo no rosto. "Eu dou um jeito pra você", ela disse. "Não precisa se preocupar."

De alguma forma, Barry conseguiu levar as três sacolas e sua própria mala de rodinhas até o hotel. Ele não estava indo tão mal para alguém de quarenta e três anos, apesar de não fazer exercícios há muito tempo. Uma névoa de início de noite circulava pelas esquinas desertas da cidade, conferindo uma atmosfera meio *noir* a tudo, como num daqueles quadros do Hopper para os quais Seema o havia obrigado a olhar durante uma recente viagem cultural de fim de semana, pretensamente romântica, que fizeram sozinhos. Jackson não fazia o menor sentido, como se os arquitetos e planejadores urbanos tivessem simplesmente escolhido tudo de forma aleatória. Prédios comerciais horrorosos ao lado de antigas joalherias em art déco. A maior parte da população devia estar nos subúrbios, ou seja lá onde elas se escondiam depois que o sol se punha, mas ainda havia pequenos bolsões habitacionais aqui e ali, uma casa noturna solitária, os sons do jazz saindo do saguão de um hotel. Idosos brancos ficaram olhando para Barry e Brooklyn pela janela decorada com neon de um restaurante, numa mistura de curiosidade e preocupação. Em que medida seria incomum para eles aquela visão de um judeu alto, e mais velho, e uma linda e jovem mulher negra, andando juntos pela rua à noite? As bandeiras do Mississippi penduradas do lado de fora dos prédios oficiais do governo exibiam o emblema confederado no seu canto superior esquerdo. O telefone de Brooklyn tocou mais uma vez. "Oi, Treinador. Então, eu vou sair com uns amigos esta noite. Talvez eu chegue tarde, talvez até durma lá com eles".

Barry mal podia acreditar no que estava acontecendo. Ele nem precisou fazer um longo discurso, como quando era mais jovem, ou na sua primeira vez com Seema. Mas como ele poderia conciliar a necessidade de tocar em Brooklyn com a de ser seu mentor? Será que ela tinha alguma experiência com caras da sua idade? Será que ele seria capaz de satisfazê-la?

O Marriott parecia um picador de gelo cravado no coração da cidade. Negros de terno e gravata atendiam brancos vestidos de forma muito mais simples no saguão do hotel. Brooklyn correu para trás do balcão, onde uma senhora mais velha, de óculos, não muito diferente da mãe de Layla em seu modo de vestir e compostura, falava ao telefone. Ela voltou trazendo a chave de um quarto e a sua sacola de leopardo. "Você é incrível", disse Barry. "Eu acerto tudo amanhã."

"Tchã-tchã-tchã-tchã!", disse Brooklyn ao abrir a porta do quarto deles. Ele notou que havia garrafas de água grátis e, quando abriu as cortinas, viu os contornos monumentais iluminados do domo do prédio do governo, que era uma coisa muito impressionante para um estado tão pequeno e pobre. Será que ele conseguiria viver ali? Seria capaz de começar de novo? Ele teve uma ereção. Envolveu Brooklyn nos braços, ficou sentindo seu calor. "Baby, vamos pedir serviço de quarto antes que eles encerrem, às onze", ela disse. Ele a pressionou contra a sua virilha, mas ela o empurrou enquanto dava um sorriso e lhe entregava o menu que estava em cima da mesinha de cabeceira. "Viajar de ônibus me dá fome", ela disse. "Pede as coxinhas de asa apimentadas com molho *ranch* e gorgonzola pra gente misturar. E o coquetel de camarão e duas Lazy Magnolias." A comida chegou muito rápido e custava sessenta dólares. Como diabos Barry pagaria por aquilo além do valor da diária?

Eles sentaram de pernas cruzadas numa das camas, comendo rapidamente e em silêncio. Brooklyn tinha deixado a TV num programa chamado *House Hunters*. Ela lambia os dedos após cada coxinha. Ele começou a beijá-la de novo assim que terminaram de comer. "Deixa eu escovar meus dentes, querido", ela disse.

Quando voltou do banheiro, ela tirou a regata, exibindo um sutiã de algodão branco muito simples. Sua pele estava riscada por uma celulite incipiente, especialmente ao redor dos seios. Ele adorou aquilo tudo, até mesmo a tatuagem de uma rosa acima do osso do quadril direito e a palavra ABENÇOADA acima do esquerdo. Aquela era a sua última chance. Ele podia desistir agora. Abandonar aquela história sem que ela fosse contada. Abrir a possibilidade para algo maior e mais belo. Imagine se ele tivesse ficado apenas amigo de Seema em vez de seu amante e marido. Imagine o quanto sua vida seria mais fácil agora.

Mas pensar em tudo aquilo não adiantou nada. Ele a puxou com força e apertou seu corpo contra o dela. "Meu Deus", ela disse.

Ele quis chupá-la, mas ela não deixou. "Vamos tentar assim", ela disse. Ela pegou a mão dele e a colocou com seguração na parte úmida, enquanto o continha gentilmente. Ninguém mais fazia sexo desde que inventaram a internet, mas tudo bem. Eles se beijaram bastante, e ele tentou enfiar seus dedos dentro dela. "Calma, calma", ela dizia às vezes, mostrando o que ele tinha de fazer, como se aquela fosse sua primeira vez. Brooklyn tinha gosto de pasta de dente por todo o corpo e, quando eles se encaixaram, os sons que ela produzia eram suaves e delicados, como se Barry fosse o responsável por toda a sua felicidade. Barry gozou com uma série de urros longos e teatrais, mas Brooklyn simplesmente deu uma tremidinha e depois parou.

Ele estava tonto pela paixão. Queria celebrar aquele momento ainda mais, mostrar-se *por inteiro* para Brooklyn. Ele foi até a sua mala e tirou de dentro dela os movimentadores de relógio e os relógios manuais.

"Você não me disse que era um vendedor!", disse Brooklyn.

Barry sorriu. "Não, não", ele disse. "Eu trabalho no mercado financeiro. Mas é que eu sou louco por relógios, então estou levando alguns deles pra viajar comigo."

Brooklyn avançou velozmente sobre a bagagem. O fato de uma mulher jovem e deslumbrante com sua genitália desnuda estar examinando seus relógios era, provavelmente, a melhor coisa que já havia acontecido com Barry. Todos os relógios nos Alpes Suíços estavam batendo por ele. Ele queria muito poder postar aquela foto no *WatchSavant*, seu site favorito sobre relógios, mas é claro que eles tinham normas de conduta. "Adorei este", disse Brooklyn, segurando as formas luminosas do F.P. Journe, talvez o mais bonito entre todos os relógios de Barry. "Você está economizando para comprar um Rolex?", ela perguntou.

Barry deu uma gargalhada. Mas, ainda assim, aquilo o incomodou. Ele poderia corrigi-la, explicar que o F.P. Journe e o Patek custavam, pelo menos, o triplo de um Rolex novo, em média. Ele queria que ela o respeitasse. "Esse relógio custa trinta mil dólares", ele disse.

"Tem bairros em Jackson onde você pode comprar tipo, uma casa, por esse valor", ela disse. Seu tom não era acusativo. "Ai, meu Deus, olha só pra isso!" Ela puxou a caixinha de surpresa de Shiva de dentro da mala e girou a manivela. A música feliz de Pedro Coelho preencheu o quarto. O coelho saltou de dentro da sua casa de metal segurando a cenoura laranja bem na frente dele. "Fofinho!", disse Brooklyn.

Barry ficou confuso. Quando ela enfiou o coelho de volta dentro da caixa e girou a manivela mais uma vez, ele ficou irritado. "Isso não é para você", ele disse. "Isso é um brinquedo."

Brooklyn olhou para ele com preocupação em seus olhos de cobre.

"É só que você pode quebrar." Ela pôs o coelho respeitosamente em sua mala, entre o Patek de ouro branco e o passaporte emitido em nome de Bernard Conte. Ela vestiu a calcinha.

"Desculpe", disse Barry. "O lance é que eu sou divorciado, mas tenho um filho. E eu queria dar isso pra ele um dia. Ou mandar pra ele."

"Você deve sentir saudades dele, estando sempre na estrada", disse Brooklyn. Barry deitou-se na cama e fez um gesto para ela se aproximar. Ela se deitou e ele pôs a cabeça dela sobre seu peito. Ficou passando a mão no seu cabelo loiro ondulado e desenhando oitos no seu ombro esquerdo lustroso.

Barry lembrou-se de quando ela disse que talvez quisesse trabalhar no mercado imobiliário. Ela também disse que não queria deixar sua família. E se depois que o Este Lado do Capital implodisse, ele começasse um novo fundo tendo ela como sua gerente executiva? Começar um fundo no Mississippi seria muito inesperado, só a cobertura da imprensa já seria incrível. Ele ficou imaginando a foto no *Journal*, talvez ele e Brooklyn de pé na frente de uma imponente mansão colonial sob a sombra de uma árvore de magnólia, com uma placa dizendo ABSALOM INVESTIMENTOS. E eles também poderiam tocar a sua Fundação de Relojoeiros Urbanos paralelamente.

Mas como ele seria o mentor dela depois disso? Como sentaria com ela e explicaria como a nossa economia funcionava depois que ela o havia visto pelado? Ele queria olhar para aquele seu rosto impecável, com sua expressão que flertava eternamente com uma espécie de satisfação tácita e inata, e dizer: "Um FII é um Fundo de Investimento Imobiliário. Ele lida com propriedades, mas se comporta muito mais como uma ação". Ele faria com que *House Hunters* parecesse coisa de criança.

Eles adormeceram rapidamente.

O sol o cegava quando ele acordou. Estava num quarto de hotel de classe média com uma garota sulista local deitada ao seu lado — como aquilo poderia ser mais perfeito? Ele se virou para lhe dar um beijo matinal, mas ela havia desaparecido.

Barry levantou-se rapidamente. Correu para o banheiro. Estava vazio. Abriu a porta do corredor e olhou para os lados. Ela não estava lá. Ele se deu conta imediatamente.

Seus relógios.

Sua mala não estava mais no canto do quarto onde ele a havia deixado despreocupadamente. *Sumiu.*

Seus relógios. O Tri-Compax que ele pretendia dar a Shiva. O coelhinho de brinquedo que faria a alegria do filho. A coisa toda tinha sido um golpe.

Ele pegou o telefone, sem saber para quem ligar. Ela tinha falado com uma mulher na recepção quando eles chegaram. Uma mulher branca, mais velha. Provavelmente ela estava envolvida naquela tramoia com Brooklyn. Ele ligaria para a polícia. Ele os processaria. Processaria aquele hotel. Muito embora Brooklyn talvez tivesse percebido que ele estava no meio de uma fuga. Sem cartões de crédito, um monte de relógios caros. *Merda!*

Ele estava prestes a apertar o botão para ligar para a recepção quando viu um bilhete sobre a mesa de cabeceira, escrito numa folha timbrada do Marriott. O cuidado naquela letra certamente significava que ela o havia escrito.

Querido Barry,

Foi tudo muito divertido e eu fiquei com a impressão de que aprendi muita coisa. Quando eu viajar de avião, tenho certeza de que vou me lembrar de você! Você disse que queria tentar fazer alguma coisa autêntica, então, se você ficar em Jackson, você devia dar um pulo no Big Apple Inn, que fica num bairro antigo chamado Farish. O sanduíche de orelha de porco deles é famoso. O pessoal da recepção pode fazer um mapa para você. E obrigada pela barrinha da Kind. Você é muito gentil. XOXO-XOXO Brooklyn. P.S. Eu pus a sua mala no armário e os relógios no cofre. A senha é 7291, que coincidentemente também é o meu aniversário. ☺

Barry sentiu o estômago embrulhar. Ele foi correndo até o armário. Sua mala de rodinhas estava empoleirada em cima de um suporte. Ele digitou a senha no cofre. Tirou seus relógios de dentro e fez uma fileira com eles em cima da mesa do hotel, da mesma forma como tinha visto Shiva organizando seus CDs e brinquedos. Viu o sol intenso do Mississippi refletido no acrílico e nos cristais de safira e se agachou para ouvir os cliques de seus movimentos, inspirando e expirando, a cada novo segundo.

Barry releu o bilhete. Afinal, o que aquilo queria dizer? Que eles tinham terminado? Por que ela lhe dissera a data de seu nascimento? Será que ela ainda queria que ele a ajudasse a entrar no mercado imobiliário? Ele ficou relendo aquilo várias vezes. Era uma estupidez prestar atenção justamente nisso, mas sua pontuação era perfeita, as vírgulas e tudo o mais. Ele tinha gerentes de portfólio que não eram capazes de redigir a porra de um e-mail.

Ele cheirou as mãos para ter a certeza de que ela era real. Em seguida, vestiu a camiseta do Aquário da Geórgia do Jeff Park e seus jeans, e desceu correndo até o térreo. Uma mulher usando óculos exageradamente grandes estava tomando conta da recepção. Ela tinha a pele clara e sardenta. "Você sabe onde a Brooklyn está?", ele lhe perguntou.

"Ela não trabalha nos fins de semana."

"Mas eu preciso encontrá-la. Pode me dar o telefone dela?"

"Não fornecemos esse tipo de informação, senhor."

Quando eles dizem "senhor", é fim de papo. Barry pegou uma caneta e um bloco. "Querida Brooklyn", ele escreveu,

Desculpe se eu fiz alguma coisa desagradável na noite passada. Eu não quis apressar você, se foi isso o que aconteceu. Eu sei que você é uma jovem muito inteligente e autêntica, e isso me atrai muito. Também sei que somos de mundos muito diferentes, mas acho que uma conexão como a nossa só acontece uma vez na vida. Eu não penso em você somente como alguém para transar. A transa foi realmente acidental. Aconteceu porque eu estava carente, e você é tão bonita. Eu quero ser o seu mentor. Quero te ensinar sobre fundos de investimento imobiliários. Quero te levar ao vulcão que fica na Ilha Grande, no Havaí. Tem muitas outras coisas que podemos compartilhar de uma maneira não sexualizada. Não há nada como pegar um barco particular em Nápoles e ficar olhando para as falésias de Capri ao longe. Porém, mais do que qualquer outra coisa, eu só quero ter a honra de te ajudar a atingir o sucesso no que quer que você decida fazer. Com carinho, Barry.

Bcohen@ThisSide.com

"Por favor", ele disse. "Se você a vir, diga para ela me mandar um e-mail imediatamente. Bom. Talvez eu não responda prontamente porque perdi meu telefone, mas..." Ele estava parecendo um maluco, ele sabia.

"É claro, *senhor*", disse a mulher, colocando naquela conversa o que pareceu ser um ponto-final. Ele estava terrivelmente ofegante. A camiseta do aquário estava grudada às suas costas apesar do ar-condicionado. "Você quer um copo d'água?", ela perguntou.

"É que ela é uma pessoa muito maravilhosa", ele disse.

"Todo mundo gosta muito dela aqui", a mulher concordou. Barry pensou em perguntar que igreja ela frequentava, mas em vez disso perguntou como chegar ao Big Apple Inn, o lugar que ela havia recomendado. Talvez ele pudesse almoçar mais cedo por lá. Um mapa foi desenhado e uma série de indicações atenciosas lhe foram oferecidas.

O bairro de Farish ficava a apenas uma quadra do centro. A rua principal parecia abandonada e arruinada como algumas partes de Havana que ele tinha visitado uma vez, num passeio de luxo por Cuba. Placas indicavam seu passado glorioso; ao que parece, Farish tinha feito pela vida dos negros no Mississippi o mesmo que Jackson Ward havia feito por Richmond.

O Big Apple Inn era a única coisa aberta na rua. Uma garota estava cuidando da grelha, e uma mulher corpulenta, que parecia ser parente da jovem, contava dinheiro. "Uma amiga me disse para pedir o sanduíche de orelha de porco daqui", disse Barry. As bancadas eram falsas, as cadeiras tinham um tom laranja dos anos 70, as paredes eram de plástico, e havia fios elétricos pendurados por toda parte, como se fosse uma trepadeira *kudzu*. Quanta lealdade seria necessária para ficar num lugar como aquele? "Vocês a conhecem?", ele perguntou. "O nome dela é Brooklyn."

Eles não a conheciam. "Ela me disse que gosta muito deste lugar", disse Barry.

"Medgar Evers tinha um escritório no andar de cima", disse a garota. Aquilo soou como o tipo de coisa que ela diria a um turista. Barry sabia que Evers era uma pessoa envolvida com o movimento dos direitos civis; uma das faculdades da CUNY tinha sido batizada em sua homenagem. Ele sentou numa cadeira laranja dura. Os judeus tinham alguma ligação com o Mississippi, mas ele não conseguia se lembrar qual era. A orelha de porco estava macia e quente e gelatinosa, e veio envolta num pãozinho adocicado. Sentiu-se como se estivesse comendo as dores de uma outra pessoa. Brooklyn lhe dera uma ideia superficial de quem ela era, ou, pelo menos, de onde ela vinha. Ela disse que algumas casas em Jackson custavam menos do que o seu relógio, e aquela, provavelmente, era uma delas. Talvez seu pai fosse o dono de algum pequeno negócio que ele pudesse ajudar. Ele nunca havia gostado do fato de Obama odiar as pessoas do mercado financeiro, mas tinha ficado levemente interessado na candidatura de Ben Carson, até que o cirurgião confundiu "Hamas" com "hummus". Ele tocou seu próprio rosto. Os arranhões feitos por Seema e pela babá haviam cicatrizado, formando pequenas crostas.

Era tão errado assim querer ajudar uma pessoa mais jovem? Ele nunca seria capaz de ensinar porra nenhuma a Shiva. O menino havia chutado seu peito nas poucas vezes que ele tentou abraçá-lo, acalmá-lo, educá-lo sobre o mundo da forma como todo animal era programado para ensinar sua prole. Seu pai o teria quebrado em pedacinhos se ele tivesse agido da mesma forma que Shiva, com ou sem diagnóstico. Barry repassou na cabeça a cena de uma família feliz que fez com que ele se enfiasse dentro de Seema sem camisinha ou acordo pré-nupcial: três crianças mestiças diante de uma fileira de pias da Duravit numa casa de campo, jogando água umas nas outras, alegremente. Mas ninguém queria que ele fosse seu pai ou seu amante. Ele tinha afugentado Brooklyn. E se Layla o rejeitasse também?

Já na rua, ele passou por um outdoor da Big Mama's Bail Bonding. Uma mulher loira que parecia uma versão mais velha de Brooklyn segurava um bebê com uma fita vermelha nos cabelos. Havia um telefone para ligar e a legenda ESTOU A CAMINHO, NENÉM. Uma igreja enorme e maltratada em formato triangular estava escondida atrás do outdoor. VINDE A MIM, dizia uma placa com o desenho de uma grande cruz vermelha. Barry seguiu a instrução. E se aquela fosse a igreja de Brooklyn? E se ele escutasse sua voz rezando? Quem sabe ele começaria a rezar também? Ele deu uma espiada lá dentro. Uma dúzia de idosas negras usando suas melhores roupas de domingo lançaram olhares confusos em sua direção, seus olhos piscando atrás de enormes óculos de armações douradas. Ele viu seu próprio reflexo na janela: um homem branco todo amarfanhado, com a barba por fazer, usando uma camiseta com estampa de um tubarão-baleia. Barry acenou para elas e voltou para a rua. Havia placas por toda parte, reafirmando a luta pelos direitos civis que tinha acontecido naquela área. Cidades negras em estados de maioria branca sempre tinham uma melancolia particular. Todas aquelas rotas clandestinas para a liberdade cobertas de pó. E se o nosso país nunca tivesse se recuperado disso?

Ele deixou Farish e voltou para o Marriott. A mesma mulher estava lá, na recepção. Ele provavelmente ficaria devendo, pelo menos, uns setenta dólares. Qual de seus relógios ele deixaria como garantia? "Aqui diz que a sua estada está paga", disse a mulher.

"Isso é impossível", ele disse. "Teve também um serviço de quarto."

"Está pago também."

"Foi a Brooklyn quem pagou por isso? Ela não devia ter feito uma coisa dessas. Eu estou muito sem graça."

A mulher deu de ombros. "Isso é tudo que eu sei, senhor", ela disse. Quando ela viu a expressão no rosto de Barry, acrescentou: "Eu vou entregar o seu bilhete a ela, prometo". Ele pegou sua mala de rodinhas e deu uma última olhada no quarto onde ela o havia tocado. Alguém tinha entrado lá e o arrumara com perfeição.

Depois que você faz um mau negócio, você precisa seguir em frente, e Jackson tinha sido um mau negócio. Tudo e todos ali lhe faziam mal, até mesmo aquele bando de miseráveis reunidos à espera pelo ônibus para Dallas, até mesmo o velho corcunda de colete verde que pôs sua mala de rodinhas dentro do ônibus. O mundo à sua volta tinha perdido o brilho, como se ele estivesse usando óculos escuros. O que ele havia prometido a ela naquele bilhete idiota? Capri? A Ilha Grande? *Ele* era a porra de uma ilha.

Pff, disse o ônibus. *Pff*. O sistema de som ligou, e foi solicitado aos passageiros que não bebessem nem falassem palavrões. "Em nome da Greyhound e em meu nome, eu gostaria de dizer muito obrigada", disse a motorista. Era uma mulher. Depois disso, a viagem começou. Um falcão planava sobre os campos, sua cabeça pendurada sobre os ombros, como se ele tivesse se esquecido de procurar uma presa. BIENVENUE EN LOUISIANE, dizia uma placa. O rio Mississippi se estendendo debaixo deles como um enorme lago marrom, nem mesmo os imponentes barcos-cassino conseguiam diminuir seu tamanho. Eles passaram por uma plantação de cana-de-açúcar muito verde, e Barry desviou o olhar. Ele estava sonhando com Brooklyn, sentindo o peso da sua respiração em sua clavícula enquanto ela dormia.

"O corpo de Josué, o corpo de Abraão." Uma voz alta o acordou. Ao contrário das viagens anteriores, havia meia dúzia de brancos neste ônibus. Alguns estavam de uniforme; outros eram caminhoneiros falando sobre terem deixado suas carretas numa cidade e agora estarem atravessando o país em busca de mais trabalho. A pessoa que falava sobre os corpos de Josué e Abraão estava sentada na frente de Barry. Ele tinha uma barbinha vagabunda que terminava antes de realmente começar, olhos azuis penetrantes e um cabelo cortado à máquina. Estava conversando com um outro jovem branco sentado do outro lado do corredor. Ambos usavam bermudas de brim e meias que iam até o tornozelo. "As pessoas falam que Deus é estranho e sinistro", disse o homem. "Eu? Eu odeio ignorância, de qualquer tipo. E se Jesus tivesse acreditado nas pessoas quando todo mundo dizia que ele era louco? E se Moisés tivesse feito isso? Ou os irmãos Wright? Você lê o *Breitbart* e o *InfoWars*? Eu estou pensando em entrar pra igreja. Gostaria de estudar para virar pastor. Tem como fazer um estágio lá?"

"Acho que sim", disse o cara do outro lado do corredor. "Acho que você pode ser auxiliar de um pastor e, depois de um tempo, eles te deixam pregar."

"Eu fiquei deprimido por um ano", prosseguiu o aspirante a pastor. "Eu queria morrer. Estava tomando metanfetamina, e aí entrei pro Exército e é onde eu estou agora. Vou ficar lá até onde der. Eu tenho um contrato com Deus sobre tudo que eu bebo e como. Existe uma diferença entre ser um escravo e um servo, e eu não sou um escravo." Barry notou uma tatuagem de fuzileiro naval no bíceps dele. Estar no Exército não era diferente de ser um fuzileiro? Ele ficou com a impressão de que o aprendiz de pastor não estava no Exército coisa nenhuma. "Eles estão tentando criar escravos, mas eu não sou escravo. Eles até falam com você como se você fosse um escravo."

"Sei bem como é isso", disse o homem do outro lado do corredor. Um negro baixinho de moletom com capuz estava sentado entre ele e o aprendiz de pastor. Ele dormia profundamente enquanto os brancos conversavam à sua volta.

"Você lê o *Breitbart* ou o *InfoWars*? As coisas estão mudando. Mike Pence é um bom homem. Ele sabe que tem coisa grande vindo aí. Foi por isso que eles pregaram os judeus em cruzes. Foi por isso que Maomé foi assassinado, porque ele não foi capaz de aceitar Jesus Cristo de forma permanente. Ele foi assim sua vida inteira. Chamam isso de obstinado."

Barry se deu conta de que o homem agora olhava para ele. E também que ele era judeu. Ele não havia pensado sobre ser judeu desde que estava no colégio. Mas agora estava pensando. O pastor tinha uma faquinha de caçador presa ao cinto, com sua lâmina serrilhada exposta, brilhando. "Todas as coisas contribuem para o bem daqueles que amam a Deus. Você crê na Bíblia?"

"Sim!", disse o outro homem.

"As pessoas podem mudar seus pontos de vista, até mesmo os judeus."

Outra tempestade havia começado, e o ônibus estava aquaplanando. Barry olhava pela janela. "Nós só temos pontos de vista diferentes no que diz respeito a quem era o Messias", dizia o homem, tanto para Barry quanto para o seu amigo do outro lado do corredor. Um grupo de homens de meias até o tornozelo e bermudas sentados nos assentos à sua volta também estava meio que escutando aquela conversa e meio que falando sobre suas exaustivas jornadas de trabalho. "Mas por que Deus acharia necessário que Jesus voltasse se ninguém precisasse mudar? Esse também vai ser o verão da mudança. Os anjos estão observando. Ele vai voltar. Uma última vez. Talvez ele já até esteja por aqui."

A chuva se transformou em sol, e os carros na rodovia produziam arco-íris nos rastros de óleo que deixavam para trás. O ônibus pegou um desvio na direção de um campus cheio de prédios de concreto. A GRAMBLING STATE UNIVERSITY DÁ AS BOAS-VINDAS À TERRA DOS TIGRES, dizia uma placa. Era uma faculdade negra. O campus estava meio vazio porque era verão, mas homens e mulheres muito atraentes ainda andavam apressados no calor, a chuva recente espalhando um pouco de alegria entre os prédios empoeirados. Alguns usavam camisetas engraçadas: 0% IRLANDÊS, dizia uma delas. Barry sentiu saudades de alguma coisa. E então, ele entendeu por quê.

Grambling State. Era onde Brooklyn havia estudado. Brooklyn tinha sido uma daquelas alunas.

Os dois homens brancos estavam observando tudo com os olhos apertados. Seus amigos nos outros assentos também haviam se calado. Um deles produziu um som de apito grave, como se estivesse tentando remover algo de entre os dentes.

"Olha pra isso", disse o aprendiz de pastor. "Olha só pra isso."

"Eles devem ter o seu próprio departamento de polícia", disse o homem do outro lado do corredor. "Certamente eles precisam. E aposto que é formado por brancos. Eles não podem policiar a si próprios."

Barry sentiu-se começar a levantar do assento. Não, ele não se exercitava havia muito tempo, mas ainda tinha bastante força nos ombros e braços. Ele não tinha uma faca atravessada no cinto, mas ainda podia causar um estrago. Você não administra 2,4 bilhões em ativos sob gestão se não tiver a capacidade de virar o mundo de cabeça pra baixo.

"Mas tudo bem", disse o aprendiz de pastor, com a voz alta o suficiente para chegar até o fundo do ônibus, embora impregnada da serenidade característica de uma autoridade. "Tá tudo certo. Eles têm as suas próprias universidades e, um dia, nós também teremos as nossas." *Nossas? Universidades brancas? Como ele achava que a maioria dos campi eram?* Barry ainda estava em sua posição meio erguida. Os negros dentro do ônibus estavam olhando pela janela e fazendo de conta que o pastor não estava lá. Eles eram a maioria dos passageiros, mas tiveram o bom senso de não tomar nenhuma atitude. O que Barry poderia fazer? Será que poderia se vingar por eles? Por *ela*? O pastor parecia tão simpático, apesar da faca no cinto.

Ele não pode vencer, Barry pensou. *Por Shiva. Por Seema. Por Brooklyn. Não pode.*

Barry se sentou. Ele era de Manhattan. Ele entendia as consequências de seus atos. Ele não precisava que a polícia o arrastasse para fora daquele ônibus. Na verdade, ele precisava evitar todo tipo de conflito. Não eram só aqueles dois homens; eles tinham pelo menos outros quatro parceiros dentro do ônibus, uma pequena franquia do *Breitbart*. Na rodoviária, em Shreveport, um homem guzerate tinha lhe vendido um Novo Testamento para colorir por quatro dólares e noventa e nove. Seu estômago doía, mas as salsichas rosadas se revirando dentro de uma espécie de forno o deixaram com ânsia de vômito. Ele voltou para o ônibus. Em algum lugar, Brooklyn, o Treinador e o resto de sua família estavam sentados à mesa para fazer um jantar completo, uma ave suculenta, couve e inhame. E ele estava num ônibus cheio de racistas e sem nada para comer.

"Haverá um governo mundial", dizia o pastor com a faca. "Pesquise os nomes de George Soros e Paul Singer e você vai começar a entender." Barry havia conhecido os dois em jantares com investidores. Ambos eram judeus, assim como ele. Ele sabia que o pastor, agora, estava olhando diretamente para ele. Um dos seus melhores amigos na quinta série havia usado uma vez a expressão "vamos judiar dele", mas pediu desculpas imediatamente. Ele pegou seu Novo Testamento para colorir e abriu numa página que falava sobre Mateus cobrando impostos. "Senhor", perguntou o pastor. "Posso perguntar qual é a sua origem? Sem ofensas."

E se Barry lhe dissesse a verdade? Os olhos do pastor varreram os ombros de nadador de Barry de cima a baixo, avaliando seu tamanho. Ele se inclinou na direção do corredor, sua faca totalmente à vista. Barry viu tudo. A dor lancinante, as luzes estroboscópicas, o interrogatório da polícia no hospital público depois que os médicos terminassem de costurar seu rosto.

Senhor, por que o senhor não tem nenhum documento de identificação?

Minha carteira foi roubada.

Nós vamos precisar que o senhor nos acompanhe até a delegacia.

Mas eu sou a vítima aqui.

"Eu sou grego", Barry se pegou dizendo. "Grego ortodoxo." Ele levantou seu livro de colorir.

"Você é trabalhador?", perguntou o pastor. Barry conseguia sentir a empolgação do pastor, o quanto ele estava se divertindo com aquela situação.

"Eu limpo piscinas", disse Barry. "Tenho uma pequena empresa."

"Que bom", disse o pastor. "Que bom que você tem um negócio. Eu deveria ser um soldador, mas pra mim nunca deu certo. Um homem que tem um negócio jamais será um escravo."

"Amém", disse o homem do outro lado do corredor.

"Os gregos foram os progenitores dos europeus. Os gregos e os brancos são praticamente o mesmo povo. Você conhece essa palavra, 'progenitor'?" Agora ele estava pregando para os dois homens, lançando olhares penetrantes para os seus confrades.

"Não", disse Barry.

"Significa que eles começaram tudo. Zeus. Apolo. A Estrela--d'Alva. Jesus. É tudo a mesma coisa. Povos diferentes usaram nomes diferentes ao longo dos anos. Agora, deixa eu te dizer uma coisa, o motivo pelo qual comecei a usar drogas foi porque eu não conseguia ver o meu filho."

Do outro lado da janela, uma placa exageradamente grande dizia BEM-VINDO AO TEXAS. DIRIJA CORDIALMENTE — À MANEIRA TEXANA. E se eles soubessem, de alguma maneira, que ele era um judeu de Wall Street? A internet estava aí, à disposição deles. E se eles expulsassem Barry do ônibus bem ali? A ideia de estar no mesmo estado que Layla o acalmou, mas, ainda assim, eles estavam a mil e trezentos quilômetros de distância.

"Nos últimos três anos gastei cinquenta e um mil dólares em drogas. Eu me humulhei, roubei até mesmo das pessoas que eu amava, incluindo meu pai. Você tem ideia de como essas drogas são caras?" Barry ainda tinha a pedra de crack no bolso de sua calça. "Bom, eu também não tinha. Eu assisti a *Breaking Bad* e tudo o mais, mas é muito mais do que aquilo. São trezentos dólares por trinta gramas de heroína. A metanfetamina também não é barata. Vou te dizer o que acontece. Tem um negócio chamado endorfina. Mas o poder divino entra em sua vida, e depois numa outra vida, e no fim das contas, ele acaba mudando o mundo." Ele ficou olhando para eles como se precisasse de uma resposta.

"É isso aí", disse o homem do outro lado do corredor. O negro sentado ao seu lado tinha caído no sono mais uma vez, respirando lenta e suavemente, como se estivesse roçando a superfície de alguma coisa em seus sonhos.

"Foi isso que eu ouvi também", disse Barry. Ele tentou voltar para o seu Novo Testamento para colorir, mas aquela voz continuava a bombardeá-lo.

"Mas, enfim, eu fui parar na cadeia por uma coisa que não fiz. Eu simplesmente peguei no braço dela, disse pra ela não ir embora, e ficou um roxo. Eu fiquei preso oito dias. Meu pai pagou minha fiança. Fiquei sob observação, com risco de suicídio. Um crioulo me deu um soco." Barry se contorceu. "Comecei a gritar tão alto que *eu* fiquei com medo de mim mesmo. E aí conheci esse cara, ele tinha apenas vinte e dois anos, mas não era a sua primeira vez no xadrez, e ele me levou pra igreja com ele. Ele disse: 'Você tem que sair dessa vida'. Daí a mulher que eu *supostamente* agredi não compareceu ao tribunal. Eu nem faço ideia de onde o meu filho está."

Barry e o pastor agora olhavam um para o outro. Barry ficou com a impressão de que o homem queria tanto começar a chorar quanto lhe dar um soco. "Eu tenho um filho também", disse Barry. "E eu também não posso vê-lo. Minha mulher deixou de me amar, e eu perdi o meu filho."

O pastor esticou a mão e Barry a apertou. "Bom, lamento ouvir isso, meu amigo", ele disse. "Todos nós somos irmãos neste mundo." Alguma coisa naquela declaração dolorida de Barry o deixou desconcertado. Ele se ajeitou no seu assento e não disse mais nada pelo resto da viagem.

Barry estava agitado. O homem à sua frente precisava de uma terapia para controlar sua raiva e algum tipo de diploma de ensino técnico. Ele e os seus colegas de viagem tinham tão pouco, mas estavam dispostos a abrir mão de uma parte daquele "pouco" só para garantir que Brooklyn tivesse menos ainda.

O sol se pôs num rosa apocalíptico no horizonte texano, a luz vermelha do astro se infiltrando no negro das nuvens. Horas se passaram e logo eles estavam dentro da noite, aproximando-se do horizonte desesperadamente colorido de Dallas. Na rodoviária, ele ficou observando o pastor desaparecer dentro de uma picape escangalhada da Ram. A pessoa sentada no banco do motorista era um homem grisalho, usando um boné que dizia VETERANO DA GUERRA DO IRAQUE, talvez o pai que havia pagado a fiança para que ele saísse da cadeia. Eles não trocaram nenhuma palavra de cumprimento.

De manhã, Barry estava feliz por retornar ao ônibus, mas também receoso. Ele estava em busca de alguém para Layla, mas que pessoa era essa? Um empresário falido? Um homem que não conseguiu fechar um acordo com Jeff Park? Um marido infiel? Havia uma mulher trans à sua frente sem dinheiro para ir até San Francisco. Ela tomava sorvete e chorava. Mas, mesmo às lágrimas, ela sabia quem era.

O Texas continuou por doze horas, a maior parte delas sem nada digno de nota. O estado tinha precisado inventar sua própria grandeza. Havia crianças mexicanas à sua frente, maravilhadas com cada detalhe do cenário. "*Caballos!*", eles gritavam. "*Mira! Caballos!*"

Geradores eólicos, talvez mil deles, estavam agrupados em cima de um morro distante. Eles pareciam gigantes gentis, e as crianças certamente os viam daquela maneira. Uma delas, uma menina, começou a cantar "Old MacDonald" de uma forma trágica e monótona. Um diorama de algodão, petróleo e gado se desenrolava do outro lado da janela. Um balão gigante do Elvis estava pendurado no topo de uma revendedora da KIA. Eles pararam num Subway, e Barry comprou um sanduíche italiano grande, cheio de frios sedutores. O chão do banheiro estava coberto de baratas mortas. Ele comeu seu pão enquanto evitava encostar os pés no assoalho.

A topografia ao seu redor estava mudando. As colinas eram ocre. Vacas se aglomeravam ao redor de cercas elétricas. A vegetação era o contrário de exuberante, porém era humilde e honesta. "Cara, eu adoro o Oeste", disse um homem atrás de Barry. "Pra que viver em qualquer outro lugar?"

Três mexicanas estonteantes embarcaram num lugar extremamente abandonado chamado Big Spring, seus braços segurando com força roupas sujas enfiadas dentro de sacolas da Children's Place. Barry torceu para que uma delas sentasse ao seu lado, mas não foi o que aconteceu. O sol caiu como uma pedra. "Aqui é Odessa", disse o motorista. "Cuidado com os olhos, eu vou acender as luzes." Ele acendeu as luzes, e todo mundo resmungou. Eles passaram rápido por Pecos e depois por um lugar chamado Van Horn. Na loja de conveniência, tocava uma música que Barry lembrava de sua juventude, da época em que tirou sua carteira provisória de motorista e dirigiu a van que seu pai usava para trabalhar pela Cross Island Parkway. *Levar um laser pela estrada em que viajarei.* Ou era isso que ele ouvia. Talvez o nome da banda fosse Mr. Mister. Seu pai não se incomodava que ele escutasse música pop bem alto enquanto dirigia, mas deixava o rádio desligado quando era ele quem estava atrás do volante. Quando você envelhece, os fatos sobre o seu passado se debatem dentro da sua consciência como cabeças de alface dentro de um saco.

Do lado de fora, o vento do deserto o deixou com frio. Um novo motorista veio render o antigo. "Não tem piloto automático, mas ela anda bem", o velho motorista disse ao novo. "Assim que deixarmos Van Horn, entraremos em outro fuso horário", o novo motorista declarou pelo sistema de som. Amanhã ele teria de ajustar o horário em todos os seus relógios. Aquilo seria uma alegria. Ele não pensava em Shiva desde ontem.

E, mesmo assim, ele estava feliz. Ainda tinha sua caixinha de surpresa do Pedro Coelho. Ainda tinha o Tri-Compax, que um dia ele daria de presente ao seu filho. *Relógio. Diga, coelhinho! Re-re-re. Ló-ló-ló. Gio-gio-gio. Relógio. O relógio do papai.* E se ele não fosse um mau pai, afinal de contas? Tinha gerentes de portfólio na sua firma que trabalhavam tantas horas por dia que nunca viam os filhos. A filha do seu diretor na Ásia um dia havia perguntado: "Papai, onde você mora?".

Agora o seu segundo ato estava realmente prestes a começar. Seu breve romance com Brooklyn tinha sido um erro, embora fosse um erro honesto e profundo.

E se Layla tivesse um filho perfeito nos mínimos detalhes, diabolicamente divertido e inteligente, e uma vida sulista igualmente perfeita nos mínimos detalhes, e ela estivesse disposta a compartilhar ambos com ele? E se houvesse espaço suficiente no banheiro para aquelas três pias da Duravit, uma ao lado da outra? Ele precisaria de outros dois filhos. Layla tinha quarenta e três anos, e o seu próprio esperma era defeituoso, mas sempre existia a adoção. E se cada momento na mesa de jantar fosse de aprendizado, e de amor, e de júbilo? E se, pela primeira vez na vida, ele deixasse a mulher que amava assumir a dianteira? Ele tinha passado tanto tempo tentando ser mentor das outras pessoas, mas e se ele pudesse aprender com Layla em vez disso? Como professora, ela era, por si só, uma mentora profissional.

Uma sonolência repentina tomou conta dele. Com as luzes dos faróis dos caminhões que passavam, ele conseguia ver a silhueta das montanhas, mas jamais conheceria sua verdadeira beleza.

10.
Um *pavaam* sem tirar nem pôr

No dia 30 de julho, o site *FiveThirtyEight* deu a Trump uma chance de 50,1 por cento de vencer a eleição presidencial. Seema entrou em desespero e se pegou chorando em pleno café da manhã. Shiva começou a gritar e a enfiar os dedos no rosto, tentando furar os próprios olhos, talvez por compaixão. "Tá tudo bem com a mamãe." Novie começou a acalmá-lo. "Só entrou um bichinho no olho dela." Ela flagrou Mariana, a chef, encarando seu filho de trás do balcão da cozinha. No seu país, provavelmente eles teriam atirado uma criança como Shiva de um precipício. Aquele era um momento em que ela teria gostado de ter Barry ao seu lado. Ele tinha um jeito de falar sobre o país que parecia definitivo e verdadeiro, mesmo ele sendo, em suas próprias palavras, "um republicano tributarista moderado". Luis ainda estava preso numa série de comentários autorreferentes sobre *os dois* candidatos serem corruptos, muito embora ele andasse dizendo que isso vinha lhe custando seguidores no Twitter.

EU PRECISO QUE VOCÊ SEJA LEGAL COMIGO HOJE, ela escreveu numa mensagem para ele.

O.K., ele respondeu. GRAMERCY?

Ela tentou lembrar a si mesma que estava apaixonada, que havia ternura esperando por ela, e que ela seria uma idiota se deixasse aquilo escapar. Mas precisava fazer com que ele soubesse o que ela pensava em relação àqueles 50,1 por cento. Ela não conseguia parar de imaginar um mundo em que Shiva sofria bullying e era ridicularizado, no qual crianças boazinhas como Arturo eram poucas e esparsas, um mundo no qual nem mesmo o dinheiro de Barry poderia protegê-lo. Isso se sobrasse algum dinheiro.

Ela pagou pelo seu quarto em dinheiro, como sempre, deixando um depósito extra de trezentos dólares para qualquer tipo de incidente. Pagar em dinheiro era algo que a fazia se sentir uma transgressora; mas hoje fez que se sentisse uma adúltera. Geralmente eles iam direto até o quarto e tiravam as roupas, porém, naquela manhã, ela quis fazer um pouco diferente. Ele se sentou ao lado dela no sofá de veludo verde e deu um suspiro. "E aí", ele disse.

"Estou preocupada com o futuro", ela disse, "e não quero que você deslegitime o modo como eu me sinto. Você fica aí achando que eu flutuo em cima de uma nuvem de dinheiro e que nada pode me atingir. Bom, você está enganado."

"Do que estamos falando?", ele perguntou.

"Da eleição."

"Ah." Ele estava olhando para os seus seios, e ela não estava gostando. Ela sentou mais longe dele. Seema estava começando a entender a fobia que Shiva tinha de outras pessoas. "Agora está chegando bem perto mesmo."

"Eu queria que você ouvisse como eu me sinto antes de falar", disse Seema.

"Você vai ficar bem", ele disse.

"Isso é exatamente o oposto do que eu preciso ouvir."

Ele esticou o braço e pôs a mão sobre a sua barriga. Seema estava usando uma blusa camponesa, que ela odiava pela sua falsa rusticidade, mas que escondia totalmente seu volume. "É com isso que você está preocupada de verdade."

"Não, não é com isso que eu estou preocupada de verdade. Estou preocupada com a porra do Donald Trump virar a merda do presidente deste país de arrombados", ela disse.

"Mas nós vamos ficar bem", ele disse. "Você, eu, Shiva, o bebê."

"E Arturo?", ela perguntou.

"Claro", ele disse. "Por que não?"

"E Julianna."

"Acho que ela também."

Seema olhou para ele.

"Ela tem o trabalho dela. Sério, eu sou a última coisa de que ela precisa."

"Mas alguém como eu, sem um trabalho, sem sonhos. Eu sou *perfeita* pra você."

"De onde você está tirando essas coisas?"

"A Julianna te contou que ela e o Arturo estiveram na minha casa ontem e conheceram o Shiva?"

"Sim, o Arturo disse que o Shiva tem algum tipo de superescova feita de crina de cavalo. Vocês realmente sabem viver."

"E o que foi que a Julianna disse?"

"Sei lá. Eles ainda não divulgaram a transcrição. Por que você está tão puta da vida? Que foi que eu fiz, porra? Você quer que eu odeie o Trump? Pronto, eu odeio o Trump."

"Ela te contou pra que serve a escova?"

"Pra pentear o cabelo dele?"

Seema tirou a mão dele de cima da sua barriga e se virou para ele. Estorninhos voavam lá fora, na direção do Gramercy Park, que eles podiam acessar sem precisar de suas cobiçadas chaves. Mesmo no meio daquilo tudo, parte dela queria desesperadamente transar. Será que ele ainda a amava? Ou melhor, será que ela *o* amava? Porque a idade dele era mais próxima da dela que a de seu marido? Porque ele tinha um olhar caloroso, bom hálito, e era fácil de se lidar? Porque ele trepava melhor? Porque as consequências eram menores para ele, como se ele fosse o nativo e o marido dela, o imigrante? Porque a sociedade teimava em lhe conferir uma posição de destaque? Porque ele havia escrito sobre pessoas com problemas, imigrantes, os maias, os indigentes? Suas maiores qualidades estavam em sua obra, e isso significava que a origem de tudo aquilo deveria estar em algum lugar dentro dele também. Ou não? No gráfico que sua mãe havia elaborado quando ela estava no ensino médio, Luis frequentava as proximidades do topo. Porém Barry seria *o* topo em si.

"Shiva está dentro do espectro do autismo", ela disse. "Ele é autista."

Luis piscou os olhos e pôs uma mão na garganta. "Tipo Asperger?", ele disse. "Sempre achei que eu tinha um pouco disso."

Agora ela queria bater nele.

"Não é Asperger", ela disse. "Ele é não verbal. Nunca disse uma palavra."

Luis se levantou do sofá de veludo. Ela ficou olhando melancolicamente para a marca que seu corpo deixou lá. "Hã", ele disse. "Bom." Ele foi até a janela e deu alguns tapinhas no vidro. Ele não fazia exercícios, até onde ela sabia, a menos que estivesse em cima dela, mas parecia estar em forma. "Sabe por que eu estou bravo com você?", ele disse.

"*Como é?*", ela disse. "Você disse que está bravo comigo? Você realmente acabou de dizer isso?"

Ele se virou para ela. "Eu estou bravo por você não ter me contado."

"*Quê?*"

"Estou bravo por nunca ter encontrado o seu filho." Ele deixou de ser *Shiva* para se tornar *seu filho*. "É como se você tivesse escondido ele de mim."

"O.k.", ela disse. Ela bateu as mãos nas coxas, um gesto de sua mãe. "Vamos todos juntos ao parque. Agora. Eu, você e Shiva."

"Não faz assim", ele disse. "Eu não estou te acusando de nada. Nós só estamos conversando."

"E pra não restar mais nenhum segredo", ela disse, passando a mão na barriga. "Este bebê vai ser um menino. Estatisticamente, existe uma boa chance de que ele também seja autista. Igual ao seu irmão. Igual ao meu filho. *Shiva*. Que eu amo."

"O.k., isso é ridículo", disse Luis. "Isso é uma caça às bruxas. Estou sendo acusado de coisas que eu não disse. Lamento por Shiva ser autista."

"Bom, pois eu não", disse Seema. Aquilo parecia uma mentira, mas talvez não fosse. Ela não sabia. Ela tentou imaginar seu filho naquele quarto com eles, o Shiva que amava a letra *W*, o maior fã do Come-Come em todo o mundo, o menino que se acalmava pulando em cima de uma bola ou com uma escova de pelo de crina de cavalo. Como é que alguém poderia lamentar que ele não fosse outra pessoa?

"Foi por isso que Barry te deixou?", Luis perguntou. "Porque se foi, ele é um babaca." Luis estava tentando se redimir.

"Você não sabe como é", ela disse.

"Você está defendendo o Barry?"

"Não é você que fica falando que as coisas nunca são preto no branco? Ninguém é santo. Tudo é relativo."

"Seu marido não é santo, com certeza", disse Luis. "Você sabe o que é a Valupro?"

O ar-condicionado não estava fazendo o seu trabalho corretamente. Ou talvez fosse o calor subindo pelo seu corpo. "Então", ela disse, "agora que entramos nesse assunto, me diz o que você acha de mim e do Barry."

"Eu não disse 'você'."

"Eu me casei com ele."

"E agora você quer descasar. Onde quer que ele esteja."

Seema olhou para os seus tênis na entrada da suíte júnior. Como ela havia colocado um ao lado do outro, bem direitinho. Que boa filha, que boa aluna, que boa pessoa ela era. "Deixa eu te perguntar", ela disse. "Quando eu largar o Barry e formos eu, você, o Arturo e, possivelmente, dois meninos autistas, como é que vai ser? O dinheiro de quem a gente vai usar?"

"Eu nunca quis o seu dinheiro!", gritou Luis. "É dinheiro sujo! Dinheiro de pacientes que não podem pagar por remédios para salvar suas vidas, graças ao seu marido. Eu não aceitaria. E você também não deveria aceitar."

"Que mulher desprezível eu sou", disse Seema.

"Não sinta pena de si mesma", disse Luis. "Você fica aí reclamando do Trump, mas você e o Barry são metade do motivo pra gente estar na merda em que está."

"Uma monstra ambiciosa, que vive dos outros, sem interesses próprios. Não consegue segurar um marido, não consegue ser mãe do seu filho."

"Parece que você está adorando esse diálogo", disse Luis. "Parece até ensaiado."

Estranhamente, ela se sentiu atraída pela crueldade dele. O momento de ajustar as contas havia chegado. Todos os seus pecadinhos idiotas. "Fala mais", ela disse. "Fala mais o quanto você me odeia."

"Eu não te odeio", ele disse. "Mas não posso mais confiar em você. Você mentiu para mim."

"Ah", ela disse. Ela ficou de pé e alisou as pregas da blusa. "Ninguém gosta de uma mulher desonesta."

"Lá vem a comparação com a Hillary", ele disse.

E mesmo depois de tudo que ele tinha dito a seu respeito, foi essa frase sobre Hillary que mexeu com ela. Ela chegou tão perto dele que conseguia sentir o cheiro das dobras do seu queixo, um aroma de suor que às vezes ficava por ali. "Luis", ela disse. "Luis Goodman. Um distinto autor guatemalteco-americano com seus mil seguidores no Twitter."

"Sabe do que você precisa?", disse Luis. "É muito simples. Você precisa arrumar um emprego. Você precisa fazer aquilo que foi treinada para fazer com a sua formação de centenas de milhares de dólares. Daí você não precisaria estar aqui dando pro marido de uma outra pessoa no meio do dia."

Mas ela já estava saindo do quarto.

Ela deixou para trás a privacidade do Gramercy Park. Uma vida tinha acabado de ser cancelada, e nada para substituí-la havia sido encomendada em seu lugar. Ela estava cansada e com sono e sem sexo, mas seus pés a conduziam em meio a um daqueles dias perfeitos de verão em Nova York, o clima abafado, porém cheio de vida. Seema pensou em ligar para Mina, mas o que isso lhe traria de bom? Seria mais uma noite desperdiçada falando mal de homens. E ela teria de contar a Mina sobre o diagnóstico de Shiva, contar que ela e o filho haviam sido rejeitados, os dois juntos, por mais um ser humano sem coração.

Uma turba de alunos do ensino médio bloqueava um cruzamento. Eles passaram por ela gritando uns com os outros, em pares e trios, usando tênis chamativos de cano alto, seus cabelos ao vento. Como pareciam *confiantes*. Aquela era a sua cidade, o seu mundo. Seema ficou parada no cruzamento, deixando a humanidade acontecer à sua volta. De repente, ela sentiu saudades do pai. Quase trinta anos de vida e ela tinha apenas um amigo de verdade neste mundo. Ela tentou substituí-lo por Barry, tentou ser a melhor amiga de si mesma, como as pessoas costumam dizer, mas olha só como *tudo isso* deu certo. Ela ligou para Novie e lhe disse que ficaria fora por pelo menos dois dias, e que ela ficaria responsável por Shiva.

O país parecia algo marrom e indistinto abaixo do seu avião. Ela avistou enormes plantações na paisagem, mas não foi capaz de identificar de quê. Rios anônimos serpenteavam e resplandeciam. Ela olhou para o lago Erie e ficou pensando no vento. O aeroporto minúsculo era patético. Ele deveria receber voos da United algum dia, mas como a coisa acabou não indo para a frente, uma nova extensão do terminal ficou simplesmente ali, atirada. Era a cidade miserável onde ela havia nascido.

Fazia quatro anos que ela não voltava a Ohio, quase a totalidade da vida de Shiva. A casinha tinha envelhecido mais rápido que seus pais. Faltavam telhas no telhado; o gesso, cheio de infiltrações, estava se transformando numa exposição de continentes ainda não descobertos. Será que Seema ainda teria dinheiro suficiente para consertar aqueles problemas? Mesmo se o SEC viesse bater à sua porta? Depois de casar com Barry, ela namorava a ideia de comprar uma casa nova para os pais, em algum ponto de University Heights mesmo, porque sua mãe jamais abandonaria sua amada comunidade indiana, talvez uma casa pré-fabricada perto do shopping Legacy Village. Mas ela não gostava de pensar no dinheiro de Barry apagando sua própria infância, aquela casinha que era o seu Palco de Realizações. Eles nunca tinham sido pobres quando ela criança e adolescente; seu bairro tinha aquela extraordinária atmosfera idílica da classe média do Meio-Oeste, casas de um andar de cento e oitenta metros quadrados orgulhosamente lambidas pelos primeiros ventos de outono, dois Chryslers estacionados a cada esquina. Parada na frente da casa de seus pais, ela pensou no seu próprio apartamento sofisticado, e no apartamento de Luis e Julianna, e em todos os prédios em que os amigos do seu marido moravam, e percebeu que, talvez, ela nunca tenha entendido muito bem o dinheiro. Em algum ponto da sua jornada, ele simplesmente apareceu, como um palhaço saindo de uma caixinha de surpresa, e ela não teve a delicadeza de colocá-lo de volta lá dentro.

Sua mãe ficou furiosa por ela não ter trazido o neto. "Onde está o nosso geniozinho?", ela perguntou, enquanto abraçava forte a filha. “Como é que você vem nos visitar e não traz o Shiva?”

Os pés do seu pai estalavam escada abaixo nas Havaianas que ela havia comprado para ele numa viagem ao Rio. Ele estava usando um colete do Este Lado do Capital. “Tira isso!”, sua mãe berrou com ele. “Você não sabe que ela terminou com o Barry?”

Seu pai parecia confuso, mas, ao mesmo tempo, extasiado que a filha estivesse ali. “*Hut!*”, ele disse. “A gente não sabe de nada. Os jovens brigam o tempo todo.”

Seema sorriu. “Eu vim só pelos seus ‘*Huts*’, papai.” Seu pai sorriu e desviou o olhar, afetado por uma overdose do seu próprio amor.

“Ela se casou com um *velho*!”, sua mãe disse, ainda mantendo a mesma linha de ataque. “Sempre foi um erro!” Seu pai deu um suspiro e tirou o colete. Quando sentou, ele precisou manter a perna elevada em cima de um banquinho por causa de um ferimento recente no joelho. Eles tinham sessenta e poucos anos. Sua mãe estava pavorosa, barriguda, com todo aquele furor visceral, mas seu pai parecia estar voltando no tempo, cada vez mais parecido com aquele menino magrelo de dezenove anos que ela havia visto em fotos em preto e branco, com um sorriso bobo e afetuoso no rosto, vestindo sua amada camisa de tecido oxford trazida de Mumbai, apesar de estar se aproximando dos setenta anos.

Eles passaram boa parte do dia fazendo *sambar* e *idlis* na cozinha, pratos tradicionais de café da manhã que Seema e seus pais adoravam comer no jantar, sua mãe falando sobre divórcio e sobre “o futuro”, como se fosse um objeto à venda no Legacy Village. Enquanto a mãe estava distraída com as lentilhas, Seema saiu de fininho para ficar com o pai, que estava sentado na sala de estar assobiando *slokas* e lendo a *Economist* e seus periódicos científicos. Ela sentou na sua frente, no seu sofá de imigrante um pouco mais duro do que ela esperava. "Eu estava com saudades", ela disse. "Por que você não me falou do seu joelho?"

"A sua irmã é que é a médica", disse o pai. O orgulho que ele sentia pelas filhas era algo quase hilário de se presenciar, como uma mangueira descontrolada no verão, jorrando água em todas as direções. Seema sabia o que ele diria na sequência. "Uma médica e uma advogada. Estou garantido pro resto da vida."

"Então você contou do seu joelho pra Shilpa."

Seu pai se encolheu todo, exibindo o rosado de suas gengivas. "Ela trabalha tanto lá no Nepal."

"Então você não está exatamente 'garantido pro resto da vida'."

"É só uma ruptura do menisco. O dr. Pinchas disse pra eu 'pegar leve por um tempo' e pra usar o banquinho. Ele estudou em Case Western, que é quase tão boa quanto a Vanderbilt da Shilpa. Eu fui olhar os rankings. As duas estão entre as cem primeiras em atenção básica e entre as vinte e cinco primeiras em pesquisa." Case Western era a faculdade onde tanto seu pai quanto sua mãe haviam estudado, e eles eram seus defensores incansáveis.

"Na verdade, estava pensando que talvez eu devesse voltar a trabalhar", Seema disse, usando seu celular para procurar rapidamente a página da Mayo Clinic sobre ruptura do menisco, que aparentemente era algo doloroso e debilitante, que costumava afligir gente muito mais jovem e ativa, e mandar um e-mail furioso para Shilpa, dizendo para ela dar uma checada na sua família *imediatamente, caralho.*

Seu pai sentou mais pra cima, empolgado, seu joelho estalou. "Como advogada?"

Seema fez que sim. Lembrou das últimas coisas que Luis havia lhe dito enquanto ela estava indo embora, sobre a sua necessidade de um emprego. Ela não estava acreditando no quanto seu pai tinha ficado feliz só por ela ter mencionado a palavra "trabalho". Mesmo que fosse mentira. Ela lembrou de todas as outras esposas extremamente bem credenciadas dos multimercadistas explicando, em uníssono, por que tinham largado seus empregos: *Minha renda era muito boa, mas levando em conta a alíquota de imposto que o Larry/Joey/Barry/Sung Min paga, pra que perder meu tempo? Meu salário de um ano não pagaria nem a metade.*

"Que maravilha!", disse seu pai. "Puxa, tem tanta coisa que você pode fazer. Você só precisou fazer uma pausa pra ter o seu filho. Você sabia que eu ainda assino o *National Law Journal* e o *New York Law Journal*? Só por precaução."

Seema achou que ia começar a chorar. Provavelmente ele conseguia entender melhor o conteúdo daqueles periódicos do que ela nesse momento. Seu pai parecia um pequeno e delicado mexilhão dentro de uma concha na forma de um sofá gigantesco.

Sua mãe apareceu vociferando de avental, o perfume do gengibre impregnado em seu cabelo grosso todo trançado. "Seema, por que você não está me ajudando?", ela gritou. "Você está se comportando como uma visita na sua própria casa!"

"Eu tô conversando com o *appa*", ela disse.

"Você vai ter tempo suficiente pra conversar com ele depois. Você devia ligar pra ele. Ele não faz nada, você não faz nada. Vocês são perfeitos um para o outro. Vem me ajudar com o *idlis*!"

"*Amma!*"

"*Ushuru vaangadhey!*", gritou sua mãe. Era um ditado tâmil que ela e Shilpa ouviam todos os dias quando eram crianças. *Não acabe com a minha vida.*

Seema se arrastou até a cozinha. Sua mãe a escalou para enfiar um palito de dentes por entre os furinhos da engenhoca de aço inoxidável de fazer *idli* para tirar de dentro dela a massa cozida no vapor. Os *idlis* estavam perfeitamente cozidos; macios, fofinhos e levemente azedos por conta da fermentação. Como é que sua mãe cozinhava tão bem e Seema tinha dificuldades se tentava se aventurar além de algo tão básico quanto um arroz com *sambar*? Como é que seus pais viviam de forma tão simples naquela casinha minúscula, graciosamente perdidos entre Ohio e o mundo em que eles nasceram? Eles eram muito diferentes, mas mesmo assim fizeram aquilo dar certo. Conforme foram ficando mais velhos, seus interesses foram apontando na mesma direção de uma forma que nunca havia acontecido até então. Jardinagem, reclamações, ficar olhando coisas na internet. Não que Seema não tivesse tentado se interessar pelos relógios de Barry, comprando todas aquelas revistas sobre biséis ondulados e turbilhões flutuantes e marcando presença todo ano no show de horrores que era o Baselword, até o diagnóstico de Shiva.

"Você precisa me mandar fotos do Shiva todos os dias", dizia sua mãe, enquanto picava um punhado de chalotas. "Se você não fizer isso, é como se estivesse cravando uma faca no meu coração. E que história foi aquela no telefone sobre ele ter ficado doente? Sempre que você levar o seu filho para o hospital, eu sou a *primeira* pessoa pra quem você deve ligar. E daí eu vou estar no próximo voo pra lá."

Seema achou que "no próximo voo" parecia algo charmoso que alguma pessoa devia ter dito quando sua mãe era jovem. Aquele era o momento de lhe contar que sua filha estava sobrecarregada e apavorada. Mas essas emoções ficaram insignificantes perante a mais importante e decisiva de todas: ela estava envergonhada. Envergonhada por ter dado a eles um neto imperfeito. E porque outro estava a caminho. "Não chorem por nós" era o título de um ensaio escrito por um autista, mas como você conta aos seus pais, que ainda assinavam as publicações de uma profissão que você nem exercia mais, que seu neto nunca seria o grande destaque da faculdade em Stanford e que, na verdade, talvez ele tivesse que beber em mamadeiras e usar fraldas pelo resto de sua vida? Como você conta pra eles a primeira coisa pela qual terão de chorar de verdade em sua vida adulta?

"A maior bênção nisso tudo", disse sua mãe, "é que vocês não fizeram um acordo pré-nupcial."

"A maior bênção nisso tudo não é o Shiva?"

"O Shiva não é uma bênção", disse sua mãe. "O Shiva é o motivo pelo qual eu vivo e respiro."

Ela tomou um banho longo num banheiro que a maioria das pessoas em sua vida, até mesmo Mina, que morava no Brooklyn, consideraria uma tragédia. A pintura estava toda descascada por causa do vapor. Havia um frasco tamanho família de "Aromaterapia para o Alívio do Estresse". Ela resolveu comprar uma casa nova para eles. Sim, esta seria a única maneira de resolver aquela situação. Ela não tinha mais forças para lidar com a manutenção de suas memórias. Ela sempre tinha se sentindo atraída por rapazes judeus porque a sua cultura parecia profundamente sentimental, além de reverenciar o passado. Talvez isso tenha sido um engano. Ela ficou imaginando uma bela família branca e protestante em que todas as vitórias e derrotas da vida fossem simplesmente aceitas e descartadas sem precisar de um banho de ácido emocional. Seu filho é autista? "Puxa vida. Bom, vamos jogar cartas ali no jardim de inverno?" Talvez fosse por isso que Barry estivesse indo atrás de Layla.

O sári que ela usava na faculdade ainda servia, mesmo com a barriguinha de grávida. Veja só, isso era bem impressionante. Um pequeno altar abandonado perto da janela evocou uma lembrança da quinta série. Uma criança evangélica da sua turma ficou falando um tempão sobre a igreja e sobre como esse era o lugar onde Deus morava, e Seema disse: "O nosso Deus mora conosco, lá em casa". E todas as crianças riram dela, mas então a professora e sua mãe organizaram um passeio da turma até a sua casa, para visitarem seu altar. Ela fez sua primeira amiga branca esse dia, Sally Perkins, que não tinha os dentes do fundo. Tempos de inocência.

Ela abriu o *FiveThirtyEight* no seu telefone. Eles estavam praticamente empatados.

Todos os anos no seu aniversário, seus avós davam a ela biografias e livros de memórias de pessoas poderosas para inspirá-la, e eles ainda estavam enfileirados na estante do quarto que ela dividia com Shilpa. Bill Clinton, Hillary Rodham Clinton, Indira Gandhi, Edward M. Kennedy, Michael J. Fox. Havia também um Prêmio de Reconhecimento de um lugar chamado Centro para o Desenvolvimento de Talentos. Até mesmo Seema tinha esquecido completamente o que era aquilo.

Ela vestiu seu sári para o jantar. Ela queria ficar bonita para eles.

No primeiro andar, os pratos estavam postos na mesa, além de uma garrafa de um vinho barato, que sua mãe tinha comprado pensando em Seema, uma vez que nem ela nem seu pai bebiam. Sua mãe estava no porão, gritando em tâmil com uma de suas amigas. O porão era uma espécie de centro recreativo multiuso de cinquenta metros quadrados para expatriados indianos, onde ela deixava suas amigas conduzirem suas *pujas*, e onde o primeiro tâmil de Ohio a passar no MIT conheceu o primeiro nativo de Kerala a ir para a CalTech. Uma trupe inteira de dançarinos de Madras, ou seja lá como a cidade se chama agora, montou acampamento lá durante um mês quando elas ainda estavam no colégio, deixando todo mundo, exceto sua mãe, completamente maluco com a ladainha de suas *tanpuras*.

Por que Shilpa não tinha respondido seu e-mail? Às vezes Seema invejava a irmã por ela ter se tornado ainda mais independente do que ela. As meninas nunca haviam desobedecido seus pais. Sua mãe tinha sido um pesadelo, mas não um pesadelo convencional e intergeracional de imigrante. Nada de palmada ou puxões de cabelo, apenas o mesmo tipo de abuso emocional constante que a maioria dos seus amigos judeus sofria. Seus pais, que chegaram ao país no final da adolescência, eram, na melhor das hipóteses, apenas metade imigrantes. O sotaque deles era muito sutil. O amor que eles tinham pelos Cavs era profundo. Abrigar trupes de dança tâmil no seu porão deve ter sido um ato de penitência por tamanha assimilação.

Seu pai entrou mancando na sala. "Que linda você está, toda arrumada", ele disse. "Vamos dar uma volta."

"De jeito nenhum", ela disse. "E o seu joelho?"

"Está bom o suficiente pra dar uma voltinha. Eu posso me segurar no seu braço. Nós não vamos fazer nenhum vinte em vinte, só um oito em oito."

Isso era a coisa que ela mais gostava de fazer nas noites de domingo, desde a sua infância até a época em que voltava pra casa, de Ann Arbor, para visitá-los. "Vinte em vinte" significava andar cinco quadras para o norte, cinco para o oeste, cinco para o sul e cinco para o leste — e eles estavam de volta em casa. A ideia era percorrer cada quadra em um minuto, para que o passeio inteiro fosse um paraíso de vinte minutos entre um pai e sua filha, antes de voltar para casa para jogar uma partida frenética de Banco Imobiliário com Shilpa e sua mãe, que sempre roubavam e sempre ganhavam.

A noite estava linda. Gansos canadenses procuravam alguma coisa no chão em meio aos últimos suspiros do sol. Eles passaram pelas casas dos seus vizinhos, todas humildes, embora nenhuma descascando ou cheia de infiltrações como a de seus pais. Muitos judeus ortodoxos estavam se mudando para aquele bairro. "*Rebbe!*", gritava uma velha, de uma varanda. "Venha para dentro!" Seu vizinho de porta era um faz-tudo negro casado com uma costureira húngara, se é que isso ainda se podia chamar de vocação, que presenteavam seus pais com linguiças caseiras que eles jamais comiam. University Heights, na opinião de Seema, era o epítome da hospitalidade americana.

Seu pai mancava de forma brutal, mas o peso dele escorado nela era quase perfeito. Ela precisou reprimir seu desejo de envolvê-lo completamente nos braços, porque se ela fizesse isso, ele perceberia o quanto sua vida estava destroçada. Qualquer abraço seu seria como um pedido de ajuda.

O sol se pôs, e uma lua amarela veio saudá-los, pai e filha: ela vestindo um sári bege lisinho, e ele, um homem velho, vestido como um ocidental, mancando em seus mocassins. Ela era muito mais alta do que ele e sua mãe. Como é que a genética tinha feito aquilo? Ela tocou o bebê dentro de si. Alguém precisava ajudá-la a passar por aquilo, mas quem? E se a resposta correta fosse "ninguém"?

"*Appa*", ela disse. "Acho que nós dois deveríamos voltar a trabalhar."

Seu pai riu. "Mas eu parei. Você me disse para parar. Tem tantos livros que eu ainda preciso ler."

"Não", ela disse. "Você deveria voltar a trabalhar. Você era um excelente engenheiro. Você poderia ensinar matemática para crianças em East Cleveland. Você é um professor muito bom. Você seria uma inspiração para eles!"

"Acho que é tarde demais para uma coisa dessas", disse seu pai.

"Mas, se não isso, o que você vai fazer? Ficar em casa com a *amma*?"

Seu pai olhou para ela. Seus olhos pareciam embaçados e cansados. "Se você realmente *terminou* com Barry", ele disse, "e eu não sou sua mãe, então sem pressão. Mas se o seu casamento acabou, será que você não quer voltar pra casa? Seria como nos velhos tempos! Vamos hospedar mais trupes de dança no porão! Quem sabe um grupo de *raga*. Talvez Shiva possa brincar com eles. Nós nem lhe fizemos uma *puja* decente desde que ele nasceu." Ele percebeu a expressão assustada no rosto de Seema. "Claro que eu estou só brincando. Não, fica onde você está. Você tem a sua vida."

"Vamos voltar pra casa", ela disse, passando o braço em volta do ombro dele.

"Já estamos na metade do caminho", disse seu pai, recusando a ajuda. "Só mais quatro quadras." Uma família de cervos estava parada no canteiro central da rua. De acordo com sua mãe, o bairro vizinho de Shaker Heights estava sofrendo com uma tremenda infestação de cervos. Pelo menos tinha alguém querendo morar na zona metropolitana de Cleveland. Os cervos estavam todos olhando para ela e para seu pai com um misto de medo e curiosidade, mas eles não saíram correndo, como se estivessem orgulhosos de defender seu território. Talvez ela também quisesse sua família de volta. Ou, melhor ainda, talvez quisesse construir, finalmente, uma família. Será que ela conseguiria assistência para Shiva aqui? Talvez a Cleveland Clinic tivesse um programa voltado para o autismo. Seu pai estava assobiando *slokas* de novo enquanto olhava discretamente para ela. Como é esquisito o amor que os pais têm pelos filhos. Biológica, espiritual, nenhuma explicação é suficiente.

Seema tinha que contar para eles.

De volta à casa, ela deixou seus pais comerem primeiro. Não tinha por que provocar uma indigestão. O jantar era sagrado. Eles estavam sentados sob uma tapeçaria da deusa Lakshmi repousando em cima de uma folha de lótus e de uma foto ampliada de Seema e Barry segurando um Shiva recém-nascido, com o rosto roxo, todo enrolado em panos, na sala de estar da Suíte Beyoncé do Lenox Hill. Sua última refeição neste mundo certamente incluiria o *sambar* de sua mãe, aquele cozido louco de quiabo, chalota e lentilhas pretas, além de todos os temperos que existem, da canela à cúrcuma, passando pelo tamarindo fresco no lugar da pasta. Na verdade, sua mãe secava ao sol as pimentas e as deixava marinando no leitelho, o que dava ao prato um sabor apimentado e defumado que a própria Seema nunca havia conseguido reproduzir direito. Ela nunca economizava na *asafetida*, a seiva de uma raiz fedorenta que acrescentava um complexo sabor similar ao de alho-poró aos seus pratos. Cozinhava durante horas, usando praticamente todos os utensílios de cozinha possíveis, de tigelas de estanho a panelas de pressão, passando por liquidificadores. Havia dois armários dedicados unicamente às lentilhas. Como as famílias que não comiam esse tipo de comida permaneciam juntas? Como Whitman podia afirmar que continha "multidões" se ele nunca havia comido uma refeição do sul da Índia?

Eles falaram pouco, concentrando-se em mergulhar *dosas* e *idlis* no *sambar*. Tanto as *dosas* quando os *idlis* também estavam uma loucura, perfeitamente azedos, com um leve toque de feno grego na mistura só pra dar um gostinho. De vez em quando sua mãe fazia algum comentário incisivo sobre ela e Shilpa, enquanto seu pai exaltava os benefícios da culinária indiana, da mesma forma que fazia com seus amigos brancos do trabalho. "Você sabia que a canela previne úlceras e que a cúrcuma é capaz de controlar o Alzheimer? Isso são fatos comprovados." Seu nacionalismo sutil.

"Eu tenho uma coisa pra contar pra vocês", disse Seema, assim que a última *dosa* foi devorada.

"Lá vamos nós", disse sua mãe. "O que ele fez agora? Provavelmente arrumou uma amante ou está roubando dos investidores. Um *pavaam* sem tirar nem pôr", o que queria dizer, mais ou menos, "um imbecil".

"É sobre o Shiva."

Seu pai olhou para ela. Ele tinha as mesmas orelhas daquela foto dos anos 70. Aquelas orelhas que se destacavam como se pertencessem a um tipo diferente, mais inocente, de ser humano. Aquelas orelhas macias e alongadas. E a profundidade líquida de seus olhos. E o estalo em seu joelho. E a pressão dos seus lábios grudados. Então, Seema percebeu.

Seu pai já sabia.

II.
Lake Success

Ele se apaixonou por Layla no minuto em que ela abriu a porta. No momento em que viu como ela estava agora, ele sabia que tinha feito a coisa certa. Aquele era, pela primeira vez em muito tempo, um momento de vitória. Seu P&L finalmente tinha saído do vermelho.

Depois que o táxi o deixou na frente da casa dela, um rancho espaçoso no que parecia ser um bairro de classe alta, ele passou algum tempo andando por entre os canteiros do jardim, com suas plantas do deserto amareladas ofuscadas por um antigo poste de iluminação, até reunir coragem suficiente para tocar a campainha.

Agora sim! Aquele era o segundo ato! A primeira vez que ele vira Layla tinha sido no porão do Tiger Inn, no dia 18 de setembro de 1991. Todas as outras garotas estavam vestidas para impressionar, mas ela usava um moletom gigantesco com a sigla VCU. Mais tarde ele ficaria sabendo que aquela peça de roupa tinha sido herdada de sua irmã. Layla não estava nem aí.

Ela estava com uma amiga de óculos que provavelmente era da Terrace ou de algum dos clubes de artistas. Layla se destacava de tal forma naquela cena social de cervejeiros de fraternidade que podia muito bem estar usando óculos também, empoleirados na ponta do seu nariz. Ele não sabia se ela era mal-humorada ou sofisticada, mas percebeu que era solitária. Não tinha nada pior do que estar sozinho em Princeton. Ela não sabia muito bem como flertar, ou talvez não sentisse a necessidade, o que deixou Barry ainda mais abismado (por volta do seu segundo ano lá ele começou a se enxergar como uma pessoa atraente). Mais tarde, sua amiga, uma judia do Brooklyn, ficou tão bêbada que vomitou na frente do Ivy, o clube de culinária que havia rejeitado Barry, e que o próprio Fitzgerald havia descrito como "fervorosamente aristocrata". Barry segurou sua cabeça, e Layla tirou seu cabelo do caminho enquanto vomitava. "Nosso primeiro protesto social", foi assim que Layla chamou o expurgo de sua amiga naquele respeitável gramado. Barry tinha procurado por algo diferente durante todo o seu primeiro ano, tinha até mesmo tentado começar um clube de leitura no Tiger Inn para levar um pouco de cultura para os seus camaradas do lacrosse, da luta e da natação, e agora ele finalmente havia encontrado o que procurava, na forma de uma garota sulista sombria e misteriosa.

Barry respirou o ar fresco e fragrante do deserto. Penteou o cabelo para trás e ajeitou as calças. Tocou a campainha uma, duas, três vezes, e esperou.

Layla abriu a porta.

Ela era uma mulher muito *descolada*. Talvez essa fosse a melhor forma de descrevê-la. Descolada de uma maneira que Tina ou Lina do Brooklyn podiam, no máximo, desejar ser. Tudo que ela estava vestindo era atemporal, calças de brim empoeiradas e botas de caubói, camisetas simples trazendo o nome de algum lugar ou atração local. Ela não tinha uma picape, mas não precisava ter. E o seu rosto, aquele rosto virginiano digno de uma pintura, tinha sido magnificamente preservado pelo calor do deserto, apesar de haver um leve toque de tristeza em torno dos seus olhos azuis. Layla tinha mudado e, ao mesmo tempo, não tinha; seu cabelo parecia um pouco mais seco, mas permanecia naturalmente negro. Seu nariz arrebitado lembrava o de Elizabeth Taylor. Era um tipo de rosto feminino que ele veria em raras ocasiões numa festa do mercado financeiro quando encontrasse o gerente de algum fundo que tivesse se casado de novo por algum motivo. Um rosto sábio, maduro e cheio de histórias que, na verdade, fazia com que a mulher parecesse inteligente, em vez de simplesmente sedutora. O tipo de rosto que resistiria à tentação de uma cirurgia plástica até o último instante. E ela era quase magra *demais*, seus jeans eternamente escorregando, revelando um reconfortante excesso de bunda.

A primeira coisa que ela disse para ele foi: "Eu não quero que você traga uma pedra de crack para dentro da minha casa".

Ela fora alertada. Os Hayes obviamente não achavam que ele estava muito bem da cabeça. "Claro que não", ele disse. "Eu joguei fora." Mas ele saiu de mansinho no meio da noite e a enterrou perto da piscina. Aquela pedra de crack era a sua conexão com uma jornada que ele tinha orgulho de ter empreendido e que queria celebrar para sempre. Em seguida, Layla recomendou que ele se hospedasse no Camino Real, no centro, e Barry teve de lhe explicar sobre a sua ausência de fundos. Como esperado, ela ainda nutria sentimentos negativos em relação à sua profissão e ao setor financeiro de nosso país. O fato de Barry ser agora alguém desprovido de posses acabou se mostrando um ponto a seu favor. "Eu tenho três dólares e quinze centavos no meu nome", ele disse. Ele nunca tinha sentido tanto orgulho de declarar seu patrimônio líquido. Todo aquele tempo em Princeton ela queria que ele continuasse pobre e, agora, de certa forma, ele estava. Ela estava usando uma camiseta que exibia o nome dos Chihuahuas, o time da liga amadora local. Todas as coisas ali tinham uma história bilíngue.

"Barry", ela disse. "Não quero que você pense nisso como o começo de alguma coisa. Eu estou exausta. De verdade. Os últimos dois anos foram bem cansativos. Você pode dormir aqui esta noite, ou, sei lá, talvez amanhã também, mas é isso. Você está querendo entender algumas coisas, e eu não posso te ajudar. Eu nem sou mais sua amiga." Ele estava sentado num divã grandioso, de frente para ela. Seus móveis eram aquelas coisas enormes da Stickley. No passado, aquela casa tinha pertencido a um cardiologista judeu, e havia mezuzás por toda parte, o que era perfeito, levando em conta o elenco puramente judeu da vida romântica de Layla. Ela estava criando um filho sozinha desde que seu ex-marido escapulira para DC para se juntar à classe dos especialistas, após ter publicado um best-seller sobre Alexis de Tocqueville. Havia matriculado Jonah, seu filho nerd de nove anos de idade, numa escola hebraica porque ela não queria que ele se afastasse de metade de suas origens. O Holocausto, *todos* os holocaustos, formavam uma das áreas de estudos.

"Isso é apenas um começo", ele disse. "É apenas um olá." Ele se inclinou na direção dela. Ele não havia tomado banho e estava com o cheiro do Greyhound. Ele queria que ela sentisse aquele cheiro, que entendesse a profundidade daquela viagem folclórica. "No meu coração", disse Barry, "eu sou um vendedor. E, neste momento, você não quer comprar o que eu tenho para oferecer. Eu entendo. Mas, acredite em mim, vou me vender de uma maneira muito persuasiva. Venho pensando nisso durante toda essa viagem que eu fiz até chegar aqui. Venho refletindo e pensando. As coisas que eu vi. Tinha esse mexicano caolho..."

"Você sempre foi essa pessoa nostálgica", ela disse, "mesmo na faculdade. E eu meio que te amava por causa disso. Mas agora é diferente."

"Minha vida deu uma guinada estranha recentemente", disse Barry. "Foi bem complicado."

"E você acha que a minha vida foi perfeita?"

"Viu? Nós fomos feitos um para o outro!", disse Barry, juntando as mãos. "E eu também estou me divorciando!" *Psiu*, ela disse. *Meu filho*. Ela cruzou as pernas do mesmo jeito que fazia quando estava em Princeton. Naquela época acho que chamavam aquilo de estilo indiano.

"Você quer realmente começar uma vida aqui?", ela perguntou.

"Sim!"

"Por quê?"

Ele começou a negociação. "Porque isso aqui é real."

"Você chegou não faz nem uma hora."

"Mas eu estive na estrada, aprendendo sobre os Estados Unidos."

"Isso parece uma coisa de gente bem privilegiada."

"Eu só quero mudar."

"Ninguém muda."

"Você é boa demais para mudar."

"Cala a boca, Barry."

No fim das contas, ele acabou relegado a um quartinho no porão. Havia duas camas de solteiro nas quais ele mal cabia, e toda noite, ele escolhia uma diferente para se deitar. Era mais ou menos como possuir mais de um relógio. Agora, Barry só tinha que fazer com que ela se apaixonasse por ele novamente. Ele torcia para que aquilo não fosse nem muito difícil nem muito fácil, apenas algo que eles pudessem contar aos seus netos algum dia.

A casa ficava aninhada no sopé das montanhas Franklin. A estrada que passava por ela era conhecida como Thunderbird, e dava pra ver a imagem de um enorme pássaro vermelho estampada numa das colinas. A casa ficava cercada por mansões cor-de-rosa com portões de ferro forjado. De acordo com Layla, a violência havia mandado para lá, em ondas, os ricos da cidade mexicana vizinha de Ciudad Juárez, incluindo, a certa altura, até mesmo o chefe de polícia do local. Cervos desciam as montanhas para beber água no arroio perto da casa de Layla, e falcões singravam violentamente nos céus. À noite, os linces andavam pelas ruas como se fossem seus donos. A casa tinha um pé-direito baixo, e seus cômodos estavam abarrotados com os detritos de um casamento fracassado. Era *enorme*, com cinco quartos à espera de uma família judia ortodoxa moderna, que, em qualquer metrópole, custaria dois milhões de dólares, porém, em El Paso, uma professora universitária poderia bancar com seu salário, que ainda permitia a contratação de uma empregada/babá saída de algum estado do sul do México. Layla ainda conservava as fotos do seu casamento e fotos de toda a família junta expostas para que Jonah tivesse um certo grau de estabilidade, muito embora provavelmente fosse doloroso pra caralho para ela ficar olhando para o rosto vincado do marido.

Dois dias se passaram, e ela não o expulsou. Depois, mais dois. E então, uma semana. As pessoas dizem que El Paso foi construída com lama e barro e, às vezes, por exemplo, depois de uma chuva passageira, ela parecia mesmo alguma coisa que uma criança da terceira série faria com argila. Mas suas montanhas eram estranhas e bonitas, e o calor seco do deserto fazia bem a Barry. Ele estava adorando aquilo. Ele tinha renascido. Ele não tinha enviado nenhum e-mail. Estava alheio à Bloomberg. Não tinha ficado acordado até tarde por causa dos mercados asiáticos. Layla deu um antigo celular de flip para ele, e ele o usou para mandar mensagens de texto como se estivesse na virada do século. Ele estava dirigindo um Toyota Avalon 1999, com tração dianteira, sem Sirius.

Toda manhã era uma bênção. Toda manhã ele mergulhava de cabeça em sua nova realidade. *Era isso!* Essa era a vida que ele deveria ter vivido, e ele teria, se Princeton não o tivesse jogado na direção do culto dos Goldman, da seita dos Sachs. Ele precisava mudar.

Layla ainda não o havia deixado frequentar o quarto dela, mas o seu quartinho naquele porão detonado era simplesmente perfeito. Além disso, havia um bar muito bem equipado no fim do corredor; ele se lembrou que Layla era uma WASP por natureza, mesmo que tivesse se casado com — e depois se divorciado de — um judeu. Havia até mesmo uma garrafa de Balvenie quinze anos, se ele quisesse passar a noite enchendo a cara. Ser professora com dedicação integral da Universidade do Texas em El Paso era o equivalente a viver como um diretor-geral da Barclays. Barry sempre se perguntava por que pessoas que pertenciam à classe média alta em Nova York escolhiam continuar morando lá, levando em conta que poderiam viver como pequenos ditadores no resto do país. "Você está apostando contra si mesmo", ele costumava dizer.

De manhã, Layla deixou Jonah em sua escola hebraica e depois dirigiu até a UTEP. Barry entrou no Avalon, enfiou no rádio um dos velhos CDs mofados que ficavam no porta-luvas — Smashing Pumpkins! — e saiu desviando e freando e buzinando em meio à linda paisagem desértica urbana. Os motoristas de El Paso simplesmente não respeitavam as faixas de trânsito.

Ele foi tomar o café da manhã no El Rincon, que era um acontecimento em qualquer dia da semana. O estacionamento estava repleto de Escalades e Range Rovers com placas de Chihuahua, empresários mexicanos com seus filhos bilíngues, gordões tatuados usando relógios Hublot. Às vezes alguns legítimos representantes da *Chuco Town* apareciam vestindo camisetas com alguma frase engraçadinha em inglês, tipo ESTUPIDEZ NÃO É CRIME, VOCÊ ESTÁ LIVRE.

No El Rincon, o feijão era sempre etéreo, mas a pimenta variava de acordo com a fornada. "Hoje a salsa verde está *muy caliente*", disse a garçonete gordinha, e Barry pediu um prato de *chilaquiles* afogados nela.

Seema estava sempre falando sobre como a culinária do sul da Índia era maravilhosa, bom, foda-se: agora ele teria uma história só dele, uma história mexicano-americana, que faria a dela parecer ridícula em comparação. Ele só queria ter feito aulas de espanhol quando estava em Princeton, em vez de francês, que ele resolveu estudar após ler *Suave é a noite.* O café do El Rincon era uma bosta, mas ele bebia uma xícara atrás da outra, enquanto assistia aos mexicanos fazendo negócios ou cuidando muito bem de suas *abuelitas.* Sim, ele já estava começando a aprender a língua. Ficava olhando para um gigantesco mural pintado à mão de um deus asteca carregando uma princesa de coxas grossas e deliciosas e tornozeleiras floridas para o topo de uma montanha. Ou então simplesmente ficava meditando enquanto olhava, pela janela, para os morros menores, retalhados pelas curvas das estradas, ou para a bunda gigantesca e maravilhosa de alguma mulher saindo de dentro de um Durango no estacionamento.

Ele adorava fazer pequenas tarefas domésticas para Layla. Ele estava cheio de energia e não tinha onde gastá-la. Barry foi até o Sprouts Farmers Market. A *grande notícia* em EPT (que era como ele tinha começado a se referir a El Paso, no Texas) era que a Whole Foods finalmente ia abrir na cidade, mas ele adorava a Sprouts, que era a coisa mais parecida que eles tinham por lá. Ele achava que seus descontos eram insanos. Dava pra comprar duas garrafas de um prosecco bem bom por quinze dólares e noventa e nove. Ele comprou um kit completo de temperos plantados em vasinhos, uma caixa de refrigerantes Diablo French e alguns frios apetitosos. Fez uns sanduíches de peito de peru meio toscos, porém de coração, e os levou até a UTEP, para que ele e Layla pudessem almoçar juntos no Chihuahuan Desert Gardens, que ficava dentro do campus. Ela pareceu ter realmente gostado do gesto, muito embora tudo aquilo tivesse sido pago com o seu dinheiro. Ela tinha feito a ele um empréstimo de mil dólares.

Dirigir até a UTEP tinha sido muito empolgante para Barry. Ele havia passado por um trecho relativamente luxuoso do

Sudoeste americano, cheio desses lugares modernos que servem café prensado a frio e daqueles velhos restaurantes onde se come todas as partes dos animais, e então, de repente, essa outra entidade se materializou no lado do passageiro. A outra entidade chamava-se México, ou, para ser mais específico, Ciudad Juárez, anteriormente o epicentro da guerra das drogas daquele país. E ela se manifestou na forma de um borrão incrível composto por casebres de concreto arrasados, pintados em vibrantes cores primárias. Aqueles bairros eram chamados de *colonias*, e uma delas terminava bem onde começava o campus da UTEP. Barry adorou aquela sobreposição. Ficou com vontade de atravessar a fronteira e ir para Juárez, mas foi fortemente desaconselhado a fazer isso pela maioria das pessoas com quem falou. Grande parte da violência havia se reduzido nos últimos tempos, mas El Chapo, o chefão do cartel de Sinaloa, estava preso do outro lado da fronteira, aguardando uma possível extradição, e uma leve onda de crimes havia retornado, com um homem sendo assassinado bem no meio da ponte internacional. Mas a coisa que mais excitava Barry era o perigo. Hemingway havia visitado Juárez, ido a um lugar chamado Kentucky Club, numa época em que ainda não era tão perigoso ir até lá. Imagine se Barry fosse até lá agora, se fosse ao encontro do perigo, arrastando junto com ele Layla e as vinte palavras que ele sabia em espanhol.

O campus da UTEP tinha sido projetado para imitar uma série de templos gigantes butaneses, e os funcionários da universidade ostentavam uma nobreza típica dos orientais. Barry ficou imaginando como seria para aquelas pessoas humildes que moravam nas *colonias* acordar todos os dias à sombra daqueles enormes monólitos budistas. Nas poucas vezes que tinha buscado Layla à noite, especialmente quando o frio do deserto havia de fato se instaurado e todos os elementos do verão tinham desaparecido, Barry percebeu um cheiro pungente de plástico queimado vindo da miscelânea de casas do outro lado da fronteira. "Eles queimam pneus para se aquecer", Layla explicou para ele usando aquela mesma voz seríssima de justiceira social que ele lembrava dos tempos de Princeton. Barry ficou fascinado. Aquele cheiro escapava de uma das partes mais terríveis da América do Norte e se esgueirava para dentro de um atrativo centro regional de educação. Assim como a maioria dos habitantes de El Paso, os alunos da UTEP eram fortemente latinos e, na verdade, dez por cento deles moravam em Juárez, embora provavelmente em bairros muito menos insalubres que a *colonia* do outro lado da fronteira. Barry estava aqui, mas ele poderia muito bem estar *lá*. Ele ficou louco de alegria por ter nascido do lado certo da cerca, de ter tido *sorte*. Ele queria que Jeff Park, cujo entendimento sobre sorte era puramente amador, pudesse ver aquele lugar.

Durante aquelas semanas, Barry também acabou desenvolvendo um carinho inesperado por Jonah, aquele menino magrinho e sem amigos que passava os dias às voltas com livros de matemática duas séries acima da sua, como um futuro analista quantitativo. Aquele carinha precisava de um pai.

Uma tarde Jonah estava agachado diante de um lagarto morto no quintal dos fundos enquanto Barry estava sentado perto da piscina, assistindo a natureza acontecer, um arco-íris aparecendo do nada e emprestando suas cores aos calombos monocromáticos das montanhas Franklin. O menino não sabia nadar, uma questão que Barry certamente resolveria, e as pernas fininhas de Jonah enfiadas dentro de sua sunga seca o faziam parecer muito mais novo do que os nove anos que ele tinha. Jonah era inteiramente branco, apesar de viver num lugar dominado pelo sol.

"Enterre ele perto do arroio, senão vai aparecer um milhão de formigas", disse Layla. Ela estava vestindo uma bermuda cáqui por cima de um maiô preto que deixou Barry bem ciente dos contornos dos seus seios pequenos e do novo volume do seu traseiro. Ele lembrou do sonho que teve quando estava na casa de Jeff Park, o sonho no qual ele e Layla estavam tomando café pelados dentro de um Wells Fargo. Ele estava louco para mandar o menino embora, arrancar a bermuda dela, puxar a parte de baixo do seu maiô para o lado e sentir o seu gosto.

Jonah tinha virado o lagarto morto e agora apertava cuidadosamente sua barriga. "Ele estava vivo até há pouco tempo, querido, você precisa tratá-lo com respeito", disse Layla. "Ele não é um brinquedo."

"Eu estou examinando ele", disse o garoto, num tom sério.

"Bom, ele também não é um objeto de pesquisa. Enterre ele perto do arroio."

Jonah olhou para ela com os mesmos olhos negros encapsulados de seu pai. Assim como os analistas quantitativos do seu escritório, aquele menino tinha uma concentração brutal. Sempre que era interrompido, ele piscava os olhos, surpreso, como se tivesse acabado de chegar àquele mundo. Ele passava a maior parte do tempo fazendo só Deus sabe o que no seu quarto. "Que pássaro é aquele, mãe?", perguntou Jonah, apontando para um espécime com uma cara de brabo no meio do mato.

"Aquilo é um quíscalo."

Quíscalo. Arroio. Vivo até há pouco tempo. O dialeto do Sudoeste estava cheio de palavras e expressões lindas como aquelas. O fato de Layla estar criando um filho de acordo com uma rígida moral mexeu com alguma coisa dentro de Barry. Seu pai tinha feito tudo errado naquele sentido desde que sua mãe faleceu. Dar um enterro digno a um lagarto? Ele talvez tentasse usá-lo para fazer uma carteira. Layla não estava completamente sozinha como seu pai; contava com a ajuda daquela mexicana durante cerca de sete horas por dia, mas mesmo assim. A mexicana era dócil no trato e preparava *chilaquiles* espetaculares. Ela e Barry tiveram uma rápida conversa sobre ônibus. Ela conhecia o assunto, pois viajava treze horas num ônibus rumo ao coração do México uma vez por mês. Um dia ele chegou em casa e encontrou Jonah e a mexicana brincando num escorregador que Layla havia instalado ao lado da piscina, gritando e berrando como se os dois fossem crianças. Aquela era uma cena tão escandalosamente americana que ele queria ter um iPhone para poder fazer um vídeo. Uma vez eles tinham colocado Shiva no topo de um escorregador no Central Park, e ele começou a chorar desesperadamente, e uma velha israelense, que estava esperando na fila com seu neto, lhe passou uma reprimenda, dizendo para ele ser corajoso. Barry fez um corte de oitenta por cento em suas doações para o Instituto Israelita de Tecnologia de Haifa aquele dia.

"Ei, carinha", Barry disse a Jonah. "Você quer que eu te ensine a nadar?"

"Barry foi campeão de natação na faculdade", disse Layla.

"Só no ensino médio", Barry a corrigiu, de forma magnânima. "Campeão de Natação do Condado de Queens de 1989. Mas e aí, amigão?" Na mesma hora ele se sentiu mal por ter chamado aquele menino mirradinho de "amigão".

"Eu tenho que praticar cartografia no meu quarto", disse o menino.

"Bom, e que tal se eu fizesse isso junto com você?", disse Barry. *Cartografia?* O menino olhou desesperado para a mãe, mas Layla achou aquela uma ótima ideia.

"Eu chamo meu quarto de Mapário", disse Jonah. Fazendo jus ao nome, o quarto inteiro estava coberto por mapas de vários lugares, junto com alguns pôsteres dos trens mais rápidos do mundo, como o TGV, o Intercity Express da Alemanha e o trem-bala japonês, o Shinkansen. A princípio Barry achou que os mapas eram realmente antigos, dos anos 20 ou 30, mas quando os olhou mais de perto, percebeu que eles não haviam sido produzidos por um profissional, e sim desenhados meticulosamente à mão, numa combinação de grafite e aquarela, com os nomes dos lugares escritos numa fonte art déco semelhante à que aparecia no seu Tri-Compax. Um mapa inacabado dos estados do Médio Atlântico e da Nova Inglaterra ocupava uma parede inteira.

"Você desenhou tudo isso?", Barry perguntou.

"Aham", disse o menino, sem o menor vestígio de orgulho na voz. Jonah tinha duas expressões que ele usava sempre. "Aham" queria dizer sim, e "Você sabia?" queria dizer que ele ia começar a contar alguma coisa que você, no fundo, não queria saber. O menino pegou um pincel e começou a se dedicar a uma área ao norte de Massachusetts.

"Posso perguntar o porquê?"

"Esta é a linha do Acela", disse o menino, como se a resposta fosse óbvia.

"Sim, mas por que você está desenhando ela?"

"Porque eu gosto", disse Jonah.

"O que você gosta nela?"

"No ano passado, meu pai me levou pra viajar no Acela de Washington até Boston. Ele deu uma palestra no Boston College. Nós sentamos juntos a viagem toda. A gente comeu cachorro-quente, mesmo eles custando cinco e noventa e cinco cada."

Barry olhou ao redor. O quarto estava impecável. Os brinquedos, que basicamente consistiam em miniaturas de trens de alta velocidade, estavam perfeitamente posicionados lado a lado em prateleiras lustrosas, do mesmo jeito que Barry havia arrumado seus relógios no porão. As cortinas bloqueavam o sol de El Paso. Tudo parecia ordenado e familiar. *Exato*. Barry não tinha percebido que já fazia vários minutos que ele estava sorrindo. O que o estava deixando tão feliz? No porão tropical da casa de seu pai, seu bem mais precioso era um computador Commodore 64, que ele podia ficar programando dia e noite. Mas tinha mais alguma coisa, não tinha? Alguma coisa a ver com aqueles mapas?

Jonah cometeu um erro perto de Medford e estava apagando-o com um dedão molhado, absorto em sua própria concentração. Barry decidiu tentar uma nova abordagem. Ele lidaria com aquele menino como se ele fosse um investidor em potencial. Ele estabeleceria um ponto em comum entre os dois. "Eu gosto de trens", disse Barry.

Jonah virou-se. Pela primeira vez, ele não olhava para Barry como uma presença estranha e inútil na mesa do café da manhã. "Eu peguei o trem de Shanghai pra Pequim há dois anos", disse Barry.

"O Trem de Alta Velocidade Jinghu?", perguntou Jonah. Seus olhos estavam arregalados e vivos. Seu quarto tinha o mesmo cheiro de Shiva. Um menino de nove anos não era velho demais pra ainda ter aquele mesmo cheiro adocicado de suor? "É o trem de passageiros mais rápido do mundo", disse Jonah.

"Eu fui sentado num tipo de casulo", disse Barry. "Foi surreal. Parecia *2001: Uma odisseia no espaço*."

"Voce sabia que 'Acela' significa 'aceleração e excelência'?", Jonah perguntou.

"Acho que propaganda é sempre enganosa mesmo", disse Barry. Ele se arrependeu imediatamente, dada a evidente paixão que Jonah tinha pelo serviço ferroviário, torcendo para que o seu sarcasmo passasse batido pela cabeça do menino.

"Você sabia que o Acela pode atingir uma velocidade máxima de duzentos e quarenta quilômetros por hora?", disse

Jonah, "mas apenas em três pequenos trechos em Rhode Island e Massachusetts, que eu destaquei em vermelho aqui."

Barry se aproximou mais do mapa. O nível de detalhe era incrível. Não era só aquela fonte antiga, o mapa todo tinha ares do começo do século XX, como se Jonah tivesse sido o aprendiz de um mestre cartógrafo. Em suas variações, gradações e com seu uso elegante, quase naïf, das cores, o mapa vibrava com emoção. O que certas pessoas não entendiam é que a arrumação de um quarto e o cuidado com objetos inanimados, como relógios, também eram uma expressão de amor pelo mundo. Uma estrela amarela gigante havia sido plantada em Chevy Chase, em Maryland, provavelmente onde seu pai foragido morava agora. Aquele mapa era a vida interior daquele garotinho.

E foi então que Barry se lembrou da sua própria relação com os mapas. Como é que ele havia se esquecido disso por todos esses anos? "Quando tinha a sua idade, eu tinha um mapa de Long Island", Barry disse, "e olhava para ele todos os dias."

"Você fazia isso?", Jonah disse. "Sério?" Havia uma certa agitação em suas mãos quando ele ficava empolgado. Ele fazia o polegar tocar todos os outros dedos, como se estivesse contando, ou para se certificar de que eles ainda estavam ali.

"Sim. Eu era obcecado por uma cidade em Long Island chamada Lake Success." Barry apertou os olhos, tentando encontrar a cidade, que ficava em algum ponto entre Great Neck, em Long Island, e o seu bairro no Queens, mas que talvez fosse muito pequena para que o garoto a tivesse desenhado.

"Por que Lake Success?", perguntou Jonah. Os dois agora estavam próximos o suficiente para encostarem os cotovelos.

"Não sei", disse Barry. "Eu só gostava muito desse nome. Eu queria ter sucesso. Eu morava com o meu pai. Minha mãe tinha... ido embora."

"Eles se divorciaram?"

"Uma coisa assim."

"E você não podia visitá-la duas vezes por ano?"

"Ela tinha ido para outro país. O ponto é que eu não me dava bem com o meu pai. Ele não era legal como a sua mãe. Então, eu queria me mudar pra algum outro lugar, e Lake Success tinha um shopping center, e todas as casas tinham quintais muito legais onde dava pra botar uma piscina. Meu pai era limpador de piscinas, mas a gente não tinha uma lá em casa. Esse mapa ficava o tempo todo debaixo da minha cama. Era um mapa da Exxon, que veio de um posto de gasolina."

Aquilo tudo tinha saído de forma tão espontânea que Barry precisou se sentar rapidamente na cama estreita do menino. "Eu ficava imaginando que teria um monte de amigos por lá", disse Barry. "E parentes também. Uns bem legais, que nem os que a gente vê na televisão."

"Eu não gosto de amigos", disse Jonah.

"Todo mundo gosta de amigos", disse Barry. "Você só precisa aprender a fazê-los."

"Bom, eu não gosto", disse Jonah. Ele olhou para o seu mapa como se quisesse voltar a trabalhar nele. "Eu não tenho nenhum interesse comum com meus pares."

Barry riu. O menino estava obviamente citando Layla. Ou algum psiquiatra do colégio. "Eu também não tinha", ele disse. "Sabe o que fica bem pertinho de Lake Success? Great Neck e Port Washington. Um dia, quando você estiver no ensino médio, você vai ler um livro chamado *O grande Gatsby*. Estas são as cidades que, no livro, se chamam East Egg e West Egg."

"Eu vou procurar por Lake Success", disse Jonah. "Já usei todo o meu tempo de computador essa semana, mas com certeza na semana que vem eu vejo."

“Whitey Ford foi criado lá”, disse Barry. “Ele era um jogador de beisebol.”

“Tudo bem se eu voltar pra minha cartografia agora, sr. Barry?”, perguntou Jonah. “Você pode ficar olhando enquanto eu trabalho.”

“Claro”, disse Barry. “Mas posso te dizer só mais uma coisinha?”

“Aham”, disse o menino.

“Esse livro, *O grande Gatsby*, é sobre um homem que quer ser uma pessoa melhor. E quando tinha a sua idade, eu queria ser uma pessoa melhor também. Então eu praticava todos os dias os meus ‘gestos amistosos’. Tipo, pensava em dez coisas que as crianças no colégio podiam me perguntar, e pensava em dez respostas que eu podia dar a elas. É como desenhar um mapa ou conhecer todos os sistemas ferroviários do mundo. Só que, em vez de fatos, você tem que memorizar o que eles chamam de conversa-fiada. As pessoas que não são tão inteligentes quanto nós *adoram* conversa-fiada. ‘Você ficou sabendo disso?’ ‘Ah, e daquilo?’ ‘Fulano se machucou na aula de educação física.’ ‘Que legal.’ Então continuei treinando muito os meus gestos amistosos, e quando me formei na faculdade, eu já era o cara mais gente boa da minha profissão. E isso me fez ganhar centenas de milhões de dólares.”

Jonah ficou pensando naquilo. “Você ganhou dinheiro por ser amigável?”

Barry olhou para o garotinho. Seu coração batia rápido no silêncio do quarto escurecido. Se ao menos ele tivesse um amigo como Jonah aos nove anos. Se ao menos alguém tivesse lhe dito, quando era uma criança, que ele cresceria bem, que seu pai estava errado, que ele não era nem um *schnorrer* nem um *shegetz* nem um *gonif*.

Layla abriu a porta. “Então”, ela disse, “você agora foi apresentado ao Mapário.”

"Barry também gosta de trens e de mapas!", Jonah gritou.

"Eu achei que o Barry era mais do tipo que gosta de carros de luxo", disse Layla. Mas ela também deu a ele o primeiro sorriso sincero da última semana.

"Não", ele disse. "Não gosto nem um pouco deles. Sou fã de trens, sempre fui. Piuí, como a gente diz no nosso meio."

"Você estudou o alfabeto hebraico?", Layla perguntou ao filho.

"Por favor, mãe", disse o menino. "Deixa eu só fazer mais vinte minutos de cartografia com o Barry."

"Você sabe que o seu pai vai perguntar como está indo o seu hebraico."

Barry deixou que a conversa seguisse. Eles estavam ali, num quarto limpo e organizado, exatamente como era o seu na Little Neck Parkway. Um filho talentoso, um pai aprendendo a ser pai, uma mãe que ainda estava viva.

Na noite seguinte, Barry não estava muito a fim de dormir sozinho no porão. Na verdade, ele havia tentando ensinar Jonah a nadar mais cedo aquele dia, mas quando ele pôs uma de suas mãos na barriga quente do menino e tentou afundá-lo gentilmente na água, como se estivesse realizando um batismo improvisado, os gritos que ele deu foram tão lancinantes quanto os de Shiva. "O.k.", Barry se pegou dizendo na mesma voz que ele usava com o filho, em sua casa. "Agora não. Já entendi. Agora não. A gente tenta de novo outra hora."

Ele subiu as escadas e deu uma espiada no quarto de Layla. Ela estava sentada em sua escrivaninha, digitando furiosamente alguma coisa em seu laptop. Parecia ser no Twitter. Ele viu um monte de sapinhos verdes e o que parecia ser uma suástica na tela. Provavelmente tinha alguma coisa a ver com suas aulas. Ela parecia tão séria e triste, e quando ele tocou seu ombro, ela sentou ereta depois de um espasmo de susto. "Desculpa", ele disse.

"Tudo bem, Bar", ela disse. Bar era como ela costumava chamá-lo na faculdade, especialmente depois de fazer sexo. Ela tocou a mão dele e sorriu. Mas a mão dela estava tremendo e úmida de suor, mesmo com o ar-condicionado ligado.

"O que foi?", ele perguntou.

"Nada. Trabalho."

"Eu quero assistir a uma de suas aulas um dia", ele disse. "É muito sensacional que você tenha se tornado professora. Você disse que era isso que queria, e você conseguiu."

Uma nova postagem apareceu no Twitter. Que trabalho era aquele que ela estava fazendo? Estudos do Holocausto? Seu corpo estava tenso, mas era assim que ele se lembrava dela. Layla era uma garota tensa. Seus lábios estavam secos e quebradiços, e aquilo o fez pensar imediatamente que o seu último beijo tinha acontecido havia vinte e um anos, quando tudo a respeito deles era novo. O pessimismo do mundo ao seu redor mitigou por um instante, e Barry percebeu o que estava prestes a acontecer.

Engraçado como a geração deles não dava muita bola para as preliminares. Eles acharam rapidamente o azedume de seus corpos. Em seguida ela se curvou e ele a penetrou furiosamente por alguns instantes. Ele gemia em meio aos cabelos negros e quebradiços dela, e ela gemia no travesseiro. Quando tudo chegou ao fim, os dois ficaram olhando para o teto por uma eternidade.

"Eu queria continuar sem me envolver emocionalmente, se você não se importar", ela disse, por fim.

"Eu não", disse Barry. "Já cansei disso."

"Sério?" Eles estavam frente a frente agora. Ele olhou para os olhos de sua mãe dentro do rosto do seu pai. Ela era tudo que um homem ausente passando por uma crise de meia-idade poderia querer. Ele poderia ser esse homem.

"Eu estou com uma imagem na minha cabeça, mas ela é muito especial", disse Barry. "Se eu contar pra você, você promete não rir?"

"Posso tentar."

"Bom, eu imagino você, eu e o Jonah, e talvez outros dois filhos. Eu sei lá. Filhos adotivos. Um menino e uma menina. Talvez umas crianças mexicanas, de Juárez. E nós somos uma família. E eu construo um banheiro grande, com três pias, uma ao lado da outra. E são pias caríssimas. E as crianças lavam o rosto juntas antes de irem para a cama."

"Pra que eles precisam de três pias?", perguntou Layla. "Por que eles não podem se revezar?"

"Bom, a ideia é eles não precisarem fazer isso. Porque esse é um banheiro bem grande, onde todos podem lavar o rosto juntos. Escovar os dentes. E se divertir, jogando água um no outro. Fazer coisas de criança."

"Pra mim parece uma forma de você ostentar sua riqueza", disse Layla. Ela viu a expressão de mágoa em seu rosto. "Mas, claro, seria ótimo que Jonah tivesse irmãos. Isso o tiraria de sua casca e dos seus interesses restritos."

"Beleza, então nada de banheiro de três pias, mas, talvez, sim quanto à adoção?"

"Deixa eu te perguntar uma coisa", disse Layla. "Quando você fala com o seu filho? De manhã? Nunca te vejo no telefone com ele."

"Ele só tem três anos."

"Crianças de três anos já falam. Falam *muito*. Ele não sente a falta do papai?"

"Eu não sou como o seu ex-marido, se é isso que você está dizendo", disse Barry. "É diferente entre nós."

"Diferente como?"

"Você se incomodaria se eu guardasse essa parte só pra mim, por enquanto?"

"Talvez."

"Ah, e aliás, você está linda."

"O.k., Barry", ela disse.

"Foi muito difícil pra gente engravidar", disse Barry.

"Eu disse o.k."

A mão dela se perdia nos pelos de seu peito. Ele lembrou de uma vez que estava em Bangkok a negócios, na primeira vez em que ele e Seema estavam tentando engravidar, e todo aquele tratamento de fertilidade da NYU não estava dando certo. Ele estava todo suado, andando pela cidade entre uma reunião e outra, quando deparou com um templo com um gigantesco falo dourado, com um laço amarrado nele, como se fosse um presente. O falo era, ao que parece, um deus da fertilidade, ou algo assim. E várias mulheres jovens que enfrentavam dificuldades para engravidar estavam rezando para ele fervorosamente, curvando-se e se prostrando perante aquele tremendo pintão dourado. Então, umas turistas europeias chegaram e começaram a tirar fotos delas mesmas na frente do falo com um pau de selfie. E elas ficaram rindo e tirando sarro em nórdico, como se aquela coisa toda fosse hilária. Então, Barry avançou na direção delas e arrancou a câmera do pau de selfie.

Barry contou a história a Layla. Ela não ficou muito impressionada. "Por que você fez isso?", ela perguntou.

"Porque eu fiquei furioso."

"Furioso por quê? Porque as turistas estavam desrespeitando as mulheres inférteis ou porque você não conseguia os resultados esperados da sua própria esposa?"

Barry encolheu os ombros. "Eu só queria compartilhar alguma coisa com você", ele disse.

"Você sai por aí fazendo coisas e não sabe o porquê", ela disse. "Essa é a história de todo o seu gênero, em versão ampliada."

Ela pegou o celular e começou a descer a tela num site chamado *FiveThirtyEight*. Que diabos havia acontecido? Como é que fazer amor e falar sobre família tinham acabado *naquilo*?

"Escuta", disse Barry. "Desculpe se a ofendi. Eu preciso aprender a ser mais sensível."

Layla riu, mas não de um jeito muito legal. "Então, você vai trocar a sua esposa e o seu filho por mim e por Jonah", ela disse. "E o que acontece depois, na incrível jornada de autoconhecimento do Barry? Como a gente vai saber que ela chegou ao fim? Como eu vou saber que não sou apenas aquela pastora no seu conto? O que é que o banqueiro dizia pra ela no final? 'Eu queria que nada na minha vida tivesse acontecido. Mas agora é tarde demais.'"

Barry mal podia acreditar que ela ainda se lembrava das últimas frases do seu conto vinte e dois anos depois. Ele a tinha magoado pra valer. Mas isso também significava que ela nunca havia se esquecido dele.

"Mas enfim, se o Trump ganhar, a gente vai se mudar para a Colúmbia Britânica", ela disse. "Eu tenho uma indicação para um trabalho por lá."

"Pra onde você for, eu vou atrás", disse Barry. "Mas ele não vai ganhar."

"E quanto a você?", ela perguntou. "Você acha que vai conseguir ter um emprego de novo?"

Barry não tinha a menor ideia do que faria. Depois de conhecer Jonah, sua Fundação de Relojoeiros Urbanos estava começando a se transformar num programa de cartografia para crianças tímidas de comunidades carentes. "Pra começar, eu preciso te pagar esse empréstimo que você me fez."

"Isso é um sim?"

"Eu não sei", disse Barry. "Neste momento, tudo que eu quero é passar um tempo com o Jonah e fazer sexo com você duas vezes por dia. Como é que você sempre dizia quando a gente estava na faculdade? 'Estou totalmente sem suco!'"

Ela largou o celular, pôs a cabeça no peito dele e beijou seu queixo com a inocência de uma colegial. "Um de nós está cometendo um erro", ela disse.

Barry voltou a nadar. Ele havia trazido com ele um Tudor Heritage Black Bay, um relógio novo e muito sedutor, com uma caixa de apenas trinta e seis milímetros que era totalmente à prova d'água. Ele adorava tomar banho de chuveiro com o relógio, somente ele e seu corpo nu. À noite, nadava tendo como cenário as montanhas Franklin iluminadas pelo luar e, pela manhã, nadava ouvindo o canto dos quíscalos empoleirados nos álamos. Num dia ridiculamente escaldante no meio de agosto, enquanto Layla tirava um cochilo dentro de casa, como ela vinha fazendo de forma cada vez mais frequente, ele viu Jonah sentado timidamente na borda da piscina e ficou com vontade de impressioná-lo. Ele entrou na piscina dando uma bombinha e começou a nadar borboleta tão rápido que quase bateu a cabeça no concreto.

"Uau, você é muito rápido", disse o menino.

"Aposto que você é mais rápido do que eu", disse Barry. "E aí, vamos tentar mais uma vez? Se não rolar, não rolou. Sem pressão."

"Aham." O menino tirou a camiseta. Seus bíceps eram pequenos porém rígidos, como os de sua mãe. Seu calção de nadar parecia a bermuda de um velhinho, e ficou todo inflado quando ele entrou, de forma reticente, na água.

"O.k.", disse Barry. "Nós vamos fazer como da outra vez. Eu vou segurar bem de leve a sua barriga e te deitar na água. E eu não vou te soltar. Não vou te soltar de jeito nenhum. A chance de você se afogar é menor do que zero."

"Isso é matematicamente impossível", disse o menino. Mas ele deixou Barry colocar a mão em sua barriga e deitá-lo de frente na água, até ficar na horizontal. "Por favor", disse o menino. "Eu estou com medo."

“Estou te segurando”, disse Barry. “Relaxe. Relaxe todos os seus músculos. Você vai apenas boiar. É fácil.” O pai de Barry não havia se preocupado com nenhuma daquelas preliminares. Ele tinha levado Barry, aos sete anos de idade, até a piscina de um de seus clientes e simplesmente o arremessado na parte funda. Mas o resultado foi bom, não? Campeão de natação, Princeton, Goldman. Sua vida começou no momento em que ele foi jogado dentro daquela piscina.

Ele segurou o menino pela barriga morna e assustada e disse para ele esticar os braços. Eles começariam pelo nado de peito. Era um estilo que passava uma sensação de segurança. A respiração regular, as descidas e subidas, usar metade do corpo para dar um impulso para cima e depois deixar a outra metade assumir o controle. Ele não permitiria que Jonah desistisse. Aquele menino precisava muito agradar um pai. Por fim, Barry soltou a barriga de Jonah, que foi se impulsionando em pequenos saltos dentro d’água, até cobrir toda a extensão da piscina. “Puta merda!”, gritou Barry.

O menino estava sorrindo de uma maneira que ele jamais havia visto um Hayes sorrir. Normalmente seus lábios pálidos pareciam que iam se rachar com a tensão. Barry foi nadando até ele, o envolveu nos braços e o apertou. “Ai”, disse o menino, “me solta!” Mas ele estava feliz.

Quando Layla finalmente acordou do seu cochilo e saiu de casa, Jonah gritou: “Eu atravessei toda a piscina nadando!”.

“É mesmo?”, disse Layla. Ela lançou um olhar afetuoso e sonolento para Barry, a luz do sol se pondo produzia um halo em volta de seus cabelos. “Ai, meu Deus, eu preciso pegar a minha câmera. Você acha que consegue fazer isso de novo?”

“Aham!”

“Depois eu vou ensinar para ele como fazer uma amizade”, disse Barry.

A mexicana tinha deixado *taquitos* prontos para o jantar. Layla deixou Jonah sentar à mesa com seu calção molhado para comemorar sua conquista. Não havia nada mais trágico e, ao mesmo tempo, comovente do que o corpo franzino daquele menino tremendo sob a luz das lâmpadas fluorescentes da cozinha.

"Eu também tinha dificuldade em fazer amigos", disse Barry, "mas desenvolvi umas técnicas que vou ensinar para o Jonah. Eu ficava repassando um monte de situações na minha cabeça. Sabe, às vezes ajuda se você ficar amigo de alguém de quem todo mundo tira sarro. Tipo um menino pobre. Pense nele como um 'amigo de treino'. Quem é a criança mais desfavorecida da escola hebraica?"

"Você está brincando?", disse Layla. "Acho que não tem nenhuma."

"Talvez alguém tenha perdido a mãe ou o pai, e esteja triste."

"Jesus, Barry."

"Só pensa nisso. E daí a gente convida essa criança para vir aqui e eu ensino pro Jonah os meus gestos amistosos."

"Ei, vamos nadar mais esta noite!", disse Jonah. "Quem sabe você pode marcar meu tempo com um dos seus relógios."

Layla precisava dar uma aula aquela noite. "Posso ir junto?", Barry perguntou a ela.

O menino desviou os olhos para o seu *taquito*.

"Não se preocupe", disse Barry. "Eu não vou a lugar algum."

No caminho para a aula, Layla disse a Barry que ela achava que os alunos da UTEP eram melhores e mais inteligentes do que seus colegas quando eles estavam em Princeton. Ela tinha a sensação de que eles viviam vidas mais plenas. "Esses garotos que vão parar nas universidades da Ivy League, eles já chegam lá destruídos", ela disse. "Para eles, a faculdade é só um período de quatro anos durante o qual é martelada em sua cabeça a ideia de que eles são superiores ao resto da humanidade. Uma aluna da minha turma que é mãe e trabalha tem uma paixão pelo ensino que nós jamais tivemos."

Barry discordava. Princeton tinha sido a melhor coisa que havia lhe acontecido. Ele disse a ela que jamais poderia ter chegado ao topo do mercado financeiro se não fosse por Princeton. Provavelmente também jamais teria se casado com uma mulher tão jovem, bonita e credenciada quanto Seema, muito embora essa parte ele tenha preferido guardar para si mesmo.

Quando eles chegaram, o auditório enorme e um pouco decadente estava inteiramente lotado. Barry estimou que houvesse, pelo menos, umas cem pessoas naquele lugar. Havia muitas mochilas cor-de-rosa da JanSport e bonés da Nike usados de forma não irônica. Barry foi até o fundo do anfiteatro para que pudesse ver, de uma posição elevada, Layla exercendo sua função.

Ela estava usando uma blusa com estampa floral bem colada ao corpo, debaixo de um sóbrio blazer branco. Ele ficou pensando que talvez ela tivesse se arrumado para ele. Aos seus olhos, ela parecia incrivelmente gostosa naquele momento.

A palestra de Layla sobre o Holocausto foi intensa e abusou da interdisciplinariedade. Ela usou tudo que pôde sobre o assunto, do modelo estatístico ao curta-metragem, passando por um filósofo chamado Adorno. Ela era uma mentora agora, e seus alunos a adoravam e lhe obedeciam. Eles levantavam as mãos timidamente, e suas vozes às vezes saíam trêmulas, seu inglês acadêmico ainda hesitante e inseguro. Ela cortava a fala de seus alunos apontando o indicador para eles e dizendo: "Muito bem colocado. Mais alguém?". Ou, se ela quisesse ser um pouco mais dura: "Não posso dizer que concordo".

Os alunos faziam longas exposições sobre sua existência *chicana* e suas vidas do outro lado da fronteira. A mulher sentada ao seu lado, que devia, pela aparência, ter uns trinta e poucos anos, tinha um tio que era dono de uma oficina mecânica em Juárez que havia sido sequestrado por uma gangue do cartel por não pagar a *cuota*, e eles foram arrancando suas unhas, uma por uma, até que seus familiares em El Paso pagassem. "Aquela garota leva duas horas para atravessar a fronteira e vir para a aula", Layla contou a ele mais tarde. "Muitos deles perderam alguma pessoa próxima." Layla sempre puxava o assunto de volta para os anos 30 e 40, mas deixava também os alunos falarem sobre suas próprias vidas. Corrupção, moral e temas relacionados se encaixavam muito bem no assunto. O dono de um negócio tendo que pagar uma *cuota*, um judeu nos tempos do nazismo sendo expulso de sua propriedade, um cambojano tendo os óculos arrancados do rosto por um soco de um capanga de Pol Pot. Ela exibiu slides. Vagões de trem. Os campos de extermínio em Ruanda. Guatemala. Um deles mostrava um cartum onde um sapo de lábios grandes sorria enquanto uma gangue de homens encapuzados estuprava uma mulher de óculos que implorava por misericórdia. "Isso é o que acontecerá aos traidores da raça no dia 9 de novembro", dizia a legenda, seguida por "#MAGA". Deu pra ouvir a turma inteira entrando em choque. Barry ficou chocado também. Fora o fato de a imagem ser tão rude e cruel, aquele era o mesmo sapo que ele tinha visto no laptop de Layla. Será que ela também estava recebendo aquele tipo de mensagem?

"Quem sabe o que é isso?", perguntou Layla, apontando para o sapo.

Talvez duas dúzias de mãos se ergueram. "E quem está sempre no Twitter?" Mais ou menos o mesmo número de mãos.

"É Pepe, o Sapo", explicou uma das várias garotas mexicanas emo da turma. "Ele é um símbolo dos supremacistas brancos."

"E o que 'MAGA' quer dizer?", Layla perguntou.

"Make America Great Again."

Eles entraram numa discussão sobre mídias sociais. Foi extenuante. Ele percebeu que havia uma profunda diferença entre os calouros e os alunos mais veteranos da turma, que eram bastante eloquentes. Em Princeton, os alunos já chegavam preparados no primeiro dia, mas muitos dos alunos que estavam entrando na UTEP pareciam não estar prontos para uma faculdade. Layla não desprezou nenhuma pergunta e explicou tudo que lhe perguntaram. "'Estética' é uma forma complexa de falar sobre beleza", ela disse a certa altura, e depois voltou a falar sobre MAGA e sobre Pepe, o Sapo. Barry ficou torcendo para que ela abandonasse o tema das mídias sociais e exibisse um outro filme sobre o tal do Adorno, ou fizesse algum comentário definitivo sobre os seis milhões de mortos.

Não importava que tópico Layla escolhesse para focar, Barry estava vendo que os alunos continuavam distraídos com o cartum do estupro nazista, que ainda estava em evidência, projetado às suas costas. Um dos alunos do primeiro ano, um branquinho de cabeça raspada, ficou tentando defender a liberdade de expressão. Ele tinha muitos exemplos da cultura pop à sua disposição. "Meu tio sempre diz que existem mais Tenentes Dan do que Forrest Gumps", ele reproduziu. Barry não fazia a menor ideia do que ele queria dizer. "Talvez seja só um adolescente riquinho curtindo com a nossa cara no porão da casa dos pais", ele disse, sobre o cartum do sapo. Barry podia sentir a raiva de Layla aumentando, mas ele também estava ficando cada vez mais irritado. Ele tinha lido sobre esses novos memes fascistas pró-Trump, que era como eles já vinham sendo chamados em Nova York antes mesmo de ele sair de lá, mas agora o horror estava ali, bem na sua cara e na cara de todos aqueles alunos. Qual era o sentido daquilo? Com certeza aquilo ficaria no passado depois que Hillary fosse eleita e tudo voltasse ao normal. Ele ficou com a impressão de que era indigno para Layla mostrar aos alunos algo que a afetava num nível pessoal. Como você poderia comparar o Holocausto com um sapo mal desenhado?

O garoto de cabeça raspada era persistente e, a certa altura, Layla teve de cortá-lo.

"Bom, eu acredito que você está completamente equivocado", ela disse, por fim. A turma inteira tomou um susto. É claro que Layla nunca havia respondido a um aluno daquela maneira. "O.k., eu acredito, *com todo o respeito*, que você está completamente equivocado", ela acrescentou. "E, por favor, não vamos mais citar o Forrest Gump até o fim do semestre." Aquilo era para ter sido uma piada, e seus discípulos mais fiéis deram risadinhas tímidas. "Onde eu estava?", disse Layla.

"Professora Hayes", uma garota latina sentada ao lado de Barry disse, "você pode tirar essa imagem daí, por favor?" *Sim*, Barry pensou.

"Ela está te incomodando?", Layla perguntou. Seu rosto pálido estava vermelho.

"Está", disse a garota.

"Mas nós acabamos de ver uma imagem da libertação dos prisioneiros do campo de extermínio de Sobibor", disse Layla. "Os cadáveres empilhados. Essa imagem ficou ali por, pelo menos, vinte minutos. Ela não te incomodou?" A garota ficou confusa por um instante. "Tudo bem", disse Layla. "Eu não estava querendo te constranger. Sei que essa aula pode ser bem difícil do ponto de vista emocional. O que neste cartum em particular te incomoda?" A garota ficou em silêncio. Barry ficou acompanhando o movimento do ponteiro dos segundos no seu Tudor. Pelo menos alguma coisa naquele mundo fazia sentido. "A cena de estupro com Pepe, o Sapo, é repugnante e vil, mas é só um desenho", disse Layla. "As fotografias que nós vimos mostravam seres humanos de verdade. Um milhão e meio de crianças foram assassinadas pelos nazistas. Vocês não ouviram errado."

"Sim, mas isso acontece com gente que eu conheço", disse a garota, apontando para o slide do sapo.

"Então, isso pode acontecer com você", disse Layla. "É isso que você está dizendo."

"Talvez", disse a garota. "Eu não sei."

Barry ficou torcendo para que Layla demonstrasse alguma compaixão, mas ele sabia, pelos seus três anos de combates retóricos em Princeton, que ela nunca faria aquilo. "Eu vou desligar o projetor", disse Layla, "mas antes de fazer isso, quero mostrar uma última coisa para vocês." Ela fez a tela descer um pouco, mostrando que o desenho do sapo havia sido tuitado para o usuário @Layla_E_Hayes. A turma levou outro susto. "Este cartum foi feito por alguém que estava pensando em mim."

Barry queria dar um soco em alguém, de preferência num nazista, mas na verdade qualquer um serviria. Por que ela não tinha contado aquilo pra *ele*? Por que não tinha dividido aquele peso com ele? Ela não o estava levando a sério. Nem nunca o fizera. Toda aquela baboseira sobre Princeton não ser sensacional era, na verdade, uma forma de dizer que *ele* não era sensacional. Era como se ela estivesse mentindo para ele desde o começo.

"Mas você não usa óculos", disse a garota.

"Sim, mas tradicionalmente os inimigos do povo usam óculos. Lembre do Pol Pot. Aliás, esta excelente pessoa, CommanderGoyToy, esse é o usuário dele, se deu ao trabalho de descobrir que fui casada com um judeu, e que, portanto, sou uma 'traidora da raça'. Ele também descobriu que tenho um filho, e alguns de seus seguidores entraram em contato com ele. Eu tive que apagá-lo completamente de todas as redes sociais."

"Mesmo assim, eu não baniria esse GoyToy do Twitter", disse o Forrest Gump. "'Eu não concordo com o que você diz, mas defenderei até a morte o seu direito de dizê-lo.' Foi Thomas Jefferson quem disse isso."

"Não", disse Layla, "foi uma mulher chamada Evelyn Beatrice Hall."

Barry ficou se revirando, magoado e chocado, a maior parte da viagem de volta para casa. Ele abriu sua janela e inalou desesperadamente o ar fresco noturno. Do outro lado da fronteira, as chaminés das empresas *maquiladoras* liberavam descargas de fumaça em meio à frenética paisagem urbana, como na sequência de abertura de *Blade Runner*. El Paso era o futuro. Ou, talvez, fosse Juárez.

"*O quê?*", ela disse, por fim, quando eles se aproximavam do bairro descolado de Mesa. Eles passavam por um café hipster construído com um monte de contêineres de navio, que Layla frequentava por causa da tigela de grãos ancestrais que eles serviam.

"Nada."

"Tudo bem se você ficou com o seu emocional abalado. Esse é o objetivo dessa aula."

"Puta que pariu, por que você não me *contou*?" Aquilo saiu mais alto do que ele queria. "Eu estou ensinando o Jonah a nadar e a fazer amigos, estamos falando sobre adotar crianças mexicanas, mas eu ainda sou um estranho na sua casa. Eu poderia ter feito alguma coisa."

"Mesmo? O quê?"

"Eu tenho um amigo cujo fundo é dono de grande parte do Twitter. Ele poderia mexer os pauzinhos pra fazer essas pessoas desaparecerem. Ele é o que se chama de investidor ativista."

"Eu sei o que é isso."

"Eu não quis..."

"Eu leio, eu me informo. Você acha que não sei sobre a Valupro?"

Barry se sentiu repentinamente anestesiado e nauseado. "Ah", ele disse.

"Ah?"

A náusea passou, mas ele ainda não conseguia sentir os dedos ou os pés. Ele começou a inspirar e expirar lentamente. "Lá vem a patrulha moral", ele disse.

"Eu disse alguma coisa? Eu sou eu e você é você. Que nem na faculdade."

"Ótimo."

"O quê? Tem alguma coisa que eu não sei?"

"É que tem muita complexidade envolvida numa transação como a da Valupro."

"Ai, meu Deus."

"Então agora você me odeia?"

"Nós não estamos no mesmo carro? Não te deixo brincar com o meu filho? Não estou *trepando* com você toda noite?" Barry se encolheu, como se tivesse levado um soco. Ela era uma pessoa muito mais brava do que Seema, sempre foi. Como é que ele tinha convenientemente esquecido disso durante todos aqueles anos?

"Eu acho, de verdade, que você nunca mais deveria entrar no Twitter", disse Barry, tentando parecer diplomático e, talvez, um pouco magoado.

"Porque eu não consigo aguentar o tranco?", disse Layla. "Porque é uma mídia muito *masculina*?"

"Não, olha, quem sabe você dá um tempinho? Pela sua saúde mental." Ela não respondeu. Toda vez que olhava para ela, ele enxergava aquele blazer sensual e aquela sua nuca provocante. Ele odiava ter que admitir, mas sua raiva e agressividade o excitavam. Ele queria beijá-la. Ele precisava dar um jeito de acalmá-la.

"Olha, eu achei você uma professora incrível", ele disse, assim que se deitaram na cama. "Você não mencionou o Trump pelo nome nenhuma vez, mas sua aula era toda sobre isso."

Ela estava olhando o celular. Barry agora conseguia reconhecer o movimento de baixar a tela no Twitter com seu polegar direito. Provavelmente mais coisas nazistas. "Valeu", ela disse. "Mas isso não faz que me sinta nem um pouco melhor."

Barry deu um suspiro. "Já vi que essa eu não vou ganhar", ele disse.

"Você sempre tem que ganhar."

"Por que a gente não fala sobre o fato de eu ter ensinado o Jonah a nadar hoje?"

Layla começou a chorar. "Eu sou uma mãe terrível", ela disse. "Eu pus a segurança do meu filho em risco."

Ele não estava conseguindo acompanhar suas mudanças de humor. "Essas pessoas são psicopatas", ele disse. "Você chamou a polícia?"

"Eles estão nos vigiando", disse Layla. "A cada minuto do dia."

Barry ficou sentado na cama. "*Quem?*" Ela não respondeu.

"E hoje eu caguei tudo na aula. Falei com eles como se eles fossem burros. Eles não estão entendendo totalmente o que está acontecendo. E é muito importante que eles entendam."

"Você não pode se responsabilizar pela maneira como o país vota."

"Todos nós somos responsáveis."

"Especialmente eu, né? O sr. Valupro. Tirando de crianças moribundas os remédios que poderiam salvar suas vidas."

"É isso que você acha que você fez?"

"Ah, que se foda, Layla. Por que a gente não consegue mudar?"

Ela virou as costas para ele. Eles ficaram deitados em silêncio por um tempo, como faziam no seu quarto no Tiger Inn. De repente, ela esticou o braço em sua direção, pegou sua mão e a conduziu por sua barriga até o montinho coberto de pelo pubiano mais embaixo. "Desculpe", disse Barry. "Eu te amo tanto." Ela o fez se calar.

Ele encontrou a base da coluna dela e massageou suavemente a vértebra com o polegar. Ele beijou seu pescoço, que ainda tinha um sabor jovem. Ele queria lhe dizer o quanto ela o havia deixado excitado durante a aula, pelo menos até ela pôr aquele maldito sapo na tela. Uma professora inteligente e poderosa, vestindo um blazer de linho branco que cobria seus braços desnudos.

Quando ela se virou, seus olhos estavam tão arregalados que Barry achou que ela gritaria com ele. Mas não foi nada disso que aconteceu. Em questão de segundos ela estava em cima dele, esmagando-o em sua cama, e então, da mesma forma abrupta como começou, aquilo chegou ao fim. Layla não olhou para ele nenhuma vez nem ofereceu a menor demonstração de afeto. Barry ficou excitado como sempre, mas o comportamento dela pareceu algum tipo de vingança. Mas por quê? Pelos tempos de faculdade? Pelo conto da pastora? Goldman? Valupro? A porra daquele país em 2016?

Mais tarde eles foram até a piscina, a piscina onde ele havia ensinado o filho dela a nadar, e tentaram encontrar o pássaro gravado na montanha enquanto o sol nascia.

Tinha alguma coisa uivando no arroio, e alguma outra coisa guinchando. Ele ficou se perguntando se ele e Layla estavam se aproximando ou se afastando. "Vamos a Juárez", ela disse. "Eu sei que é importante para você. Você e o seu Hemingway e o seu Fitzgerald. Você era um retardado modernista na faculdade. Eu vou reunir umas pessoas. A gente passa o dia lá."

"Eu te amo, de verdade", ele disse. "Você e o Jonah."

Ela lhe lançou um olhar triste. Eles se inclinaram para se beijar, e depois ela pegou o celular. Ele conseguia ouvir o polegar dela descendo a tela na escuridão.

Eles fizeram planos de ir ao México dentro de uma semana. Antes disso, veio brincar com Jonah um menino chamado Menachem, cujo pai tinha acabado de ser demitido do Wells Fargo que ficava no centro. Barry providenciou um corte de cabelo para Jonah, uma coisa curta e militar, que o deixasse com um aspecto mais masculino. Depois eles passaram o fim de semana inteiro praticando seus gestos amistosos. "Você quer ser como eu?", disse Barry. "Ter muitos amigos, conversar com todo mundo que eu encontro?"

"Aham."

"Não diga 'aham', diga simplesmente 'sim', mas diga sem muita vontade. E nunca comece uma frase com 'Você sabia?'.

Em vez disso, sempre espere que o seu amigo diga a você o que ele gosta, e então responda: 'Isso é muito legal", mesmo que não seja nem um pouco legal. E nada de falar sobre mapas ou trens. Eu sei, eu sei. Escuta, eu adoraria chegar pras pessoas e dizer: 'Ei, esse é um Omega Speedmaster *pre-moon* com ponteiros alpha?' Mas primeiro você tem que saber se eles têm a mesma paixão que você. E a maioria das pessoas não tem grandes paixões. Não do jeito que nós temos."

Para a decepção de Barry, Menachem não parecia muito chateado com o fato de seu pai ter sido demitido do Wells Fargo. Ele era uns quinze centímetros mais alto que Jonah, tinha o cabelo crespo, era engraçado e incisivo. Ele viu a tabela de basquete na garagem e exigiu que começassem a jogar imediatamente. "Você sabia que eu me machuquei jogando basquete?", disse Jonah. "Fui parar no pronto-socorro." Barry deu um suspiro e puxou uma bola de basquete. Ele e Menachem fizeram algumas bandejas enquanto Jonah praticamente ficou só assistindo. As coisas melhoraram um pouco na piscina. Ao que parece, a família de Menachem não tinha piscina, de modo que o garoto se jogou nela de bermuda e camiseta e tudo.

"Sem pular!", cantou Barry.

"Vamos apostar uma corrida!", gritou Menachem. Ele começou a nadar no estilo livre, atravessando a piscina com braçadas vigorosas e derrotando amplamente Jonah, que pareceu não se importar. "Você nada muito bem", ele disse, que não era a melhor das frases, mas pelo jeito tinha deixado Menachem feliz. Barry ficou contente de ver Jonah demonstrando tamanha consideração e cortesia. Aquele menino seria perfeito para Princeton um dia. Layla apareceu trazendo sanduíches de pepino, uma coisa bem de branco protestante, mas garantiu a Menachem que eles eram cem por cento kasher. Os meninos os devoraram tão rápido que Barry chegou a ficar deprimido. Dois meninos famintos. Aquele era o seu sonho. *Aqueles dois* deveriam ser seus filhos.

* * *

Depois do almoço, os meninos foram juntos até o Mapário e fecharam a porta atrás de si. Uma hora depois, devastado pela preocupação acerca das habilidades sociais de Jonah, Barry bateu à porta. "E aí, pessoal..." Os dois meninos estavam debruçados sobre o computador de Jonah, respirando pesado.

"Nós estamos num site de mapas!", gritou Menachem. Todos os trens de Jonah estavam espalhados pelo chão, a primeira vez que Barry os via bagunçados daquele jeito. Ele se inclinou por trás dos meninos e examinou a tela. Jonah tinha postado seu mapa inacabado do Acela com a inocente legenda: "Este é o primeiro mapa que eu posto. Vocês podem me dizer como posso melhorá-lo?".

As respostas foram incrivelmente detalhadas. Havia centenas, se não milhares, de entusiastas que conheciam o Corredor Nordeste da Amtrak de cor e salteado, que deram muitas sugestões produtivas. Uma das mensagens, entretanto, era de CommanderGoyToy: "Você sabia que sua mãe é uma traidora da raça e que você num passa de um mestiço?". Barry ficou indignado. Jonah era um menino de nove anos! Jonah disse que estava acostumado com aquilo. Menachem também não deu muita bola. "Ele não sabe nem escrever direito", Jonah observou.

Deixando os garotos com suas aventuras de computador, Barry foi até o mapa do Acela que cobria a parede. Lá, ele percebeu que Jonah apagou partes de Long Island para abrir espaço para LAKE SUCCESS, que estava identificada por enormes letras maiúsculas e uma estrela amarela tão grande quanto a que ficava na Chevy Chase de seu pai. Mais comovente ainda era a execução amadora de algumas partes da cartografia. Jonah havia claramente deixado Menachem colorir um pedaço de Nova Jersey. Ele tinha sido flexível o bastante para permitir que Menachem compartilhasse seus interesses. Talvez Menachem pudesse se tornar um amigo! "Você só tem mais trinta minutos de computador", disse Barry, que era quem controlava o limite semanal de Jonah.

"Só mais um pouquinho, por favoooor", disseram os meninos, em uníssono.

Quando Menachem foi embora, Jonah caiu no sono imediatamente, cansado demais para colocar seus trens de volta nas prateleiras. Barry fez isso por ele, prestando muita atenção para que cada um ficasse no seu lugar, o Shinkansen ao lado do ICE, o Acela ao lado do TGV porque ambos tinham sido projetados pela Alstom, a multinacional francesa. Barry se lembrou da sensação de cansaço mortal após suas interações sociais com Joey Paramico ou com os gêmeos irlandeses, com sono demais para deixar que sua mente se desligasse com os números e padrões de costume. Para pegar no sono, ele costumava repassar toda a tabuada, ou escrever mentalmente programas para o seu Commodore 64. Depois que aprendeu a fazer amizades, todo o resto se tornou mais difícil. Ele precisou abandonar suas paixões de nerd. Não dava para fazer as duas coisas ao mesmo tempo. Quando chegou aos quarenta, a única coisa que lhe restava eram os relógios.

As placas de rua diziam EL PASO STREET e SIXTH AVENUE, e depois o país terminava. A fronteira parecia um galpão gigante cercado por arame farpado. Bandeiras americanas e texanas exageradamente grandes saudavam os mexicanos que a atravessavam. Ônibus amarelos da Transborde vomitavam famílias numerosas. Os recém-chegados rapidamente começavam a se espalhar pelas ruas num frenesi de compras muito bem organizado. Minutos antes eles estavam em Juárez, e agora estavam comprando Payless Shoes no Texas. Rumores diziam que algumas vítimas da guerra do tráfico do outro lado da fronteira tinham a metade inferior de seus corpos mergulhadas no ácido enquanto médicos os mantinham conscientes. Barry não sabia o porquê, mas parte dele desejava intensamente sair andando na direção daquele galpão, atravessar a fronteira e depois aceitar o que quer que acontecesse com ele do outro lado, na pior das *colonias*, por mais violenta que fosse sua morte. Render-se ao destino. Nunca mais batalhar por nada. Finalmente queimar aquele mapa de Long Island com Lake Success circundada com um pincel atômico vermelho que ele manteve escondido debaixo de sua cama até a faculdade. Incomodava-o o fato de que, apesar de as coisas com Layla e Jonah estarem tão boas e ele amar tanto Chuco Town, ele estava disposto a se entregar à justiça primitiva de um país pobre. Seema dissera que ele não tinha imaginação, mas às vezes ele tinha a impressão de que *tudo* que ele tinha era sua imaginação.

"Ei", disse Layla, cutucando suas costelas. "Sai dessa, Hemingway. Estamos quase chegando lá." Eles estavam numa perua antiquíssima da Nissan de alguém, o carro tomado pelas vozes altas dos colegas de Layla da UTEP. Todos eram brilhantes e joviais e cem por cento engraçados, exatamente como os judeus de Nova York, que era o que mais da metade deles eram. Eles começaram uma competição de quem dirigia o carro mais ferrado. Barry sugeriu que era o "seu" Avalon, mas ele não chegou nem perto.

Tinha uma filipina chamada Gina, que era supergatinha e professora de microbiologia. Barry tinha ouvido falar dela. Ela era, ao que parece, a melhor amiga de Layla. Seu noivo, Jimmy, era o diretor da faculdade de engenharia. Tinha esse outro cara, Judah, que lecionava no programa de estudos judaicos e, espantosamente, compartilhava da mesma paixão de Barry por relógios. Ele usava um Longines vintage pouco óbvio, com o raro cronógrafo calibre 13ZN, o mostrador tão oxidado que mal dava pra ler, bem coisa de Idiota Prodígio do Relógio mesmo. Ele tinha trazido dois caras do programa de estudos judaicos com ele, ambos baixinhos vestindo blusões quentíssimos, cujos nomes Barry não conseguia gravar. Esse Judah era tão alto quanto Barry e tinha mais ou menos a mesma arrogância que ele tinha quando estava em Princeton, exceto que a dele era mais natural. Ele disse que Barry era "um verdadeiro *macher* de Nova York", palavra em iídiche para uma pessoa que faz as coisas acontecerem, o que deixou Barry totalmente envaidecido. Seu pai usava esse termo com muita parcimônia. Os gestos amistosos desse cara eram bons pra caralho.

No trajeto até o centro, Barry ficou implicando com um dos acrônimos academicamente corretos da turma, "PDCs", ou pessoas de cor. "Qual é o ROI sobre os seus alunos PDCs?", ele perguntou. Barry pensou que aquilo poderia ser útil se algum dia ele retomasse a ideia da sua Fundação de Relojoeiros Urbanos.

Todos caíram na gargalhada. "*Quê?* Você não pode usar o termo 'PDC'", disse Gina, a filipina. "Você precisa *ser* um PDC." Barry mencionou que sua ex-mulher era uma PDC e que a babá filipina do seu filho também. A professora filipina perguntou quanto a babá ganhava, e quando ele disse, ela simplesmente olhou para o seu noivo, Diretor Jimmy, boquiaberta. "Isso é *três* vezes o que ela ganha", disse o diretor.

"Você não tem um emprego pra mim?", Gina perguntou. "Eu posso ensinar microbiologia para o seu filho. Talvez ele entre na Hunter."

Antes de rumarem para Juárez, eles foram se encher de coragem com uma rodada de drinques num boteco vagabundo na parte art déco do centro, o tipo de lugar em que um morador de rua usando uma camiseta verde escrito LEGALIZE GAY talvez entrasse carregando uma melancia debaixo do braço para encontrar amigos em situação semelhante. No começo, os amigos de Layla pareciam estar examinando Barry meticulosamente, coisa que ele gostou, porque significava que eles a estavam protegendo depois do seu divórcio. Eles gostaram do fato de Barry não ficar "represando" nada, de falar praticamente qualquer coisa que lhe dava na telha, e que seus erros eram devidos à ignorância, não à malícia. Ele não disse para eles que era um "republicano tributarista moderado", mas sentiu que quase poderia dizer.

"Vocês sabiam que Barry também gosta de mapas e trens?", disse Layla.

"Uau, o Jonah ganhou um amigo pra vida toda!", disse Gina. Todos fizeram um brinde em homenagem a Barry como se ele fosse a melhor coisa que havia acontecido ao menino. Quando Layla foi ao banheiro, Judah, dos estudos judaicos, inclinou-se na direção dele e disse: "É muito importante que o Jonah tenha alguém para servir de exemplo. Isso tira um peso muito grande dos ombros de Layla". Barry sentiu que o apoio de Judah era sincero. Ele queria muito ser um *macher* aos seus olhos.

"Eu o ensinei a nadar", disse Barry. "E a fazer amigos."

"Ele é muito querido", disse o diretor, "mas é muito sozinho."

"*Você* é muito sozinho", disse Gina. Eles brindaram em homenagem aos esquisitões solitários, que muito provavelmente todos eles haviam sido quando crianças, incluindo Barry.

Sua viagem ainda não tinha nem começado, mas ele já não queria que o dia acabasse.

Barry achou que eles atravessariam a fronteira pela ponte Paso del Norte, que era uma continuação da El Paso Street, mas como não conseguiram encontrar um lugar para estacionar, acabaram indo até a ponte da Stanton Street, algumas quadras a leste. Ao redor deles jazia um emaranhado de trilhos de trem, refinarias de petróleo e deserto. O vento jogava areia em seus cabelos. Os homens falavam sobre como aquilo seria assustador e divertido, sobre o quanto eles estavam loucos por uma aventura. Alguns estavam em dúvida se deveriam ou não ter feito um seguro de viagem. Eles foram caminhando pela ponte até uma placa que dizia FRONTEIRA INTERNACIONAL EUA-MÉXICO. Barry olhou para baixo para ver o rio Grande, preso como um animal numa vala de concreto.

No fim da ponte havia uma placa em que se lia MÉXICO em letras vermelhas como pimentas. Barry notou a presença de alguns veículos oficiais mexicanos, fusquinhas cor de laranja carregando a inscrição "Grupos Beta" enfileirados num estacionamento. "Quem são esses?", Barry perguntou a Layla.

"Eles dão assistência médica aos imigrantes que tentam cruzar a fronteira ilegalmente", ela disse. "A maioria são salvadorenhos e guatemaltecos." Barry ficou pensando no pseudoguatemalteco Luis Goodman acondicionado em seu apartamento de 4,1 milhões de dólares — segundo a Zestimate — no Madison Park, enquanto ele, Barry Cohen, estava atravessando a fronteira na direção desse inferno. Uma imagem do mexicano caolho que descansou a cabeça em seu ombro no ônibus para Baltimore veio à sua mente. Gina e Layla vestiam bermuda e camiseta, estavam bronzeadas e bonitas. Barry estava orgulhoso de sua companheira. Sua vida não podia estar melhor. Ele se inclinou e sapecou um beijinho na bochecha de Layla.

Ninguém conferiu seus documentos, e de repente eles já estavam no México. É claro que havia calçamento e estacionamentos e pracinhas, mas tudo parecia meio destruído para Barry. Placas chamavam a cidade de HEROICA CIUDAD JUÁREZ, talvez em referência à recente guerra do tráfico e ao preço que ela cobrou. O grupo sacou seus telefones e tentou descobrir onde ficava a avenida Benito Juárez, a via principal da cidade. Barry avistou um vendedor de rua oferecendo milho grelhado. Ele estava usando um chapéu de caubói feito de palha e tinha uma cicatriz num dos lados do rosto. O homem deu uma olhada demorada no grupo, Barry em sua camiseta de tubarão-baleia do Aquário da Geórgia e, atrás dele, Diretor Jimmy discutindo hermenêutica com Layla a plenos pulmões, enquanto Judah, vestindo um blazer impecável, como se estivesse indo para uma reunião da faculdade, cantarolava um antigo hino da União Judaica com seus colegas, que pareciam carneiros que haviam acabado de ser tosquiados com aqueles blusões.

"Gringos, tomem cuidado", disse o homem do milho.

Gina tomou a frente e pediu informações a ele num espanhol surpreendentemente fluente. O homem gesticulou na direção oeste, seus olhos ainda grudados na turma de americanos. "Gringos, tomem cuidado", ele repetiu.

Aquele aviso só fez com que os homens do grupo se sentissem mais corajosos. "Vamos fazer isso pelo *shtetl*", Judah disse aos seus amigos.

Gina os fez relembrar dos recentes assassinatos em Juárez, cinco homens baleados numa barbearia perto da ponte Santa Fe, e tudo o mais. Mas Barry, por sua vez, sentia-se invencível. "Estaremos seguros andando em grupo", ele disse. "Eu costumava tirar meu sustento fazendo apostas. Vamos fazer isso!"

Eles foram até a avenida Benito Juárez. A rua, que, de acordo com Judah, já havia abastecido gerações de norte-americanos bêbados e tarados, estava agora completamente vazia. As poucas pessoas que cruzaram seu caminho andavam depressa e olhavam para eles com um misto de surpresa e preocupação. Uma matilha de cães de rua corria ao seu lado, esfregando-se em suas pernas como se estivessem buscando desesperadamente se aquecer. Um trem de carga que tinha acabado de sair de El Paso retumbava paralelo à avenida. Outros ruídos emanavam das numerosas farmácias, que tinham instalado enormes alto-falantes ao longo da avenida e estavam tocando dance music genérica e ruim. A música ecoava nas fachadas dos bares e das clínicas odontológicas adormecidas. As farmácias ofereciam cartelas grátis de Viagra se você comprasse analgésicos sem receita. Gina e o diretor entraram numa delas para comprar um pouco de oxicodona para o seu casamento iminente e voltaram com cartelas grátis de Viagra para todo mundo.

"Está ali!", gritou Barry. "O Kentucky Club! Onde Hemingway bebia." O estabelecimento estava incrustado num prédio vulgar de um andar com as palavras FAMOSO MUNDIALMENTE e DESDE 1921 escritas em inglês. Barry preferia que elas estivessem em espanhol. Eles entraram, e ele apontou para uma canaleta que contornava o bar. "Vocês sabiam que, no passado, os caras simplesmente se aliviavam sentados nos seus banquinhos?", ele perguntou.

"Você está parecendo cada vez mais com o Jonah", disse Gina. "*Vocês sabiam...?*"

A turma riu, e até mesmo Layla pareceu não se incomodar com aquilo. "O Jonah é meio que um exemplo pra mim", Barry disse orgulhosamente. "Talvez a gente possa procurar um trenzinho mexicano pra ele."

Todo mundo pediu bebidas. Iluminado por uma luz verde, o bar era escuro e melancolicamente festivo, dentro de um contexto pós-guerra do tráfico. Jovens locais bem-vestidos estavam sentados no bar, conversando sobre trabalho e bebendo devagar; os preços não eram baixos. Barry comeu dois pratos bem servidos de camarão *al ajillo*, sentindo que seu hálito iria de ruim para pior, mas não se importou. Todos estavam bêbados de tequila defumada. "Isso é muito legal!", Barry gritou. "Exceto essas televisões de tela plana. Hemingway bebia aqui! Este lugar deveria ser um templo."

"O.k., querido", Layla disse a ele. "Sossega."

"Querido?", disse Gina. "Eu nunca ouvi a Layla chamar *ninguém* assim."

"Eu sou muito sortudo", disse Barry. Ouviu-se um *aaaaaaaah* coletivo. Aquela era justamente a autorização de que Barry precisava para começar a falar a todo volume sobre como ele tinha atravessado o país num Greyhound por causa de Layla. Ele enfatizou as partes sobre ficar sem dinheiro e não ter o que comer, tentando dar uma reforçada na sua imagem de nômade romântico. "Meu sonho é que um dia Layla, Jonah e eu possamos terminar essa viagem, como uma família. Podemos pegar um ônibus para San Diego e visitar a sepultura do meu pai. Ele gostava muito de Layla."

"Ele ficava me chamando de *Leila*", disse Layla. "E uma vez me disse que eu era muito branquinha, mas que eu tinha um bom cabelo de Sabra."

"Um brinde à eugenia ao estilo judeu!", gritou Judah.

"*L'chaim!*", seus colegas responderam numa voz arrastada. Eles derramaram um pouco de suas bebidas ao brindarem. Será que existia alguma coisa mais animada no mundo do que um departamento de estudos judaicos? Por que *eles* não davam a aula sobre o Holocausto em vez de Layla?

Duas horas mais tarde, depois que já haviam percorrido uma centena de tópicos acadêmicos, incluindo o declínio do Partido Liberal Democrata Japonês ("Eu perdi cem milhões de dólares nas negociações com o iene no ano passado", Barry confidenciou aos seus novos amigos), eles finalmente deixaram o bar entre berros e uivos. Barry e os professores seguiram descendo a avenida, ficando mais longe da fronteira e de suas vidas sensacionais a cada passo. Um vovô bem-apessoado usando um chapéu fedora branco passou por Layla e sussurrou: "*Oye, señorita, un joven?*".

"Puta merda, ele acabou de tentar te vender um bebê!", disse Gina.

"Será que o *joven* vem com um Viagra feminino?", disse Judah.

Layla não achou graça. "Essa foi horrível", ela disse. "Nós não podemos nos esquecer de que tem um outro ser humano na outra ponta dessa transação." Os homens ficaram levemente constrangidos.

A música da farmácia continuava bombando pela rua, mas a avenida estava ficando cada vez mais sinistra. Uma fileira de caminhonetes da Polícia Municipal cercada de policiais com rifles semiautomáticos estava ocupando metade de uma quadra. Eles começaram a gritar com um jovem de camiseta do Texas Spurs e calça de moletom toda rasgada que estava indo na direção deles, olhando de forma maníaca para os lados, balbuciando rápida e discretamente alguma coisa. "Vamos entrar aqui", disse Gina, empurrando Barry e seus amigos para dentro de um bar chamado Don Beto. Ele não tinha a mesma clientela sofisticada do Kentucky Club; havia cadeiras e mesas de plástico branco, uma bateria com cara de abandonada e vários casais de idosos abraçadinhos bebendo grandes canecas de cerveja Sol.

"Você acha que eles vão atirar?", Judah perguntou, esticando os ouvidos na direção da rua.

"Agora, *isso sim* seria uma coisa que valeria a pena assistir", Barry concordou.

"Você tem ideia de como a Polícia Municipal é corrupta?", perguntou Layla. "Durante os conflitos entre os cartéis de Sinaloa e Juárez, eles tiveram que enviar a polícia federal pra fazer uma limpeza."

Barry ficou orgulhoso de ver o quanto ela sabia. "Se acontecer um tiroteio, talvez a gente possa testemunhar contra a brutalidade policial ou algo assim", ele disse.

Layla revirou os olhos. "Ai, meu Deus", ela disse, olhando por cima do ombro de Barry, "é o Jose! Aquele é o meu jardineiro, Jose Luis."

"Espera um pouquinho", disse Gina. "Ele está conversando com o *meu* jardineiro."

"Você tá de brincadeira?", disse o diretor. "Quantos itens da lista de privilégio ianque a gente vai marcar mais esta noite?"

Essa incrível coincidência logo levou as duas gringas a acenar para os seus jardineiros, que ficaram igualmente chocados ao vê-las. Sem ter muita escolha, Jose Luis e seu amigo vieram se arrastando visivelmente contrariados até a mesa deles. Ambos usavam cintas lombares e eram um pouco mais velhos, tinham bigodes de morsa e calos por toda parte, como se trabalhassem com as testas tanto quanto com as mãos. "*Hola*, Jose!", Layla gritou. Ela lhes deu seu melhor sorriso Hayes, e em seguida conversou brevemente num espanhol rudimentar com os dois homens.

Jose Luis se aproximou dela e disse: "Tome cuidado em Juárez, *señora*".

"Fiquem nesta rua", disse o outro jardineiro. "Não vão além desta rua. Na verdade, mesmo nesta rua, tomem cuidado."

"Venham beber conosco!", disse Layla. "*¡Siéntate! ¡Siéntate!* Por favor."

"Não sei se é uma boa", disse o Diretor Jimmy, e Gina também não pareceu muito convencida, mas Layla coagiu os dois empregados a sentarem com eles. Ela pediu com a voz bem alta mais jarras de cerveja Sol para a garçonete.

"Agora você está no meu país", o jardineiro de Layla tentou dizer a ela. "Então quem paga sou eu." Mas é claro que ela não deixaria que ele fizesse aquilo. O jardineiro deu um suspiro e ficou olhando para os pés.

"Acho que ele não gostou muito disso", Gina sussurrou. "Na cultura dele..."

"Ele tem cinco filhos", Layla sussurrou de volta. Depois que os jardineiros sentaram com eles, não havia absolutamente mais nada para se conversar, em qualquer língua. Eles ficaram lá sentados, nas pontas opostas da mesa, olhando uns para os outros. Alguém aumentou a música, um *corrido* tristonho, e um homem e uma mulher, ambos usando botas de caubói, se levantaram para dançar como se aquele fosse o seu primeiro instante na Terra. "Vocês não estão nem tentando", Layla resmungou para os seus amigos da UTEP.

"Eu realmente não falo espanhol", disse Barry, e outros verbalizaram justificativas similares. Gina, que falava espanhol, tentou conversar abertamente sobre El Chapo e o cartel de Sinaloa, mas não foi muito longe. Barry sentiu-se mal por Layla. O silêncio doloroso dos jardineiros continuava. Ele notou a terra em suas unhas enquanto levantavam seus canecos de cerveja pagos pelos americanos. Eles pegaram seus telefones e ele os imaginou escrevendo desesperados para suas amadas, dizendo que tinham sido sequestrados pelos patrões. Layla aproveitou a deixa para sacar, furiosa, seu próprio telefone, e começou a navegar no Twitter. "Querida, não faça isso agora", disse Gina. "Imagine o custo do roaming."

"Dá uma olhada no que esses merdas estão dizendo."

"Não me diz que é aquele GoyToy outra vez?"

"Sim, te digo que é aquele GoyToy outra vez."

"Você está bêbada. Talvez devesse fazer uma pausa no semestre que vem."

"A única coisa que me impede de ficar pensando só nisso é o trabalho."

"Talvez fosse melhor você não dar mais aulas sobre o Holocausto até que essa eleição acabe, que tal?"

Layla bateu com as duas mãos na mesa de plástico vagabundo. Assustados, os jardineiros tiraram os olhos dos seus telefones. "Esta eleição *nunca* vai acabar!", Layla gritou. "Você não vê isso?"

Ela se levantou e saiu do bar. "Que porra foi essa?", disseram pelo menos três pessoas.

"Lá fora muito perigoso", disse Jose Luis.

"Deixa comigo", disse Barry. Ele saltou de sua cadeira e saiu pela porta para ficar debaixo do sol intenso naquela rua estrangeira. Layla estava lá, correndo, *correndo*, na direção oposta da fronteira. Não havia nenhum sinal das caminhonetes da Polícia Municipal. "Layla!", Barry gritou. Mas ela não olhou para trás.

Ele correu atrás dela pelas últimas quadras desoladas da avenida, que terminava numa enorme praça. Havia lá um Scotiabank, que ele achou estranhamente tranquilizador, e uma grande escultura vermelha de três letras JRZ maiúsculas, ao que parece algo relacionado a algum tipo de orgulho cívico. Layla virou à esquerda e entrou correndo numa feira de livros cheia de estudantes universitários que, para Barry, se pareciam com versões levemente mais decrépitas do que seus alunos da UTEP. "Layla!", ele gritou mais uma vez. Os universitários ficaram olhando para ele. Ele era um gringo passando a toda velocidade pelo seu mundo.

Layla correu até uma pequena área verde de um parque e desapareceu dentro dela. Barry foi se enfiando por entre os homens que usavam sombreiros e bonés de beisebol, e as fileiras de idosos cansados reunidos à volta de um solitário chafariz. Mariachis tocavam e cantavam bem alto uma canção insípida que ele supôs conter uma mensagem política. Layla começou a contornar o monumento franciscano que era a enorme catedral que ficava de frente para o parque. Barry a acompanhou, mas logo se viu numa ruazinha deserta, ofegante, seus ombros pesando no calor do deserto de Chihuahuan. Ele estava cercado por carros destruídos e prédios em ruínas. Um país em desenvolvimento, como dizia Seema. Mas, ao contrário da Tailândia ou da Índia, ou de Baltimore, ou dos outros incontáveis lugares pobres em que ele havia estado, ali Barry estava com medo.

"Layla!", ele gritou. "Layla, já chega!"

Algumas daquelas casas lamentáveis tinham pequenos jardins malcuidados atrás dos seus portões de ferro. Barry não sabia o nome das plantas do deserto nem era capaz de admirar sua resiliência. Por que o jardineiro de Layla não tinha vindo atrás dele? Por que os outros não o fizeram? Eles o deixaram sozinho com a missão de resgatar sua namorada, tanto do passado quanto do presente, das entranhas de uma cidade onde as pessoas tinham suas unhas arrancadas uma a uma enquanto suas famílias juntavam a *cuota* do outro lado da fronteira. Aquela era uma rua da morte. Ele podia sentir. Se ao menos a Polícia Municipal aparecesse, virando a esquina numa de suas caminhonetes. Se ao menos ele pudesse lhes oferecer dinheiro em troca de sua vida.

Barry contornou uma quadra para ver a pobreza da quadra anterior se repetir. Um ônibus amarelo de uma *maquiladora* cheio de garotas passou por ele. Parecia um ônibus escolar americano antigo. As mulheres que trabalhavam nas *maquiladoras* eram sequestradas e assassinadas durante os anos 90. Ele tinha ouvido aquilo de uma garota na turma de Layla. Foi para isso que ele tinha vindo até ali? Não para percorrer os passos de Hemingway, mas para dar os seus últimos passos?

"Ei", ele gritou para o ônibus. "Pare! *Arrêtez!*" O ônibus acelerou, cuspindo uma fumaça preta por um cano de descarga que se tremia todo.

Não. Aquilo não era verdade. Barry não queria morrer. Ele queria voltar para casa. Mas para qual casa? Havia uma *ginecológica cirurgía* com um aspecto realmente apavorante, com todas suas janelas cobertas por barras enferrujadas de metal. Mulheres não costumam se dar muito bem nesses lugares. Ouviu-se um tiro, e Barry se agachou na frente do consultório do ginecologista. Talvez fosse o escapamento de um carro. De um carro grande. Talvez do ônibus da *maquiladora*. "Alguém!", Barry gritou. "Alguém, por favor! Alô? *Aidez-moi!*" As fachadas em ruínas absorveram sua voz. Nenhuma janela se abriu. Se aquele lugar não estava morto, talvez aquilo fosse um tipo diferente de eternidade: uma eternidade congelada no medo.

O mundo começou a girar ao redor de Barry, e seus tornozelos fraquejaram. "Olhe para o seu relógio", ele ordenou a si mesmo. "Olhe para ele." Barry estava usando o Universal Tri-Compax hoje. Ele aproximou seu rosto do ponteiro de segundos, que flutuava devagar. Ficou acompanhando o ponteiro no submostrador. O tempo ainda estava passando. O relógio falava a mesma língua de Barry. Ele o informou de que o mundo ainda estava girando implacavelmente sobre o seu eixo de melancolia.

O Tri-Compax era o relógio que estava prometido a Shiva. Ele tinha um lindo mostrador cor creme que havia sobrevivido ao final dos anos 40, ponteiros incríveis no formato de folhas, e encaixes de pulseira grossos, de ouro lapidado. E a lua do mostrador de fases da lua tinha adquirido uma cor amarelada de queijo cheddar, aquela ideia arquetípica da lua com a qual as crianças parecem já nascer. Barry nunca tinha visto um relógio nem qualquer outra coisa envelhecer tão graciosamente, como se estivesse rejeitando o próprio conceito de mortalidade. Ele havia mostrado o relógio para Shiva, e Shiva tinha olhado para o mostrador de fases da lua e depois mirado a janela com seus olhos insones escurecidos pelas olheiras. Era dia, mas seu filho sabia que o objeto no relógio representava o objeto que ele via em sua janela à noite. O relógio era uma prova de que Shiva tinha pensamentos complexos. Barry o havia levado ao relojoeiro que trabalhava na cooperativa militar do Fort Bliss. Talvez lhe custasse mil dólares ou até mais para consertá-lo, que ele não possuía agora, mas o Tri-Compax precisava sobreviver.

O que também significava que *Barry* precisava sobreviver. Ele se levantou e encarou as ameaças invisíveis da rua. Seu corpo inteiro agora tremia como se ele estivesse passando fome. Ele não sabia qual direção era a certa. Talvez todas fossem erradas. Voltou andando pela mesma quadra. E depois mais uma quadra. E mais uma.

Ele virou numa esquina e deu de cara com um Pollo Feliz, que recendia pesadamente a gordura. De acordo com um cartaz festivo, dois *pollos* custavam cento e cinquenta e nove pesos *todos los días*. Uma galinha de desenho animado mostrava o dedão positivamente para Barry. Estava aberto. Tinha gente lá dentro, e eles não eram muito diferentes das pessoas do outro lado da fronteira. Uma família. Três crianças, tal como nas fantasias de Barry. Atrás da galinha ele enxergou os cumes familiares das montanhas Franklin. Então era ali que ficava sua casa. Ali que ficavam os Estados Unidos. Ali que ficavam Jonah e seus mapas. Ali que ficava Lake Success. Era tão perto. Uma mulher estava sentada numa cadeira velha ao lado de um monte de porcaria que ela estava vendendo na calçada, uma blusa preta cheia de babados do mesmo tipo que você encontraria na Casa Blanca, uma loja que ficava na última quadra de El Paso, aqui estava vestida num manequim que não tinha metade de uma perna. Havia muitas bonecas assustadoras que pareciam pedir que alguém as pegasse no colo para fazê-las arrotar, e alguma coisa industrializada americana chamada Flavor Boost. Havia um berço e sapatos femininos, mas não em pares.

"*Donde* a ponte?", Barry perguntou a ela. "*Où se trouve le pont? Donde* Estados Unidos?" A mulher gesticulou na direção do país dele. Algumas quadras depois ele tinha retornado à catedral, os bancos que a cercavam decorados com imagens do papa Francisco com uma pombinha ao seu lado. Em seguida apareceu a avenida Benito Juárez com suas clínicas odontológicas e comprimidos para o pau. O grupo estava esperando por ele na frente do bar, e lá também estava Layla, que fez um breve aceno com a cabeça em sua direção.

"Que porra foi aquela?", ele gritou com ela. "A gente podia ter sido morto!"

"Ah sim, o México é mesmo muito *perigoso*", disse Layla.

"Seu jardineiro nos disse pra não andar pelas ruas. Você tem ideia de onde eu estive?"

"Onde você esteve?"

Mas ele não conseguiu descrever direito. Era apenas uma rua deserta. "Eu podia ter sido morto", ele gritou. Ela soltou uma gargalhada bem alta e escrachada. Seus amigos formaram rapidamente dois grupos e os afastaram, Gina e o diretor falando aos sussurros com Layla, Judah e o pessoal dos estudos judaicos tentando acalmar Barry.

"Isso não está certo", ele disse a Judah. Ele estava hiperventilando. "Qual é o problema dela? Por que saiu correndo daquele jeito? É quase como se ela quisesse que eu me machucasse."

"Ela está sob muita pressão. A eleição. Essas coisas na internet."

"E eu não estou sob pressão? Minha empresa está falindo. Meu filho..." Mais uma vez, ele se interrompeu. Mais uma vez, precisou se conter para não contar a verdade. "Eu ensinei o filho dela a fazer amigos", ele disse. "Eu fiz isso por ela."

Barry estava louco para ir embora do México. A Puente Internacional Paso del Norte estaria repleta de carros com vidros fumê, imaginou Barry, seus ocupantes esperando pacientemente para visitarem os parentes ou assistirem a uma aula noturna na UTEP. A ponte ficava envolta numa imensa jaula de metal, como se fosse uma prisão. À sua frente, o topo dos edifícios de El Paso banhados pelo luar, o prédio da Wells Fargo parecendo dourado em contraste com o escuro das ondulações das montanhas Franklin.

Quando chegou a vez de Barry, ele sorriu moderadamente e entregou seu passaporte falso ao agente da fronteira. O que aconteceria se o passaporte não fosse aceito? Joey Goldblatt tinha dito que aquela era a melhor falsificação do mundo. Eles tinham ido até um porão em Brighton Beach, onde foram fotografados meticulosamente por um eslavo que insistia em chamá-lo de "sr. Cara". Toda a ideia por trás de um passaporte de fuga era que ele fosse uma brincadeira, uma troça, muito embora Joey já estivesse na sua terceira tornozeleira eletrônica e agora falasse cada vez mais sobre o seu eventual retiro em

Belize, para sumir do radar. "Bem-vindo de volta, sr. Conte", disse o agente de imigração.

Enquanto eles entravam caminhando nos Estados Unidos, Layla agarrou seu braço. "Por que ele te chamou de 'sr. Conte'? Que diabos foi aquilo?"

"Fale mais baixo. Eu tenho diversos nomes legais. Questão de negócios."

Ela o encarou com uma expressão insondável. Barry sentiu-se de volta à faculdade. Absolutamente todas as suas mais ou menos cem brigas tinham começado com aquele olhar. "Entendi", ela disse.

"Não, sério. É complicado."

"Eu disse que entendi."

Eles pegaram um táxi para casa. Quando passaram diante do El Rincon, Barry sentiu vontade de parar e descer para absorver sua familiaridade, quem sabe tomar uma xícara daquele café horroroso, mas eles simplesmente seguiram em frente.

Jonah estava dormindo, e Layla passou pela mexicana sem dizer uma palavra, mesmo com ela perguntando se eles haviam gostado do seu país. Por que ele tinha levado aquele passaporte? *Por quê?* Aquilo era para uma emergência, para o caso de ele ter que deixar o país e ir morar com Joey Goldblatt e o resto da "gangue da tornozeleira eletrônica" em Belize. Ele não ia para a cadeia.

Ela estava deitada na cama, descendo a tela do celular com o polegar. *Que bom*, ele pensou. Deixa ela se distrair com a Tuiterlândia Nazista. Mas Layla largou o telefone e olhou para ele. "Barry", ela disse.

"Essa coisa do passaporte era só uma brincadeira", ele disse.

"Não é isso."

"Vamos dormir, tá bom? Amanhã a gente conversa sobre isso. Foi um dia difícil."

"Você imagina o peso que é ser o objeto de fantasia de uma outra pessoa?"

"Quê?"

"Como todo dia é difícil pra quem é *essa* pessoa. Você acorda e pensa: Ah, aqui tem esse cara que diz que me ama, mas que não me ama de verdade. Ele só criou uma versão minha na sua cabeça. Exagerando nos detalhes. Acrescentando nuances e uma narrativa. Toda manhã, eu penso a mesma coisa: Quem eu deveria ser hoje? Sua namoradinha perdida da faculdade? Sua parceira numa aventura internacional? Sua professora assistente particular? A mãe de seus futuros filhos adotivos?"

"Meu amigo Joey me deu esse passaporte. Ele é um libertário. Nós só estávamos testando o sistema."

"Você quer ouvir uma coisa bem esquisita?" Sua voz estava calma. Ele sabia que aquilo não era um bom sinal. Ele queria ouvi-la falando no seu tom sarcástico. Queria que ela o destruísse com sua inteligência. "Lembra daquele conto que você escreveu sobre mim em Princeton? A pastora de Vermont?"

"Então eu vou ser perseguido por sete páginas de ficção a porra da minha vida inteira?"

"Não. Eu andei pensando que talvez ele não fosse tão ruim assim. Talvez você estivesse certo o tempo todo. Talvez essa seja exatamente quem eu sou. Talvez eu *seja* aquela pastora. Talvez eu tenha que ficar sozinha, cuidando das minhas coisas. Talvez eu tenha que ficar longe de você."

Barry tentava falar, mas todas as palavras morriam na sua boca. "Eu sei", ela disse. "Você tem muita coisa de que fugir. Seus negócios, sua ex-mulher. Seu filho." Ela deu um suspiro. "Ah, coitada dessa criança. Não consigo nem imaginar o que ela deve ter feito pra partir o seu coração desse jeito. Como é que uma criança pode partir o coração de um homem?"

"É..."

"Complicado. Ou talvez não seja. Talvez você seja apenas um covarde. E este não é o momento para covardes. Não agora."

"Você pode me insultar o quanto quiser", disse Barry. "Mas eu amo você. Eu amo Jonah."

Ela se apoiou no travesseiro para erguer o corpo e o encarou com uma tristeza cansada nos olhos. "Eu acredito que você realmente ame o Jonah", ela disse. "Meu Deus, como me dói ter que afastar vocês dois."

"Você não precisa afastar ninguém. Vai me desculpar, mas você *tá falando merda*! Você não é uma pastora. Você é uma boa professora. Uma boa mulher. Uma boa mãe."

"Eu não acredito muito em nenhuma dessas coisas."

"Bom, me deixa te *fazer* acreditar. Me deixa provar pra você. Me deixa provar pro Jonah, puta merda!"

"Lamento, Barry. Não consigo. Não importa o quanto você se esforce, não vai dar certo. Esse filho é meu."

Ela virou de costas e se encolheu. Ele ficou assistindo seus ombros tremerem e ouviu o som abafado do choro. "Layla", ele disse. Barry sentou na cama e pôs sua mão no ombro dela, mas ela o rejeitou. "Por favor", ele sussurrou. "Por favor, não faça isso. Eu estou tão perto dessa vez. Tão perto."

Para ele, era como se estivesse de volta àquela ruazinha em Juárez. Ele não sabia pra onde ir. Olhou para o laptop na sua mesinha de cabeceira, pegou-o e foi ao banheiro.

Barry sentou-se na privada e abriu seus e-mails pela primeira vez em meses. Tinha oitocentas mensagens. Ele passou os olhos rapidamente por elas. Zero mensagem de Seema, mas uma era de Armen Kassabian, destinada a todos os seus investidores. Ele clicou nela. "Como todos estão cientes...", ela começava. "Perdas dessa magnitude..." "Fuga de capitais..." "Volatilidade..." "Reavaliação do nosso portfólio..." "Mudanças na direção..." Ele foi conferir quem eram os destinatários daquela mensagem.

FUNDO DE PREVIDÊNCIA CENTRAL DE SINGAPURA — RESGATE TOTAL

AGÊNCIA DE INVESTIMENTOS DO BRUNEI — RESGATE

SISTEMA DE PENSÕES E APOSENTADORIA DE MARYLAND — RESGATE TOTAL

SISTEMA DE FUNDO DE GARANTIA NACIONAL AUSTRALIANO — RESGATE

SISTEMA DE PENSÕES E FUNDOS DE AJUDA AOS XERIFES DE LOUISIANA — RESGATE TOTAL

SISTEMA DE APOSENTADORIA DAS ESCOLAS PÚBLICAS DE KANSAS CITY — RESGATE

STICHTING PENSIOENFONDS ZORG EN WELZJIN — RESGATE

FUNDO DE AJUDA MÚTUA AOS FUNCIONÁRIOS DO BANCO IONIKI E OUTROS BANCOS — RESGATE

AUTORIDADE DE INVESTIMENTO DO QATAR — RESGATE TOTAL

Bom, pelo jeito o Este Lado do Capital já era. Todo mundo, de Brunei até Baton Rouge, queria pular fora. Havia um outro e-mail do seu conselho-geral. Barry estava sendo processado pela sua gerente executiva por assédio sexual. O oficial de justiça não tinha conseguido localizá-lo. "Bom pra Sandy", Barry sussurrou. A última sequência de e-mails também era do seu conselho-geral. "Mandado de quebra de sigilo telefônico e de dados eletrônicos", dizia um deles.

Ele pôs o laptop no piso frio de azulejo. Jogou água no rosto. Eis o que Layla não lhe dissera: que ela sabia que ele era uma fraude.

Ela sabia que ele era uma fraude, e ela não era a única. Javon, e o sr. e a sra. Hayes, e Jeff Park, e Brooklyn e todos os outros que ele havia encontrado na estrada sabiam disso também. E agora o governo estava oficialmente atrás dele. A única pessoa que o respeitava no mundo inteiro era o pequeno cartógrafo no quarto que ficava no final do corredor.

Para onde ele poderia ir? O que lhe restava?

Barry pegou uma lanterna na despensa e uma pazinha de brinquedo do menino. Foi até a piscina, se ajoelhou no chão e desenterrou a pedra de crack.

Tinha um ônibus partindo em direção a Phoenix no instante em que ele chegou à rodoviária. Barry subiu correndo as escadas e pôs sua mala de rodinhas no assento vago ao seu lado. Ele estava de volta. Aquele era o seu lugar. Ele precisava ver o país até o seu fim. Precisava visitar seu falecido pai uma última vez. Precisava chegar a San Diego, ouvir o barulho das ondas do Pacífico. E depois da Califórnia, o quê? Olhou para o Tri-Compax morrendo no seu pulso. Talvez depois que o som do Pacífico ressonasse em seus ouvidos, sua missão estaria finalmente cumprida.

O sol nasceu fatigado sobre os Estados Unidos e o México. Os passageiros arrotavam seus cafés da manhã, mas Barry ainda estava faminto. Um bebê chorava às suas costas. "Aí, mano, come esse Cheetos", um homem dizia. "Cê já tá sujo de novo. Vou ter que te limpar!"

O Texas ficou para trás e eles adentraram a Terra Encantada. O barro e as indústrias desapareceram para serem substituídos pelas colunas simétricas dos bosques de nogueiras e pelas cadeias de montanhas atrás delas. "Mês que vem vai fazer quatro anos que eu e sua mãe estamos morando juntos", o cara às suas costas disse para o filho. "Peraí, mano, peraí", dizia o homem. "Deixa eu terminar aqui." Barry jamais havia precisado trocar uma fralda, mas agora ele gostaria de ter feito aquilo. "É, eu tô sentindo, fedorzinho de primeira", disse o pai, num tom amoroso. "Ô, *não olha pra mim* enquanto cê tá fazendo! Você é um menino muito, muito porquinho."

Trens de carga pareciam formigas andando em fileiras por entre os topos das montanhas, locomotivas enferrujadas da

Union Pacific, vagões de um azul bem vivo da coreana Hanjin. Barry já tinha visto algo parecido um dia, na capa de alguma revista de ficção científica de sua juventude. Nacos densos de vegetação que poderiam ser cactos jovens começaram a surgir nas montanhas. Eles pararam num McDonald's no Novo México, e Barry comprou um hambúrguer duplo de pimenta verde, pelo qual pagou com o cartão de débito de Layla.

O ônibus voltou à estrada. Agora eles estavam se aproximando de Lordsburg, no Novo México, e Barry começou a se sentir desconfortável com a carteira em seu bolso. Ele a tirou de lá e a pôs em sua mala de rodinhas.

As montanhas estavam cobertas de veludo verde. E atrás das montanhas havia mais montanhas, algumas de um ocre queimado, outras de um marrom sarapintado. E na frente das montanhas, rochas que pareciam ruínas de castelos e o topo dos prédios de cidades de quinta categoria. O Arizona os recebia apresentando-se como o "Estado do Grand Canyon". Ao redor do Greyhound, a beleza continuava absoluta. Ocorreu a Barry que nosso país era muito maior do que as pessoas que o habitavam. As montanhas ficariam para sempre ali, aguardando pacientemente, a despeito das pessoas ou dos fatos.

Barry foi caindo num sono delicioso, continental e paradisíaco. Às vezes seus olhos se abriam e ele enxergava as incontáveis *haciendas* fajutas que dominavam os subúrbios. Ele achou que o motorista havia anunciado sua chegada a Tucson, porque, durante um tempo, o ônibus ficou parado. Ele quase conseguiu ouvir a si mesmo roncando. Estava sonhando com Brooklyn, o peso de seus lábios perfeitos, o toque de suas mãos sedosas percorrendo seu corpo. Eles estavam dentro de um jatinho da NetJets em direção a Anguilla, onde ficariam hospedados no Four Seasons, ao qual, um dia, ele havia levado Seema. *Uau*, Brooklyn dizia, *então isso é que é voar.*

A mão dele estava sobre o joelho dela, envolto em jeans, e ele se comprometia a levá-la a qualquer lugar do mundo.

O ônibus começou a se mover novamente. Ele tentou voltar para o sonho com Brooklyn em Anguilla, a ereção ainda apertada em suas calças. *Isso é o que chamam de piscina de borda infinita*, ele lhe dizia. Mas agora, meio acordado, ele não conseguia mais se lembrar de como ela era. Sua imagem se esvaneceu. Era apenas uma negra aleatória que ele havia amado um dia. Ele ficou incomodado com seus pensamentos. E se tivesse *realmente* tentado conhecer Brooklyn em vez de enfiar os dedos em sua boceta poucas horas após eles se conhecerem? E se tivesse confessado seus crimes, reais e hipotéticos, para Layla, desde o princípio? Será que ele era um covarde, como ela havia dito? O que estava acontecendo com ele? Ele estava sonhando ou acordado? Tinha alguma coisa faltando aí.

O ônibus entrou trepidando numa estação rodoviária. "Phoenix", anunciou o motorista. Barry se alongou e bocejou. Estava na hora de sair do ônibus e providenciar a próxima passagem rumo ao oeste. Barry olhou para o assento vazio ao seu lado. Não tinha alguém sentado ali? Ele tinha sonhado com Brooklyn, mas ela não estava no ônibus, estava? Ele tinha certeza de que alguém tinha sentado ali. Não. Não alguém. Alguma *coisa*. Sua mala de rodinhas.

Sua mala de rodinhas com os relógios.

Sua mala de rodinhas com os relógios tinha desaparecido.

"Com licença!", Barry disse com a voz trêmula. "Com licença!"

Rostos negros, pardos e brancos, ainda sonolentos, se voltaram para olhar para ele. Todos estavam se mexendo em câmera lenta dentro do ônibus. "Com licença!", Barry gritou. "Minha mala sumiu!"

Alguns passageiros começaram a prestar atenção. "Minha mala desapareceu!" Barry gritou para eles. Agora ele já estava se espremendo para sair do ônibus e falar com o motorista, que era a figura de autoridade ali e que, talvez, pudesse ajudá-lo. Barry gritou a palavra "Senhor!" e depois um monte de outras palavras, e depois despencou escada abaixo, e depois ficou de joelhos, com as mãos apoiadas no asfalto, seus pulmões divulgando a notícia de sua terrível perda. E depois houve silêncio e escuridão.

Ele estava sentado perto de um ônibus gigantesco que tinha o cheiro do calor da estrada. Havia funcionários da Greyhound em seus coletes verdes à sua volta, e alguns dos passageiros mais proativos estavam conversando, e sua mão segurava um pedaço de pano molhado contra a testa. Uma mulher negra de meia-idade que o fazia lembrar de alguém que ele conhecia, talvez uma empregada, estava falando bem alto. "Este homem, o filho dele é *autista* e ele disse alguma coisa sobre ter perdido um relógio."

Barry ergueu a cabeça para olhar para as pessoas que estavam tentando ajudá-lo. Ele ficou com a impressão de que devia agradecer a alguém, talvez a todos. Como ela sabia que Shiva era autista? Ele tentou se lembrar do que havia dito ou, melhor, gritado, mas sua mente parecia um labirinto com todos os acessos fechados.

"Meu filho também é autista", uma mexicana disse a ele.

"Obrigado", disse Barry. A gentileza e a consideração estavam vindo em ondas. Seu filho era autista. Agora todos sabiam. E daí? E daí, *porra*? O segredo que ele guardava não havia feito dele um bom homem. "Meus relógios", disse Barry. "Eles eram únicos. Eu os estava guardando para o meu filho."

Um funcionário da Greyhound se ajoelhou. "Senhor", ele disse. "O senhor consegue imaginar quem poderia ter pegado sua mala?"

"Ele devia ir à polícia", disse a mexicana.

"Sim, como se isso fosse ajudar", disse a negra.

"Às vezes", disse a mexicana.

A polícia. Em sua outra vida, ele recorreria imediatamente a ela. Mas aí ele se lembrou da pedra de crack em seu bolso e do fato de que havia comprado a passagem de ônibus com o cartão de Layla, que era, agora, tecnicamente, roubado. Layla, a mulher que sabia sobre o seu passaporte falso, que, agora que ele tinha parado para pensar, também estava dentro da mala. Ele não podia ir à polícia. O que ele podia fazer? "Eu amo meu filho", ele disse. As lágrimas agora escorriam pelo seu rosto, enquanto o calor do começo de tarde em Phoenix aumentava à sua volta.

"Senhor", disse o cara da Greyhound.

"Está tudo bem." Ele sentiu a dobra do cotovelo da mulher negra se encaixando na dobra do seu. "Você tomou uma paulada, querido", ela disse. "Mas você tá bem. Cê tá bem."

Barry chorava lindamente. Sentiu-se nada menos que abençoado pela catarse promovida por uma assoada catarrenta. A mulher o conduziu pelo braço até o prédio da estação rodoviária da Greyhound, que parecia um hangar. Os passageiros foram abrindo caminho como se ele fosse Jesus. Nos fundos da estação, havia uma coisa chamada Cactus Café e Suvenires. Uma mulher obesa chamada Flores trabalhava no balcão. "Este homem teve sua bagagem roubada", disse a nova amiga de Barry. "Ele não tem um tostão."

"Ah, não chore, querido", disse Flores. Ela lhe ofereceu um lenço.

"Me desculpe", disse Barry.

"Se desculpar por quê?", disse Flores. "Não é sua culpa." Nada era sua culpa. Seema, Shiva, Brooklyn, Layla. Nada disso. Ele se imaginou morando numa casinha suburbana com Flores e vários membros de sua família. A sorte de Kokura. Será que a família dela tinha? Ele nunca deveria ter apostado na Valupro. De certa forma, toda sua vida havia se desmanchado depois daquela transação. Sua alma foi posta à prova e não passou no teste. Os créditos que Barry sempre acreditou merecer pelo fato de ser parcialmente órfão, de ser filho de um homem problemático, de ser um estudante aplicado e um trabalhador dedicado, haviam se esvaído. "O que você gosta de comer?", Flores perguntou. "Eu não vou te cobrar." Barry pediu o prato de café da manhã. Ovos, batatas, linguiça, pão e café. Ele consumiu todos os sachês de adoçante que encontrou e dois potinhos de creme para café.

A mulher negra enfiou a mão dentro da bolsa. "Eu preciso ir, querido", ela disse.

"Você não precisa me dar nada", disse Barry, mas aceitou os cinco dólares que ela lhe ofereceu. "Deixa eu anotar o seu nome, eu te mando o dinheiro de volta."

A mulher deu um beijo em seu rosto. "Eu vou rezar pelo seu filho também", ela disse.

"Qual é o problema do seu filho?", Flores perguntou, enquanto seu café da manhã tardio chiava na chapa.

"Ele é autista", disse Barry. "Nós descobrimos em setembro." Ele tinha parado de chorar.

"Aqui está seu delicioso café da manhã", disse Flores.

Ele sentou-se para comer e sentiu uma vontade incontrolável de fazer uma prece agradecendo por aquela comida. E então ele enxergou o brilho opaco em seu pulso, os ponteiros azulados que haviam parado fazia horas.

O Tri-Compax.

O relógio que ele pretendia dar a Shiva. Ele ainda estava em seu pulso. Ninguém o havia pegado. Seus lindos relógios estavam perdidos para sempre, mas o Tri-Compax permanecia. "Coelhinho", ele disse, em voz alta. Ficou observando a paisagem monótona da rodoviária, naquela época e naquele lugar, todas aquelas mães, todas aquelas crianças, todos aqueles homens solitários abrindo seu próprio caminho em meio à vegetação rasteira de um país que não precisava deles nem os queria. O Tri-Compax estava em silêncio. Ele havia parado de uma vez por todas durante a viagem de ônibus. O relógio não estava mais registrando sua passagem pelo universo, mas ele ainda precisava dá-lo ao seu filho.

Depois de tomar o café da manhã da Greyhound, ele precisou passar um bom tempo no banheiro da rodoviária e, quando saiu de lá, estava de novo faminto. Um homem branco e mais velho, com os dentes podres provavelmente por causa da metanfetamina, estava comendo os restos de suas batatas e do seu pão. "Desculpe", disse o homem. "Achei que você tinha terminado."

Barry disse para ele continuar comendo. Havia bananas à venda e um pudim de pão que ainda estava dentro da validade. Barry precisava de dinheiro para comprar aquelas coisas e mais uma passagem para San Diego. Ele precisava de investidores. Uma caixa de papelão desmontada da Frito-Lay estava encostada no balcão de Flores. Ele perguntou se podia ficar com ela e pegar emprestado o pincel atômico que estava no bolso de sua camisa, ao lado do button familiar da Greyhound que dizia SIM, EU POSSO.

Barry sentou-se numa mesa de frente para o viciado em metanfetamina que comia seu pão. Ficou lembrando de todos os moradores de rua que tinha visto nos últimos dois meses de viagem e dos cartazes que eles seguravam como atestado das suas condições de vida. Ele começou a escrever na parte de trás do papelão, com sua letra mais bonita:

ELES ROUBARAM TODO O MEU DINHEIRO.
EU TENHO UM FILHO AUTISTA.
REZO POR UM MILAGRE.
QUALQUER COISINHA AJUDA!
☺ DEUS O ABENÇOE ☺

Ele pediu um copo de plástico para Flores. Ajeitou seu cabelo um pouco, para não parecer um maluco. Ficou testando diversas expressões. Basicamente, ele precisava parecer arrependido, porém não triste, que era como estava se sentindo. Precisava mostrar que estava arruinado, mas que não tinha vergonha de sua posição. Ele sentou na frente da entrada da rodoviária, bem ao lado de uma propaganda das batatinhas onduladas da própria Greyhound: CROCANTES E DELICIOSAS, LEVE UM PACOTE PARA VIAGEM. Imediatamente um homem vestindo um colete verde escrito SEGURANÇA apareceu.

"Senhor", ele disse.

"Meu filho é autista", disse Barry.

"Você é o cara que foi roubado?", Barry respondeu com a cabeça. O homem era jovem e parecia um nerd pós-doutorando na ASU por conta do aparelho em seus dentes. "Então, você não pode pedir esmola na estação", ele disse. "Lamento muito o que aconteceu, mas será que não pode fazer isso lá na rua?"

Barry saiu andando com seu cartaz, e o calor seco começou a queimar suas panturrilhas e seu pescoço. Uma rodovia ia se transformando em outra e, depois delas, via-se o arquipélago do aeroporto de Phoenix.

Ele ficou segurando seu cartaz com uma das mãos e o copo de plástico com a outra. Sua calva começou a ficar vermelha.

Caminhões passavam por ele. Pontiacs também. Ele não fazia ideia de que ainda existiam Pontiacs. As pessoas, esgotadas, o observavam enquanto esperavam que as luzes mudassem de cor no semáforo. As SUVs nunca davam nada, mas ele conseguiu três dólares de uma Mitsubishi. Uma mulher mestiça dirigindo um Taurus deu dois dólares a ele. Seu marido estava no banco traseiro, dando refrigerante para uma criança pequena. Um carro da Freddy's Paisagismo deu um dólar. Eram uns caras brutos, tipo casca-grossa, trabalhadores braçais. Uma mulher à beira da meia-idade dirigindo um Pontiac confessou que seu filho também era autista. "Estamos gastando cada centavo que temos com os tratamentos dele", ela disse.

"Eu sei como é", disse Barry. "Deus te abençoe por ter parado." Eles trocaram olhares de gentileza. Barry viu seu reflexo nos óculos de sol dela, um homem velho e cansado usando uma camiseta dos Chihuahuas de El Paso. A sombra de barba de um dia estava grisalha. Naquele momento ele estava igualzinho ao seu pai, exceto pela fagulha de interesse humano em seus olhos cansados. Após seis horas debaixo do sol, ele tinha vinte e quatro dólares, pouco mais do que a metade do preço de uma passagem para San Diego. Ele nunca tinha trabalhado tão duro na vida. Ele estava louco por uma Dasani.

Barry entrou novamente na estação. O ambiente gelado aliviou tanto as queimaduras em seu corpo quanto o alertou para a dor que ele sentia. Estabelecendo um teto de gastos de quatro dólares, ele adquiriu um potinho de *parfait* industrializado e uma garrafa d'água e se sentou numa mesa. Não havia nada mais delicioso no mundo do que *parfait* industrializado da Greyhound.

Encostado no balcão de café, um grandão musculoso vestindo uma camisa de malha conversava com uma velhota que usava óculos espelhados da Oakley. Ambos estavam calibrando seus cafés com doses generosas de leite, que era cortesia. "Saí do Kentucky na segunda-feira", disse o homem. "Com destino a Vegas."

O cabelo do bombado era loiro e curto, e seu rosto indefinido poderia ter qualquer coisa entre os vinte e os quarenta anos de idade. Um de seus enormes bíceps exibia uma tatuagem do logotipo da Bentley, um B dentro de um círculo com asas. Se Barry lembrava corretamente do Bentley de Jeff Park, aquele B deveria ser branco sobre um fundo preto, mas aquele jovem ambicioso havia colorido o seu de vermelho-sangue. "Eu não conheço o Kentucky", disse a mulher. "É legal lá?"

"Não muito", disse Bentley. "Mas as pessoas são demais."

"Eu estou indo para Dallas", disse a mulher. "Tenho dez dólares no meu cartão de débito." Seus óculos espelhados devem ser falsos, pensou Barry. "Bem, aproveite, o que quer que você for fazer por lá", ela disse. "Tenho certeza de que *não é* da minha conta."

"Eu só estou voltando pra casa", disse Bentley, desconcertado pelo tom ameaçador na voz da mulher.

Barry foi ao banheiro para se lavar. Olhou para si mesmo no espelho. Sua pele queimada tinha um aspecto estranho. Agora ele era um autêntico trabalhador braçal. Tirou a camiseta e jogou água nas axilas. Bentley entrou no banheiro e acenou para ele com a cabeça. "Pra onde você está indo?", ele perguntou. Sua voz também era toda musculosa.

"San Diego", disse Barry, "mas estou curto de grana." Ele enfiou a mão nos bolsos para se assegurar de que seu dinheiro ainda estava lá, e a pedra de crack escapou e caiu no chão. Barry se atirou no chão para pegá-la.

"Isso é o que eu estou pensando que é?", Bentley perguntou.

"Me deram de sacanagem em Baltimore."

"Sem galho. Nada contra."

Barry jogou um pouco de água no rosto.

"Parece que você se queimou um pouco aí no sol", disse Bentley.

"Eu fiquei pedindo dinheiro ali perto da rotatória do aeroporto", disse Barry. Estava seminu num banheiro de uma estação da Greyhound falando sobre pedir dinheiro na rua, mas ele não estava envergonhado. A verdade é poderosa. Seu Tri-Compax aparecia no espelho, todo cor creme e dourado.

"Eu adoraria te ajudar", disse Bentley. "Mas talvez você possa me ajudar. Eu ainda vou levar sete horas pra chegar a Vegas, se é que você me entende."

"Desculpa, o quê?", disse Barry.

"Isso que você tem no seu bolso." Barry ainda não tinha entendido. "Quanto você quer por isso?"

"Ah", disse Barry. "Eu tava pensando em guardar, sabe? Para uma ocasião especial."

"Sem ofensa, mas você não parece alguém que vá ter muitas ocasiões especiais", disse Bentley. "Eu te dou vinte pratas pela pedra. É muito mais do que ela vale. Meu ônibus pra Vegas ainda vai demorar um *bom* tempo pra sair. Eu te deixo dar uns pegas também."

Barry achava que aquela pedra, que era de um tamanho bem considerável, provavelmente valia bem mais do que vinte dólares, mas vinte seriam mais que suficientes para o resto da sua passagem e uma banana. Eles saíram andando e, enquanto mais um dia terminava em Phoenix, entraram numa rua secundária que passava pelos estacionamentos da National e da Alamo e por uma cerca de elos de metal por trás da qual repousava uma dúzia de caminhões da FedEx. Árvores que pareciam atrofiadas bloqueavam a visão da larga avenida ao longe. A via estava praticamente sem tráfego; era difícil imaginar que ela servia para conectar duas partes de Phoenix. "Aqui está bom", disse Bentley. Eles se encostaram na cerca de elos de metal. "Coloca isso senão você vai fritar nesse calor", disse Bentley. Ele tirou de dentro de uma sacola de viagem um boné com proteção de tecido para o pescoço e o entregou a Barry.

"Você se importa de me dar aqueles vinte dólares agora?", Barry perguntou. Bentley gargalhou. Ele não se importava nem um pouco. Tirou uma chavezinha de fenda de dentro de sua sacola e esmigalhou a pedra, que parecia um pedaço de parmesão, em pedaços mais administráveis. Barry ficou triste de vê-la sendo destruída. As mãos de Bentley estavam cobertas por marcas de queimadura e feridas que se recusavam a cicatrizar por completo. Ele pegou um cachimbo de vidro, enfiou uma redinha dentro dele com seu dedão e depois colocou uma bolinha de crack. Ele a acendeu com um isqueiro Bic vagabundo e ficou virando o cachimbo com os dedos, para amolecer a pedra. Ele era tão habilidoso e organizado, apenas mais um bom menino americano pegando a estrada. O crack tinha o cheiro dos pneus queimados que vinham das *colonias* em Juárez, misturado com o aroma pungente de alguma coisa doce, como marshmallow. Por fim, Bentley pôs o cachimbo nos lábios e inalou profundamente. Uma névoa preencheu o vidro. Ele passou o cachimbo a Barry, que estava encostado de forma muito desconfortável na cerca de elos de metal, usando aquele chapéu extravagante para se proteger do sol.

"Só um pega", disse Barry. O cachimbo queimou seus dedos. "Ai!", ele gritou. Bentley deu outra gargalhada. Ele tirou algum tipo de pomada para os lábios da sua sacola de viagem e o passou a Barry.

"Ponha isso nos lábios", disse Bentley. "Esse troço te resseca pra valer." Seus olhos eram do mesmo azul das piscinas de borda infinita em Anguilla. Os músculos dançavam dentro de sua camisa de malha. Barry inalou a fumaça e tossiu. "Você precisa ficar virando o cachimbo desse jeito com os dedos", disse Bentley. "Continua puxando."

O crack tinha gosto de quarto de hospital e, de repente, Barry se viu de volta à maternidade quando Shiva estava nascendo, os urros de horror de Seema, o médico gritando de forma suave, porém firme, para que ela empurrasse mais forte ("Com raiva, Seema, furiosa!"), alguma música de sucesso entre as garotas de hoje tocando no aparelho de som da Tivoli que Seema tinha trazido para inspirá-la, e depois os soluços e os guinchos do pequeno alienígena que emergiu do meio de suas pernas. A cena estava se repetindo diante de Barry, porém, agora, em vez de ficar apavorado e se esconder no banheiro para virar doses de *single malts* japoneses de dez mil dólares o gole, ele ficou lá parado, testemunhando do começo ao fim o inenarrável prazer que uma mãe experimenta ao saber que seu filho está vivo.

A mente e o corpo de Barry pulsavam, carregados de energia. Ele queria contar tudo sobre sua vida para Bentley, mas havia perdido momentaneamente a capacidade de falar. Um avião da Southwest, um dos muitos, estava manobrando para aterrissar no Phoenix Sky Harbor, todo prateado e luminoso, mas em vez do som de suas turbinas, Barry ouvia o ruído de um trem da Long Island Rail Road deixando a cidade e pegando seu rumo, o dia chegando ao fim, a troada grave da voz de seu pai falando sozinho enquanto abria latas de atum na cozinha, a ausência de sua mãe, a solidão de uma mente afiada num quartinho minúsculo, um pôster solitário da SUNY-Binghamton mostrando um grupo de jovens de Long Island abraçados aos ombros uns dos outros, numa calorosa demonstração de afeto primaveril. Barry finalmente reencontrou sua voz. "Eu sou do Queens", ele disse para Bentley. "E você?"

Bentley começou a falar, mas Barry só entendeu parte do que ele estava dizendo, como se algumas palavras estivessem numa outra língua, mas o que entendeu foi que Bentley estava sentindo a falta não só de apenas um de seus pais, mas de ambos, e que sua avó, que ele amava, e que também o amava, morreu após ficar doente por um longo período, sua partida deste mundo pontuada pela perda dos membros, um após o outro. Ela estava no Kentucky, enquanto os vestígios da existência dele estavam espalhados entre Nevada e as regiões mais carentes da Califórnia. Era difícil imaginar como aqueles dois estados tão distantes poderiam se conectar, ou em qual deles Bentley havia nascido. Toda vez que dizia uma palavra, ele estufava o peito, como se estivesse empolgado ou com dor.

"Eu não vou votar no Trump", disse Barry.

"Eu não vou votar em ninguém", disse Bentley. Ele ofereceu uma segunda tragada para Barry, e ele não conseguiu negar. O cachimbo estava quente e oleoso, e queimou de leve a ponta de seus dedos. Barry sentiu uma nova onda de energia. O sussurro suave da memória sendo apagada. Será que, se ele fumasse a noite inteira, amanheceria renascido?

Barry tirou seu boné de proteção e arrumou o cabelo, todo seco e embaraçado. O sol estava se pondo, e ele agora falava sobre o seu clube de culinária na faculdade e sobre como tinha sido difícil para seu pai pagar todos os custos. "Então você foi pra faculdade e tudo?", perguntou Bentley. Barry não quis dizer que tinha estudado em Princeton, não queria abrir um abismo entre os dois, mas aquela energia intensa havia mexido com seus brios, e ele acabou contando a verdade. "Aham, tá bom, Princeton", disse Bentley. "Essa aí eu vou ter que dizer que é papo furado, meu velho."

Barry deu uma gargalhada. Como é que ele *poderia* ter estudado em Princeton? Aquilo era um caso de identidade trocada. Aquilo e o Goldman Sachs e o Este Lado do Capital. Somente seu amor pelas mulheres ao longo de toda a vida, por Jonah e pelo seu filho era verdadeiro. "Eu me sentia mal", ele disse, "porque fiz minha mãe dirigir até o shopping pra comprar um bonequinho do Han Solo pra mim e ela acabou morrendo num acidente de carro. Mas eu não me sinto mais assim.

Depois de hoje, não vou mais me sentir mal. Porque onde quer que ela estiver, ela já me perdoou. Se ao menos eu pudesse ver seus olhos mais uma vez. Os olhos dela eram lindos. Você acha que eu tenho olhos bonitos?"

"Eu acho", disse Bentley.

Barry ficou com vontade de tirar as roupas e exibir seus ombros de nadador. Eles eram, os dois, homens brancos americanos usufruindo do seu país ao estilo *Pé na estrada*. "Um mexicano caolho dormiu no meu ombro!", ele berrou. Bentley usou o que parecia ser um pedaço de guarda-chuva para cutucar o cachimbo por dentro e tirar mais alguns pedacinhos suculentos de crack. Eles queriam celebrar cada avião da Southwest que passava por cima da cabeça deles antes de aterrissar, mas não sabiam como, e quando o motor de um dos caminhões da FedEx de repente foi acionado do outro lado da cerca, nenhum dos dois deu a menor importância. A temperatura caiu um pouco, e quando o sol desapareceu por completo e a lua branca do deserto começou a flutuar numa diagonal, como num filme, Bentley abriu as calças. "Nossa pedra acabou", ele disse. "Você quer me chupar?"

"Tudo bem", disse Barry.

"Passa um pouco de pomada na sua boca primeiro."

Em meio à escuridão abissal, o cara meio que não tinha uma forma definida, e Barry se guiou mais pelo cheiro. O que ele tinha em sua boca era tão macio e humano. Estava suado e fedorento e tinha gosto de mijo, mas ele queria aquilo em sua boca o mais fundo que fosse capaz de suportar. A mente de Barry ainda estava processando as contradições *disso* quando ele sentiu a mão de Bentley em sua cabeça, empurrando-o para a frente e para trás. É isso aí. Era assim que tinha de ser. Era assim que Seema fazia duas vezes ao ano, no seu aniversário e na primeira noite de Chanuká. Seu nariz mergulhava no Bombril que eram os pelos pubianos duros de sujeira de Bentley, e aquilo acabou sendo um pouco demais pra ele. Ele engasgou e raspou os dentes no pênis, que estava meio mole.

"Cara, você não sabe mesmo o que está fazendo", disse Bentley, empurrando-o para longe. Barry se sentou contra a cerca. Ele estava envergonhado, mas também exultante. Bentley se levantou e começou a se masturbar, e Barry sentiu vontade de fazer o mesmo. Pela primeira vez em sua vida, ele não conseguia pensar em nada para fantasiar. Era só o movimento constante da masturbação, a lua do Tri-Compax sobre tudo e, de vez em quando, a luz de um Hyundai que passava por ali com os faróis altos. Por fim, Bentley começou a soltar uns grunhidos e sua cabeça escorregou para dentro dos músculos do seu pescoço. Toda a energia de Barry se esvaiu, e a única coisa real era o gosto de outro ser humano em sua boca. "Ei, acorda", ele sussurrou para Bentley. "Você vai perder seu ônibus pra Las Vegas. Acorda." Mas Bentley não acordou.

"Não é permitido o consumo de álcool ou de drogas ilícitas neste ônibus", dizia o motorista. Barry experimentou um ataque de paranoia. "Se você tentar comprar álcool, isso vai pôr fim à sua viagem. Se a sua comida for atum ou sardinhas, não abra o pote até que esteja numa área externa." O motorista negro e careca era bonito como um ator de um bom programa num canal mais humilde da TV a cabo. Barry sabia que sentiria falta do Greyhound. Ele ficou observando a linha dos prédios de Phoenix desaparecendo no horizonte. Cactos *saguaro* apareciam como se fossem homens com um só braço em meio à vegetação rasteira. Ele ficou imaginando se, de alguma forma, havia deixado de se conectar por inteiro com Bentley, apesar do boquete. Ele poderia ter falado sobre Jeff Park e *seu* Bentley, mas quem sabe, no meio da sua chapação, ele tenha falado. O sabor do sexo ainda queimava em seus lábios. Seus dedos estavam chamuscados e cobertos de pó de crack. Montanhas se erguiam no horizonte como se fossem os contornos de uma cidade toscana.

Eles atravessaram o rio Colorado e entraram na Califórnia. "Urru!", algumas pessoas gritaram, felizes de deixarem o Arizona para trás. Em algum ponto no meio do deserto de Mojave, um deficiente mental obeso de cerca de sessenta anos entrou no ônibus, e ninguém queria sentar ao seu lado, mas Barry o convidou. Uma mulher no fundo do ônibus começou a bater palmas e a cantar uma versão gospel de "Feliz Aniversário" para os seus filhos. Imagine comemorar seu aniversário no fundo de um Greyhound. Barry começou a chorar lágrimas quentes que recendiam a crack. O gordo pôs a mão na calva de Barry e começou a esfregar para a frente e para trás. "Eu estou sugando toda a energia do seu cérebro", ele disse, gentilmente.

"Eu só estou chorando porque estou indo visitar o túmulo do meu pai", disse Barry, muito alto.

Aquilo chamou a atenção das pessoas. Elas começaram a dizer para ele que tudo ia ficar bem, mas também começaram a falar em voz alta sobre a vida delas. Uma mexicana gostosa de cabelo roxo e com um skate falava para uns brancos grandalhões de alguma base militar que ela tinha se criado nas ruas desde os cinco anos de idade. "Você é muito forte", dizia um dos brancões. "Você vai ficar bem. Meu pai era alcoólatra. Não o tempo todo. Não era ruim sempre."

O companheiro de viagem de Barry começou a falar em voz alta também. Ele havia crescido em Louisiana. Sua mãe batia nele quando ele roubava maçãs. Seu nome era Kenneth Long. A atmosfera dentro do ônibus mudou, e agora os passageiros estavam felizes de terem Kenneth entre eles, e ele pertencia àquele lugar, assim como Barry. "Você é legal, Kenneth", disse a mexicana gótica.

"Eu vim lá de Manhattan!", gritou Barry.

"Quando você mora nas ruas, você encontra muitos ratos", disse a mexicana. Outros também tinham experiências com ratos e com mães que batiam e pais que bebiam. O ônibus inteiro estava se confessando agora e, às vezes, quando alguém dizia alguma coisa feia, o motorista gritava no sistema de som: "Olha a língua!", mas aquilo não os fazia parar, nem sequer por um minuto. As pessoas falavam sobre os lugares onde haviam sido presas da mesma forma que as pessoas no Acela falavam sobre onde tinham cursado direito. Elas começaram a anotar os e-mails umas das outras e Barry descobriu que não era capaz de usar a caneta que lhe foi dada. Será que o crack tinha fritado seu cérebro? "Só me diz qual é que eu escrevo pra você", disse Kenneth Long.

Eles pararam num lugar que vendia sanduíches, e Barry disse que não tinha dinheiro, e uma mexicana de óculos com a barriguinha de fora lhe comprou uma *carne asada torta* e um refrigerante Jarritos sabor tamarindo. O solo ao redor da lanchonete era seco e rachado. O céu estava todo manchado de rosa. Céu do deserto. Céu da Califórnia. O sol se punha atrás de um posto de gasolina sem nome. O gordo sentado ao seu lado seguiu peidando pelo resto da viagem, mas foi perdoado. Ele também ficava enjoado com o movimento, e muitas mãos trabalharam juntas para ajudá-lo a chegar ao banheiro a tempo de vomitar. "Cala boca, porra!", uma mãe estava gritando com sua garotinha. "Esta já é a sexta vez que eu te digo." A criança começou a chorar. "Não faz assim comigo!" Mas todos aqueles passageiros ofendidos e maltratados à volta de Barry não deixariam uma coisa daquelas passar, de modo que começaram a gritar com a mulher, como se aquilo pudesse mudar a vida deles mesmos, como se estivessem enfrentando seus pais e suas mães, fazendo-os sofrer. Vozes negras, brancas, latinas. O ônibus inteiro estava gritando com a mulher, e o motorista ficava repetindo "Olha a língua" sem parar no sistema de som.

San Diego se aproximava em meio à poeira. Eles passaram por um letreiro luminoso com os dizeres CRÉDITO CONSIGNADO em verde e vermelho, como se fosse propaganda de um Natal que nunca viria, e Barry teve aquela sensação californiana de que o oceano estava bem à sua frente, de que a qualquer momento ele se apresentaria com a sua imensidão azul-escura. E estava mesmo. E foi exatamente isso o que ele fez.

12.
Navegando com o *nebbish*

Seema, seu pai e Shiva estavam andando por uma trilha íngreme e arborizada que cruzava o Ramble do Central Park que a deixou completamente sem fôlego, mas que Shiva e seu avô venciam todos os dias desde que os pais de Seema tinham se mudado para o seu apartamento, três semanas antes, quase imediatamente após ela lhes contar sobre o diagnóstico. Shiva precisava se deslocar até aquele lugar tranquilo atravessando o ruído, e possivelmente, para ele, o terror do mundo convencional, mas seu avô estava determinado e processava todo o mundo externo para ele, explicando a incursão repentina de uma ambulância ou a impossibilidade sensorial da Park Avenue na hora do rush. Ninguém sabia o que Shiva realmente entendia (o que *qualquer* criança de três anos entende?), mas assim que o pai dela apontava para alguma coisa e falava sobre ela passo a passo, no seu jeito de engenheiro, o menino se acalmava. Aqui, no matagal do Ramble, sem a presença das paredes para confiná-lo e das luzes artificiais e dos sons agudos, o filho dela era um atleta. Ele sabia de cabeça todos os caminhos pelo labirinto do Ramble, com seus arcos e degraus e corredores sinuosos. Atirava-se contra as paredes rochosas e as escalava, pendurando-se nas raízes retorcidas e nas folhas ressecadas das plantas urbanas, todos os seus saltos perfeitos, cada pisada bem colocada. "Brincando de Everest", era como o avô chamava aquilo.

"Cuidado", uma riponga branquela gritava para uma garotinha negra de uns sete anos de idade que estava seguindo de perto um jovem asiático cego que usava uma bengala. Eles estavam percorrendo uma trilha acidentada em direção ao gazebo favorito de Shiva. "Para antes desse morro! Rachel!" Seema ficou imaginando que eles eram irmão e irmã, adotados pelos seus pais hippies brancos. Ambos tinham o cabelo desgrenhado, começando a ficar grisalho, e usavam camisetas que homenageavam pequenos bairros de Catskill. Seema ficou tentando imaginar como seria criar dois filhos com uma renda convencional — um pensamento que jamais teria lhe ocorrido antes de se casar com seu marido —, mas eles estavam lá, todos os quatro, no Central Park, gritando uns com os outros como se não fosse nada de mais, como se eles fossem aquela família feliz imaginária com seu banheiro de três pias sobre a qual Barry lhe falou no seu segundo encontro.

"Mamãe, falta quanto pro gazebo?", a menininha gritou de volta.

A cada poucos passos, ela pegava o irmão pela mão e corrigia sua rota, enquanto ele ia batendo com sua bengala. "Rachel, cuidado com os buracos."

"Pode deixar, mamãe!"

"E as pedras?", gritou o menino.

"Já passamos pelas pedras, Sander. Na volta a gente te leva até lá pra você tocar nelas."

"Pai, eu acho que o Shiva não vai querer compartilhar o gazebo", Seema disse. "Ele não está acostumado a ter outras pessoas lá." As duas crianças entraram no gazebo aos gritos e empurrões. O pai delas tirou a mochila gigante de lona vagabunda das costas e, com a mãe, começou a tirar sanduíches e térmicas de dentro dela, fazendo muito barulho.

Assim que Shiva viu os ocupantes do gazebo, ele parou onde estava, fechou os olhos, cobriu os ouvidos e se atirou no chão. A criança começou a chutar o chão e a girar de costas como se fosse um inseto de pernas para o ar. "Está tudo bem", dizia o pai de Seema, gesticulando com uma das mãos enquanto se agachava para acariciar os tornozelos do seu neto com a outra.

Seema curvou-se para limpar a terra das calças aveludadas da Loro Piana que Shiva vestia e também para espiar discretamente a reação da outra família, mas ela se sentiu inútil. Ela não sabia por que tinha se intrometido naquele ritual diário do seu pai com o seu filho. Mas qual seria a outra opção? Ficar em casa ouvindo sua mãe reclamar do quanto ela estava sozinha em Nova York, arrancada de sua comunidade (ela tinha o dobro de amigos no Facebook que as suas duas filhas juntas), enquanto pesquisava de forma maníaca sobre todos os gênios autistas que já existiram, de Nikola Tesla (provavelmente) até Albert Einstein (possivelmente), passando por Wolfgang Amadeus (essa era meio forçada). O resto do tempo ela passava tentando decidir quem culpar por "tudo aquilo": Seema, por ser negligente, Shilpa, que nunca respondia, o universo, ou o homem cuja genética certamente era responsável pelas dificuldades de seu neto — Barry. "Nova York é um desses estados em que dá pra pedir o divórcio sem precisar que o outro tenha culpa de nada?", era a primeira coisa que ela sussurrava para Seema pela manhã. "Bom, não deveria ser. Porque isso é tudo culpa dele. Você precisa arrumar um advogado, um advogado de verdade."

Seu pai pegou Shiva no colo e ficou rodopiando com ele pelo ar, o que o fez rir, com seus olhos castanhos muito despertos. "Papai", disse Seema, "o seu joelho."

Ele nunca ouvia o que ela dizia quando estava com Shiva. Talvez esse tenha sido um dos motivos pelos quais ela havia relutado em ter um filho, a ideia de que seu pai pudesse amar alguém mais do que ele a amava. Que droga, ela precisava crescer. "Vamos pra casa", disse Seema. "A gente não vai expulsar aquele pessoal do gazebo mesmo." Seu filho era capaz de escalar uma parede de pedra de seis metros de altura, mas surtava completamente se precisasse compartilhar um gazebo com outra família.

"Eu tenho algumas estratégias." Seu pai pôs Shiva no chão. Ele estava usando calça cáqui e camisa oxford apesar do calor do comecinho de setembro, como se estivesse indo para uma entrevista de emprego para uma vaga de contador num pequeno conglomerado industrial. "Primeiro, nós vamos cantar uma música." Ele se abaixou até ficar no mesmo nível de Shiva e começou a cantar "C é de comer". Shiva imediatamente destampou os ouvidos, embora seus olhos continuassem fechados. No quarto verso, seu avô disse "E agora é hora de balançar". Shiva abriu os olhos. O avô ficou balançando os dedos perto do rosto. Shiva o imitou imediatamente. Os dois ficaram ali sentados, permitindo que o sol do verão passasse por entre seus dedos, que se moviam, num misto de prazer e concentração fervorosa.

"Pai", disse Seema.

"Eu sei", disse seu pai.

"Você está reforçando comportamentos estereotipados."

"Psiu", disse seu pai. "Olhe para ele."

"Tudo bem, mas alguns terapeutas são contra. Só estou dizendo. Nós investimos muito tempo e nos dedicamos muito a tudo isso. E é ele quem precisa viver neste mundo. Em casa tudo bem, mas como as outras pessoas enxergam algo assim?"

Seu pai pegou Shiva no colo, a criança dócil e feliz em seus braços. "Eu nunca te contei quanto de mim precisei abandonar quando vim para este país", seu pai disse a ela.

"É diferente", disse Seema. "Ser indiano não é uma deficiência."

"Que bom que você nasceu em 1987 pra poder dizer isso."

De forma lenta e preguiçosa, ele foi carregando o menino até o gazebo, onde os pais da outra família mastigavam seus sanduíches. Todo mundo sorriu para todo mundo. O menino cego estava escrevendo seu nome, SANDER, na terra. Sua irmã implicava com ele porque seu *S* era "muito bobo", mas, ao mesmo tempo, ela o segurava pelo braço. Os pais não precisavam se preocupar com o menino porque sua irmã fazia isso por eles. A mãe usava uma camiseta do Corpo de Bombeiros Voluntários de Phoenicia maior do que seu tamanho. A menina usava tamancos amarelos. Tudo era de uma imperfeição brilhante, como uma cena extraída de um livro infantil moderno.

"Meus dois filhos também davam muito chilique quando tinham a idade dele", disse a mãe, apontando a cabeça para Shiva.

"Bom, ele é autista", disse Seema. Isso era uma coisa nova que ela estava experimentando. Simplesmente dizer aquilo, em voz alta, para desconhecidos. Anunciar quem ele era. Afirmar aquilo.

"Ah, eu lamento", disse a mãe.

"Você não deveria dizer que lamenta", disse o pai.

"Eu não quis dizer que eu lamento que..." Ela riu de nervoso. "Você quer um sanduíche?" É claro que eles não moravam em Nova York, se estavam oferecendo comida a estranhos.

Alguns dias antes, Shiva tivera um surto num Whole Foods, e Seema havia explicado sua condição à moça do caixa, e sua mãe brigou com ela depois por ela ter "contado pro mundo inteiro", mas a moça do caixa não deu muita bola. Aquilo era Nova York, todo mundo tinha *alguma coisa*. Todo mundo. Toda vez que Seema via um bando de adolescentes sentados de pernas cruzadas, absortos em seus aparelhos, alheios à presença física uns dos outros, ela ficava pensando se o mundo, no futuro, seria um lugar ligeiramente mais hospitaleiro para a condição de Shiva. Se ela ao menos pudesse fazê-lo falar. Aquele havia se tornado o único objetivo em sua vida.

Tanto Shiva quanto o avô estavam agora mexendo seus dedos ativamente na frente dos olhos do menino, criando seu reino de luz particular. De longe, provavelmente eles pareciam dois mágicos trambiqueiros. "Amei a roupinha dele", a mãe das outras crianças fez uma nova tentativa. Ela ainda estava procurando entender o visual de Shiva. "Por que ele está todo arrumado?"

"Ele tem problemas sensoriais", disse Seema. "Essa é uma das poucas roupas que ele não acha que coça."

"Brenda!", disse o marido. "Será que dá, por favor, pra você deixar essa coitada em paz?"

"Está tudo bem", disse Seema. Ela tentou rir. Parte dela queria dançar o tango das deficiências com Brenda, lhe perguntar alguma coisa idiota sobre seu filho cego, em retribuição. A menina estava agora puxando o menino para um confronto com um pássaro de peito laranja particularmente estridente atrás do gazebo. A maneira como ela puxava seu braço e como ele se deixava puxar por ela parecia algo extremamente natural, como se fosse um diagrama do resto de sua vida. Eles se tornariam as pessoas que estavam destinadas a ser, mas essas lembranças de infância seriam, para sempre, parte da sua relação, uma pessoa desenhando um mapa mental para a outra. Se ao menos Shiva tivesse um irmão que pudesse fazer o mesmo por ele. Mas o útero dela, agora, estava vazio.

Seema tinha feito aquilo uma semana antes da chegada dos pais. O consultório em que o procedimento foi realizado ficava pertinho do Lenox Hill, onde Shiva havia nascido e depois instalado na Suíte Beyoncé, onde um prato de filé-mignon fora servido durante a recuperação dela, e a gerente executiva de Barry havia bombardeado o quarto com flores que provocavam alergia e uma quantidade exagerada de chocolates. Ela vinha cogitando fazer um aborto antes mesmo de Barry ter ido embora. Mas assim que prendeu suas pernas nas perneiras da mesa ginecológica, Seema pensou: E se? E se a criança dentro dela não fosse autista? E se fosse um menino com o porte atlético de Barry ou o charme de seu pai? Uma criança que ela não precisasse passar a vida inteira orientando e protegendo e "coordenando". E se aquela fosse a última vez que ela engravidava? E se todos os outros caras que ela conhecesse naquela maldita cidade fossem uma versão de Barry ou de Luis? Seema tinha condições financeiras de criar mais um filho. O aborto não era exatamente um pecado, ela não pensava nisso dessa forma, mas e se fosse uma "oportunidade desperdiçada", como seu pai lhe dissera, de uma maneira carinhosa, quando ela ficou em dúvida sobre fazer ou não o LSAT no final do primeiro ano de faculdade, ou quando não conseguiu chegar cedo a nenhuma de suas entrevistas de estágio?

Não, ela não queria correr riscos. Seu corpo seria uma fábrica de produção de células só por mais alguns minutos e, depois disso, estaria livre para sempre do pool gênico dos Cohen. Ela não queria dizer aquilo em voz alta, mas, na sua cabeça, "isso", como sua mãe chamava o autismo, era *mesmo* culpa de Barry. Barry e seu esperma velho. Barry, que mantinha um diário para fazer o acompanhamento de seus relógios. O que, é claro, os terapeutas diriam que é um pensamento improdutivo de sua parte, blá-blá-blá.

Shiva e Arturo vinham se encontrando para brincar com mais frequência, algumas vezes no apartamento menor dos Goodman. Fora seu pai, que Seema chamava de "o Grande Regulador", Arturo era a outra única pessoa capaz de acalmar Shiva e, portanto, ela o chamava de "o Pequeno Regulador", mas nunca na sua frente, é claro. Algumas pessoas simplesmente tinham esse dom em relação a Shiva, e outras, como a mãe dele, não. Arturo lia os livros do Elefante e da Porquinha em voz alta, com grande emoção, enquanto Shiva ficava pulando em sua bola, os dois recebendo aquilo de que precisavam: um público fiel e um amigo que não julgava. Na segunda vez que se encontraram para brincar, Luis saiu da sua "sala de escrita", uma despensa reformada recentemente classificada como "meio quarto" no Zillow, para reclamar do barulho, quando ele viu Seema. "Você acha mesmo que isso é uma boa ideia?", ele sussurrou para ela no corredor.

"Eu acho que é uma ótima ideia", ela disse. Seema fez um beicinho para ele, como fazia no começo do seu relacionamento, imitando a comediante da TV indiana. "Que foi? A gente não pode ser amigo, Louie?" Tudo naquela cidade era uma encenação, até mesmo deixar de amar alguém era uma performance. E ela ficou surpresa com a velocidade com que era capaz de deixar de amar alguém, como tão pouco do romantismo contido e ensaiado de Barry havia colado nela.

A menina e o menino tinham parado de perseguir o pássaro atrás do gazebo e agora, um pouco entediados, vinham investigar Shiva e seu avô, que ainda estavam balançando os dedos, filtrando os raios de luz do Central Park. "O que você está fazendo?", a menina perguntou ao pai de Seema, numa voz muito alta. "Eles estão mexendo as mãos deles na frente do rosto", ela explicou para o irmão.

"Por quê?", o menino perguntou.

"Acho que eles querem ficar sozinhos", disse a mãe deles.

"Isso não é você quem decide", intercedeu seu marido. Mas ela estava certa. A proximidade das duas crianças não ajudou muito. Fora Arturo, os demais pares de Shiva traziam à tona o que havia de pior nele, porque, ao contrário dos adultos, crianças eram completamente imprevisíveis, podiam sair correndo e gritando e empurrando e abraçando de repente, acabando com a sua sensação de equilíbrio e controle.

"Nós precisamos ir embora de qualquer jeito", disse Seema, enquanto Shiva fechava os olhos e começava a tremer.

"Você sabe do que este menino aqui gosta?", disse o pai de Seema. "Da letra *W*. Antes ele gostava só da letra *C* por causa de 'C é de comer', mas agora ele está apaixonado pelo *W*, que é tipo 'uau' de tão legal! Então, vamos fazer assim." Ele abriu os dedos mais ou menos como na saudação vulcana de "vida longa e próspera" para formar dois *W*s com as mãos. A menina o imitou e ajudou o irmão a fazer o mesmo. Assim que Shiva ouviu o *W*, seus olhos se abriram como num estalo. Então, o pai de Seema, carinhosamente, fez *W*s com os dedos de Shiva e os foi levando lentamente até tocar nos dedos das outras crianças. "Dábli-o, dábli-o, dábli-o, dábli-o, *dábli-o*!", seu pai cantava. E continuou assim, a menina e o pai de Seema batendo de leve seus *W*s com os de seu filho e do irmão da menina, comparando o tamanho de seus dedos ou pela visão ou pelo toque.

"Ele já apontou para alguma coisa alguma vez?", o pai de Seema perguntou a ela no dia de sua chegada. Sim, para uma coisa: o W Hotel que ficava do outro lado do Hudson, em Nova Jersey. Assim que seu pai ficou sabendo daquilo, ele começou a trabalhar. Agora eles só entravam num táxi se tinha a letra *W* na placa, e eles percorriam Manhattan inteira acompanhando um número interminável de placas com *Ws*, sendo as Walgreens as principais balizas para que Shiva pudesse se orientar, apesar dos arcos do McDonald's também se parecerem com *Ws* de cabeça para baixo na concepção do jovem soletrador. Seema ficava dividida. De certa forma, seu pai estava normalizando a condição de Shiva. Sim, tudo em Nova York era uma encenação, mas se tudo era encenação, Shiva não deveria, pelo menos, decorar suas falas?

E mesmo assim, mesmo assim. Depois que seu pai havia feito um *W* gigante na geladeira usando fita crepe, Shiva ia andando até lá e apontava para ela toda vez que queria comer alguma coisa. "Ele está apontando! Ele está apontando!", Novie gritou. Aquele era o seu primeiro gesto realmente produtivo — ele morria de medo do barulho da geladeira, com todos aqueles cubos de gelo — mas, em pouco tempo, já estava andando na direção dela e apontando para as comidas de que gostava; bom, apontando para *a* comida de que gostava, melancia (que, sim, começa com um *W* invertido). E quando eles caminhavam de volta pelo Ramble em direção a Central Park West e, por sorte, avistaram um táxi com um *W* na placa, ela conseguiu perceber a vitalidade daquele menino, de mãos dadas com seu avô, seu andar duro, porém ligeiro, conduzindo-o por cima dos montinhos construídos no meio da selva de concreto. Pela primeira vez desde a reunião no Weill Cornell em setembro passado, ela se permitiu imaginá-lo adolescente, alto e bonito, embora um pouco mais deslocado e, é claro, silencioso do que seus pares, sua telinha repleta daquilo que lhe fosse mais caro, quem sabe uma sequência de *Ws*. E se houvesse um futuro para ele, afinal de contas?

Antes ela perguntava a si mesma: Quem é meu filho? O que ele tinha na cabeça? Bom, agora ela sabia. O *W* estava em sua cabeça. E o amor do seu avô. E o amor de Novie. E paredões de rocha escaláveis de seis metros de altura no Ramble. E brincar com Arturo. Ela estava convencida de que, quando Shiva fechava os olhos à noite, o mínimo que fosse, ele sonhava com todas aquelas coisas. E ela se perguntou: será que ele sonhava com o pai?

De volta ao seu apartamento, sua mãe estava encerrando uma conversa via Skype com Shilpa. Não estavam fazendo nenhum efeito os argumentos de sua outra filha para lhe explicar que não existia nenhuma "epidemia de autismo" como alguns pseudomédicos aventureiros vinham alegando por aí, apenas técnicas melhores para diagnosticá-lo. *É claro que existe uma epidemia*, segundo a mãe de Seema. Uma epidemia de homens velhos como Barry correndo atrás de mulheres jovens e bonitas como Seema. Ela estava vendo o nariz largo de Shilpa bem no meio da tela do laptop de sua mãe, e atrás dela um apartamento humilde e úmido em Katmandu, o oposto do dela. Já que não havia obtido sucesso com uma das filhas, sua mãe agora tentaria jogar uma ladainha para cima da outra. Talvez o sermão de hoje fosse sobre como a vida de Seema era exageradamente cara sem a menor necessidade, como não fazia nenhum sentido ela contratar uma cozinheira que não sabia nem preparar um *urad dal* de improviso, sendo que a própria Seema nem sequer tinha um emprego, o desperdício que era ter três lareiras dupla-face que nunca eram postas em uso, e o absurdo que era manter uma babá em tempo integral enquanto seus pais estivessem ali, como se Novie não tivesse feito por merecer o título de segunda mãe do seu filho nos, pelo menos, últimos três anos. "Você!", Seema gritou com a mãe. "Era você quem queria esse dinheiro! Era você quem queria! O gráfico! Lembra do gráfico?" "Que gráfico?"

"Aquele que tinha todas as raças categorizadas, judeus e WASPs lá em cima, nós lá embaixo. Bem, aqui estamos nós. Bem-vinda ao topo. Não é maravilhoso?" "Eu não sei do que você está falando." "Sério?" "Isso nunca aconteceu." Essa era outra coisa incrível em sua mãe: sua capacidade de negação total. Ela era perfeita para a nossa época.

"Imagine como tudo isso está sendo pra ela", uma das terapeutas de Shiva disse a Seema. "Você não se lembra do seu período de aceitação? E a sua mãe vem de uma sociedade pré-terapêutica."

"Ela veio pra cá quando tinha dezoito anos."

"Dê tempo a ela."

Mas quanto tempo? Todo dia era como uma corrida de obstáculos. Tudo que seu pai fazia por Shiva era contrabalanceado pelo sofrimento que sua mãe lhe causava, reclamando dos tratamentos de Shiva ou do "fujão", que era como ela se referia a Barry. O sonho de Seema era que, todas as manhãs, Shiva a cumprimentasse, se não com as palavras "Bom dia", então pelo menos com um movimento de punho que significasse "Oi", seguido da aproximação para um abraço. Por que ela não conseguia esperar o mesmo de sua mãe?

"Seema", sua mãe a chamou. Ela havia se esforçado para vestir suas roupas mais ridículas e menos nova-iorquinas possíveis, uma camisa de moletom folgada da OSU e calças cor-de-rosa. "Acho que a descarga do banheiro do quarto de hóspedes está quebrada."

"Você *acha* ou ela está mesmo quebrada?"

"Não seja malcriada. Se eu tratasse os meus hóspedes do jeito como você trata os seus, eu estaria sempre sozinha."

"Eu vou a Walgreens comprar um desentupidor."

"Achei que você tinha alguém pra cuidar disso pra você."

"Quem poupa, tem."

"Posso ir com você", perguntou seu pai. "Tem alguém aqui que gosta da Walgreens." Mas a ideia do seu filho olhando por muito tempo para o gigantesco *W* escrito em branco sobre vermelho em letra cursiva, balançando os dedos, simplesmente não era como ela queria que continuasse seu dia. Imagine se resolvesse ir sozinha àquele bar onde ela e Luis comeram cachorro-quente? Ou se hospedar no Park Hyatt para um day-spa? Ou pegar um NetJets até El Paso, ir até um bairro suburbano de merda e dar um tapa bem no meio da cara idiota do Barry, que certamente estaria torrada de sol? *Pensamentos improdutivos!*, ela cantou para si mesma. *Blá-blá-blá!* Seu elevador foi tão rápido que nem sequer registrou o apartamento de Luis e Julianna. Mas a existência de Arturo também a acalmava. Se ela precisava dividir o mundo entre estar a serviço do seu filho e não estar, então era isso que ela faria. Ela deveria pôr imediatamente um anúncio na internet: "Mulher ainda não divorciada de marido desaparecido procura homem para ter um papel secundário em sua vida em relação ao seu filho deficiente. Precisa ter, pelo menos, um metro e oitenta".

Na rua, em meio ao burburinho do final do horário comercial na rua 23, ela pôde, ao menos, constatar que aquele se tratava de um perfeito dia de setembro, um dia 11 de setembro, como Mina costumava chamá-los. Ela inalou o frescor surpreendente do ar, como se aquele planeta em ebulição também estivesse relembrando seus melhores dias.

Uma mão tocou seu ombro. Primeiro ela pensou que era uma mão que já havia estado ali, que talvez pertencesse a Luis ou até mesmo a alguém com quem tivera intimidade em seu passado, mas não. A mão pertencia a um homem de terno preto muito mal ajustado, um portador de más notícias que não vivia em Manhattan, com seus lustrosos óculos escuros disfarçando, de alguma forma, o seu suadouro generalizado. "Sra. Cohen", disse o homem. "Meu nome é Anthony Perelli, e eu sou do FBI."

Ela se afastou tão rápido que a mão dele permaneceu no ar, sem saber muito bem o que fazer, uma coisa grande e rosada que tinha um anel de formatura com um rubi enfiado nela. "Desculpe, senhora, não quis chegar pelo seu ponto cego." A menção à cegueira a fez lembrar do menino de mais cedo, e pensar que, talvez, se o universo tivesse dado uma inclinadinha numa certa direção, ela poderia ter sido a mãe dele, morando em Phoenicia, comendo sanduíches que ela mesma havia feito no almoço.

Agora ela estava visivelmente mexida, mais desregulada do que Shiva jamais havia estado. Todos os seus instintos animais de fuga estavam apitando, mas, mesmo assim, ela conseguiu produzir um som humano com sua voz: "Desculpe", ela disse. "Eu..."

"Você tem ignorado minhas ligações."

"Você vai ter de falar com o meu advogado. Isso é tudo que eu tenho a dizer." Ela lhe deu as costas e começou a voltar para o seu prédio, passando pelo monumento de granito que era o prédio do Credit Suisse e depois pela dupla de Schnippers, fosse lá o que aquilo fosse, e pela Charles Schwab ("seja dono do seu futuro") e pelo prédio do amado relógio da Met Life de Shiva, mas o agente seguia atrás dela, arrastando sua silhueta rechonchuda.

"Sra. Cohen", ele disse. "A senhora conhece o paradeiro do seu marido?"

"Advogado", ela disse.

"Sra. Cohen", o homem dizia às suas costas. "Será que a gente pode sentar rapidinho pra tomar um café, ou quem sabe só no banco do parque mesmo? Sra. Cohen!" Ele correu até alcançá-la. Baseando-se apenas em seu sotaque, ela imaginou alguém com uma vida multiétnica em Nova Jersey, que tinha dado uma passada por Fordham, quem sabe com um diploma de direito de uma faculdade de segunda linha, o tipo de homem que era criado para sentir só um gostinho do poder, mas nada muito capaz de corrompê-lo. Os caras do FBI que ela conhecia de sua vida pregressa eram descolados e inteligentes. Eles não tinham sequer se dado ao trabalho de mandar um de seus melhores atrás dela.

"Eu tenho a forte impressão de que nós dois não somos inimigos", disse o agente. "De que nossos interesses coincidem."

"Advogado", ela disse. "Eu só vou ficar repetindo isso."

Ele pegou seu telefone. "Você já viu este vídeo?" Ele apertou o PLAY. Sim, ela já tinha visto aquele vídeo. Conhecia-o de cor e salteado. Ela seguiu andando. O agente foi atrás dela, tentando manter o celular na altura do seu rosto. Estava tudo ali. O doloroso azul do Mediterrâneo, ao fundo as casinhas cor de terra de Cagliari e uma cadeia de montanhas que se mesclava tão bem ao céu que você precisava apertar os olhos para entender onde terminava um e começava o outro. No canto esquerdo da tela, começa uma conversa bêbada e turbulenta entre dois homens sem camisa, um dos quais era Barry, abusando do seu papinho infantil, imbecil, pré-programado, cheio de tapinhas nas costas e de "vamos-ser-amigos" do Tiger Inn. Ou talvez fosse aquela sua versão que tinha que fazer um esforço desesperado, que sofria por pensar estar entendendo tudo errado, e vivia eternamente com medo de se machucar. Ou talvez as duas fossem uma coisa só. Barry conversava com um gordo na proa do barco, ambos mantendo suas taças de prosecco grudadas no ponto em que a barriga e os peitos se encontram, e então o iPhone de Seema se afastava, apontando para a capital sardenha, que vinha se aproximando lentamente. O zum-zum-zum de uma conversa animada, os grunhidos de meninos tentando ser homens, não havia nada de mais ali, exceto o fato de que a cada poucos segundos um dos dois pronunciava com grande entusiasmo a palavra "Gastro-Lux!" como se estivesse soltando um arroto, e o outro a repetia.

"Você enviou este vídeo para nós", dizia o agente. "Positivo?" Era assim que eles falavam. Uma afirmação seguida por um "Positivo?" ou "Correto?". Seema esperava agora que o semáforo mudasse. Ônibus suburbanos horrorosos seguiam seu caminho subindo a Madison. Ela queria muito que o mundo mudasse junto com aquele semáforo, quem sabe chegasse a algum final espetacular. Ela queria ver luzes por toda parte e, depois, sentir o calor suave da luz branca. Barry falava o tempo todo sobre como sua geração temia a bomba. Naquele momento, ela a receberia de braços abertos. O agente seguia produzindo palavras como se sofresse da automação típica de alguém com Asperger. "Nós não conseguimos apurar quem mais estava naquele barco além de Samuel Yontif, ou 'o Nebbish,' como o ouvimos sendo descrito em diversas gravações, sua companheira, Slavenka Babic, a tripulação, seu marido e a senhora. Correto?"

"Parece muita gente", disse Seema. "Você tem certeza de que esse é o iate certo?" Que era a maneira errada de lidar com aquilo. A única palavra que ela precisava dizer naquele momento era "advogado".

"Nós rastreamos o e-mail com o vídeo anexado até um cibercafé na cidade de Dávao. Sua babá, Novie Bontuyan, viajou para Dávao, passando por Dubai e depois por Manila, três dias antes de o vídeo ser enviado para nós. Positivo?"

Pronto. Por que ela tinha sido tão desleixada? Ela mesma podia muito bem ter enviado aquele vídeo. Que despiste de merda. A luz do semáforo finalmente mudou a favor de Seema. "Advogado!", ela gritou e depois saiu correndo.

"Sra. Cohen! Por que a senhora mandou sua babá enviar o vídeo? Sra. Cohen!" Ela alcançou o outro lado da rua e foi direto para a entrada de serviço do seu prédio. "Sra. Cohen! Isso está fora da minha alçada, mas traz à tona o assunto da situação legal da sua babá."

Ela estava prestes a passar seu cartão na entrada de serviço, mas, em vez disso, se virou. "Por favor", ela disse. "Deixe-a fora disso."

"Eu quero deixar. Mas preciso que a senhora me diga por que você nos enviou esse vídeo. A senhora é uma servidora do Judiciário."

"Por favor", Seema repetiu. "Meu filho é autista."

"Lamento", disse o agente.

"*Puta que pariu*, não lamente!", ela gritou. "Estou cansada de vocês. Essa é a babá dele. Ele ama a babá. A babá o ama. Deixe a gente em paz!"

"Não estou aqui para punir ninguém", disse o agente. "Sua situação legal não faz parte da minha jurisdição. Acho que a senhora fez uma coisa corajosa e honesta. E eu quero levar isso até o fim."

Seema pensou no seu filho, em como debaixo de todos aqueles gritos e daquela agitação, tudo que ele queria era um mundo ordenado e lógico, um mundo no qual tudo fosse completo, um mundo cheio de inícios e fins. "Advogado", ela disse. Foi mais como um sussurro. E depois ela entrou correndo.

13. O diagnóstico

Algumas semanas depois, Barry estava sentado numa sala de conferências monótona e simplória, num prédio oficial do governo localizado no centro. As luzes fluorescentes e o teto rebaixado pareciam esmagá-lo, preenchendo seu corpo com náusea. Assim que saiu de Princeton, uma vez ele tentou fazer o GMAT numa sala com uma iluminação similar, e acabou saindo correndo no meio da prova para vomitar no banheiro. No fim das contas, ele nem precisava de um diploma em finanças; seu charme e sua sorte o haviam conduzido até onde ele estava. E agora sua vida estava chegando ao fim, numa triste sala de conferências do governo.

Ele podia dar adeus à beleza de La Jolla, aos botões de flores nas espinheiras indianas no quintal de Neta, ao lamento das focas pela manhã. Podia dar adeus à sepultura banal de seu pai no Home of Peace Cemetery, no meio de San Diego, a inscrição no túmulo dizendo MAURICE COHEN, AMADO ESPOSO DE RIVKA. O nome do seu filho nem sequer era mencionado. "Ele queria uma coisa simples", disse Neta, dando de ombros.

Os caras do SEC não eram tão imprestáveis quanto ele imaginava. Todos estavam usando ternos decentes. Talvez tivessem trabalhado em bons escritórios de advocacia antes de mudar de lado. Um pouco atrás deles, depois do círculo de cadeiras pretas vagabundas, ele ficou imaginando seu pai, dourado de sol, usando uma das camisas em tom pastel que ele havia adotado em La Jolla pouco tempo antes de morrer, não parecendo nem satisfeito nem com raiva, simplesmente concordando com a cabeça enquanto ouvia todas as acusações que pesavam contra o filho. *Pois é. Ele tinha muito potencial. Ele programava aquele negócio de Commodore. Campeão de Natação do Condado de Queens. Princeton. Mas ele nunca devia ter aceitado aquele trabalho no Goldman. Ele deveria ter ido trabalhar numa firma tradicional de advocacia.*

"Sr. Cohen, é verdade que em 2013 o seu fundo estava perdendo dinheiro..."

"Baseado na Quinta Emenda...", Barry começou.

O cara do SEC seguiu vomitando mais alguns dados sobre o péssimo desempenho do Este Lado do Capital. A conclusão era de que o fundo de Barry andava tão mal das pernas que ele havia feito uso de informação material não pública na transação da GastroLux para tentar salvá-lo.

"Baseado na Quinta Emenda...", Barry começou de novo. Seu advogado apertou seu pulso por cima da camisa com monogramas bordados nos punhos. Apelar para a Quinta Emenda não era a tática mais discreta, mas que opção eles tinham?

"É verdade que o seu gerente-geral de conformidade não tinha nenhuma experiência relevante no setor financeiro? Que sua única credencial era um diploma em estudos russos no Middlebury College? Que você o conheceu numa festa dada pelo seu amigo Joseph Moses Goldblatt no FlashDancers Gentlemen's Club?"

"Baseado na Quinta Emenda..."

Aquilo se arrastou por um bom tempo. As perguntas mudavam, a resposta era a mesma. Ele queria ainda ter o seu Patek 570 em ouro branco para poder olhar para ele e se consolar. PARA BARRY COHEN, UM LÍDER DE HOMENS. Por fim, eles exibiram o vídeo. *O vídeo de Seema.* Sammy Yontif na proa, a Sardenha ao longe, uma jogada de mestre do governo dentro daquela sala de conferências.

Ele lembrou de como se sentiu logo depois de ter visto o vídeo no escritório do seu advogado. A clareza intensa do primeiro expresso do dia, seguida pela mesma devastação que ele experimentou quando ouviu o diagnóstico de Shiva, o choque de ouvir pela primeira vez que alguém que você ama não te ama de volta. Que era exatamente o que Seema estava dizendo a ele ao divulgar aquele vídeo. Entretanto, logo após a clareza e a perda, veio um sentimento de autopreservação social. Barry tinha sido dedurado pela própria esposa.

Aquela gravação era uma prova claríssima de que Barry havia falado sobre a GastroLux com Sammy Yontif, que sabia que o remédio para o refluxo da empresa ia fracassar, e que aquela conversa provavelmente estava por trás do movimento bastante lucrativo executado por Barry, de operar vendido naquela ação. O que seus amigos pensariam sobre o que Seema havia feito? Talvez se unissem para defendê-lo. Todo mundo já havia enfrentado pelo menos dois divórcios; eles sabiam que a esposa de um multimercadista era capaz de qualquer coisa. Bom, exceto, talvez, isso. Afinal de contas, Seema também estava se arriscando a perder dinheiro. Então, por que tinha feito aquilo? Ela tinha enviado o vídeo às autoridades antes mesmo de Barry ter saído em fuga pelo país. Será que ela o odiava desde o começo? Mas então por que se casou com ele? Por que teve um filho? Por que sorria na outra ponta da mesa, no café da manhã, enquanto eles discutiam de forma tão agradável o mais recente ataque de Paul Krugman ao livre mercado?

Barry sentiu o cotovelo do seu advogado. Uma pergunta havia sido feita. "Baseado na Quinta Emenda..." O depoimento já se estendia por mais de três horas, e Barry estava exausto e desregulado e, por algum motivo, sua mente havia resgatado uma lembrança de um dos seus primeiros dias com Seema.

Seis meses depois de eles começarem a namorar, ela organizou uma festa surpresa para ele. Eles ainda não tinham ido morar juntos nem comprado o apartamento da Madison Park; ele ainda estava morando no loft não reformado e sem móveis em Tribeca, que Seema havia apelidado de "hangar". Barry saiu tarde do trabalho e, na volta para casa, deparou com todos os seus amigos — seus colegas de trabalho, alguns amigos dos seus dias de Tiger Inn em Princeton, suas lindas esposas, talvez uma centena de pessoas, no total — gritando "Surpresa!", exatamente como nos filmes.

Barry teve um ataque de pânico instantâneo. Ele detestava surpresas e precisou passar cinco minutos no banheiro, recalculando seus gestos amistosos para aquela situação nova, repassando novas frases e roteiros. Mas à medida que o tempo foi passando e ele foi se sentindo mais à vontade com a festa, sentiu gratidão. Ninguém jamais havia feito uma festa surpresa para ele até então. Layla teria desprezado até mesmo a ideia de fazer algo assim, com todo o desperdício e os subterfúgios desnecessários envolvidos. Mas Seema tinha feito aquilo por ele. Ela não tinha dinheiro para contratar garçons, então buscou, sozinha, duzentos *baos* taiwaneses num lugar no East Village, e combinou os pãezinhos recheados com legumes e carne de porco com baldes de frango *tikka* e porções de *parathas* levemente malcozidos de um outro lugar na Lexington. Ela havia passado horas, se não dias, planejando tudo aquilo sem nenhum tipo de ajuda, ao mesmo tempo que trabalhava num emprego que lhe tomava oito horas por dia. Todos os convidados pareciam compreender os esforços envolvidos naquilo e olhavam para Barry com mais reverência ainda. Claro que ele tinha muitos amigos, mas a evidente dedicação de Seema para fazer com que aquilo acontecesse tinha ultrapassado todos os limites esperados. Barry era amado. Ainda havia alguns resquícios de amor residual entre alguns dos casais que estavam no "hangar", mas a maioria já estava cumprindo com o seu dever e trabalhando em prol da concentração de riqueza. "Você precisa casar com essa garota", Akash Singh berrava em seu ouvido. "Lembra quando você disse pra equipe inteira que a gente tinha que parar de ficar correndo atrás de vadia e se casar? Você precisa dar o exemplo!"

Na sala de conferências, Barry teve a sensação repentina de que todos estavam olhando para ele. Ele percebeu que seus dedos estavam se movendo do mesmo jeito que os de Jonah, o polegar tocando de leve a ponta dos outros quatro dedos, em rápida sucessão, para trás e para a frente, para trás e para a frente.

Ele se encontrou com Seema duas semanas após o depoimento. Ele havia se hospedado no Mandarin, para tentar memorizar cada pedacinho da vegetação do Central Park através de sua janela, para o caso de ter de passar os próximos dez anos na prisão. Talvez ele devesse ter fugido para Belize usando seu passaporte falso. Eles iam pegá-lo. Como não pegariam? Princeton, Goldman, fundo multimercado. Que júri, em pelo menos quatro dos cinco distritos, não o condenaria? Uma condenação pelo uso de informações privilegiadas envolvendo a indústria farmacêutica tinha levado a uma sentença de nove anos de prisão para um modesto gerente de portfólio. Barry administrava um fundo inteiro.

Mas, para sua surpresa, ou melhor, seu *choque*, o SEC propôs um acordo de quatro milhões e meio de dólares, e o Departamento de Justiça decidiu não indiciá-lo por nenhum crime.

Ele não teve sequer a presença de espírito de soltar uma risada quando falaram isso pra ele. Ele queria abraçar todo mundo da Paul, Weiss. Quatro paus e meio não era nada, mesmo que o Este Lado do Capital estivesse à beira da falência, com todos os processos dos investidores ainda por vir. E o SEC não o havia proibido de fazer negócios com ninguém no seu fundo, nem mesmo por um ou dois anos. *Ele nem sequer precisava admitir que tinha feito alguma coisa errada*; tudo que tinha de fazer era liberar aquela grana. O que o havia salvado? A sua reputação? O fato de ele parecer um bassê particularmente triste naquela sala de conferências do Estado? O fato do seu advogado ter enfatizado, repetidas vezes, que ele estava criando um "filho com necessidades especiais"? Ele não ia para a cadeia. *Ele não ia pra cadeia, caralho!* Barry Cohen estava livre. Ele voltou para o seu quarto no Mandarin e desmaiou em pleno dia. Ele era intocável. Ele era um membro respeitável da sociedade, e qualquer um que discordasse daquilo não entendia como aquele país funcionava. Naquela mesma noite, embriagado pelo serviço de quarto, ele enviou um e-mail para Seema com o assunto: "Vamos conversar".

Eles se encontraram no gramado do Central Park. Barry lembrava de uma cena naquele gramado, do filme *Wall Street*, que ele assistiu diversas vezes quando criança, implorando para que seu pai o levasse ao cinema porque não tinha idade para assisti-lo desacompanhado. "Uma boa lição sobre o que pode acontecer quando você não respeita as *tradições*", disse seu pai quando o personagem de Charlie Sheen foi preso. Isso foi na época em que seu pai ainda era um democrata. No filme, os dois personagens principais se encontravam no gramado no final do dia. Em seguida, começavam a brigar. Michael Douglas acertava Charlie Sheen, tirando sangue. Barry se lembrava de ficar sem fôlego toda vez que assistia àquele soco sendo dado.

Barry ficou de pé no meio do espaço vazio, olhando para as novas torres residenciais de noventa andares no formato de lápis que tinham sido erguidas nas redondezas do Billionaires' Row para ajudar os russos e os malaios a lavarem seu dinheiro.

Havia uma névoa sobre o gramado por conta de uma recente chuva de verão.

Seema veio andando pela grama. Ela usava um novo trench coat da Burberry apertado na cintura. Ela havia claramente perdido peso. Barry percebeu imediatamente que o seu segundo filho não estava mais com ela e, de forma repentina e inesperada, experimentou uma profunda sensação de perda.

Seema estava deslumbrante. Uma mulher pequena e deslumbrante, toda ela distribuída de forma muito correta dentro daquele casaco claro. Sua pele espantosamente luminosa, o brilho de seus olhos castanho-escuros, a névoa revolvendo aos seus pés, o final da longa temporada de calor. Eles estavam num filme e ela era a estrela.

Eles ficaram se examinando em silêncio. "E aí, Barry", ela disse, enfim. "Como você está?"

"Você recebeu a caixinha de surpresa do coelho?", ele perguntou.

"Sim", ela disse. "Valeu." Sua voz estava rouca, como se tivesse bebido na noite passada. Será que ela estava tão nervosa com aquilo quanto ele estava?

"O coelho salta pra fora muito rápido", ela disse. "Ele se assusta." Sua voz deu uma leve vacilada. Agora ele tinha certeza: ela *estava* nervosa com a sua presença. Ele queria dizer um milhão de coisas a ela, mas não sabia por onde começar.

"Você tem que segurar a tampa e deixar o coelho sair devagarinho", ele disse, por fim. "Desculpe. Eu não deveria estar te dando conselhos sobre como criar um filho."

"O coelho é bonitinho", disse Seema. "Shiva gosta da cenoura laranja dele. Se você quiser dar uma coisa pra ele, da próxima vez escolha um brinquedo com a letra *W*."

Mais silêncio. O vento soprava gotículas de umidade em seus rostos. "Se nossa terapeuta estivesse aqui", disse Barry, "ela perguntaria, 'Onde é que isso vai dar?'"

"Onde é *mesmo* que vai dar?", perguntou Seema.

"Por que você fez aquilo? O vídeo."

Seema encolheu os ombros. "Não sei", ela disse. "Foi a única vez na minha vida que fiz uma coisa sem pensar muito bem. Gente como eu, como você, nós sempre pensamos nas consequências. Praticamente desde o dia em que nascemos. E puta merda, olha só pra nossa vida."

"Aqueles quatro milhões e meio poderiam ter ido para os tratamentos de Shiva. E poderia ter sido muito pior. Eu poderia ter ido para a cadeia."

"Eu tinha a impressão de que só iam te dar um puxão de orelha", ela disse.

"Então agora você é especialista em legislação do mercado financeiro?"

"Eu sou especialista na maneira como este mundo trata Barry Cohen."

"O pai dele poderia estar preso."

"Com que frequência você o visita quando não está preso?"

Barry sentou-se na grama molhada. "Você tem razão", ele disse.

"A grama vai deixar manchas", ela disse, sobre a calça caríssima que ele usava. Ele tinha vestido suas melhores roupas para ela.

Barry ficou feliz de ouvir aquele comentário carinhoso, quase maternal, sobre as manchas de grama. "Você lembra", ele disse, olhando para ela, "quando você deu aquela festa surpresa pra mim quando eu morava lá na Franklin Street? Foi a coisa mais legal que alguém já fez por mim. Você devia amar alguma coisa em mim naquela época. Você devia achar que eu tinha *imaginação*. Senso de humor. Alguma coisa."

Ela sentou ao seu lado, cobrindo os joelhos perfeitos e desnudos com seu casaco de uma maneira que o fez sentir saudades. Tudo que ela havia feito fazia eco em algum ponto nos últimos cinco anos que eles passaram juntos. "Minha terapeuta me disse pra não me deixar ser arrastada pra esse tipo de conversa com você", ela disse. "Mas, sim, tinha coisas em você que eu amava nessa época."

"Tipo o quê?"

"Eu amava que você gostava de ficar sozinho", ela disse. "Você sempre era todo sociável, mas o que queria mesmo era ficar sozinho, ou, talvez, com os seus relógios. Eu achava que, talvez, você quisesse ir algum dia para um lugar mais tranquilo comigo. Porque eu também gosto de ficar sozinha."

Barry estava gostando do rumo daquilo. *Ela também gostava de ficar sozinha.* Ele nunca havia articulado aquele pensamento, mas era verdade. Ela tinha, o quê, no máximo uma amiga íntima? Os demais eram mais por causa do Facebook e do Instagram. Eles estavam tendo uma conversa tão tranquila, tão pacífica. Era difícil acreditar que um deles quase havia mandado o outro para a cadeia.

"Eu atravessei o país de ônibus e conheci uma pessoa", disse Barry. O jeito como Seema olhava para ele, com seus olhos apertados, lhe dizia que ela ainda o amava. "Um menino", ele explicou.

"Ah!"

"Um menino de nove anos. Ele me fez lembrar muito de mim mesmo. Ele gosta de trens e mapas. Eu já te falei alguma vez sobre Lake Success?"

"Meus pais vieram morar conosco", Seema disse.

"Tudo bem."

"Minha mãe te odeia."

"Você me odeia?"

"Odeio", ela disse. Ela esticou o braço de supetão e tocou sua bochecha vermelha, barbeada demais, como se estivesse tentando medir a extensão da sua estupidez e sinceridade.

"Mas isso é só uma parte da coisa toda", ela disse, puxando sua mão de volta. "Quer dizer, eu sinto outras coisas por você. E, de todo modo, você deve me odiar também."

Barry ficou apreciando o calor do seu breve toque. "Eu odeio o que você fez", ele disse. "Por que você não me disse? Por que tinha que ir falar com os federais?"

"Eu queria que você manifestasse apreço por alguma coisa. Por alguém."

"Por você?"

"Por outra pessoa."

"A gente estava fazendo terapia de casal."

"Isso é só uma outra maneira de se separar."

"E você não queria que a gente se separasse?"

"Eu queria que você fosse um pai para o Shiva."

"Acho que eu posso fazer isso agora. Acho que talvez essa viagem tenha me transformado em um pai."

Seema gargalhou. "O cara atravessa o país num ônibus e descobre que é pai. Puta que pariu, como você é doidão." Aquilo o fez se lembrar de uma das primeiras coisas que ela lhe dissera naquela festa do Bloomberg, quando o flagrou comendo-a com os olhos. *Beleza então, doidão.*

"Sabe o que é louco?", disse Barry. "Eu meio que estou gostando disso tudo."

"Bom, mas não devia", ela disse. "Nós vamos ter que pensar numa maneira de dividir nossas coisas." Ela viu a expressão no rosto dele. "Não, Barry, não foi só pelo seu dinheiro, você e esse seu pessoal são sensíveis demais em relação a isso."

"*Meu pessoal?*"

"Você tem imaginação, Barry. Desculpa eu ter dito aquilo."

"Por que você não toma um drinque comigo?"

"Péssima ideia." O jeito como ela disse aquilo, sem nenhum rancor ou aversão, a forma como seus joelhos deslumbrantes continuavam saltando para fora do seu casaco de chuva, a maneira como eles estavam sentados na grama molhada, um ao lado do outro, seus corpos quase se tocando — Barry estava encharcado de esperanças. Ele não ia para a cadeia. E agora ia conseguir sua família de volta.

"Só um drinque", ele disse. "Vamos até o Center Bar, na Columbus Circle. Esse não era um dos nossos lugares favoritos?"

"*Lugares favoritos?* Nós tínhamos lugares favoritos?"

"Só um drinque. Eu sei que você consegue tomar apenas um."

Ela riu. Ele pensou ter visto uma mancha de vinho tinto num dos seus dentes da frente. Será que ela já estava meio altinha?

No Center Bar, eles beberam três Blood and Tears cada um, para celebrar o fim do verão, suas bocas lavadas de sabores cítricos e pimenta. Na praça, Cristóvão Colombo estava de pé em cima do seu pedestal, olhando para os escritórios dos fundos multimercado ao sul como se, além de um caminho mais curto para a Índia, ele também estivesse atrás de uma maneira de derrotar o mercado. Eles riram e tentaram não olhar muito tempo um para o outro, porém estavam ficando bêbados. Ele falou sobre a sua viagem, omitindo Layla; ela falou sobre o que havia feito em Nova York, omitindo Luis. Quando o sol se pôs, como um território claramente mais romântico estava começando a se apresentar, ela disse que precisava levar Shiva para sua terapia ocupacional, o que ele sabia que era mentira àquela hora do dia. Ela lhe deu um beijinho de adeus na bochecha. Era 16 de novembro de 1987 de novo, a primeira vez que ele havia sido beijado. Rosalie Lupo, na sessão das oito e quinze de *Três solteirões e um bebê*, no Douglaston Mall, seu pai, furioso, esperando-o na volta, na varanda, junto com Luna, a pastora inglesa, talvez imaginando como seria se o seu filho o abandonasse de vez.

Eles começaram a "namorar." Ele sabia que estava na condicional, e a condição que ele precisava respeitar era que fosse um pai para Shiva. Eles começaram devagar, tomando *macchiatos* fortes e amargos às sete da manhã entre jornalistas e funcionários de start-ups no 71 Irving, Barry sendo de longe o cara mais velho naquele lugar, ou caminhando pelas margens do rio Hudson durante a cheia de outono, ou comendo um cachorro-quente nesse lugar novo que Seema havia descoberto chamado Old Town Bar, que era, ao mesmo tempo, melancólico e romântico. Ele saiu do Mandarin e se hospedou no Gramercy Hotel para ficar mais perto dela, mas, mesmo assim, precisava continuar evitando sua mãe, o que acrescentou uma nova camada de frisson sexual à coisa toda. *Eles estavam se encontrando às escondidas*. Exceto pelo fato de Seema não estar fazendo sexo com ele. De novo, Barry estava com a impressão de que ela queria que ele primeiro provasse que poderia ser um pai para Shiva. Por outro lado, Seema nunca trazia Shiva com ela. "Eu quero ver meu filho", ele disse uma vez, apaixonadamente, muito embora parte dele ainda estivesse morrendo de medo de se reconectar com o menino, de testemunhar todas as suas imperfeições. *Em breve*, ela prometeu a ele. E mais um beijinho na bochecha. Pelo menos ela o tinha deixado segurar suas mãos. Sentados no Old Town, com os dedos entrelaçados, garrafas vazias de cerveja à sua frente, eles estavam mais felizes agora do que haviam estado em anos. Barry contava longas histórias sem conteúdo sexual sobre a sua viagem de Greyhound, ela discutia galerias de arte, restaurantes e política, num esforço para não passar a noite falando apenas das diversas terapias de Shiva ou das muitas indignidades envolvidas em morar com sua mãe. Às vezes ele a flagrava olhando para si mesma no espelho que tomava a parede inteira atrás do bar, aquele rosto jovem e estonteante.

Em outubro, o candidato republicano à presidência foi visto dizendo, numa antiga gravação em vídeo, que gostava de pegar mulheres atraentes pelos seus genitais. O bom senso dizia que aquilo deveria sacramentar o fim de sua candidatura. Seema e Barry saíram para jantar no seu restaurante italiano favorito que, por coincidência, ficava no Gramercy, e pediram um leitão e três garrafas de Barolo para comemorar. Eles estavam tão confiantes que sentaram numa mesa perto da janela, apesar de Barry ter visto, um dia, a mãe de Seema correndo do lado de fora do Gramercy Park, de abrigo, gritando alguma coisa ao telefone.

"Pega minha boceta", Seema sussurrou quando ele pagava a conta, e os dois caíram na gargalhada, mas tinha alguma coisa perigosa e sensual naquilo também, e os olhos dela estavam úmidos e carentes, então ele decidiu fazer o que ela pediu e moveu sua mão por debaixo da mesa, mas Seema o interrompeu no último segundo. "Por favor", ele disse. "Vem comigo pro quarto, só um minutinho. Nós não precisamos fazer sexo. Só deixa eu te chupar." Seema parecia pensativa, como se estivesse considerando fazer aquilo, mas ainda estava segurando a mão dele debaixo da mesa. "Eu queria muito ver o Shiva", Barry sussurrou, insistente, muito embora o que ele realmente queria agora era ver a bunda dela virada pra cima, mas, no fim das contas, tudo que ela o deixou fazer foi beijá-la nos lábios por uns bons dez segundos (ele contou). Mesmo depois de todas as aventuras sexuais que havia tido naquele verão, não havia nada mais excitante para Barry do que beijar os lábios da esposa.

Finalmente, ela organizou tudo para que ele visse o filho. Eles se encontraram no Gramercy Park, ao qual ele tinha acesso, uma vez que estava hospedado no hotel. Barry segurava um balão prateado gigante com a letra *W* em destaque nos dois lados. Seu filho parecia estar exatamente como ele o havia deixado, uma expressão vazia, etérea, incapaz de compreender. *Coelhinho*, Barry começou a projetar em sua mente enquanto a criança corria em sua direção. *Eu te amo, meu coelhinho. Vem cá.* Mas Shiva não estava nem um pouco interessado no pai; em vez disso, seus olhos estavam colados no *W* gigante que pairava acima dele. "Toma aqui", disse Barry, inclinando-se para ficar da sua altura. "Papai voltou. Papai voltou e te trouxe um *W*." Shiva pegou a corda do balão, mas ela escapou de sua mão e o balão saiu flutuando levado pelo vento do outono, e ele começou a correr atrás dele naquele parque minúsculo. Barry não esperava ganhar um abraço, mas o fato de Shiva nem sequer ter percebido que ele estava lá, após uma ausência de três meses, foi difícil de aceitar.

"Olha só como ele está correndo bem agora", disse Seema, enquanto eles iam atrás do menino em meio aos arbustos bem aparados, carvalhos centenários e casas de passarinho exageradamente grandes que havia naquele parque privado. "Sim, é impressionante", disse Barry, disfarçando sua mágoa. Ela entrelaçou seus dedos nos dele, ergueu o olhar e lhe deu um sorriso. De repente, eles eram uma unidade. O verão tinha sido difícil, mas depois da pegada de boceta do Trump, o *FiveThirtyEight* indicava que as chances estavam imensamente a favor de Hillary. Tudo daria certo para o país e para os Cohen. Barry apertou o passo e pegou o balão para Shiva. Seu filho sorriu para o *W* e desenhou a letra com o dedo. Barry ficou imaginando se aquele sorriso também tinha sido para ele.

Na semana seguinte ele foi convidado a visitar seu próprio apartamento. Ele vestiu seu melhor terno para a ocasião, o quadriculado, com dupla abertura nas costas do casaco, para o caso de ele começar a suar de nervoso, e perdeu meia hora pra fazer o seu cabelo cobrir uma discreta porém crescente calvície. Ele estava cansado de ficar no hotel e queria recuperar sua casa. Ele sabia o que tinha de fazer. Ia ensinar aquele coelhinho a nadar.

Barry comprou para o pai de Seema a versão mais cara de Talisker que pôde encontrar, a série limitada de trinta anos. Ele foi até a Kalustyan's, na Lexington, e comprou uma cesta de presente cheia de temperos indianos para a mãe de Seema. Entrar no seu próprio apartamento foi estranho. As luzes estavam reduzidas como de costume, por conta das sensibilidades de Shiva, mas tinha alguma coisa diferente pairando no ar, a intimidade entre três gerações, o aroma pungente da culinária da mãe de Seema. Ele entendeu que Mariana, sua chef, havia sido demitida.

O pai de Seema o abraçou e pareceu ficar radiante com o uísque que ganhou de presente. Sua mãe ergueu a cesta de temperos indianos como se fosse melhor sentir seu peso do que efetivamente colocá-la em sua comida. O pai de Seema estava usando seu colete do Este Lado do Capital; sua mãe tinha vestido um abrigo do milênio passado. "Olá, sr. Barry", disse Novie, sem olhar em seus olhos. "Vou buscar o Shiva pro senhor agora." A parte do "sr." era nova e deprimente. Ele não era nada além de um ilustre visitante.

Sua sogra ficou sentada num banquinho na frente da lareira, olhando para os padrões em estilo espinha de peixe no piso como se ela mesma tivesse o diagnóstico. O ódio que ela sentia dele era caricato. Barry nunca havia odiado uma pessoa tanto quanto ela o odiava. Provavelmente ele não seria nem capaz de sentir tanto ódio assim. Toda sua vida tinha sido baseada em fazer amigos.

"Sabe de uma coisa?", Barry disse para a mãe de Seema. "A lavanda que eu trouxe para você é usada para promover o relaxamento."

A mãe de Seema ergueu a cabeça e olhou diretamente para o ombro esquerdo de Barry. Ele achou de verdade que um vaso inocente que estava na sua linha de visão estava prestes a se esfacelar.

"Então, fiquei sabendo que você fez uma viagem e tanto!", disse o pai de Seema.

"Eu só precisava me encontrar pessoalmente com a equipe de alguns fundos de pensão", disse Barry. A mãe de Seema rosnou ao ouvir aquela mentira. Ele não conseguiu entender muito bem a expressão de Seema. Na melhor das hipóteses, era de tristeza. "Mas agora estou de volta. Pra ficar. Senti saudades da minha família. Família é tudo."

Como se estivesse apenas esperando sua deixa, Novie entrou na sala de estar trazendo Shiva. O menino correu imediatamente para o seu avô e eles encostaram os dedos, que formavam a letra *W*. Barry ficou impressionado com a maneira como o menino se conectava com o pai de Seema e, ao mesmo tempo, triste por não ser capaz de produzir o mesmo efeito. "Vocês querem saber de uma coisa?", ele anunciou para todos, mas, principalmente, para a mãe de Seema. "Eu vou ensinar Shiva a nadar! Li na internet que a natação pode ajudar muito crianças do seu perfil." Shiva e o avô agora tinham separado seus *W*s e estavam filtrando a luz por entre os dedos. "Ah", disse Barry. "Eu não sabia que a gente podia fazer esse tipo de coisa. Isso não tem um nome? Reforço de comportamento estereotipado?"

"Shiva", disse Novie, "por que você não vem brincar com seu papai?"

"Sim, eu também sei fazer um *W* com os meus dedos!", disse Barry.

Mas o menino não queria sair do lado do avô. "Olha, Shiva", disse Barry. "Olha só o que eu tenho aqui!", e ele tirou o Tri-Compax que estava usando. "Relógio! O relógio do papai! Re-re-re-re-relógio."

Shiva finalmente foi até o pai. Ele ainda tinha aquele mesmo cheiro adocicado de xarope de bordo da infância, se é que não tinha ficado mais forte. Seu cabelo castanho cobria toda a extensão de sua testa larga. Seus dentes eram perfeitamente brancos e retos. *Uma criança bonita pra caralho*. Aquele diagnóstico era simplesmente uma injustiça. "Re-re-re-re-relógio", Barry repetia. "É o relógio do papai!"

O menino pegou o relógio e o balançou, como se estivesse tentando fazer com que o ponteiro dos segundos se mexesse e, em seguida, começou a chorar. "Está quebrado", disse Barry. "Mas o papai vai arrumar. O papai vai levar no conserto." Mas Shiva continuava chorando inconsolavelmente. Ele largou o relógio e saiu correndo, passando por Novie, em direção a um dos corredores cavernosos, como se estivesse buscando ainda mais distância da luz, do som e de Barry. "Bom", disse Barry. "Parece que eu tenho muita coisa a aprender com o vovô."

"Terei prazer em compartilhar minhas descobertas", disse o pai de Seema, na sua típica maneira exageradamente formal. Enquanto isso, o olhar de Seema ia do pai para o marido e voltava. Quando ela sorria, seu queixo se enrugava de uma forma que não era muito bonita, mas sim irremediavelmente real, como se estivesse abrindo um portal para uma versão dela no futuro. Seema sorria agora, enquanto o acompanhava até a saída. "Eu sei que a minha mãe não facilitou", ela disse, "mas você se saiu bem." Então, agora, eles estavam juntos contra a mãe dela. Barry não conseguia imaginar um desdobramento melhor. Na porta, ela deixou que ele apertasse sua bunda espremida dentro dos jeans justos enquanto o beijava, e quanto mais ele apertava, mais se sentia perdidamente apaixonado. *Minha vida está começando de novo*, Barry pensou. *Não fui para a cadeia. Eu renasci. Renasci.*

No dia da eleição, Joey Goldblatt, da Icarus Capital Management, deu uma festa no seu duplex no Central Park West 15. Havia um bar em cada uma das duas pontas do espaço de quatrocentos e cinquenta metros quadrados, um servindo Nasty Woman, uma mistura de vodca com limão e, o outro, Bad Hombre, um drinque à base de tequila. "Não gostei que os dois drinques foram batizados com coisas que o Trump disse", Seema gritava muito alto por cima do ruído dos convidados e das vozes dos âncoras dos noticiários que saía dos alto-falantes. "É como se tudo que importasse nesta eleição fossem as coisas que ele diz."

"Depois que contarem os votos da Flórida, ele nunca mais vai ter nenhuma importância!", berrou Barry, e os dois se beijaram com força. A vitória de Hillary parecia que ia resolver tudo não apenas para o seu país, mas também para o seu relacionamento. Ele apostava todas as suas fichas em que transaria com sua esposa aquela noite.

"Vão procurar um quarto, seus tarados!", gritou Joey Goldblatt.

"É o meu plano!", Barry gritou de volta. O processo do último divórcio de Joey tinha acabado de chegar ao fim, e ele estava particularmente de bom humor. Ele dizia para todo mundo que tinha votado em Gary Johnson porque achava tanto a Hillary quanto o Trump detestáveis, muito embora gostasse dos planos que o último tinha para "simplificar a reforma tributária".

Mais tarde, naquela noite, Barry ficou observando Seema conversando com as outras esposas dos multimercadistas. Elas deviam ter ouvido falar que ela o havia denunciado às autoridades, mas seu bom humor e postura sugeriam que seu casamento estava totalmente seguro. Barry até mesmo a ouviu dizer que estava pensando em arrumar um emprego num escritório de advocacia, o que era novidade para ele. Ele gostava da ideia de ela estar disponível para Shiva, mas também apoiaria sua decisão de voltar a trabalhar, se era isso que ela queria. Se a Hillary podia, por que ela não poderia? Eles estavam vivendo num novo mundo. A maioria das jovens esposas naquela festa era a segunda ou terceira de seus maridos, e Barry estava orgulhoso de ter esperado quase quarenta anos para se casar e que, agora, teria apenas uma única esposa, pelo resto de sua vida.

Barry topou com um ex-investidor do Este Lado do Capital, um que não havia movido nenhuma ação na justiça contra ele, e com uma mão sobre o peito, falou sobre sua viagem pelos Estados Unidos a bordo de um Greyhound, e sobre como essa viagem o havia "disciplinado". O investidor era um jovem chinês bêbado, um cara parecido com o Jeff Park, e ele estava respondendo bem à nova narrativa de Barry, muito embora, no final da conversa, Barry tenha acabado lhe prometendo investir cinquenta mil numa nova organização dedicada a levar mais asiáticos americanos a serem eleitos para cargos do primeiro escalão do governo.

Ele ficou andando pelo lugar, falando sobre a sua viagem de Greyhound e sobre ter sido disciplinado, e prometendo dinheiro para causas diversas, e a cada nova pessoa com quem falava, ele sentia que estava aperfeiçoando seu discurso. "Um mexicano caolho dormiu no meu ombro e o ônibus quase caiu numa vala."

"Não fode!"

"E teve uma garota negra *maravilhosa* no Mississippi que, bom, vamos dizer que eu precisei contê-la antes que as coisas saíssem do controle. Mas ela era demais. Eu me senti como se tivesse sido disciplinado."

"Você sabe que você é maluco, né? Aliás, parabéns por ter dado uma volta nos federais!"

"Pois é, a gente achou que você ia entrar pro clube de tornozeleiras do Joey!"

"Vocês não existem", disse Barry, propondo um brinde com o seu Bad Hombre. Depois da oitava pessoa, ele teve a ideia de lançar um novo fundo multiestratégia. Talvez pudesse se chamar Último Magnata Capital, ou alguma coisa assim. Seria engraçado se fosse um outro livro do Fitzgerald.

Quando os primeiros resultados começaram a ser divulgados, ele flagrou Seema sendo assediada e, em seguida, enxotada de forma nada sutil por um cara alto dos mercados emergentes, usando um Rolex GMT em ouro branco novinho em folha. O cara chegou a resmungar alguma coisa enquanto observava Seema se afastando, o que deixou Barry louco da vida. Eles estavam parados perto de uma janela; o parque era esse misterioso espaço às escuras atrás deles, cercado pelas luzes da primeira ou segunda cidade mais importante do mundo, dependendo de como você avalia os impactos do Brexit sobre Londres. A natureza histórica daquele momento acabou se mostrando insuportável. "Sabe de uma coisa?", Barry disse à esposa, "eu adoro sair com você, mas sinto saudades do Shiva, mesmo quando fico longe dele só por um dia." Barry meio que estava acreditando em suas próprias palavras. Eles se beijaram. Uma pequena quantidade de saliva se acumulou num dos cantos da boca de Seema. Ele pensou um pouco naquilo. "Eu gosto muito da ideia de você voltar a trabalhar", ele disse. "Quando a gente começou a sair, eu adorava ver você vestida num terninho."

"Você está ficando meio bebinho", disse Seema. *Bebinho*. Era o tipo de coisa que a sua amiga Tina ou Lina do Brooklyn gostava de dizer. Eles deviam tê-la convidado, mas provavelmente ela estava fazendo alguma coisa hipster lá no Brooklyn. Eles deram um longo beijo molhado.

"Eu não gosto de ficar muito tempo longe do Shiva", ela disse. "Cada minuto conta."

"Você é uma mãe excelente." Barry estava muito bêbado agora. "Sei que você não gosta que eu fale sobre isso, mas vi muita gente agindo como maus pais na minha viagem de Greyhound."

"É, Barry, para de falar sobre esse ônibus e, por favor, continua me beijando."

Aconteceu muito rápido. A energia do lugar começou a definhar. Era, em sua maior parte, uma energia feminina. Cerca de metade dos homens que estavam ali era, secretamente, apoiadores de Trump — a maioria por conta dos cortes nos impostos —, mas as mulheres estavam todas do mesmo lado. As pessoas estavam se reunindo ao redor das televisões ligadas na CNN e na MSNBC. O estado mais ao sul do país estava sendo mencionado com um crescente senso de urgência. "Flórida." "Flórida?" "Flórida!"

"Não, tudo bem se a gente perder na Flórida!", gritou Barry. "A gente tem que prestar atenção nos estados de maioria democrata. Pensilvânia! Michigan!" Ele tinha feito o seu dever de casa, mas isso todo mundo tinha feito. O barman não estava conseguindo atender a demanda de Nasty Women, como se aquilo fosse ajudar em alguma coisa. Seema sorriu, mas ele notou que sua respiração estava pesada. Sua reação de lutar ou fugir estava longe do ideal. Ele ficou acariciando sua mão e beijando sua bochecha. Não sabia muito bem qual dos dois ele estava tentando confortar.

Perto das dez da noite, o ponteiro do *The New York Times* começou a mudar de "Provável" em favor de Clinton para "Possível" em favor de Clinton para "Incerto" para "Provável" em favor de Trump para "Muito provável" em favor de Trump. As bolsas começaram a despencar. "Graças a Deus estamos operando vendidos num monte de fundos!", Joey Goldblatt gritou na sua cara. Barry queria ainda ter um fundo para se preocupar com ele — o Este Lado do Capital tinha praticamente sido dissolvido —, pelo menos isso distrairia seus pensamentos do que estava acontecendo, lhe daria uma série de opções para examinar na manhã seguinte. Ele se lembrou de Trump zombando de um deficiente, imitando seus espasmos. Não, aquilo não podia estar acontecendo. Ele sempre quis poder cuspir na cara dos liberais que ficavam chamando todo mundo de quem eles discordavam de "fascistas", até mesmo de liberais como sua esposa. Mas agora?

"Eu quero ir para casa", disse Seema, milagrosamente sóbria. Ela apertou a mão dele com força para mostrar que estava falando sério. Outros pareciam compartilhar da mesma ideia. Uma debandada em massa era iminente. Joey Goldblatt e sua namorada, que parecia ter uns dezenove anos de idade, estavam tentando estancar o fluxo nos elevadores, mas as pessoas precisavam de alguma coisa familiar àquela altura, suas famílias, seus empregados, suas casas. Barry sempre gostou de atravessar o Central Park de táxi à noite; dava a sensação de estar passando pelo meio de um cânion escuro com ocasionais vislumbres dos prédios de Midtown, a civilização iluminada longe do seu alcance. Mas, naquela noite, a imagem dos edifícios lhe pareceu superficial e vazia, os apartamentos escuros, desprovidos de seus donos russos e sauditas.

"Por que você não passa a noite comigo hoje?", ele disse.

"Acho melhor não", ela disse. "Acho que eu quero ficar sozinha."

"Este é exatamente um momento em que você *não quer* ficar sozinha. Nós precisamos passar por isso juntos."

Eles debateram por alguns minutos; Barry se viu implorando para que ela ficasse com ele, se atirando em cima dela como se fosse um patético adolescente tarado. Seema alegou que precisava levar Shiva a um terapeuta de manhã bem cedo.

"Do jeito como você está me tratando, parece que isso é minha culpa", disse Barry. "Como isso pode ser minha culpa?"

"Não tem nada a ver com você", ela disse. "Eu juro."

Ele tentou dormir, mas havia as sirenes das ambulâncias e o *tchic tchic tchic tchic* dos helicópteros, como se alguma emergência nacional estivesse acontecendo do lado de fora de sua janela. Barry havia enfeitado a suíte com rosas e chocolates; era cafona, mas queria que ela soubesse que ele dava enorme importância para o amor que eles fariam. O quarto estava quente, mas Barry se encolheu na cama como se uma nova era do gelo tivesse começado. Ele não queria conferir o resultado da eleição no seu telefone. EI, ele mandou uma mensagem para Seema. DESCULPE SE PEGUEI MUITO PESADO. Ela não respondeu.

No dia seguinte eles souberam que era verdade. Donald J. Trump, o homem de negócios profundamente controverso de Nova York, seria o seu presidente. Barry não queria ficar confinado no quarto assistindo aos noticiários o dia inteiro. Ele decidiu sair andando pelas ruas da cidade, torcendo para que Seema respondesse logo sua mensagem. Era um dia adequadamente chuvoso e melancólico, e um grupo chamado Auburn Seminary estava distribuindo girassóis para os nova-iorquinos enlutados que passavam pelo Washington Square Park. Barry ficou imaginando que Paris devia ter se sentido daquele jeito depois que os alemães invadiram a cidade. Alunos da NYU estavam cantando e chorando juntos. Barry viu um babaca insolente usando uma camiseta escrito BERNIE PODERIA TER GANHADO. Um pequeno grupo de policiais sorridentes parecia indiferente à desolação à sua volta.

A feira livre das quartas-feiras na Union Square estava envolta numa névoa. O barulho de um protesto crescia em volume, e ouvia-se o ruído dos helicópteros lá em cima. Jovens carregavam cartazes em péssimo estado onde se lia O AMOR DERROTA O ÓDIO, ABRAÇOS GRÁTIS, VIDAS DE PDCS E LGBTQPOC IMPORTAM. Barry lembrou da filipina da UTEP que riu dele quando ele usou o termo “PDC”. Ele se sentiu, ao mesmo tempo, ao lado dos manifestantes e também distante deles. Lembrou-se dos trens de carga nas imagens projetadas por Layla em sua aula sobre o Holocausto. Começou a mandar mensagens de texto de forma obsessiva para Seema:

NÓS VAMOS SUPERAR ISSO.

NÓS TEMOS OS MEIOS E TEMOS UM AO OUTRO.

SHIVA VAI FICAR BEM. ELE VAI VIVER NUM MUNDO MELHOR.

O QUE EU FIZ DE ERRADO?

POR QUE VOCÊ ESTÁ DESCONTANDO EM MIM?

ÀS VEZES VOCÊ É IGUAL À SUA MÃE.

FRIA E CRUEL SEM NENHUM MOTIVO.

DOMINADORA E ARREDIA.

DESCULPA, NÃO QUIS DIZER ISSO.

SÉRIO, EU ESTOU MUITO TRANSTORNADO. ESTOU COM SAUDADES.

ONTEM À NOITE EU QUERIA MUITO FAZER AMOR COM VOCÊ.

EU NÃO SEI COMO COLOCAR O SÍMBOLO DO CORAÇÃO, MAS CORAÇÃO CORAÇÃO CORAÇÃO CORAÇÃO CORAÇÃO.

OI?

Ele se sentou num banco do Union Square Park ao lado dos alunos de algum colégio vestidos todos de preto e comendo *burritos*. Eles recendiam a hormônios, cebola e maconha. Eram todos brancos e asiáticos e meio alternativos, talvez góticos. Todos tinham fones nos ouvidos e estavam e não estavam presentes ao mesmo tempo, o que parecia um bom lugar para se estar no dia 9 de novembro de 2016. Barry os imaginou envelhecendo juntos, como irmãos, sempre presentes, uns para os outros. Quem faria esse papel por Shiva? Barry?

Aqueles moleques já estariam na faculdade quando Trump deixasse a presidência. Isso *se* ele deixasse. Não importava o que eles fizessem, ou quem eles amavam, ou quem eles se tornassem, Donald Trump dominaria, pelo menos, uma parte de suas vidas. Ele tentaria puxá-los para baixo, trazê-los para o seu nível. Isso era o que ele fazia. O telefone de Barry apitou. Ele o tirou do bolso muito rápido e o derrubou no concreto.

Os colegiais olharam para ele e riram, mas sem malícia, pois eram uns moleques de várias origens culturais que, provavelmente, jogavam seja qual for a versão de Dungeons & Dragons que está no mercado atualmente. Era uma mensagem de texto, de Seema.

ACADEMIA ÀS CINCO. VEM DE CALÇÃO DE BANHO.

A academia de Barry ocupava um casarão genérico e tinha uma piscina olímpica no porão que, na prática, era particular. Você podia marcar uma aula de natação para uma criança, mas, naquela noite, ele não estava vendo nenhum instrutor por ali. Barry sabia o que ele tinha de fazer. Tinha de mostrar seu valor para a esposa. Tinha de ensinar Shiva a nadar.

Ninguém era capaz de preencher uma roupa de banho como Seema. Ela não era uma dessas magricelas sobre as quais os *traders* novatos no seu escritório gostavam de se gabar, exibindo fotos em que contavam as costelas de suas namoradas ou destacavam uma coisa chamada "espaço entre coxas". Seema tinha pequenas gordurinhas debaixo dos braços e o equivalente a isso em volta da bunda, e as suas coxas se *encostavam*, mas seu maiô azul-turquesa evocava o fervor da juventude, a fenda escura e profunda em seu decote era honesta e real, e ele podia ver os contornos de seus grandes mamilos. Ah, se eles ficassem sozinhos naquela piscina, em alguma piscina, em qualquer massa de água.

Mas eles não estavam sozinhos. Além do salva-vidas latino balançando a cabeça a média distância (como ele se atrevia a ignorar a beleza de Seema?), ela havia trazido Shiva, que olhava para as ondulações constantes da água da piscina com uma curiosidade que poderia, a qualquer momento, se converter em terror — seu estado normal. Seu filho usava uma roupa de neoprene meio boboca, estampada com caranguejos cor-de-rosa, debaixo da qual se podia ver uma fralda. Seema o segurava discretamente à frente dela, porque não era possível abraçá-lo sem consequências, a menos que você fosse disfarçando o abraço aos poucos, usando uma escova de pelo de crina de cavalo e doses imensuráveis de paciência. Mas Barry podia ver que o menino gostava da água de alguma maneira primordial, suas perninhas pardas acariciando a superfície, o prazer contido na sensação de relativa ausência de peso, um lugar onde as crueldades do mundo sensorial se reduziam. "Eu vou te chamar de Coelhinho d'Água", disse Barry, aproximando-se do garoto, até os três ficarem um ao lado do outro, como se estivessem posando para um estranho retrato de família.

Seema mergulhou o filho na piscina e depois o puxou de volta rapidamente. Ela fez isso várias e várias vezes, até que seus protestos iniciais se converteram em guinchos de alegria. O movimento o estava regulando. Aquele seria um acontecimento feliz, do qual Seema jamais se esqueceria. "Coelhinho Shiva", ele anunciou, "agora, eu vou te ensinar um pouquinho sobre natação. O papai foi nadador no colégio e na faculdade e, talvez, um dia, você também possa vir a ser. Então, preste atenção." Ele deu um salto na água e saiu batendo os braços vigorosamente até o outro lado em cerca de dez segundos, fez uma virada e voltou nadando até sua família. Ele estava torcendo para que Seema estivesse prestando atenção no seu estilo, nas suas pernadas elegantes que produziam apenas uma quantia módica de espuma, no torque de seus ombros, na maneira precisa como girava o pescoço para buscar ar. Mas quando ele emergiu, percebeu que ninguém estava olhando para ele. Seema ainda estava mergulhando Shiva dentro d'água, cada mergulho seguido por um grito de prazer da parte do menino.

"Muito bem", disse Barry. "É a vez do papai."

Ele esticou os braços para pegar o filho. "Calma", disse Seema.

"Eu sei o que estou fazendo", disse Barry. "Acabei de ensinar um menino a nadar."

"Ele não é como qualquer menino", ela disse. O que era verdade. Assim que as mãos de Barry se encaixaram nas axilas de Shiva, o menino começou a chutar para trás e a abanar os braços para a frente como se fosse um golfinho ensandecido. Barry virou-se rapidamente para observar o salva-vidas, para ver se ele havia percebido que seu filho era diferente. Seema enfiou as mãos debaixo dos braços de Shiva e ele se acalmou um pouco.

"O.k.", disse Barry. "Vamos fazer o que estávamos fazendo. Pra cima e pra baixo, pra cima e pra baixo, mas agora a mamãe e o papai vão te segurar *juntos*." Eles voltaram ao ritmo anterior, tirando a criança da água e deixando-a cair de volta, Barry adorando o toque das mãos de Seema nas suas, até que o equilíbrio foi restaurado, e a criança começou a olhar para o teto com um sorriso no rosto.

Barry não estava agregando nenhum valor ao procedimento. Aquela família lhe parecia tão patética quanto a que ele conheceu em Queens depois que sua mãe morreu. Ninguém o queria ou precisava dele, nem a linda mulher com os seios do tamanho de melões mergulhando na água, nem a criança muda com aquela roupa de neoprene ridícula e uma fralda. "O.k.", Barry disse para Seema, "você pode soltá-lo agora."

"Tem certeza?"

"*Sim!*" Ele falou alto o suficiente para despertar o salva-vidas de seus devaneios. "Sim", Barry repetiu, num tom suave, enquanto Seema entregava a criança aos seus braços. "Viu só que divertido? Vamos brincar com o papai. Papai, o nadador." Ele começou a cantar. "Nós vamos brincar, e brincar, e brincar, até que alguém acabe com a brincadeira-a." Ele continuava mergulhando e tirando Shiva da água, como se o estivesse batizando, e percebeu que ele era, na verdade, muito alto e pesado para uma criança de quase quatro anos de idade. Os ombros de Barry começaram a experimentar cãimbras; como é que Seema e Novie conseguiam tomar conta daquele meninão o dia inteiro? A cada mergulho ele se dava conta de como estava afastado de todo o universo especializado que havia sido construído ao redor de Shiva Cohen. O lugar tinha cheiro de água salgada, pura e límpida, e quando ele se inclinava na direção de Seema, também sentia o aroma de uma essência de mel. Estava na hora de resolver as coisas.

"O.k., Shiva", ele disse. "Roma não foi construída em um dia. Você não vai virar o Mark Spitz em uma hora, mas quero te ensinar o básico da natação. Isso é tudo que nós vamos fazer hoje. Sem pressão. Então, eu só vou pôr as minhas mãos na sua barriga e, devagarinho, te girar uns trezentos e trinta graus."

"Eu só queria lembrar", disse Seema, "que ele não está te entendendo. Nem sei direito se *eu* estou te entendendo"

"Só vou segurá-lo de um jeito um pouco diferente e depois vou colocá-lo na água", disse Barry. "Qual é o problema?"

Ele tirou uma das mãos de debaixo de uma axila de Shiva e a pôs em seu quadril. Ele pôs sua outra mão na barriga quente de Shiva. A criança fez um barulhinho parecido com alguma versão da letra *E*, mas não uma que Barry já tivesse ouvido algum dia. *Eeeeeee*, ele exalava.

"Não se preocupe, querido", disse Seema. "O papai está segurando você." Ela se aproximou e começou a acariciar seu braço com a suavidade de suas mãos. Barry continuou virando o menino, um grau por vez, tentando colocá-lo na posição de um nadador, a cabeça na frente, os braços prontos para remar, as pernas preparadas para bater. *Eeeeeee.* Além daquele som, os mecanismos internos do menino começaram a ressonar como uma peça superaquecida de um carro. "Talvez seja melhor tirar ele da água", disse Seema. "Talvez já tenha sido o bastante por hoje."

"É assim que se aprende", Barry ouviu seu pai falando através de sua boca e de seus lábios. "Só mais um pouquinho. Você precisa correr riscos." À medida que a cabeça de Shiva se aproximava da água, suas pernas começaram a se agitar desesperadamente. "É isso aí", disse Barry, "é assim mesmo que você bate as pernas."

E Shiva bateu as pernas pra valer, revolvendo a água com força, enquanto o resto de seu corpo escapava das mãos de Barry, a letra *Eeeee* pairando no ar como uma misteriosa vogal perdida, a criança disparando em direção à implacável parede de azulejos da piscina onde se lia PROFUNDIDADE 1,50 M.

O som oco e bizarro da cabeça de Shiva batendo contra o azulejo alcançou tanto Seema quanto Barry, mas apenas um dos dois reagiu. Barry ficou ali, parado, com os braços esticados como se ainda estivessem segurando Shiva enquanto Seema pegava o filho e o salva-vidas corria em sua direção, dava um pulo e empurrava Barry para o lado. O som da vogal havia desaparecido. Apenas Seema gritava. Seu filho jazia imóvel em seus braços, seus espasmos e inconsistências agora apenas uma memória alegre e distante.

Seu último encontro aconteceu na Stuyvesant Square, dois dias depois. Shiva estava sob observação no Beth Israel, o hospital mais próximo. Barry havia ensaiado fazer um escândalo para levá-lo para um hospital melhor, tentando usar seu dinheiro para resolver o problema, mas, no fim das contas, o problema acabou se mostrando menos grave do que eles pensaram de início. Shiva tinha tido a sorte de não sofrer uma concussão. Suas maiores dificuldades envolviam o novo ambiente hospitalar, o fato de que ele tinha de passar por exames assustadores e lidar com pessoas diferentes. Seema pediu a Barry, usando o tom mais suave de sua voz, que deixasse as coisas relacionadas ao hospital para ela, seu pai e Novie.

Seus olhos estavam pintados de preto, o que era algo comum, mas agora eles lhe pareciam fundos e exaustos. "O que quer que você esteja planejando dizer, sugiro que descanse e pense um pouco antes de dizer", disse Barry. Uma procissão de babás filipinas, todas com um aspecto tão exausto quanto o de sua esposa, deixou o hospital e começou a atravessar o parque.

Mas Seema não quis esperar. Ela disse coisas horríveis, mas as disse com ternura. Não falou nada sobre Shiva, na verdade. Essencialmente, o que disse foi que ela não gostava do *que* Barry era. Não de *quem*, mas do quê. Nós vivíamos num país que recompensava as piores pessoas. Vivíamos numa sociedade em que os vilões tinham mais chances de vencer. Havia uma conexão direta entre o fato de Barry ter se safado com um puxão de orelha e a vitória de Trump. Talvez, à sua própria maneira, ela tenha tentado equilibrar as coisas quando enviou aquele vídeo filmado na Sardenha ao governo. Mas o que ela havia ganhado com isso? O sistema era defeituoso. Ela entendeu tudo na noite da eleição. Como é que alguém que *não* morava numa cobertura na Central Park West era capaz de acreditar em *qualquer coisa* atualmente? Por que essas pessoas se deram ao trabalho de votar na Hillary?

Ele não estava acreditando na sua linha de raciocínio, ou no quanto aquilo havia descambado para o lado pessoal. *Seema* era a democrata. Em algum ponto, ele pediria a Hillary que ela desse um trabalho para Seema. Como é que o Donald Trump havia lhe custado seu casamento?

Ela o encarava com os olhos tristes. Era um olhar que não deixava margem à interpretação. Aquele olhar cansado de estudante de direito. *Será que você pode nos deixar em paz?*, dizia aquele olhar.

"Eu sei que isso não tem a ver com a vitória do Trump", disse Barry. "Sei que isso tem a ver com o que aconteceu na piscina. Eu já me desculpei um milhão de vezes e posso me desculpar mais um milhão. Mas é o seguinte. Escuta só. Eu sou muito mais parecido com o Shiva do que você pensa. Sim, fui eu quem passou para ele esses genes terríveis e lamento muito por isso. Mas sou exatamente igual a ele de muitas maneiras. Não quero conversar com as pessoas a maior parte do tempo. Eu me obrigo a isso. Eu treino."

"Ele não consegue falar", disse Seema.

"Porque ele não quer", disse Barry. "Porque ele é como eu."

"Não, Barry", disse Seema. "Ele não consegue falar porque não é capaz de coordenar seus movimentos motores finos para produzir o que reconhecemos como fala. É por isso que ele não consegue falar. Não porque ele *não quer*. Você não vê a diferença?" Ela ficou olhando sua expressão desorientada. "Ah, querido", ela disse, "você não está entendendo? Você não é o Shiva. Você não tem as suas desculpas. Você é um homem que ganha rios de dinheiro enquanto o mundo à sua volta vai pro caralho. Você ganha dinheiro *porque* o mundo à sua volta vai pro caralho. No fim das contas, é isso o que você é. E se você quer mudar, mude. Mas se não for capaz, por favor, pare de desperdiçar as poucas chances que eu ainda tenho de ser realmente amada por alguém. Pelo meu pai, pra começar. E pelo meu filho."

O divórcio foi brutal. Ela conhecia todos os ativos dele de cabeça. Os advogados dela o devoraram enquanto ele ficou jogando na defensiva. "Nunca se case com uma advogada se você pretende se divorciar", Joey Goldblatt o havia alertado fazia alguns anos, e ele tinha razão. O acordo foi bem monstruoso. Depois do divórcio e de todos os processos contra o Este Lado do Capital, Barry tinha ficado com cerca de trinta milhões, que era mais ou menos o preço do apartamento de Joey Goldblatt na Central Park West. Ele sabia que precisava se recompor, mas estava tão atordoado com a perda de sua família e da maior parte de sua fortuna que passou meses sem fazer nada além de ficar acompanhando no computador seu país se desintegrando enquanto os mercados subiam.

Ele precisava de um lugar para morar, e o Gramercy ficava perto demais de Seema, que havia destroçado seu coração. Joey Goldblatt o convidou para fazer parte da Sociedade dos Trovadores, que alugava um pequeno porém luxuoso apartamento exatamente em cima da sede do clube. A ideia por trás dos Trovadores era que você ficasse em Midtown, perto do seu fundo, e o resto do mundo viesse até você do Brooklyn ou de Berlim ou de qualquer outro lugar. Os Trovadores eram artistas e chefs de cozinha e escritores e pensadores, e a sua presença resultava em diversos eventos culturais cuidadosamente escolhidos, que era mais ou menos como ter uma esposa multimercadista à sua disposição. Foi nesse lugar que Joey Goldblatt tinha conhecido sua namorada após o seu próprio divórcio brutal, e onde ele esperava que Barry também encontrasse alguém para cauterizar seu coração.

Que foi exatamente o que aconteceu na sua primeira semana lá.

Seu nome era Lyuba, e ela era de "ascendência russa e israelense", o que era um pouco confuso. De todo modo, ela fora criada em Miami, falava um inglês sem sotaque e seu cabelo, ao toque, se assemelhava a um ideal platônico de Bombril ou a uma versão perfeita de um *Jewfro* (muito embora ela às vezes insinuasse que não era de fato judia), debaixo do qual jazia um rosto angelical, com os malares avantajados, que Barry frequentemente não conseguia reconhecer como sendo eslavo.

Ele a conheceu sentada no balcão do bar após a palestra de um imponente professor de Oxford que havia dito que a civilização ocidental tinha "basicamente acabado". Geralmente eram mulheres superbronzeadas usando vestidos vermelhos que davam em cima dele nos bares, mas dessa vez ele não tinha muitas escolhas, então mirou na garota modernosa com o cabelo de ovelha. Ela estava brigando com um homem que tinha, no mínimo, quatro vezes a sua idade, com uma testa grande e ressecada e um nariz bastante molhado. Quando o velhote deu o fora, Lyuba olhou para Barry com um misto de tédio e sedução nos olhos e, em pouco tempo, eles estavam sentados em poltronas de couro rachado dentro daquela "biblioteca" cheia de bebidas. "Eu não preciso dele", declarou Lyuba, sobre o cavalheiro idoso com quem ela estava. "Eu trabalho no mercado imobiliário."

"De qualquer modo, ele é muito velho pra você", disse Barry. "Ah, não por isso. Eu gosto de homens mais velhos", disse a jovem da Flórida. "Você quer tocar no meu cabelo? Você está olhando pra ele faz um tempão."

Uma coisa interessante que Barry ficou sabendo sobre Lyuba depois que a levou para o seu apartamento de um quarto no andar de cima era que ela gostava de fumar "freebase", o que significava pôr cocaína num pedaço de papel-alumínio, acender por baixo e depois puxar a fumaça usando um cachimbo de vidro, parecido com aquele que Bentley tinha usado em Phoenix. "Eu não faço sexo no primeiro encontro", ela disse de maneira muito pudica, sentada de pernas cruzadas no sofá esquisito de mohair que ficava em sua sala de estar. "Você pode me chupar, ou eu posso chupar você."

Barry ficou excitado, mas também um pouco triste. Era esse o tipo de mulher com quem ele se relacionaria agora? O tipo de mulher que gostava dele porque ele ganhava dinheiro enquanto o mundo à sua volta ia pro caralho, parafraseando

Seema? E tinha ainda as questões práticas. A última vez que ele tinha tentando fazer sexo oral após usar um narcótico à base da folha de coca não tinha sido muito bom para nenhum dos envolvidos. E se ele não conseguisse ficar de pau duro enquanto ela o chupasse? O que seria pior?

Após alguns minutos, eles resolveram a questão. Apesar da bela cabeleira de ovelha que Lyuba tinha na parte de cima, ela era totalmente careca na parte de baixo e exibia algumas tatuagens em russo e hebraico. Talvez ela fosse uma dessas pessoas "alt" alguma coisa. De todo modo, ela tinha um sabor jovem e maravilhoso. Barry estava excitado por conta de suas inclinações políticas. Era como se ele tivesse sido brutalizado por Seema e por suas convicções políticas, e Lyuba fosse uma espécie de vingança.

Eles tiveram um encontro na semana seguinte, quando um dos Trovadores, David Chase, o criador dos *Sopranos*, veio dar uma palestra para uma plateia lotada. Não estava claro se Lyuba era membro do clube ou não, mas sua presença parecia muito bem-aceita pelos homens que frequentavam o local. Apesar de ser Noite da Trufa Branca, Barry estava louco para levá-la para o seu quarto, mas estava prestes a saber de algo muito mais interessante. Lyuba era uma apoiadora de Trump. Não tanto na parte social, mas, com certeza, do seu projeto de uma reforma tributária simplificada. "É porque eu venho do mercado imobiliário", ela disse.

E agora Barry estava sentindo todo o peso do seu abandono. Ele via Shiva apenas uma vez a cada dois ou três meses, muito embora tivesse a guarda compartilhada, algo pelo qual seus advogados haviam batalhado, apesar de ele não estar muito interessado. O que você ia dizer? Que você *não* queria a guarda compartilhada? Barry não tinha a menor condição de cuidar sozinho de Shiva, então ele simplesmente se encontrava com o filho na terapia sensorial, junto com Novie, quando ele o embalava numa espécie de balanço autista enquanto tentava manter contato visual. "Treinamento de astronauta" era como chamavam aquilo. Barry queria dizer ao filho que estava se sentindo sozinho, mas ele não tinha ideia de como comunicaria aquilo a outra pessoa, especialmente a alguém que era não verbal. No fim das contas, Barry não tinha ideia de *quem* seu filho era, a não ser que tinha os olhos da mãe, e Barry não suportava olhar para eles.

Lyuba e Barry saíram diversas vezes no mês seguinte. Ela até mesmo o levou ao Brooklyn um dia, muito embora aparentasse estar tão desorientada quanto ele naquele distrito. Ele meio que estava torcendo para que eles trombassem com Tina, a melhor amiga de Seema, por lá, para que pudesse exibir a ela sua nova namorada modernosa. Não que aquilo lhe dissesse muito respeito àquela altura, mas os investimentos em capital privado estavam indo muito bem depois da vitória de Trump. "O mercado é basicamente um homem branco de meia-idade", Barry gostava de explicar para pessoas que não eram do meio. De qualquer modo, no comecinho do verão seguinte, Lyuba deu um pé na bunda de Barry. Ela voltou para o velhote. Talvez Barry não estivesse demonstrando levar a relação a sério, talvez ela tenha descoberto que ele só valia trinta milhões, talvez apenas o estivesse usando como uma forma de trazer o cavalheiro idoso de volta sob condições melhores. No fim das contas, o velho também era do mercado imobiliário.

A casa de Rhinebeck estava quase pronta, então ele se mudou para lá, tanto pelo isolamento quanto pela vista para o Hudson, o som do Amtrak percorrendo as margens do rio o reconfortava todas as noites.

Seema não estava muito melhor. Todos os seus amigos diziam que o resultado da eleição estava fazendo com que eles se sentissem como se alguém muito próximo tivesse morrido. Ela se pegou acordando no meio da noite, preocupada com o futuro do Acordo de Paris. Mas toda vez que olhava o feed do seu Instagram, todas as vidas globalizadas que seus supostos amigos estavam levando, as escapadas para o Caribe nos fins de semana, as viagens de um mês para Marrakech ou Rangum, ela se sentia culpada diante de todas as pessoas que jamais colheriam os frutos da nova ordem mundial. Tentou visualizar o ódio das pessoas que votaram em Trump por ela e por pessoas como ela, todos aqueles rostos pardos e amarelos no Instagram, posando nos cafés mais descolados das cidades mais quentes, no melhor momento possível, vidas que no passado eram dedicadas apenas ao trabalho braçal agora sendo consumidas em meio à diversão e ao conforto. Mas era mesmo culpa deles se estavam ficando mais ricos enquanto os trumpistas brancos estavam ficando mais pobres? Ela se lembrou de uma história que Barry contou sobre o Greyhound, os supremacistas brancos falando mal dos banqueiros judeus do mundo. Aquilo era terrível, com certeza, mas todas as pessoas que ela conhecia, judeus, indianos, coreanos, todo mundo estava recebendo a sua parte, ninguém mais do que seu ex-marido, enquanto a maioria das pessoas que os detestava não tinha nada. Então, quem estava certo?

Com seu país definhando, ela se viu desejando ser um pouco menos americana e um pouco mais indiana, ir atrás de suas raízes, como sua mãe tinha feito a vida toda. Ela precisava ter certeza absoluta de quem ela era. Barry não era o único que podia exercer esse privilégio. Ela tentou aprender sânscrito pela milionésima vez, tentou decorar os *slokas* favoritos do pai, e chamava um carro toda semana para ir até Flushing para se empanturrar de *upma* na Cantina do Templo de Ganesha. Um dia ela foi assistir a uma palestra da Asia Society sobre arquitetura indo-sarracena e gótica-mogol.

O palestrante era um professor assistente de Columbia chamado Zameer Jarwar, que tinha raízes em Mumbai e havia acabado de publicar um livro muito bem recebido pela crítica sobre aquela cidade. Era um sujeito baixinho, orelhudo e meio bonitinho até (provavelmente teve o apelido de "meia entrada", que fazia parte da gíria de Mumbai, quando era mais novo, pensou Seema), que sabia muito bem como encantar uma plateia. A palestra, na verdade, era sobre a principal estação ferroviária de Mumbai, conhecida no passado como Victoria Terminus, e como ela refletia o pós-colonialismo, a ascensão do nacionalismo em Maharashtra, o declínio do Partido do Congresso, enfim: toda a história da cidade mais importante da Índia. Seema ficou com a sensação de ter aprendido mais sobre Mumbai em quarenta minutos daquele baixinho falando do que em todo o tempo que havia passado lá quando jovem.

Após a palestra, Zameer foi cercado por paquistanesas muito bem-vestidas e alguns muçulmanos indianos. Pelo seu sobrenome ela deduziu, lógico, que ele não era hindu, e uma parte bem maluca dela quase ficou chateada com isso, para o caso de ela precisar apresentá-lo aos seus pais algum dia. Seus pais? *Mas que diabos ela estava pensando?* Talvez ela devesse simplesmente ir embora daquele lugar e voltar às rotinas de sua vida, os cuidados com Shiva, os drinques com Mina, as brigas com a mãe. Ela foi atravessando a névoa de perfume das admiradoras de meia-idade do jovem professor e percebeu que ele estava acompanhando a sua movimentação com os olhos, enquanto a plateia deixava o auditório em favor de uma suspeita mesa de sobremesas temáticas do subcontinente montada pelos organizadores. "Oi, eu sou a Seema", ela disse.

"Opa", ele disse. Provavelmente era desse jeito que ele iniciava todas as suas conversas com os alunos, com um "opa" informal. Ele vestia um jeans da Rag & Bone e uma camisa da

A.P.C. como se eles fossem um atestado da sua classe social. Ele era apenas uns quatro ou cinco centímetros maior que ela, mas pulsava com energia e inteligência. Seema estava pensando uma coisa esquisita desde o começo: Deus, por favor, que ele não seja de uma família rica. Mas o que isso queria dizer, afinal de contas? Era como se ela quisesse que ele só tivesse dinheiro ganho honestamente.

Ela imaginou que o professor morava num apartamento pequeno, de um quarto, nos alojamentos de Columbia, umas coisas indecifráveis emolduradas na parede, talvez um cartaz antigo de uma campanha de planejamento familiar indiana, apelando para que as mulheres não ficassem grávidas o tempo todo, "Mães Precisam ter uma Recuperação Completa Entre Dois Filhos". Graças a Deus ele não estava usando aliança. Graças a Deus ela estava deslumbrante como sempre.

E então, Seema começou a conversar com Zameer Jarwar. Não imitando a comediante indiana que seus amigos brancos diziam que parecia com ela, porque ele iria reconhecê-la, mas sim com uma voz mais natural. Ela falou sobre a estação. Sobre como cada viagem que havia feito à Índia desde que era criança envolvia viagens intermináveis de South Mumbai até o Shivaji Park, passando pela Victoria Terminus. Seema tinha um mapa mental de cada vendedor de *vada pav* nos arredores da estação, da composição dos trens, dos vagões para mulheres, dos vagões para os doentes, identificados, contrariando o bom senso, com um caranguejo, remetendo ao câncer, de como seu tio Nag a tinha feito saltar do vagão junto com ele quando o trem estava começando a parar na estação, como era o costume local, e ela havia machucado ridiculamente o joelho. Sendo o especialista em conversa que era, Zameer contou uma história para cada história contada por Seema, até que ambos haviam esgotado todas as histórias de todos os tios no perímetro urbano de Mumbai, e estavam sozinhos no auditório, suas admiradoras mais velhas tendo lançado há muito tempo um triste aceno de adeus ao seu herói, que estava sendo monopolizado por aquela garota tâmil tagarela.

Eles reclamaram da falta de autenticidade de Curry Hill, mas, mesmo assim, acabaram indo parar lá, num restaurante paquistanês cheio de taxistas e pequenos comerciantes. "Você ficaria ofendida se eu pedisse a codorna?", ele perguntou. Eles conseguiram decifrar as origens um do outro em menos de quinze minutos, só de falar sobre as coisas que comiam quando crianças. Ela comia carne às vezes. Ele bebia o tempo todo, mas não comia porco. Não que ele fosse religioso. Não que *ela* fosse religiosa. Beleza, então ninguém era religioso. Aquilo era maravilhoso. Zameer sabia mais sobre as origens de Seema no final daquela noite do que Barry havia absorvido em cinco anos. Então era a isso que seus poucos amigos indianos estavam se referindo quando falavam sobre os prazeres de estar entre pessoas de sua mesma origem. Muito embora, obviamente, eles fossem de religiões diferentes. Mas vinham do mesmo lugar. Eles vinham do Victoria Terminus.

Ele a convidou para ir até o Uptown com ele aquela noite. Antes de deixarem o restaurante paquistanês excessivamente iluminado e deliciosamente gorduroso, e depois de concordar em acompanhá-lo, ela disse: "Vou soltar uma bomba aqui. Eu tenho um filho autista".

"Bom", ele disse, "eu sei o bastante pra não dizer 'lamento por isso' ou 'às vezes eu também me sinto um pouco autista'. Mas, na minha opinião, isso não é nada demais. E eu gosto de crianças. Eu sou o tio preferido de um montão delas."

Sim, ele morava mesmo nos alojamentos de Columbia, o que acabou se revelando algo extraordinário, o pé-direito tão alto quanto o do seu apartamento, muito embora o trajeto do táxi tenha sido tão demorado que eles pareciam estar indo para Westchester, e pouco depois de chegarem, ela já estava beijando as orelhonas dele em sua cama de professor, e nenhum dos dois tinha camisinha, mas eles precisavam fazer aquilo de qualquer jeito.

Ela ficou chocada quando, três meses depois, foi o seu pai, com base na religião, quem se opôs à ideia quando eles anunciaram o casamento, apesar de, provavelmente, ele também estar representando sua mãe. "Estou preocupado com o abismo entre as origens de vocês", ele havia dito, olhando para os seus novos sapatos ortopédicos. Ela lhe perguntou por que aquela questão não tinha sido levantada quando ela se casou com Barry. Como ele não conseguiu lhe dar nenhuma resposta convincente, ela o instruiu a nunca mais falar novamente sobre a religião do seu futuro marido.

E ele nunca mais o fez.

Epílogo
Papai Passarinho

O novo fundo de Barry decolou instantaneamente, e ele estava se sentindo empolgado e absolvido. Já fazia três anos que o Este Lado do Capital havia se dissolvido, e muita gente estava disposta a apostar no Último Magnata Capital, especialmente depois que ele ganhou uma matéria elogiosa na Bloomberg. Barry sabia que as pessoas sabiam que ele havia aprendido com seus erros. Seus investidores não davam a mínima para o iate na Sardenha, para o Sammy Yontif e para toda aquela merda. No fim das contas, eles tinham ganhado dinheiro com o uso que ele fez de informações privilegiadas. Tudo que eles queriam eram retornos maiores, e Barry estava determinado a lhes dar isso. Então, ele alugou um novo espaço, dessa vez em Midtown, e contratou um monte de atletas de luta de Princeton capazes de arrancar os chifres dos seus competidores. Eles eram praticamente uma réplica da sua turma dos tempos do Tiger Inn. Eles ficaram todos muito amigos e faziam todo tipo de loucura, comprando tudo que estava na baixa, sobrevivendo a tempestades no mercado e, num determinado momento, chegando a operar vendidos em ações da Dell. Mais uma vez, Barry estava desempenhando o papel de líder e norte moral. Ele tentou começar outro clube de leitura, este inteiramente dedicado à não ficção, e mencionava com frequência as lições que havia aprendido enquanto atravessava o país viajando de ônibus, com atenção especial para a dignidade oculta de pessoas de classes média e baixa, os Javons e as Brooklyns e os Jardineiros Jose deste mundo.

No fim das contas, ele e seus novos amigos se viram soterrados em dívidas por conta das criptomoedas, e o Último Magnata Capital foi à bancarrota, mas, dessa vez, Barry conseguiu minimizar os processos e acabou com outros quarenta milhões, elevando seu novo patrimônio líquido total a pouco mais de setenta e cinco milhões.

Barry sabia que era muito bom ganhando e perdendo dinheiro e sendo muito bem pago para fazer as duas coisas. Mesmo assim, essa constatação o deixou um pouco triste. Ele não queria ser o vilão descrito por Seema nas últimas palavras que ela lhe disse. Ele queria ser respeitado e amado por seus pares, mas será que comandar um fundo era a única maneira de conquistar sua aprovação? Será que ele deveria vender tudo e começar uma fundação de caridade? Mas, ao mesmo tempo, os fundos multimercado eram a única coisa que ele sabia que poderiam lhe render riqueza infinita de forma consistente. Isso sem falar em cobrir a pensão alimentícia fantástica que ele pagava a Seema. Então, depois de um tempo, ele decidiu começar um outro fundo. Não foi muito difícil encontrar investidores. O consenso era que, dessa vez, ele tinha *realmente* aprendido a lição. A Roda de Balanço Capital era referência a uma parte giratória do mecanismo de um relógio de pulso, mais ou menos análogo ao pêndulo de um relógio de parede. A ideia era sugerir um movimento de avanço e também sinalizar que aquele fundo era, essencialmente, *equilibrado*, diversificado ao máximo e formado quase que inteiramente por analistas quantitativos vestindo calças cáqui da Dockers. Era hora de parar de ser "o cara mais gente boa de Wall Street" e assumir seu nerd interior, como Jonah. Até mesmo seu velho conhecido, o *muy amigo* Akash Singh, entrou para o time. A Roda de Balanço faliu em cerca de dois anos, mas não antes de Barry poder levantar outros trinta milhões, elevando o seu total para cem. Nunca alguém no seu meio havia dito a ele "Você devia parar enquanto está ganhando", mas Barry decidiu dar aquele conselho a si mesmo. Ele ia pegar leve, quem sabe dar início a uma daquelas fundações de caridade com as quais sempre sonhou.

Agora ele tinha cem milhões de dólares. Isso não era pouco nem muito em seu mundo. Poucas pessoas parariam de fazer dinheiro ao chegar a cem milhões, a menos que fossem essencialmente desprovidas de ambições, como Jeff Park. Barry estava morando em sua casa em Rhinebeck e não estava se relacionando romanticamente com ninguém. Start-ups internacionais eram o grande lance agora, então ele começou a viajar pelo mundo para ajudar pessoas em Ruanda e em Myanmar, lugares onde ele via o potencial dos locais de se tornarem empreendedores. Mas viajar para países pobres era muito mais exaustivo do que ele se lembrava. Tudo que ele fazia era ficar sentado em salas de reunião, conversar com funcionários de nível intermediário no Ministério das Finanças e depois viajar para o interior do país numa caminhonete Nissan para conhecer os camponeses. Ele viveu dessa forma por cerca de nove meses.

Um dia ele aterrissou no JFK, morto de cansaço, e passou o dia no terminal, parado num canto, com uma xícara de café, olhando para os destinos conforme eles iam aparecendo no painel. Quando a noite caiu, um guarda de segurança o abordou e perguntou se estava tudo bem. "Eu acho que estou tendo um derrame", disse Barry, muito lentamente. Uma ambulância foi chamada, e ele foi levado até um tórrido hospital público no bairro de Jamaica, no Queens, mas ele não tinha nada. Ele estava bem. Ele sempre estaria bem.

Aquele não derrame foi uma epifania. Ele decidiu que o que estava fazendo com a sua vida não era o suficiente. Ele precisava contar a sua história para o mundo de alguma forma. Precisava se reconectar àquela pessoa literata que ele era quando estava em Princeton. Layla tinha sido um beco sem saída. Ter uma família não tinha dado certo. Nenhum dos poucos amigos que lhe restavam queria entrar num clube de leitura. E ele nunca mais cometeria o erro de entrar num relacionamento. Então, o que lhe restava? A escrita. A inspiração. E se ele escrevesse um livro de memórias sobre a sua experiência no Greyhound?

Havia uma trilha panorâmica chamada Caminho dos Poetas cerca de dez minutos ao norte de sua propriedade, onde Barry sentava dentro de um pequeno gazebo perto dos trilhos do Amtrak e observava os trens passando enquanto relia *O sol também se levanta* sem parar, exatamente como fazia quando era adolescente no Queens. Frases simples eram o segredo. Um personagem poderia sentir-se "péssimo" ou qualquer coisa, mas você, o autor, não deveria jamais se debruçar sobre a complexidade daquele sentimento. Em vez disso, deveria deixar que as ações falassem por si. Barry escreveu:

Um homem de ombros largos entrou em Port Authority. Ele era rico, estava bêbado, e atravessava o saguão como se fosse o dono do lugar. A babá do seu filho autista tinha acabado de bater nele, e seu supercílio sangrava.

Ele revisou o trecho. Muito bom, mas ele cortou o "autista". Em seguida, cortou o "babá" e "filho". Ele ficou olhando para a tela do computador, tentando pensar numa maneira de contar a história sem mencionar o abandono de uma criança com um quadro severo de deficiência. A narrativa precisava avançar constantemente. O Mexicano Caolho. Javon e a Pedra de Crack. A Paixão da Família Hayes. Jeff Park e A Sorte de Kokura. A Negra Que Me Amava. Aventuras do Mapário.

Depois de algumas semanas, Barry abandonou o projeto. Agora ele entendia por que odiava tanto Luis Goodman e outros escritores. Ele era uma pessoa problemática, mas não o suficiente para ganhar a vida com isso.

Mas ele tinha de fazer alguma coisa. O tempo estava passando. Ele sentia saudades da tranquilidade do quarto de Jonah em El Paso. Precisava redescobrir algum hobby tranquilo que consumisse todo o seu tempo. Escrever tinha sido uma boa tentativa nessa direção, mas uma manhã, sentado numa lanchonete local, ele notou uma aluna gostosa de Bard usando um icônico Cartier Tank Arrondie dos anos 70 em seu pulso fino e bronzeado. Após três garfadas em seus *hash browns* destroçados, ele se viu digitando "Tank Arrondie preço" no mecanismo de busca do seu celular. Relógios. Ele não pensava neles de forma obsessiva desde que sua bagagem havia sido roubada no Greyhound. Os relógios que lhe restavam eram todos óbvios e prosaicos. Ele claramente precisava de mais.

Barry começou a frequentar leilões. Era a única maneira de pôr suas mãos nas melhores peças. Ele chamava um carro para ir até a cidade, onde entrava e saía correndo da Christie's, com medo de se encontrar com algum investidor que pudesse ter arruinado em sua antiga existência, já que alguns eram colecionadores de relógio. Ele não tinha envelhecido bem. Havia parado de nadar em sua piscina fazia muito tempo, e embora não fosse nada gordo, ele havia desenvolvido uma papada, sua voz não tinha mais energia e ele parecia estar alugando um espaço dentro do seu próprio corpo. Seu cabelo tinha ficado grisalho, mas não distinto, parecendo algo sujo e gasto, como um pedaço de torrone exposto à chuva. Ele só se tornava uma presença notável quando pegava sua plaquinha para dar lances nos leilões.

Seu leiloeiro favorito na Christie's era metade suíço, metade italiano e elegante por inteiro. Barry ouvia sua voz europeia em sonhos, penetrando, adulando, declamando, pressionando, incentivando, martelando, navegando as águas da riqueza internacional com a finesse de um gondoleiro veneziano. "Ainda estamos em cento e quarenta mil. Não se iludam. Vai vender, senhoras e senhores. Senhor, eu estou avisando. Vai vender por um preço maior. Não se iludam. Eu tenho cento e cinquenta mil. Hong Kong, responda. Cento e sessenta mil da República Tcheca. Obrigado pelo entusiasmo, República Tcheca. Ásia, vocês estão interessados neste Patek? Última chance. Vou bater o martelo. Flórida, responda. Não temos mais lances? Não se iludam. Lamento, Dinamarca, você devia ter sido mais rápida. *Vendido* para o cavalheiro no salão."

E Barry frequentemente era aquele "cavalheiro no salão", aquele que suspirava toda vez que erguia sua plaquinha, como se alguma força terrível da natureza estivesse lhe *implorando* para entregar todo o seu dinheiro à casa de leilões, como se o universo estivesse tirando o controle de suas mãos, um sentimento de euforia e pavor sem o qual ele não seria capaz de viver.

Sua coleção crescia, assim como sua reputação. No norte do estado, o cômodo que ele pretendia transformar em sua Biblioteca com Vista para o Rio Hudson acabou virando, em vez disso, a Relojoaria. Era um espaço de trezentos metros quadrados perfeito para abrigar um salão de festas, todo feito de cedro rústico. Barry tinha tirado todos os móveis e mandado instalar mostradores de vidro, atrás dos quais seus relógios poderiam ser exibidos para uma plateia de uma pessoa. Era uma peça silenciosa; somente a faxineira tinha permissão de perturbar o seu sossego. Ela fazia isso precisamente às três da tarde e, precisamente, por uma hora. Barry passava o resto do dia absorvendo o silêncio da Relojoaria enquanto conversava com um Jonah imaginário. "Então. Você está se perguntando o que é isso? Bom, deixa que eu te explico. Isto é um Patek 2438 em ouro amarelo. O que o torna tão incomum? Ele é à prova d'água! Um relógio com calendário perpétuo da metade do século passado à prova d'água. Você sabia disso? *Você sabia?*" Aquela era a expressão favorita de Jonah. "E isso? Ah, você vai adorar isso, Jonah. Esse é um 3448 em ouro branco. Toma. Pega. Com cuidado. Olha só pra esses encaixes grossos e robustos. Nunca foi polido. E esse mostrador cor creme? Ahhh."

Ele tentou encontrar Jonah nos fóruns sobre mapas na internet, mas o menino aparentemente havia perdido interesse em cartografia alguns anos após a visita de Barry, o que o deixou muito decepcionado. Buscas mais aprofundadas na internet revelaram que Jonah estudava na UTEP, o que significava que sua mãe estava mal de grana ou seguia fiel ao seu princípio de pôr o filho para estudar numa universidade local e pública. Barry tinha certeza de que Jonah poderia ter entrado em Princeton.

Em todo caso, quando ele reduzia as luzes da Relojoaria, quando se sentava lá e se debruçava sobre um exemplar com sua lupa, cofiando sua barba, enquanto quase quinhentos relógios faziam seu tique-taque em conjunto, Barry conseguia imaginar que seu filho secreto estava ao seu lado, compartilhando, aprendendo e funcionando em meio ao seu próprio mundinho. O maior prazer de Barry era enfileirar todos os seus relógios com calendário perpétuo à meia-noite de um final de mês, para assistir a todos os seus indicadores de hora, dia e mês registrando a mudança com um breve clique universal. Ele experimentava um pico de ansiedade enquanto os mecanismos se tensionavam para a mudança, e depois do clique satisfatório, ele relaxava, virava-se para o seu filho fantasma e dizia: *Tudo certo agora, Jonah, mais um mês se passou e nós ainda estamos aqui, vivos.*

Nos dez anos que se passaram após sua viagem de Greyhound, ele havia gastado mais de sessenta milhões de dólares em relógios, a maioria Pateks, liquidando a maior parte do seu patrimônio. Apesar de não ser fã da marca Rolex, ele havia comprado o famoso Bao Dai Rolex, que um dia tinha pertencido ao último imperador do Vietnã, por 7,2 milhões de dólares, um dos relógios mais caros já vendidos. Depois de dar o lance vencedor, Barry vomitou no banheiro da Christie's, bem na louça da Kohler, que o fazia lembrar de outra coisa, de um outro banheiro, em Phoenix, no Arizona, de uma estação rodoviária, de uma jornada, de uma noite irresponsável, de um breve momento de felicidade, tudo aquilo acontecido havia tanto tempo.

Barry largou sua lupa. Ele estava sentado em sua escrivaninha na Relojoaria, deixando que os raios de sol da primavera banhassem delicadamente sua mesa. Havia um problema com o Bao Dai. O problema com o Rolex de 7,2 milhões de dólares era o fato de ele ser um dos relógios mais feios que ele já tinha visto. Ele era feito de um ouro lustroso, excessivamente amarelo, um ouro da *Flórida*, se você quisesse chamá-lo de alguma coisa. Ele possuía quatro marcadores de hora ridículos, feitos de diamante. O último imperador do Vietnã era, segundo diversos relatos, um homem bobo, um "oportunista amoral", citando uma publicação, que havia esbanjado parte das riquezas do seu país em coisas como aquele relógio idiota. Barry havia torrado 7,2 milhões de dólares durante a sua carreira no mercado financeiro, havia torrado muitas vezes aquela soma, mas nunca era o seu próprio dinheiro. *Este* dinheiro era seu. E, se você pensar bem, era do seu filho também.

Seu filho. De vez em quando, Seema enviava notícias, não apenas para ele, mas também para a enorme família estendida de Shiva, que ia de University Heights, em Ohio, até Chennai, em Tamil Nadu. Na maioria das vezes, Barry simplesmente deletava os e-mails, mas, de vez em quando, dava uma olhada relutante nas fotos de um rapaz que parecia ser surpreendentemente "normal", que não parecia diferente de qualquer outro garoto desengonçado prestes a sair da adolescência. Um garoto alto que — não, Barry não conseguia olhar para ele por mais de um segundo. E, imaginava, seu filho ainda não era capaz de falar. Provavelmente ele havia estudado numa escola especial onde poucas pessoas falavam. Então, que tipo de conexão poderia haver entre eles?

Três semanas após a compra do Bao Dai, ele recebeu uma ligação para aparecer no *The Consummate Collector*, um programa de internet no qual o simpático e jovem apresentador, vestindo um traje professoral, falava sobre relógios de forma brilhante perante uma audiência de quase meio milhão de usuários. A maioria dos colecionadores de relógio que ele conhecia passava a vida inteira esperando aquela ligação. O pessoal do *The Consummate Collector* queria ver sua coleção inteira, mas o grande atrativo era aquele Rolex horroroso. Barry dormiu mal por um mês. Ficou ensaiando suas frases e seus gestos amistosos e mergulhou fundo em todas as minúcias possíveis sobre relógios, sempre tendo um Jonah imaginário ao seu lado. Conforme o dia foi se aproximando, preocupações de ordem mais prática foram surgindo. Ele não sabia o que vestir. Vários dos caras que iam ao programa, especialmente os colecionadores ricos do Vale do Silício, usavam jeans e camisetas, e ele teve a ideia de usar algo mais descolado para ficar com uma aparência mais jovem. Mas, no fim das contas, acabou vestindo simplesmente suas peças de lã de vicunha da Kiton, imaginando que eles iam mencionar o seu passado no mercado financeiro de qualquer maneira. Mas bem quando a equipe de filmagem e o jovem apresentador com sua barba formidável estavam a caminho de Rhinebeck, Barry passou mal. Primeiro ele pensou que talvez estivesse sofrendo um derrame *de verdade* dessa vez, mas então se deu conta do que era.

Se ele aparecesse no *The Consummate Collector*, aquele seria o último movimento de sua vida. Sua última conquista. Se você fosse um Idiota Prodígio do Relógio, o que mais você poderia ser depois? *The Consummate Collector* seria o fim da linha. Sua história seria contada, assistida por meio milhão de visitantes únicos, e seguida por duzentos comentários sarcásticos — *7,2 milhões por essa porcaria? Por isso que o nosso país está do jeito que está. Esse cara não levou três fundos à falência?* —, e logo não restaria nada da coleção de Barry além de uma sequência de comentários venenosos. Barry pegou seu telefone. O Bao Dai reluzia em seu amarelo tenebroso. O mundo estava girando sobre o seu eixo. Ele digitou o número do produtor e disse a ele que precisava cancelar porque estava sofrendo um derrame. *Meu Deus*, disse o produtor. "Não, eu vou ficar bem", Barry disse, e desligou.

Seis meses depois, Barry pôs sua coleção inteira à venda na Christie's. Enquanto vasculhava as gavetas da Relojoaria atrás de algum relógio que pudesse ter sido esquecido por ali, ele acabou deparando com algo inesperado. O Universal Tri-Compax, aquele que havia feito a jornada pelos Estados Unidos com ele dez anos antes. Ele tinha sido guardado de forma indigna, num saco plástico para sanduíches. O relógio estava estragado, mas quando Barry sentou em sua escrivaninha e ficou olhando para ele, soube exatamente que horas eram. Fazia quase dez anos que ele tinha feito aquela viagem pelo país. Shiva tinha três anos quando ele subiu naquele Greyhound para Baltimore. Dez mais três.

Estava na hora de Shiva se tornar um homem.

Shiva resolveu que queria ter um bar mitsvá. Ele não havia sido criado exatamente como judeu, mas talvez fosse a influência de morar em Nova York, onde aparentemente *todo mundo* tinha ou um bar ou um bat mitsvá. Em todo caso, ele insistiu, e Seema e Zameer concordaram. De alguma forma, Joey Goldblatt ficara sabendo daquilo durante o veraneio nos Hamptons e prontamente avisou Barry. Assim, Barry ligou para Seema. Sua primeira ligação para ela em quase uma década.

Ele estava com a voz trêmula e meio que ficou falando sem parar sobre coisas que ela não entendia. Leilões. Imperadores. Um "relógio Universal", fosse lá o que aquilo significasse. Finalmente ela entendeu o motivo da ligação. Barry tinha ficado sabendo sobre o bar mitsvá e queria participar. Ele queria fazer aquilo pelo seu filho. Usando uma frase sua, aquele seria "*o bar mitsvá mais insano de todos os tempos!*". Eles fariam a cerimônia no Templo Emanu-El pelo tempo que Shiva fosse capaz de suportar o barulho das orações (isso se eles se dessem ao trabalho de rezar num lugar agnóstico como o Emanu-El), e depois disso todos os colegas autistas da escola de Shiva fariam passeios de carruagem pelo Central Park (porque os autistas se davam bem com cavalos, de acordo com Temple Grandin e o planejador de eventos especializado em autistas que Barry tinha contratado), e em seguida a festa se encerraria no Mandarin Oriental, onde haveria áreas dedicadas especialmente às crianças que não conseguissem lidar com o excesso de barulho e de outros estímulos. Quando ele contou seu plano a Seema pelo telefone, fez-se um longo silêncio. "Eu não quero ultrapassar meus limites", ele disse. "Especialmente com o seu marido."

"Não", disse Seema, "na verdade..." Ela se interrompeu. Seema queria dizer a Barry que o Shiva que ele estava imaginando não tinha nada a ver com o Shiva que existia de verdade. Mas talvez fosse melhor que Barry visse com os próprios olhos. "Na verdade, é uma ótima ideia."

"Bom, eu ainda posso pagar por ela", disse Barry. "É uma piada."

"Eu sei que é", ela disse. "Eu não acredito que você fez toda essa pesquisa sobre ambientes adequados para crianças autistas."

“Tenho que compensar de alguma forma por treze anos sendo um pai de merda”, disse Barry. “Ou não sendo um pai, pra ser mais exato.”

“Obrigada, Barry. Shiva vai adorar tudo isso. Quer dizer, puta merda!”

Assim que desligou o telefone, a parte física de Barry voltou a funcionar. Ele queria raspar a barba. Queria nadar cinco quilômetros em uma hora. Queria se encontrar com Seema no meio do gramado do Central Park e levantá-la do chão com um abraço. Ele sabia, é claro, que aquela última parte não aconteceria, mas sonhar com qualquer coisa que não fossem relógios o estava enchendo de energia.

A irmã de Shiva se chamava Sally. Tanto Seema quanto Zameer tinham feito listas de nomes para o seu futuro filho, mas os nomes de indianos muçulmanos e tâmiles não costumavam ser muito parecidos, exceto por uns poucos como Ayesha (hindu) e Aisha (muçulmano), de modo que eles acabaram optando por algo mais neutro e americano. Sally Perkins era o nome da primeira amiga branca que Seema tinha feito quando morava em Ohio, e ela sempre havia gostado daquele nome nativo, simples, de duas sílabas. Sally tinha a estatura compacta e os olhos penetrantes de Zameer, e apesar de ser cinco anos mais nova que Shiva, ela cuidava dele, o guiava e o protegia. Seema tinha medo de que o fato de ter um irmão com necessidades especiais fosse roubar um pouco da infância de Sally, mas ela e Shiva eram inseparáveis, ambos se revezando para ajudar um ao outro, Sally moldando o comportamento social dele, Shiva apresentando a ela seu universo de números e letras e relógios e todas as outras coisas ritualizadas que mantinham o seu mundo em ordem. Ele a amava de forma mais evidente do que amava seus pais. Quando Sally tinha dois anos e Shiva sete, ele a havia pegado pela mão, levado até a sua bola de pular e zunido a melodia de "Pula coelhinho, pula, pula", até mesmo pronunciando algumas palavras, em especial o "pula, pula". Seema, que assistiu a tudo com perplexidade, pensou: Caralho, como eu sou sortuda.

Foi Sally quem conduziu Shiva até o bimá. Shiva conseguia pronunciar algumas palavras, mas como aquilo exigia muito esforço de sua parte, na maior parte do tempo ele usava um tablet com um programa de fala para se comunicar. Em vez de entoar as palavras em hebraico, ele produziu lindamente com sua garganta o som de todo o haftorá; a música, tocar piano, em particular, era um de seus talentos. Ele acompanhou as notas no seu aparelho, produzindo aquela estranha, porém bela melodia no ar centenário e denso da sinagoga, e os pais de Seema choraram enquanto os colegas autistas de Shiva se contorciam e se agitavam.

Barry estava tão nervoso por encontrar seu filho que conseguiu chegar atrasado para a cerimônia. Ele entrou correndo no templo tão rápido que não reparou imediatamente na enorme plateia muito bem-vestida, o sentimento coletivo de admiração, nem no fato de que ele e o menino lá em cima, no bimá, se pareciam um com o outro: o nariz proeminente, o quadril empinado, levemente feminino. Shiva já tinha quase a mesma altura do pai, e decerto poderia superá-lo. Ele estava usando um terno praticamente igual ao que Barry usava, um traje escuro, com muita ventilação, feito de lã de vicunha, muito suave ao toque, para não afetar suas sensibilidades. Shiva olhou para o pai, sorriu e desviou o olhar. Barry conseguiu perceber a delicadeza do menino, a delicadeza de quem havia sido criado por pais mais carinhosos. Então, eles estavam ali, ele e Seema, e Zameer, e Novie, e Sally e os avós de Shiva, em volta do púlpito em que ele estava, três hindus, um judeu, um muçulmano, uma católica e as duas adoráveis crianças que todos eles, menos Barry, haviam criado juntos. Que cena incrivelmente nova-iorquina era aquela, ele pensou, com um orgulho inesperado. Aquele era o seu país agora. Arquipélagos de normalidade em meio a um deserto árido de fúria.

A internet só tinha coisas boas a dizer sobre o marido de Seema, e Barry supôs que Zameer era um melhor pai para Shiva do que ele jamais seria, mas Barry não estava com inveja. Ele imaginou, corretamente, que o dinheiro que Seema havia tirado dele tinha bancado os melhores cuidados e a melhor educação para o seu filho, mas também manteve sua ex-mulher presa a uma vida que não era inteiramente sua. Às vezes ele procurava o nome dela na internet, torcendo para que ela estivesse ligada a alguma organização sem fins lucrativos, mas exceto uma breve passagem por um projeto de reforma prisional, o currículo de sua ex-mulher seguia em branco. Barry sentia pena por tê-la magoado e sobrecarregado, mas também estava feliz por ela ter em sua vida uma presença mais estável do que a dele. Talvez aquilo fosse o mais próximo de amar alguém que ele pudesse chegar.

Depois de entoar a melodia do haftorá, Shiva deu início ao tradicional sermão de bar mitsvá, ou melhor, ele foi proferido pela voz de William Shatner que saía de seu tablet, enquanto ele mexia os lábios para dublar as palavras. Barry sempre acreditou que seu filho tivesse pensamentos e sentimentos, mas sempre achou que eles seriam respostas abstratas a estímulos, uma criaturinha ferida tentando compreender um mundo inexplicável. Um *coelhinho*, como ele gostava de chamá-lo. Mas assim que Shiva começou a "falar", não restou mais nenhuma dúvida de que ele era um menino de treze anos profundamente inteligente, além de sortudo e privilegiado, crescendo em Manhattan.

Assim que Barry se recuperou do choque inicial causado pela fluência da voz computadorizada de seu filho, ele ficou esperando que os comentários de Shiva fossem abordar o tópico das tentativas de superação de suas adversidades. Mas Shiva não mencionou o autismo diretamente nem sequer uma vez. Ele falou sobre o quanto amava sua família. Sua irmã era sua melhor amiga, e talvez aquilo fosse meio "palha", mas ele conhecia um monte de gente que não tinha nenhum amigo. (Todo mundo tentou se virar discretamente para ver a reação dos seus colegas autistas.) Sua mãe pegava tanto no seu pé que ele costumava ficar bravo e dar chiliques, mas onde ele estaria se não fosse por ela? Certamente não em cima daquele bimá, e certamente não pensando em ir para a faculdade dentro de cinco anos. *Faculdade!*, Barry pensou. Sério? Será mesmo? Ele fez uma anotação mental para enviar uma grande soma em dinheiro para Princeton imediatamente. E Novie carregava aquele fardo junto com sua mãe. Ela fazia mais parte de sua família do que qualquer um poderia imaginar. "Me desculpe por ter batido em você quando eu era pequeno", a voz computadorizada de William Shatner ecoou pelo santuário, e Novie chorou. Ele falou sobre Zameer tentando ensiná-lo a ser engraçado e não entender tudo de forma tão literal, e sobre como eles quase se afogaram durante um passeio de caiaque no Hudson. Seu timing cômico era ótimo, e as pessoas riam como se aquela fosse uma das cerimônias de bar mitsvá mais autodepreciativas da história, o que era verdade. *Ele está curtindo*, Barry pensou. *Meu filho está curtindo se tornar um homem.*

Barry sabia que ele não merecia uma citação na lista de afetos de Shiva, mas seu filho o havia deixado por último. "Muita gente não consegue se lembrar de quando tinha três anos de idade, mas eu consigo", ele disse. "E naquela época, na minha cabeça, eu pensava no meu pai como o Papai Passarinho porque ele precisava viajar pelos ares para trabalhar o tempo todo. E toda vez que ele saía voando, eu ficava bravo e me comportava mal. E toda vez que ele voltava eu queria abraçá-lo, mas não podia por causa de quem eu sou. E quando eu era um pouco mais velho, Arturo e eu costumávamos correr atrás dos pombos no Madison Park, e eu sempre achava que um deles era o meu pai, em forma de pombo." Todos se voltaram para Arturo, sentado entre seus pais, aparentando os treze anos que tinha, com um leve bigodinho, terrivelmente constrangido pelo seu amigo. "E hoje, o Papai Passarinho voou de volta. E ele me proporcionou o melhor dia da minha vida."

Barry passou o resto do dia se sentindo ao mesmo tempo devastado e extasiado. Ele sabia que as palavras de Shiva tinham a intenção de ser carinhosas, de preencher um vazio no seu relacionamento, mas não conseguia processar o abandono do seu filho. Mas as palavras estavam ali, e se ele permitisse, poderiam reverberar dentro de Barry enquanto ele vivesse.

Conforme esperado, Shiva e seus colegas ficaram excitados com os passeios de carruagem pelo Central Park. Os ambientes sem perfume, adequados para os autistas, no Mandarin, ficaram lotados de seus amigos, que usavam crachás baseados num código de cores: verde se queriam interagir com outras pessoas, amarelo se queriam ficar só com seus amigos, ou vermelho, se precisavam ser deixados inteiramente a sós. Shiva, com sua irmã ao lado, deixou o seu no verde o tempo todo, mesmo com Zameer aparecendo em intervalos regulares para dizer: "Ei, Shiv, se você quiser dar um tempo, é só me avisar".

No salão barulhento onde todos os neurotípicos se reuniram, Barry ouviu uma menina da idade de Shiva dizer a um amigo: "Minha professora de educação em saúde diz que, quando você está estressada, tudo que quer fazer é sexo. Acho que é por isso que a gente faz isso, tipo, *o tempo todo*". E ele quis voltar para as salas repletas dos amigos tranquilos, tímidos, espasmódicos e virginais do seu filho, não porque o mundo deles fosse melhor ou mais inocente, mas porque ele não sabia mais como se comportar no seu mundo.

Ele apertou a mão de todo mundo, permitiu que o pai de Seema, ainda vigoroso, apesar de meio corcunda, o agradecesse por aquela festa incrível, foi reapresentado para a ex-estrangeira Tina ou Lina do Brooklyn e seu marido, um diretor-geral do Goldman, e tentou não se desmanchar ao deparar com o olhar enviesado de sua ex-sogra, que, gesticulando na direção da vista para o Central Park à sua frente, disse a ele: "Pelo menos uma coisa você fez direito na vida". E então Seema se aproximou dele e pôs as mãos em sua cintura. Ela havia envelhecido, mas não muito, a mesma pele macia, as mesmas três covinhas, o mesmo olhar misterioso. Ele começou a chorar. "Eu não sabia que eu era o Papai Passarinho", ele sussurrou no ouvido dela. "Esse tempo todo, ele sabia de tudo. *Você* sabia. Eu era o único que não sabia. E você criou esse garoto maravilhoso. Sem mim."

"Você está brincando?", disse Seema. "Ele é *muito* você. O menino autista mais gente boa do pedaço. Exibido pra caramba. Um menino metade judeu exibido pra caramba. Você o assistiu falando hoje."

"Você estava falando sério sobre a faculdade? Será que eu dou uma ligada para Princeton? Do que ele gosta?"

"De computadores e de música."

"Computadores! Que nem eu quando tinha a idade dele!"

"Eu visitei a Oberlin."

"Essa é a faculdade de música?"

"É do lado da casa dos meus pais. E nós descobrimos que eles já têm um garoto não verbal que está dentro do espectro estudando lá. E, na verdade, todo mundo naquele campus é meio esquisito. Apesar de alguns estarem claramente fingindo. Eu acho que seria bom pra ele conhecer o Meio-Oeste.

Tá, você precisa parar de chorar, Barry." Eles se afastaram de todos e se viraram para a vista do Central Park, a mesma vista que haviam apreciado num de seus últimos dias como um casal, na festa da eleição de 2016.

"Então você acha que ele simplesmente vai me aceitar de volta em sua vida?", Barry perguntou.

"E eu lá sou a porta-voz dele?"

"Você é muito malcriada", ele disse, sorrindo entre as lágrimas. "Fico feliz de ver que você não mudou."

"E você, tem alguma nova malcriada na sua vida?", ela peguntou.

"Não, parei com isso."

"Sério?"

"Não fui feito para o amor."

Ela acariciou seu rosto. Ele sentiu o cheiro de hidratante e do canapé de tartar de atum nos seus dedos. "Puxa, lamento ouvir isso."

"Não lamente. Sabe do que eu acabo de me dar conta? Eu não trouxe um presente para o Shiva."

"E essa festa custou o quê, meio milhão?"

"Não, eu quis dizer um presente de verdade. Alguma coisa que pudesse ficar com ele. Eu tenho uma ideia! Ah, meu Deus, e é das boas." Ele a abraçou. Barry viu seu filho vindo na direção deles, sorrindo sem fazer contato visual, provavelmente empolgado com a ideia de que seus pais ainda eram capazes de demonstrar fisicamente seu carinho.

"Tudo bem, querido", ela disse. "Só, por favor, não comece a chorar de novo. Você vai confundi-lo."

Mas ele não conseguiu evitar. O crachá de Shiva ainda estava no verde. Se Barry quisesse a companhia do filho, ele poderia tê-la.

Passava um pouco da meia-noite. Os garotos autistas estavam exaustos, e Barry não quis ficar com os neurotípicos. A limusine acelerou pela Taconic, Barry sentado no banco de trás. Mas ele também não conseguiria dormir. De jeito nenhum. Seus dedos estavam ensaiando seus movimentos, os cuidadosos movimentos dos quais ele precisaria pelo resto da noite. O Armagedom da cidade deu lugar ao brilho sulfúrico dos subúrbios, e depois se entregou à noite total do interior.

Finalmente ele acendeu as luzes da antiga Relojoaria, onde retirou o Universal Tri-Compax de dentro do saco de plástico e o deitou sobre a escrivaninha. Ele acendeu a luminária fluorescente da mesa, calçou os protetores de dedo como se fossem camisinhas, e abriu a tampa do relógio com uma faca de queijo.

Uma cidade se revelou perante seus olhos. Uma cidade de engrenagens e rodas prateadas e douradas. Só que essa cidade em particular estava congelada no tempo. Sua roda de balanço não estava girando. O Tri-Compax precisava ser desmontado, limpo, lubrificado, e ter, pelo menos, um de seus rubis substituídos. Uma tarefa monstruosa levando em conta a complexidade daquele relógio em particular, com seu cronógrafo e seus mostradores de fases da lua, mês e dia da semana. E pensar que em 1948 um mecanismo de tamanha complexidade e elegância foi projetado sem a ajuda de um mísero computador, e depois montado não por robôs numa gigantesca fábrica na Ásia, mas por homens suíços de verdade, com problemas de verdade.

E então, Barry foi visitado por uma série de novos pensamentos.

Coisas podem ser consertadas.

Barry podia consertá-las.

Barry podia consertar o relógio de seu filho.

Ele fez um expresso longo usando uma máquina intergaláctica numa de suas cozinhas. Aquilo ia levar a noite inteira. Ou mais. Antes de se livrar de sua coleção, ele havia contratado o melhor relojoeiro da cidade para lhe dar algumas aulas sobre conserto de relógios. Leo era um intelectual ateniense de cinquenta e poucos anos que tentava convencer Barry de que os deuses gregos eram melhores, ou, pelo menos, mais curiosos e interessantes do que o principal deus judaico-cristão, que ele via como uma espécie de colecionador que nunca estava satisfeito com sua aquisição mais recente, sempre ocupado demais para cuidar direito dos itens que ele já possuía. Leo havia ensinado muita coisa para Barry, mas ele sempre teve muito receio de tentar fazer uso em algum dos seus relógios de meio milhão de dólares.

Ele respirou fundo e deu início ao processo. Ganhando confiança conforme ia trabalhando, Barry começou a desmontar a cidade que havia dentro do Tri-Compax. Ele removeu a ponte do balanço e desmontou o cronógrafo. Separou a base do movimento em dois. Havia pó em todos os lugares em que esfregou sua pasta Rodico, manuseando cada parte com o mesmo cuidado que havia dedicado a Shiva quando era recém-nascido, uma época em que ele tinha medo de que até fazê-lo arrotar com muita força pudesse causar danos internos. Aquele relógio existia havia mais de sessenta anos, quase um contemporâneo do seu falecido pai. O pó estava fazendo o trem de engrenagens travar nos rubis, um dos quais precisaria ser trocado, de qualquer forma. Enquanto respirava suavemente, Barry pensou em todas as pessoas ao longo dos tempos que eram como ele, como Jonah, como Shiva, perdidos em seus Mapários e Relojoarias, grudados na tela dos seus Commodore 64, deleitando-se com a aplicação insistente e repetitiva de sua própria competência e curiosidade. Uma alegria atroz tomou conta dele, e suas mãos começaram a tremer. Ele largou as pinças.

Algumas semanas antes do bar mitsvá de Shiva, ele havia dirigido até os Hamptons para visitar Joey Goldblatt, a última pessoa dos seus tempos de mercado financeiro com quem ele ainda tinha contato, que estava prestando serviços comunitários após seu mais recente imbróglio com o governo. Acelerando pela Long Island Expressway, Barry avistou uma placa indicando Lake Success e fez sua SUV cruzar duas pistas para pegar aquela saída.

Então, era aquilo ali. O objeto dos seus sonhos de infância. Havia um Lake Success Center, com uma Casual Male XL, uma Red Mango e uma Victoria's Secret. O shopping center parecia sujo, sua estranha decoração do Sudoeste parecia datada, e seu estacionamento estava repleto de velhos Honda CR-Vs. Apenas um Shake Shack novinho em folha abarrotado de famílias coreanas sugeria que eles estavam no século XXI. Ele passou dirigindo pelo enorme Centro Médico Judaico de Long Island, que o fez lembrar do seu falecido pai, e depois pelas tranquilas ruas residenciais, conferindo o Zillow no seu celular. As casas eram bonitas, mas estavam muito longe dos delírios imperiais de seus desejos infantis. Muitas tabelas de basquete e redes de futebol, hortênsias e plantas suspensas. Mas talvez fosse exatamente aquilo o que ele sempre quis. Várias versões de uma mesma felicidade e tédio da classe média, com seus diferentes jardins, o material de que eram feitos os sonhos americanos, agora quase esquecidos. Ele encostou ao lado de um sobrado anunciado por pouco menos de 1,7 milhão de dólares, o preço de um apartamento pequeno em Manhattan. O telhado e o revestimento da modesta casa eram novos, e havia uma piscina de concreto nos fundos, ao lado de uma pilha de cadeiras de descanso. Havia crianças brincando no gramado, fugindo de um sprinkler errático. Não era o seu trio de crianças míticas brincando na frente das pias Duravit, mas sim uma dupla, um menino e uma menina, exatamente como Shiva e sua linda irmãzinha que ele havia conhecido pelos e-mails de Seema, mas nenhuma das duas parecia estar dentro do espectro. Barry ficou hipnotizado pelas crianças, pela forma como elas não se cansavam de suas brincadeiras simples — correndo uma atrás da outra enquanto gritavam alguma coisa que só parecia fazer sentido para elas ("Cabeça de amendoim?") —, até que uma vizinha idosa, com pinta de judia, usando um abrigo, bateu na janela do passageiro. Ele despertou do devaneio, sorriu para ela, ligou o motor e deixou Lake Success para trás.

Todas as peças do Tri-Compax estavam agora em caixinhas de plástico, esperando para serem recolocadas precisamente na ordem em que estavam antes de serem removidas. Havia facilmente várias centenas delas. A princípio ele teve receio de montar tudo errado, mas acabou encarando o desafio. Aquilo seria um teste para a sua memória e para a sua capacidade de prestar atenção em coisas pequenas e delicadas, algumas pouco mais grossas do que um fio de cabelo. Ele trabalhou naquilo outras três horas. Quando todas as peças estavam brilhando de limpas e bem lubrificadas, ele deu início à tarefa de tentar transformar o relógio numa unidade mais uma vez. Relojoeiros eram sempre aconselhados a sentar de frente para uma janela, com vista para a natureza, bem como a tocar instrumentos musicais e andar a cavalo. Como não tinha acesso a nenhum dos dois últimos itens, Barry olhava pela sua janela a intervalos regulares.

O Amtrak que passava ali perto e os trens de carga do outro lado do rio não emitiam mais seus apitos reconfortantes porque as margens haviam sido inundadas nos últimos anos, da mesma forma que a elevação dos níveis do mar tinha interditado o metrô de Nova York, mas balsas ainda faziam o trajeto até a cidade e, às vezes, Barry olhava pela janela do seu lugar de trabalho e via aqueles barcos imensos passando bem debaixo do seu nariz, o capitão do rebocador bem visível em sua ponte de comando, numa distância em que quase poderia ouvir um grito. Essa era a beleza do Hudson. Ele era um rio onde se trabalhava. E agora Barry era um trabalhador. Na época em que operava no mercado financeiro, Barry adorava ficar acompanhando a movimentação dos petroleiros no seu terminal da Bloomberg usando a função BMAP, mas agora ele estava vendo a coisa real, em tempo real, seus olhos insones esquadrinhando a embarcação monumental, seus protetores de dedos cobertos de óleo.

Barry pôs a roda de carga de volta ao seu lugar, debaixo da ponte do tambor, seus dedos tremendo e seus olhos insones ressecados por conta da maratona de trabalho que atravessou a madrugada. Exatamente às seis da manhã, dois idosos, ambos vestindo jeans e camisetas brancas, começaram a pilotar seus tratores da John Deere sob a luz da alvorada. Eles usavam fones de ouvido e pareciam estar se divertindo em suas tarefas solitárias. Estes eram os vizinhos que o odiavam pela pérgola ao estilo de Kyoto que ele construiu para sua piscina, pois ela havia bloqueado a sua vista do Hudson. Talvez estivesse na hora de desistir daquele lugar, derrubar aquela pérgola e voltar a morar na cidade. Talvez estivesse na hora de passar o máximo de tempo possível com Shiva antes que seu filho fosse para a faculdade.

O mecanismo do Tri-Compax havia sido restaurado. Estava na hora de colocar a ponte do balanço de volta ao seu lugar e observar se a roda de balanço giraria para a frente e para trás, dando vida ao mecanismo, fazendo aquela cidade adormecida despertar. Barry prendeu a respiração. Ele inseriu com cuidado a ponte do balanço no seu local adequado. Assim que ela foi encaixada, a roda começou a girar, para a frente e para trás, para a frente e para trás, numa velocidade absurdamente alta, como se fosse comandada por um espírito impaciente. O ponteiro dos segundos começou a se mover no seu submostrador. Em seguida, os minutos começaram a ser contabilizados, como seriam, em seguida, as horas, os dias, os meses, os quartos crescentes, os quartos minguantes, as luas cheias.

Barry se acomodou na sua cadeira e ficou admirando seu trabalho. Ele tinha construído algo com as próprias mãos. Havia feito que algo bonito se tornasse inteiro novamente. Ele era o responsável por aquilo. E não tinha feito aquilo usando sentimentos ou ideias. Tinha criado vida usando seus dedos e sua memória.

Ele mandaria gravar na parte de trás PARA SHIVA COHEN, DO SEU PAPAI PASSARINHO.

Então, a escuridão se dissipou. E o sol se levantou sobre o estuário conhecido como Hudson, com suas margens inundadas e as propriedades ameaçadas de extinção encolhidas ante a grandeza do rio.

E o Papai Passarinho ficou olhando para tudo aquilo, satisfeito com o que havia sobrado do mundo, antes que ele, também, se levantasse, limpasse o óleo e a poeira de suas mãos firmes, fechasse seu mausoléu muito iluminado e batesse asas do seu ninho de uma vez por todas.

6 de junho-21 de dezembro de 2016
Nova York — Baltimore — Richmond — Atlanta — Jackson — El Paso — Ciudad Juárez — Phoenix — La Jolla — Nova York

Agradecimentos

Há tantas pessoas que eu quero agradecer pelo seu tempo e seu trabalho em *Lake Success* que me dá vontade de escrever outro livro dedicado aos esforços desses generosos indivíduos. Vou começar por Susan Kamil, minha editora, que passou horas incontáveis no telefone comigo eliminando vírgulas, circundando orações e, basicamente, certificando-se de que eu executasse a minha reanimação cardiorrespiratória diária e desse vida aos muitos personagens enlouquecidos deste livro. Clio Seraphim foi outra grande editora, sem falar que é a vencedora do prêmio "nome mais sensacional do mercado editorial". Outras pessoas na Random House foram fantásticas, incluindo Gina Centrello, Avideh Bashirrad, Denise Cronin, Barbara Fillon, Ruth Liebmann e Leigh Marchant. E meu muitíssimo obrigado para Nicole Counts.

Denise Shannon vem sendo minha agente nos últimos dezesseis anos, uma eternidade para o mercado editorial. No tocante ao seu papel de agente, ela é a melhor do ramo e conseguiu me manter vestido, alimentado e abrigado, e agora supervisiona tudo, dando sábios conselhos e promovendo o mínimo de confusão possível.

Tenho uma tremenda dívida com os meus leitores de longa data, bem como com os membros das comunidades do jornalismo, do direito, da relojoaria, da culinária e do mercado financeiro (alguns destes últimos me pediram, sabiamente, para que eu não citasse seus nomes, mas sua contribuição segue sendo muito valiosa). Uma lista parcial inclui Ezra Cappell, Mary Childs, Doug Choi, Neil Chriss, Ben Clymer, Tishani Doshi, Joshua Ferris, Jack Forster, Rebecca Godfrey, David Grand, Cathy Park Hong, Binnie Kirshenbaum, Paul La Farge, Matt Levine, Suteku Mehta, Carlo Pizzati, Shilpa Prasad, Prateek Sarkar, Jonathan Shapiro, Anjali Vasudevan, Dario Villani e Eric Wind.

Por fim, minha gratidão à Greyhound por existir e por me levar de uma costa do nosso confuso país à outra com uma competência estranha, quase melancólica.

Grafia atualizada segundo o Acordo Ortográfico da Língua
Portuguesa de 1990, que entrou em vigor no Brasil em 2009.

capa
Flávia Castanheira
imagem de capa
Archive Photos/Freelancer/Getty Images
composição
Marcelo Zaidler
preparação
Leny Cordeiro
revisão
Tomoe Moroizumi
Jane Pessoa

Dados Internacionais de Catalogação na Publicação (CIP)

——

Shteyngart, Gary (1972-)
Lake Success: Gary Shteyngart
Título original: *Lake Success*
Tradução: André Czarnobai
São Paulo: Todavia, 1ª ed., 2019
448 páginas

ISBN 978-65-80309-25-2

1. Literatura americana 2. Romance 3. Ficção contemporânea
I. Czarnobai, André II. Título

CDD 813.6

——

Índice para catálogo sistemático:
1. Literatura americana: Romance 813.6

todavia
Rua Luís Anhaia, 44
05433.020 São Paulo SP
T. 55 11. 3094 0500
www.todavialivros.com.br

fonte
Register*
papel
Munken print cream
80 g/m²
impressão
Geográfica

FSC
www.fsc.org
MISTO
Papel produzido
a partir de
fontes responsáveis
FSC® C019498